Ce que disent les lecteurs à propos des ouvrages de
K A R E N   K I N G S B U R Y

« Vos ouvrages ont changé ma vie. Merci de m'avoir permis de retrouver Dieu. J'ai lu votre dernier livre en une journée et j'ai sangloté comme un bébé toute la nuit et toute la journée du lendemain. DES OUVRAGES EXTRAORDINAIRES, FABULEUX. J'attends le prochain avec impatience. Entre-temps, je lirai la Bible. Merci encore, Karen. J'ai trouvé DIEU ! »

— **Kelly**

« J'ai récemment découvert vos ouvrages et je les dévore l'un après l'autre. Chaque fois, Dieu me parle à travers eux. »

— **Rosemary**

« Je n'ai jamais connu une auteure comme vous auparavant : vous me faites rire et pleurer en quelques pages ! »

— **Sarah**

« Je suis une grande lectrice et j'ai maintenant de la difficulté à lire des ouvrages qui ne sont pas de vous. Vos livres ont changé ma vie. »

— **Rachel**

« Vos ouvrages sont exactement ce que je cherchais. »

— **Urom**

« Je n'ai jamais aimé la lecture avant de découvrir vos ouvrages. »

— **Kara**

« Merci du fond du cœur. Vos écrits m'ont ramenée vers Dieu ! »

— **Stephanie**

Karen
KINGSBURY

La gloire

Traduit de l'américain
par Nathalie Tremblay

Copyright © 2005 Karen Kingsbury
Titre original anglais : Fame
Copyright © 2007 Éditions AdA Inc. pour la traduction française
Cette publication est publiée en accord avec Tyndale House Publishers, Inc.

Éditeur : François Doucet
Traduction : Nathalie Tremblay
Révision linguistique : Nicole Demers, André St-Hilaire
Révision : Nancy Coulombe, Isabelle Veillette
Couverture : Matthieu Fortin
Mise en page : Matthieu Fortin et Sébastien Michaud
Photo de la couverture : IStockphoto ®
ISBN 978-2-89565-474-2
Première impression : 2007
Dépôt légal : 2007
Bibliothèque et Archives nationales du Québec
Bibliothèque Nationale du Canada

Éditions AdA Inc.
1385, boul. Lionel-Boulet
Varennes, Québec, Canada, J3X 1P7
Téléphone : 450-929-0296
Télécopieur : 450-929-0220
www.ada-inc.com
info@ada-inc.com

Diffusion
Canada :   Éditions AdA Inc.
France :   D.G. Diffusion
                  Z.I. des Bogues
                  31750 Escalquens-France
                  Téléphone : 05.61.00.09.99
Suisse :   Transat - 23.42.77.40
Belgique :   D.G. Diffusion - 05.61.00.09.99

Imprimé au Canada

Participation de la SODEC. $\int$ODEC

Nous reconnaissons l'aide financière du gouvernement du Canada par l'entremise du Programme d'aide au développement de l'industrie de l'édition (PADIÉ) pour nos activités d'édition.
Gouvernement du Québec - Programme de crédit d'impôt pour l'édition de livres - Gestion SODEC.

Catalogage avant publication de Bibliothèque et Archives nationales du Québec et Bibliothèque et Archives Canada

Kingsbury, Karen

    La gloire

    Traduction de: Fame.

    ISBN 978-2-89565-474-2

    I. Tremblay, Nathalie, 1969-   . II. Titre.

PS3561.I548F3614 2007   813'.54   C2007-940932-6

À Donald, *mon prince éternel*

Se peut-il qu'il y ait déjà dix-sept ans que tu m'aies transportée pour me montrer ce qu'est l'amour ? La façon dont il met Dieu au premier rang et tend à Lui rendre honneur ? Lorsque les gens me demandent s'il existe vraiment des gars comme mes personnages Landon Blake et Ryan Taylor, je leur réponds toujours par l'affirmative. Il est certain qu'il existe des hommes de cette trempe. Je suis bien placée pour le savoir, puisque j'en ai épousé un. Nous sommes au tournant d'une nouvelle saison de la vie. Je t'aime et je suis impatiente de découvrir ce que Dieu nous réserve.

À Kelsey, *ma précieuse bienheureuse*

Tu es à l'aube de la vie, ma chère fille. Mon âme est heureuse de te voir devenir ce pourquoi j'ai prié : une jeune femme vouée au Seigneur, à la famille et aux projets que Dieu à pour elle dans les années à venir. Une bonne journée, tu m'as dit que tu aimais l'école secondaire, mais que tu étais triste que nous ayons moins de temps ensemble. C'est vrai, mais ce que nous partageons est précieux, ma chérie. Merci pour nos conversations qui s'étirent en soirée. Ma lumière sera toujours allumée pour toi.

À Tyler, *mon hymne éclatant*

Ta voix, ta musique est la trame sonore de notre vie, cher fils aîné. De t'avoir à la maison cette année, de t'enseigner, m'a donné plus de temps pour apprécier la mélodie, pour te voir poursuivre tes rêves. Que Dieu demeure toujours au centre de ta vie, Tyler, et je sais qu'Il te donnera ce que ton cœur désire. Le jour où cela se produira, nous serons, ton père et moi, au premier rang. Je t'aime pour toujours et à jamais.

À Sean, *mon heureux garçon*

De toutes les façons dont tu bénis notre famille depuis ta venue d'Haïti, j'aime par-dessus tout celle dont tu t'y prends pour nous faire sourire. Un jour, tu as provoqué chez moi un sourire alors je me souvenais de la fois où tu me massais le dos tandis que nous lisions Seuss et riions aux éclats des drôles de rimes. Toutefois, mes sourires préférés viennent chaque matin lorsque tu accours vers moi, notre livre sacré à la main, heureux de savoir qu'aujourd'hui, comme chaque jour, nous puissions en apprendre davantage sur la vie de Jésus. Bien joué, Sean ! Je t'aime, chéri.

À Josh, *mon meneur au cœur tendre*

Tu es le portrait du perfectionnisme, bien que tu trouves le temps de rire. À Noël, nous t'avons offert une lampe de poche et, maintenant, puisque tu réussis si bien en classe, tu as la permission de lire la Bible chaque soir quand les lumières sont éteintes. N'oublie surtout pas une chose, Josh : dans une dizaine d'années, alors que la National Basketball Association (NBA) et la National Football League (NFL) se battront pour t'avoir, à la fin de la journée, la meilleure récompense demeurera la Parole de Dieu. Je suis reconnaissante de t'avoir dans ma vie, et je t'aime énormément.

À EJ, *l'élu*

Ce sera toujours toi, petit fils, le premier élu. Quand Dieu nous a guidés vers l'adoption, nous n'avons jamais questionné Son choix. Quelque chose dans ton regard nous a dit que cette idée terrifiante d'accueillir de nouveaux enfants au sein de notre famille pourrait fonctionner. Je suis épatée de te voir grandir et vieillir, trouvant ta voie avec les talents et les dons que Dieu t'a donnés. Je t'aime, EJ. Que Dieu soit toujours fier de toi !

À Austin, *mon grand cœur*

Je suis stupéfaite chaque fois que je te vois compter des points sur le terrain de basket ou de foot. Souvent, l'image s'embrouille et je te revois il y a sept ans, alors que tu n'étais qu'un poupon et que tu as dû faire face à une chirurgie cardiaque d'urgence. Quand tu t'en es tiré, je savais que tu aurais toujours du cœur. Pourtant, lorsque je te vois faire une accolade à un ami qui se fait taquiner ou quand les larmes te montent aux yeux lorsque papa chante les louanges, je sais quel grand cœur tu as. Tu seras toujours mon petit MJ, mon Brett Favre, le poing levé en franchissant le terrain. Je t'aime et je remercie Dieu chaque jour que nous partageons.

Et à *Dieu tout-puissant, le Créateur,*

qui, pour l'instant, me bénit en me faisant bénéficier de la présence de tous ces gens.

REMERCIEMENTS

Comme toujours, un roman tel *La gloire* ne prend pas vie sans l'aide de plusieurs personnes. La liste est longue, mais si importante. Tout d'abord, merci à mon mari et aux autres membres de ma famille d'avoir enduré mon horaire parfois chaotique et de m'avoir aidée à rencontrer mes échéanciers. Quand je suis à l'ordinateur, coiffée d'écouteurs non branchés, vous évitez tous de me déranger. Vous êtes fantastiques ! Merci d'être si compréhensifs.

Merci aussi à mes amis de Tyndale House Publishers. Becky Nesbitt, tu avais une vision pour cette série et pour mon rôle de romancière chez Tyndale, et je t'en serai toujours reconnaissante ! Ce livre et cette série n'auraient pas vu le jour sans Becky, Mark Taylor, Ron Beers, Travis Thrasher et tant d'autres. Un merci particulier à Jeremy Taylor et à mon éditrice, Lorie Popp.

Je ne pourrais pas accomplir tout ce que je fais dans l'univers de la fiction sans mon extraordinaire agent, Rick Christian. Rick, tu portes tant de chapeaux à mes yeux : celui de stratège, de négociateur et de guerrier de la prière. Ma famille et moi-même remercions le ciel de t'avoir mis sur notre chemin. Un simple merci ne sera jamais suffisant.

Merci également à ma mère, Anne Kingsbury. Tu es l'assistante la plus assidue et la plus attentionnée dont j'aurais pu rêver. J'anticipe les prochaines décennies de travail à tes côtés dans cet univers extraordinaire que Dieu m'a donné. Et merci aussi à mon père, Ted Kingsbury, d'être mon plus grand soutien. Je sais toujours vers qui me tourner quand j'ai besoin d'un sourire.

Un sincère merci à tous ceux qui m'aident avec mes enfants quand la vie est un peu trop affairée. Du nombre, il y a Cindy et Al Weil, Barb et Bill Shaffer, la famille Head et tous mes amis de CYT, sans oublier Kira Elam, Paige Grenning et l'équipe de foot Juventes, de même que la famille Schmidt.

Mes remerciements vont également à mon groupe de soutien élargi qui continue de m'aimer et de prier pour moi, ces gens spéciaux qui sont restés à mes côtés dans les méandres de cette aventure littéraire. Du nombre, il y a mes sœurs Susan, Tricia et Lynne, de même que mon frère David, ainsi que les Russell, les Cummin, ma nièce Shannon et ma belle-mère Betty.

De plus, merci à mes grands amis Kathy et Ken Santschi, Bobbi et Erika Terret, Randy, Vicki et Lola Graves, John et Melinda Chapman, Stan et De-Ette Kaputska, Aaron Hisel, Theresa Thacker, Ann Hudson, Sylvia et Walt Walgren, Richard Camp, de même qu'à toute la famille Camp, aux Dillon et à des douzaines d'amis de l'école secondaire.

Un merci du fond du cœur aux centaines de détaillants qui tiennent mes livres. Vous êtes un maillon essentiel de l'œuvre de Dieu pour changer des vies par l'entremise de ces histoires destinées à transformer les existences, et je prie que vous ayez l'inspiration de tenir la série ! Les livres font la différence ! Cette collaboration est un honneur pour moi.

Dans la même veine, merci aux lecteurs du monde entier qui trouvent Dieu en lisant mes romans. Vous êtes des centaines à m'écrire chaque semaine, ce qui me touche profondément. Mon âme se réjouit à chaque lecture. Sachez que vous êtes de toutes mes prières durant le processus de rédaction.

Et, évidemment, un merci tout spécial à Dieu, qui me permet de poursuivre ce fabuleux rêve, et je sais sans l'ombre d'un doute que c'est pour Lui, grâce à Lui et par Lui. À la gloire de Dieu.

IMMORTALISÉ PAR LA FICTION

Un remerciement particulier aux gagnants du concours « Forever in Fiction » dont les personnages sont représentés dans cet ouvrage — Krissie Schick, Chris et Amy Helmes, Kelly et Becky Helmes ainsi que Tani Zarelli.

Krissie Schick, mère de quatre enfants et âgée de trente-six ans, a remporté le concours de la Northshore Christian Academy à Everett dans l'État de Washington et a choisi de nommer un personnage d'après elle. Elle adore être mère et est reconnaissante pour sa famille. Son grand enthousiasme la rend populaire auprès de ses amis.

Les couples Chris et Amy Helmes, ainsi que Kelly et Becky Helmes, ont chacun remporté le concours « Forever in Fiction » de la Firm Foundation Christian School de Vancouver dans l'État de Washington. Les deux couples ont choisi de nommer des personnages en l'honneur des parents de Chris et Kelly, Alvar et Nancy Helmes. Alvar et Nancy, les piliers de la famille Helmes, sont mariés depuis plus de cinquante ans. Leur amour du Christ, l'un de l'autre et de leurs huit enfants est profond et éternel. Ils ont vécu une bonne partie de leur existence à Ironwood dans le Michigan, mais ont depuis déménagé à Washington, où ils sont investis dans des missions médicales en Inde. Al aime les livres et la musique — particulièrement les vieux hymnes — et le temps passé en famille. La plus jeune fille du couple, Cara, qui est atteinte de trisomie 21, représente pour les parents une source d'amour toute particulière. Nancy est une mère aimante et extraordinaire et une grand-mère dont la passion pour la famille est sans pareille. Elle aime le café chaud et les brioches à la cannelle, et sa famille peut toujours s'attendre à une répartie spirituelle de sa part.

Finalement, Tani Zarelli a remporté le concours « Forever in Fiction » de la Salmon Creek Soccer Association et a choisi de nommer un personnage en l'honneur de sa fille de dix-sept ans, Ashley. Cette dernière est la fille adoptive de Tani et du sénateur Joseph Zarelli de l'État de Washington. Ashley se passionne pour l'équitation et tout ce qui concerne les chevaux. Elle adore passer la soirée à cuisiner des biscuits et à regarder des films en famille. Sa couleur préférée est le bleu et elle a une bonne idée de l'importance de la providence divine dans sa vie. Ashley, tes parents veulent que tu saches que tu es aimée.

Que Dieu bénisse tous ceux qui ont donné généreusement aux œuvres de bienfaisance de leur choix dans le but de nommer un personnage en leur honneur ou en l'honneur d'un être aimé. Des milliers de dollars ont été amassés pour de bonnes causes grâce au concours « Forever in Fiction » et je suis reconnaissante d'avoir eu la possibilité de permettre ainsi à Dieu de bénir à la fois le donneur et le receveur de cette aventure.

CHAPITRE UN

LE RÔLE AURAIT dû être facile à distribuer.

Tu peux toujours rêver, la comédie romantique mettant en vedette Dayne Matthews, demandait une fille de la campagne, optimiste et sociable, qui rêve de la grande ville, mais dont l'ingénuité faisait ombrage à tout ce qu'elle entreprenait.

Dayne avait passé l'avant-midi à auditionner une demi-douzaine d'actrices hollywoodiennes de premier plan, sans qu'aucune d'elles ne corresponde à son idée. C'étaient des actrices de talent, gentilles et superbes : deux avec lesquelles il avait partagé la vedette dans d'autres films, deux qu'il avait fréquentées et deux autres qu'il avait rencontrées à l'occasion d'une fête ou d'une autre.

Il avait passé la nuit avec trois des six.

C'étaient des filles dont le visage faisait les pages couvertures de tous les magazines à potins en ville et, théoriquement, n'importe laquelle aurait pu jouer le rôle d'une jeune provinciale. Était-ce bien difficile ? Les actrices que Dayne avait rencontrées ce matin pouvaient être optimistes et sociables, et pouvaient sans aucun doute jouer le rôle d'une rêveuse.

Pourtant, il manquait quelque chose. Vers quinze heures, cet après-midi-là, Dayne sut ce que c'était.

L'ingénuité.

Dayne s'adossa dans sa chaise et croisa les bras tandis que la dernière actrice récitait son texte. L'ingénuité, qui vient de l'intérieur et jaillit du regard, ne peut être simulée, pas même par une performance digne des grands prix d'interprétation. C'était cette sincérité étonnante et naïve qui manquait à chacune des actrices auditionnées.

Mitch Henry, le régisseur de distribution, faisait les cent pas à l'arrière de la salle. Il termina avec la dernière actrice et lui fit ses adieux.

En sortant, elle jeta un regard à Dayne et lui décocha un sourire taquin.

— À bientôt.

C'était l'une de celles qu'il avait fréquentées. En fait, il avait vécu avec elle pendant environ un mois, assez longtemps pour que leur photo fasse les tabloïdes à quelques reprises. Les yeux de la jeune femme étaient rivés aux siens.

Appelle-moi.

— Ouais.

Dayne fit semblant de lever un chapeau imaginaire, mais son sourire s'effaça avant même que l'actrice n'ait quitté la pièce. Il se tourna vers Mitch.

— Qui est la suivante ? demanda-t-il.

— Comment, qui est la suivante ? s'étonna Mitch.

De profondes rides lui marquèrent le front.

— Sais-tu combien il a été difficile de réunir six actrices de premier plan ici aujourd'hui ? tonna-t-il, l'air frustré. Le rôle ne nécessite même pas ce genre de talent, Dayne. N'importe laquelle d'entre elles réussirait haut la main.

Dayne décroisa les bras et pianota sur la table.

— Elles sont toutes bonnes, je l'avoue, mais il leur manque un petit quelque chose.

Il fit une pause.

— Je ne vois pas d'ingénuité, Henry. Elles sont sophistiquées, charmantes, baisables, oui, mais pas ingénues.

— Bon.

Mitch lança sa planchette à pince sur la table et cria à l'interne de passage de fermer la porte. Sur la table trônaient les dossiers des six actrices. Quand la porte fut fermée, le régisseur s'approcha.

— Nous devons respecter l'échéancier, Matthews, commença-t-il.

Il s'agrippa au bord de la table et se pencha.

— Hollywood n'est pas exactement un bassin d'ingénuité, poursuivit-il.

— D'accord.

Dayne repoussa sa chaise, se leva et marcha vers la fenêtre, le dos tourné à Mitch. Il regarda fixement le ciel brumeux et un visage s'imposa, un visage qu'il n'avait pas oublié depuis près d'un an. Il soutint l'image, fasciné, et une idée germa dans son esprit. C'était possible, non ? La fille œuvrait dans le domaine théâtral. Elle avait dû rêver du grand écran déjà, non ? Dayne sentit le regard de Mitch posé sur lui et fit volte-face.

— J'ai une idée ! s'exclama-t-il.

— Une idée ?

Mitch se gratta la tête et marcha à grands pas vers la porte.

— Nous n'avons que faire d'une idée, s'impatienta-t-il. Ce dont nous avons besoin, c'est d'une actrice. Le tournage commence dans quatre mois. Le film est trop important pour qu'on attende à la dernière minute.

— Je sais, admit Dayne.

L'idée prenait racine. C'était définitivement possible. Quelle fille ne voudrait pas d'une pareille occasion ? Dayne prit une grande respiration. Il ne devait pas se laisser emporter.

— Écoute, Mitch, donne-moi une semaine. J'ai une fille en tête, mais elle n'est pas d'ici.

Il prit appui sur le rebord de la fenêtre.

— Je crois que je peux la faire venir dans une semaine, poursuivit-il.

Mitch croisa les bras et son expression se durcit.

— Une fille rencontrée dans un bar, Matthews ? Quelqu'un à qui tu as fait des promesses d'ivrogne ? Voilà pourquoi tu me fais attendre ?

— Non, fit Dayne en levant la main. C'est de l'or en barre. Donne-moi une chance.

Le silence se fit et Dayne ignorait si le régisseur de distribution allait obtempérer à sa demande. Puis, Mitch attrapa les six dossiers et sa planchette à pince, avant de le fusiller du regard.

— Une semaine.

Mitch était déjà presque sorti quand il se retourna et croisa le regard de Dayne.

— Elle a intérêt à avoir du talent.

Dayne attendit d'être seul avant de regarder de nouveau par la fenêtre. Que venait-il de faire au juste ? Un délai d'une semaine signifiait mettre les autres talents en attente. Cela signifiait jongler avec un budget de dizaines de millions de dollars afin qu'il puisse retrouver une fille qu'il n'avait vue qu'une seule fois et lui demander d'auditionner pour partager la vedette dans une importante production cinématographique. Tout ça sans savoir si elle en avait envie ou même si elle avait un quelconque talent d'actrice.

L'idée était saugrenue, sauf pour une chose… Au cours de la dernière année, la seule fois où il avait vu une véritable ingénuité, c'était en regardant cette fille sur la scène d'un petit théâtre de Bloomington dans l'Indiana alors qu'elle dirigeait le chaos de quelques douzaines d'enfants costumés à la fin de ce qui semblait être la première d'une troupe de théâtre.

Il se souvenait de presque tout ce qu'il avait vu cette journée-là, mais les détails étaient flous. Le site du théâtre était facile à repérer ; il était certain de pouvoir le retrouver. Toutefois, il ne savait à peu près rien au sujet de cette fille, à l'exception de son nom.

Dayne s'agrippa au rebord de la fenêtre et s'appuya le front sur la vitre fraîche. Il pourrait prendre l'avion dans le but de retrouver cette fille, mais les paparazzis le suivraient à coup sûr et les questions fuseraient au sujet du séjour de Dayne Matthews à Bloomington dans l'Indiana.

Encore une fois.

Il se retourna et attrapa ses clés et son téléphone cellulaire. Il devait bien y avoir moyen de rejoindre cette fille et de lui demander de venir à Hollywood pour une audition sans que l'histoire fasse la une de tous les tabloïdes en ville. Dayne mit le téléphone dans sa poche et se dirigea vers l'ascenseur dans le couloir.

Un café, voilà ce dont il avait besoin, un expresso double. La plupart de ses amis du milieu avaient découvert des cafés hors des sentiers battus, des endroits où ils risquaient moins d'être reconnus. Il n'était pas du nombre. Il était un habitué de Starbucks ; rien d'autre n'y faisait. Si les paparazzis voulaient le photographier alors qu'il entrait dans le resto ou qu'il en sortait avec son double expresso — ce qui arrivait presque chaque fois —, ça lui convenait. Il en obtiendrait peut-être un contrat de promotion ; il pourrait se tenir devant le café et prendre la pose. Dayne rit tout bas. Ça ne l'intéresserait plus. Le plaisir n'y serait plus.

Il ouvrit la porte arrière de l'édifice et sentit une bouffée d'air chaud tandis que le soleil éclairait son visage. Le temps était parfait.

Ce n'était pas l'habituel brouillard du mois de juin. L'acteur traversa le parc de stationnement privé du studio en direction de son Escalade noire garée près des buissons et de l'écran de protection visuelle. En règle générale, le parc de stationnement arrière du studio était libre de paparazzis. Parfois, un photographe solitaire grimpait aux arbres ou s'assoyait sur les collines avoisinantes avec une caméra superpuissante fixée sur la porte du bureau. Toutefois, une telle chose ne se produisait que lorsque les enjeux étaient de taille ou encore que quelqu'un devait partir en cure de désintoxication.

Aujourd'hui, tout semblait calme. À cette heure du jour, il n'y aurait pas beaucoup de chasseurs d'images. De toute façon, Dayne avait un VUS neuf. Seuls quelques paparazzis savaient que c'était lui derrière les vitres teintées. Il quitta le parc de stationnement et prit vers la gauche sur le boulevard La Cienaga.

Deux pâtés de maisons plus loin, il aperçut dans son rétroviseur une Volkswagen familière. « Un paparazzi, se dit-il, même maintenant, même avec cette voiture neuve. » Il haussa les épaules. « Peu importe. Il ne peut pas s'immiscer dans mon cerveau. »

À l'occasion, il aimait bien mener les paparazzis par le bout du nez. Il jeta de nouveau un coup d'œil dans son rétroviseur et haussa les épaules. Il avait besoin d'un peu de distraction. Il tourna dans le parc de stationnement du Starbucks mais, plutôt que de se garer devant le café, il s'arrêta devant le Rite Aid, trois portes plus loin. Il prit sa casquette, la coiffa et sortit de sa voiture. La boutique était vide. Dayne se précipita vers le présentoir à journaux et trouva l'édition courante de chacun des quatre grands magazines à potins, ces revues multicolores et surchargées qui traitent de tout ce qui se rapporte aux célébrités.

« Des sangsues » pensa-t-il, comme ses amis et lui se plaisaient à les appeler.

Le vieil homme derrière la caisse enregistreuse ne le reconnut pas.

— Ça fera neuf dollars et cinquante-huit.

L'homme fredonnait *Moon River* tandis qu'il ensachait les magazines de Dayne avant de les lui tendre.

— Belle journée, non ?

— Oui, très belle.

Dayne tendit un billet de dix dollars au caissier.

— Le mois de juin n'est habituellement pas si ensoleillé, poursuivit-il.

— Dieu sourit aux Dodgers, philosopha l'homme. Cinq gains d'affilée, ce n'est pas peu dire. C'est leur année.

— C'est possible, rétorqua Dayne, tout sourire.

Il appréciait l'instant. Un commis, probablement un retraité, lui faisait candidement la conversation. Dayne aimait les moments comme celui-là, car il avait alors l'impression de mener une existence normale.

— À bientôt, Dayne fit-il simplement.

— C'est ça, répliqua le commis en brandissant le poing. Allez, les Dodgers.

Dayne sortit, balaya le parc de stationnement du regard pour découvrir la Volkswagen et un objectif braqué sur lui. Puis, avec de grands gestes théâtraux, il sortit l'un des magazines du sac et fit semblant de fixer, ébahi, la couverture. Il se couvrit la bouche d'une main et fit semblant d'être absorbé par une histoire scandaleuse.

Après un moment, il vit un groupe d'adolescentes se diriger vers lui. Les filles ne l'avaient pas encore reconnu, mais ça viendrait. Il remit le magazine dans le sac, salua le photographe et remonta en voiture. La partie de plaisir était terminée. C'en était assez pour le paparazzi. Dayne verrouilla ses portières, s'assura que ses vitres étaient bien fermées et se faufila vers le service au volant du Starbucks.

Avant même d'arriver à l'autoroute Pacific Coast, son double expresso était de l'histoire ancienne et il avait oublié le photographe, ne se préoccupant pas de savoir si ce dernier était toujours sur ses talons. La fille de Bloomington, il n'avait qu'elle à l'esprit. Comment pourrait-il la retrouver sans s'envoler vers l'Indiana ? Quelle folie il avait faite en disant à Mitch qu'il pouvait la convaincre de se présenter pour une audition dans une semaine !

Dayne passa devant les points de repère habituels : le motel Malibu Surfer et le marché Whole Foods. Sa maison était juste après, coincée entre d'autres propriétés de gens de l'industrie du spectacle : un réalisateur et sa femme chanteuse d'un côté, et une actrice vieillissante et son jeune mari de l'autre. Ces gens charmants étaient tous attirés par l'océan, cette vue de calme et de sérénité sans fin, tout ce dont leur vie manquait, quoi !

Dayne entra avec son sac de magazines et se prépara un autre café, noir, sans sucre. Puis il enfila une paire de lunettes fumées avant de sortir sur le patio du deuxième. Aucun photographe ne pouvait l'y voir, pas avec cette muraille escarpée qu'il avait fait ériger tout autour. Il s'assit, apercevant à peine par-dessus la rambarde l'océan Pacifique.

Il sortit les magazines un à un. Des quatre, deux affichaient son nom ou son portrait en couverture. Il analysa le premier : « Dayne Matthews, le célibataire le plus convoité d'Hollywood, fait la grande tournée. » « Ah, bon ? » murmura-t-il en allant directement à l'article.

Il y avait bien d'autres photos étalées sur deux pages, chacune le montrant aux bras d'une nouvelle femme. Il en embrassait une. Une autre était serveuse et, peu importe la photo, il ne l'avait pas draguée. Le bar était bruyant et il s'était approché d'elle pour passer sa commande. Sous la photo, la légende titrait « Même les serveuses sont des proies légitimes ». « Génial », désapprouva Dayne.

Qu'en penserait la serveuse ? Elle ne faisait que son travail, et voilà que son portrait s'affichait à toutes les caisses enregistreuses des épiceries du pays.

Dayne feuilleta rapidement le magazine. Il devait bien y avoir d'autres photos de lui ; il y en avait toujours. Quelques pages plus loin, il dénicha un court article intitulé « Registre de police ». Le sous-titre indiquait « Dayne Matthews est-il traqué par une femme ? La police trouve de nouveaux indices. »

L'acteur leva les yeux au ciel : il y avait souvent un brin de vérité derrière les articles de ces tabloïdes. La police l'avait averti à trois reprises au cours du dernier mois au sujet de cet harceleur, quelqu'un qui envoyait au service de police d'étranges missives menaçantes à l'égard de Dayne Matthews.

À ce jour, Dayne n'avait eu aucun contact avec le harceleur. Il n'y songeait que quelques minutes chaque fois qu'il s'entretenait avec les policiers. Pourtant, les magazines à potins étaient souvent bien informés. Il parcourut l'article à la recherche d'un brin de vérité.

Les policiers affirment avoir reçu une autre missive de la personne qui écrit des lettres menaçantes au sujet du tombeur d'Hollywood, Dayne Matthews. Cette fois-ci, les graphologues soutiennent que l'écriture est celle d'une femme.

Une source affirme être absolument certaine que l'auteure de ces lettres est une admiratrice déséquilibrée, une femme qui veut du mal à M. Matthews. « Ce pourrait n'être que de la frime, poursuit la source. Il pourrait simplement s'agir de quelqu'un qui a besoin d'attention, mais on ne sait jamais. On n'est jamais trop prudent. »

Les détails de la lettre n'étaient pas disponibles, mais une personne a dit aux journalistes que l'auteure de la missive réclame une journée avec Dayne Matthews ou la mort de celui-ci.

Les policiers nous tiendront au courant du déroulement de l'affaire.

Dayne cligna des yeux et un frisson lui parcourut les bras, davantage en raison de la brise du Pacifique que d'une certaine crainte. Une journée en sa compagnie ou sa mort : les gens étaient-ils si cinglés ? Il parcourut de nouveau l'article avant de le mettre de côté. Dayne et ses amis savaient qu'il était préférable d'ignorer toute information provenant de la toujours populaire et fréquemment citée « source ».

La vérité provenait de personnes en chair et en os, pas de sources imaginaires.

Il tourna la page, à la recherche d'autres affaires. C'était là son rituel, sa façon de garder le contact avec son public et de connaître l'opinion des gens à son égard. Que les histoires soient vraies ou non n'avait aucune importance. Si elles étaient publiées, il devait les connaître. Il continua de feuilleter le magazine. Au début, il y avait une section intitulée « Des gens ordinaires ». Évidemment, le voilà sortant du Starbucks, un double expresso à la main. La légende titrait « Dayne Matthews fait le plein dans son bistrot préféré. »

Dix pages plus loin, il y avait une photo de lui et de J-Tee Ramiro, une affriolante chanteuse cubaine qu'il avait fréquentée le mois dernier. Bon, ils n'avaient peut-être jamais eu un véritable rendez-vous, mais ils avaient passé une bonne partie de la semaine ensemble et les paparazzis les avaient poursuivis sans relâche. La photo les montrait en train de partager une salade dans un petit café de Zuma Beach. Le propos de l'affaire était que J-Tee fréquentait quelqu'un de nouveau et qu'elle avait un meilleur rebond que la moitié des joueurs des Lakers de LA.

Dayne feuilleta rapidement le reste du magazine. La majorité des pages étaient tapissées de photos. Voilà pourquoi les photographes le poursuivaient, lui et tous ceux ayant le statut de célébrité. Quel que soit le montant offert par les magazines, c'était suffisant pour alimenter les paparazzis.

De plus, certaines des photos étaient tout à fait ridicules. Une des sections centrales du magazine montrait une demi-douzaine d'actrices et le dessous de leurs bras. « Qui a la peau flasque ? » questionnait le grand titre. Les photos étaient des gros plans d'actrices pris tandis qu'elles pointaient ou qu'elles levaient le bras de façon à exposer des triceps moins que parfaits.

Dayne leva les yeux au ciel et tourna la page. Au cours des dernières années, les magazines avaient empiré. Une de ses amies, une actrice de premier plan du nom de Kelly Parker, ressentait définitivement les effets de cette pression. Elle avait l'habitude d'aller danser ou de faire des achats avec des amis. Maintenant, elle quittait rarement la maison et, la dernière fois que Dayne lui avait parlé, elle avait la voix éteinte.

Il parcourut encore dix pages et quelque chose attira soudain son attention. Une brise océane tourna les pages tandis qu'il forçait le regard. C'était un tout petit article avec deux photos, l'une de Marc David, un ami acteur, et l'autre d'un homme pitoyable derrière les barreaux.

Sous les photos, la légende indiquait que le *Hollywood's People* avait envoyé un journaliste faire enquête sur le récent voyage de Marc David à Leavenworth et l'article faisait part de ce que le reporter y avait découvert. Dayne se redressa sur sa chaise. Son cœur palpita et il sentit ses joues s'empourprer. Quoi encore ? Marc était son ami, mais il n'avait jamais rien dit à propos de Leveanworth. Dayne poursuivit sa lecture.

Marc soutient qu'il a été élevé par sa mère sans même connaître son père, ce qui est absolument faux selon les sources d'Hollywood's People. Le père de Marc ne manque pas à l'appel. Il s'agit de Joseph L. David, condamné à deux reprises, un criminel, violeur et toxicomane emprisonné à Leavenworth. Notre journaliste a suivi Marc à la prison. Des sources sûres affirment que Marc connaît l'existence de son père depuis toujours. Voilà, vous êtes maintenant au courant du fond de l'histoire... et nous aussi !

Dayne en fut malade. Il jeta le magazine sur la table, chercha son cellulaire dans sa poche, l'ouvrit et composa le numéro de Marc.

Son ami répondit à la troisième sonnerie.

— Allo ?

— Marc, c'est Dayne.

Il se leva et marcha vers la rambarde, le regard au large.

— Hum, je viens de me procurer la dernière édition du *Hollywood's People*, poursuivit-il.

Il fit une pause.

— Est-ce la vérité ? demanda-t-il sans détour.

Il entendit un long soupir à l'autre bout du fil.

— Au sujet de mon père ? s'enquit Marc, la voix fatiguée. Oui, c'est vrai.

— Mais tu ne m'en avais... Je croyais qu'il était disparu.

— C'est ce que j'ai dit à tout le monde, se lamenta Marc. C'est dégueulasse. Mes parents se sont séparés alors que j'étais enfant. Mon père a par la suite fait des conneries. Il a pris de la cocaïne et d'autres drogues, puis il a manqué d'argent. Il a dévalisé quelques magasins de vins et spiritueux. Ma mère a tenté de me protéger, affirmant que ce n'était pas du joli. J'étais à l'université de New York quand j'ai réussi à retracer mon père. Je l'ai aidé. Puis j'ai commencé à être connu et nous avons décidé de ne pas ébruiter la situation.

— Il est à Leavenworth ? s'informa Dayne.

— Ouais.

— Ouf...

Dayne ferma les yeux et se couvrit le visage de sa main libre. Il ne dit rien à propos du statut de violeur du père de Marc.

— J'suis désolé.

— Ça devait bien arriver un jour. La presse... tous des requins.

— Comment va ton père, aujourd'hui ?

Un triste ricanement se fit entendre à l'autre extrémité du combiné.

— Justement. Ça fait cinq ans que tout va bien. Il a redécouvert Jésus et apporté certains changements dans sa vie. Il sera libre dans deux ans. Ma mère et lui ont même repris le dialogue.

Les morceaux s'emboîtaient maintenant. Il n'y avait rien d'étonnant dans le fait que Marc ait tenté de garder le tout secret. Les tabloïdes parleraient des conneries sans mentionner que l'homme était aujourd'hui réformé.

Et c'est exactement ce qui s'était produit.

— Et la photo ? s'enquit Dayne en jetant de nouveau un coup d'œil au magazine ouvert sur la table. Ton père n'a pas bonne mine.

— Ouais, je sais. Les journalistes ont mis la main sur ses photos d'arrestation. Ils ont dû les retoucher car il n'était pas derrière les barreaux quand ces clichés ont été pris par les policiers.

— Bravo. Donc, l'homme est aujourd'hui rasé de près et a les yeux brillants, mais c'est cette photo qui est publiée.

— C'est ça.

Marc se tut un moment.

— Dayne, j'ai consulté un avocat, finit-il par dire. C'en est trop, tu vois.

Dayne sentit une montée d'adrénaline, comme à l'époque du pensionnat tandis que l'équipe de foot jouait un match serré.

— Sérieusement ?

— Ouais, soupira Marc. Mon père n'a jamais violé qui que ce soit. Les journalistes ont ajouté ça gratuitement. Il s'agit d'une pure invention.

Dayne sentit de nouveau son visage s'empourprer.

— Ne te gêne pas, Marc. Va jusqu'au bout.

— C'est ce que j'ai l'intention de faire, répondit Marc, la voix tendue. J'ai parlé à mon père et ça va. Nous surmonterons cette épreuve.

— C'est sûr, renchérit Dayne en serrant les mâchoires.

Il observa un goéland plonger dans l'eau et en ressortir avec un poisson. De temps à autre, une célébrité poursuivait avec succès l'un des tabloïdes. Ça n'arrivait pas souvent, et les magazines s'en souciaient peu puisqu'ils faisaient suffisamment d'argent pour soutenir une poursuite occasionnelle. Pourtant, ça faisait du bien.

Marc David s'attaquerait au *Hollywood's People*. Dayne se redressa et balaya la plage des yeux à la recherche de chasseurs d'images. Il n'y en avait aucun.

— Écoute, je suis derrière toi jusqu'au bout, Dayne rassura son ami.

— Merci, ça me fait chaud au cœur, répondit Marc plus calmement. Je dois y aller, mais une dernière question...

Il fit une pause.

— Tu as des nouvelles de Kelly Parker ?

— Kelly ?

Dayne retourna s'asseoir et appuya ses pieds sur la rambarde.

— Elle ne va plus nulle part, reprit-il. Les paparazzis lui donnent la trouille.

— C'est bien ce que je pensais. Dis-lui de m'appeler, O.K. ?

— À coup sûr.

Une fois l'appel terminé, Dayne jeta son cellulaire sur la table, reprit le magazine et fixa l'image. Tout à coup, le portrait se transforma dans sa tête. Il ne s'agissait plus de Marc et de son père, mais bien d'une autre famille, de sa famille biologique qui ignorait tout de son existence. Il se représenta ses proches à l'image des gens qu'il avait vus cette journée-là à Bloomington : huit ou dix personnes, accompagnées de quelques enfants en bas âge, marchant ensemble dans le parc de stationnement de l'hôpital, cette même fin de semaine où il avait aperçu la fille du théâtre. L'une des petites filles les accompagnant se déplaçait en fauteuil roulant.

Malgré la chaleur du soleil sur son visage, il fut parcouru d'un grand frisson. Il referma le magazine et le lança sur la table. Que ferait la presse à potins à ces gens qu'il avait croisés ce jour-là dans le parc de stationnement ? Quels secrets cachait la famille Baxter ? Pour commencer, John et Elizabeth avait confié le garçon en adoption sans, apparemment, jamais le dire aux autres enfants.

Et qu'en était-il du fauteuil roulant ? Était-ce une anomalie congénitale ou un accident qui y avait cloué cette enfant ? Peu importe, la presse le découvrirait et en tapisserait une double page centrale à la première occasion.

Dayne se redressa et s'emplit les poumons d'air salin moite. Il appuya les avant-bras sur la rambarde et lorgna au loin cette fois-ci. Que faisaient les Baxter en ce moment ? Sans aucun doute pleuraient-ils encore le départ d'Elizabeth. Le détective privé qu'avait engagé l'agent de Dayne avait rapidement découvert les renseignements. Elizabeth Baxter était décédée du cancer du sein quelques heures à peine après la brève visite de son fils..

Sur la plage en contrebas, deux amoureux se tenant par la main faisaient voler un cerf-volant jaune rayé. Dayne observa leur facilité à garder la tête haute en plein jour. Connaissaient-ils leur chance de ne pas être sous les projecteurs ? Ou encore avaient-ils des rêves de célébrité comme tant de gens à Los Angeles ?

Son regard se porta un peu plus loin. Au moins, il avait retracé Elizabeth avant qu'elle ne meure. Leur conversation lui avait permis de répondre à de difficiles questions : qui était sa mère biologique et pourquoi l'avait-elle confié en adoption ?

Elizabeth l'avait aimé et désiré. Elle l'avait déjà recherché et s'était inquiétée de lui toute sa vie durant. Dans ses derniers jours, son seul désir avait été de le retrouver, de lui dire comment elle l'avait tenu naissant et à quel point elle l'avait aimé.

Ces bribes de vérité lui avaient suffi.

Il avait pris la décision de laisser dans l'ombre son père et ses frères et sœurs biologiques. Il s'appuya fermement à la rambarde. Il n'avait aperçu ces personnes qu'un moment tandis qu'ils quittaient l'hôpital pour s'engouffrer dans leurs voitures. Ils avaient l'air de gens bien, affectueux et proches. C'était le genre de famille à laquelle il aurait été fier d'appartenir.

Pourtant, il pouvait difficilement se présenter à la porte de ses frères et sœurs biologiques pour leur annoncer qu'il était l'aîné. Les paparazzis s'empareraient du moment pour en faire leur prochain article-vedette. Non, il ne pouvait pas communiquer avec les Baxter, ni leur dire la vérité à son sujet. Ils avaient droit à leur intimité. Dayne plissa les yeux. Il voyait déjà les grands titres : « La famille secrète de Dayne Matthews enfin découverte ! » Non, il ne pouvait s'y résoudre, même s'il ne pourrait jamais chasser ces gens de son esprit.

Il ramassa son cellulaire sur la table et retourna à l'intérieur en refermant la porte-écran. Tout à coup, il sut comment il allait retracer cette fille, celle du théâtre de Bloomington. Il composa le numéro de son agent.

— Matthews, comment ça va ?

— Bien, répondit Dayne avant d'enchaîner. Eh ! j'ai besoin d'un service.

— Ah bon ? trancha l'agent avec humour. Mitch Henry m'a dit que tu cherchais une actrice.

— Voilà, répondit Dayne en souriant, c'est exactement le service dont j'ai besoin. Je dois retracer une actrice de Bloomington.

— Matthews, répondit l'agent sans la moindre trace d'humour, pas Bloomington. Je croyais qu'on était d'accord…

— Non, non, ça n'a rien à voir avec ma famille, Dayne précisa-t-il. Il s'agit d'une fille, une actrice que j'ai croisée là-bas, au théâtre communautaire.

Aucun son ne lui parvenait de l'autre extrémité du combiné. Puis il entendit son agent respirer profondément.

— Tu as vu une pièce au théâtre communautaire quand tu étais à Bloomington ?

— Oui. En fait, non.

Dayne arpenta sa cuisine et s'arrêta devant l'évier. La vue sur laquelle donnait la fenêtre était la même que celle du patio.

— Je veux dire que la fille n'était pas de la distribution, clarifia Dayne. C'était la metteure en scène.

— La metteure en scène ?

— Oui. Elle est parfaite pour le rôle.

Dayne sentit un sourire se dessiner sur ses lèvres.

— Comment sais-tu qu'elle peut jouer ? lui demanda son agent d'un ton las.

— Une intuition.

Dayne prit un verre dans l'armoire et le remplit d'eau.

— Allez, fais ça pour moi, poursuivit-il. Je te jure qu'elle serait parfaite pour le rôle.

— J'ai une seule question, lui dit son agent avec résignation. Tu n'as pas couché avec elle toujours ?

— Voyons donc ! s'exclama Dayne en levant son bras libre. Ne va pas croire tout ce que tu lis dans les journaux.

— Bon, mais tu ne réponds pas à ma question.

— Bien sûr que non.

Dayne se représenta la fille sur scène alors qu'elle était entourée de tous ces enfants.

— Je ne lui ai même jamais adressé la parole.

— Génial, soupira l'agent. Alors, j'envoie un détective à Bloomington trouver une fille qui est parfaite pour le rôle, bien que tu ne saches même pas si elle sait jouer, une fille à qui tu n'as même jamais parlé.

— C'est bien ça, répondit Dayne, plus détendu.

Son agent aimait bien se moquer de lui, mais il finissait par faire tout ce qu'il lui demandait. Voilà pourquoi Dayne lui était fidèle depuis si longtemps.

— As-tu la moindre information à son sujet ? Un nom, peut-être ?

Dayne répondit sans hésiter. Il avait le nom de la jeune fille sur le bout de la langue depuis le début de l'après-midi.

— Hart, elle s'appelle Katy Hart.

CHAPITRE DEUX

PLUS D'UNE CENTAINE d'enfants et leurs parents faisaient la file aux portes de l'église communautaire de Bloomington, là où les répétitions du Théâtre chrétien pour enfants avaient lieu, quand Katy gara sa vieille Nissan rouge deux portes dans le parc de stationnement pour la deuxième fois de la journée en ce lundi après-midi.

La première était survenue une demi-heure auparavant. Cette fois-là, elle avait respecté les limites de vitesse, remarquant les nuages annonciateurs d'orage en traversant le centre-ville, et était arrivée dans le parc de stationnement dix minutes à l'avance, tel que prévu. Ce n'est qu'une fois parvenue à la porte de l'église qu'elle se rendit compte qu'elle en avait oublié la clé, ce qui déclencha une course folle dans Bloomington en direction de Clear Creek, où elle logeait chez les Flanigan.

Elle avait fouillé frénétiquement sa chambre et retrouvé la clé, mais elle avait désormais quinze minutes de retard. Si la file d'attente à l'extérieur de l'église était une indication, elle avait intérêt à se dépêcher.

Les auditions pour *Tom Sawyer* devaient débuter à 16 heures.

Katy et son équipe de création n'avaient que trois heures pour procéder aux auditions et une heure pour décider qui serait rappelé pour une seconde séance. À 20 heures, le personnel de l'église devait reprendre possession des locaux pour une réunion et elle avait promis que tout le monde serait parti à ce moment-là.

La jeune femme se mordilla les lèvres, s'empara de son sac de toile et sortit en trombe de sa voiture. Tant que les membres du TCE n'auraient pas leurs propres locaux, de tels horaires feraient partie de la réalité. Au moins, l'église communautaire de Bloomington leur ouvrait ses portes tous les lundis et jeudis, ainsi que deux fois la fin de semaine pour les cours et les répétitions. Des locaux bien à eux, ce serait bien, mais Katy essayait de ne pas y penser. Elle accéléra le pas. « Je suis reconnaissante, mon Dieu, vraiment », pensa-t-elle.

Dès qu'ils l'aperçurent, les enfants la saluèrent joyeusement.

— Katy... Katy !

Elle remonta la file jusqu'à la porte de côté et se confondit en excuses tandis qu'elle l'ouvrait. Elle fut assommée par une bouffée d'air chaud sentant le renfermé. Elle fronça les sourcils et leva les yeux au ciel. Le personnel de l'église avait promis de laisser le climatiseur en marche. Elle devrait y jeter un coup d'œil dès que les inscriptions seraient commencées.

Katy activa l'interrupteur d'éclairage, et les parents bénévoles se précipitèrent vers les quelques tables installées dans l'entrée. Les enfants suivirent.

— Vous connaissez la routine, dit simplement la jeune femme.

Elle fit signe aux enfants de baisser le ton le temps qu'elle leur adresse la parole.

— Ayez à la main votre photo et votre formulaire d'audition dûment rempli et signé par vos parents. Faites la file et quelqu'un vous remettra un numéro. Tous ceux qui n'ont pas de photo devront faire la file devant...

Katy scruta les alentours pour voir quel parent s'occupait de la caméra Polaroïd.

– ... Mme Jennings. J'attends les dix premiers dans cinq minutes à l'intérieur du sanctuaire.

Trois autres personnes se joindraient à elle pour former le jury : Rhonda Sanders, la chorégraphe et meilleure amie de Katy, et Al et Nancy Helmes. Al et Nancy, un couple passionné par l'amour pour la musique et les enfants, étaient les piliers de la communauté du TCE. Ils faisaient office de directeurs musicaux pour *Tom Sawyer* et participeraient au processus d'audition. Ces deux-là s'aimaient follement et adoraient leurs huit enfants, dont trois faisaient partie du TCE.

De temps à autre, Katy surprenait le couple la tête inclinée en une prière avant le repas ou les yeux rivés l'un sur l'autre dans une salle comble et en était émerveillée. Trouverait-elle un jour un tel amour ?

Un amour qui fait que les conjoints se retroussent les manches et travaillent ensemble, jouent ensemble, élèvent une famille ensemble, tout en étant si heureux et si amoureux à cœur de jour ?

Elle l'espérait bien.

Katy donna encore quelques directives aux mères à l'accueil. Puis, elle nota la présence de Cara Helmes, l'une des filles de Nancy et d'Al.

— Bonjour, Katy ! Une autre audition !

Cara sourit, les yeux aussi brillants qu'à l'habitude.

— La meilleure jusqu'à maintenant, lui répondit Katy en lui faisant un câlin. Je te vois plus tard.

La fille acquiesça et descendit l'allée avec ses parents pour s'asseoir au deuxième rang, d'où elle attendrait le début des auditions. Cara, qui avait vingt-deux ans, souffrait de trisomie 21. Elle avait le droit d'assister à tous les spectacles et à toutes les répétitions du TCE, ce qu'elle appréciait plus que tout au monde. Cara avait toujours un câlin ou un sourire pour les enfants. Peu importe la qualité de la répétition, elle applaudissait à tout rompre. Elle n'avait jamais rien à redire de qui que ce soit. Les enfants et la grande famille du TCE l'adoraient. Katy et Rhonda considéraient que, d'une certaine façon, Cara était l'ange gardien du TCE.

— Katy, Katy…

La jeune femme fut rappelée à l'ordre par un chœur d'enfants frénétiques. Elle trouva devant elle trois petites filles. L'une d'entre elles était hors d'haleine.

— J'ai oublié ma musique ! dit-elle, les larmes aux yeux. Ma mère veut savoir si on a le temps de retourner la chercher.

Katy mit la main sur l'épaule de la fillette.

— Du calme, tout va bien, dit-elle, tout sourire. Tu as tout ton temps.

D'autres enfants attirèrent son attention. Elle leur répondit l'un après l'autre. Oui, ils avaient besoin d'une photo pour participer à l'audition. Non, ils ne pouvaient pas chanter sans accompagnement. Oui, ils pouvaient choisir une chanson du répertoire religieux.

Normalement, elle prenait le temps de discuter avec les enfants, de leur poser des questions sur l'école et leur famille. Aujourd'hui, cependant, le temps était trop précieux. Le TCE avait beau être une troupe pour enfants, c'était la passion de Katy, sa raison d'être. *Tom*

Sawyer pourrait être la meilleure production à ce jour. Oui, c'était la première pièce de l'été du TCE. Peu importe l'air étouffant, les longues files, le retard, les nuages menaçants qui pourraient entraîner une panne d'électricité, cette audition serait tout aussi professionnelle que les autres. Katy serra son sac et se dirigea vers les portes doubles donnant sur le sanctuaire.

— Il y a plus d'enfants que jamais, constata-t-elle.

Heath Hudson lui emboîta le pas et lui tendit deux crayons. Heath était un vendeur de vingt-sept ans doué d'une grande facilité à gérer une table d'harmonie et habité d'une grande fascination pour le théâtre. Au sein de la grande famille du TCE, on murmurait qu'il avait également une grande fascination pour Katy.

— Tu as l'air en chaleur, fit-il remarquer à la jeune femme.

— Oh, dit-elle en s'arrêtant et en se retournant vers lui, est-ce un compliment ?

— Hein ? Heath fit-il, l'air embarrassé.

Il ne faisait que quelques centimètres de plus qu'elle et elle pouvait voir les gouttes de sueurs perler sur son front.

— Non, non, ce n'est pas ce que je veux dire, quoique... tu aies tout de même fière allure, reprit le jeune homme.

— Je me moque de toi, avoua Katy en riant.

Elle avait toutes les raisons du monde d'apprécier Heath. Ils étaient déjà allés voir quelques films ensemble et les enfants se moquaient doucement d'eux à chaque occasion. Toutefois, le cœur n'y était pas tout à fait. Elle prit les crayons avant de tapoter l'épaule de Heath.

— Ne t'inquiète pas, je comprends ce que tu veux dire. J'ai chaud, comme tout le monde.

Elle fit un geste vers le plafond.

— Le climatiseur ne fonctionne pas, poursuivit-elle, en plissant le nez et en reculant d'un pas. Peut-être pourrais-tu y jeter un coup d'œil ? Qu'en dis-tu ?

— Il n'y a pas de problème, Heath répondit-il gentiment en s'éclaircissant la voix. Je m'en occupe.

Katy était rendue au milieu de l'allée centrale quand le reste de son équipe de création la rattrapa. Nancy Helmes la mit au parfum des derniers développements tandis qu'ils déambulaient.

— Adam Franklin a vomi dans l'entrée, annonça-t-elle.

— Quoi ?

Katy posa ses effets sur le premier banc et toisa Nancy.

— Tu te moques de moi ?

— Pas du tout, répondit Nancy.

Elle se dirigea vers le piano quelques pas plus loin et ouvrit le couvercle.

— Son père a dit qu'il était nerveux depuis ce matin, poursuivit-elle. Le garçon aurait mangé un burger et des frites pour déjeuner et, bon, voilà…

Al, son mari, fit une drôle de grimace.

— Ce n'était pas très joli à voir, fit-il remarquer.

Rhonda déplia une table à cartes et l'installa devant le premier banc.

— Sarah Jo Stryker est là également, annonça-t-elle. Sa mère soutient qu'elles sont arrivées de justesse, directement d'une audition commerciale à Indianapolis.

Elle fronça les sourcils.

— Cette femme m'a pris à partie pour me demander si nous savions quel joyau nous avions avec Sarah Jo, poursuivit-elle.

— Pardon ? fit Katy, en laissant tomber les bras. Qu'est-ce que ça signifie ?

— La mère m'a dit que Sarah Jo serait un jour une grande célébrité, que nous sommes chanceux de pouvoir lui mettre le grappin dessus tandis qu'elle est encore jeune et que son cachet est bas.

Katy soupira profondément et posa son bloc-notes jaune et ses crayons sur la table. La plupart des familles du TCE étaient raisonnables, heureuses d'avoir pu trouver une troupe de théâtre où les normes morales étaient élevées et où la foi était à la base de tout. Le travail d'équipe était de la plus haute importance et, après huit semaines de répétitions, tous les participants se sentaient sur un pied d'égalité le soir de la première.

Toutefois, en un an, depuis les débuts du TCE à Bloomington, quelqu'un manquait occasionnellement le bateau en pensant que le TCE était un tremplin vers quelque chose de plus important, de meilleur. Katy n'avait jamais rencontré la mère de Sarah Jo, mais les nombreux appels téléphoniques de la dame laissaient présager le pire.

— Elle a vraiment dit ça ? demanda-t-elle en clignant des yeux.

— Ouais, répondit Rhonda en jetant un coup d'œil à sa montre. Je crois que Sarah Jo est du quatrième groupe.

« Qu'est-ce qui lui a pris, à cette madame Stryker ? » pensa Katy.

— Si cette femme te parle à nouveau, suggéra-t-elle à Rhonda, dis-lui que j'ai bien noté et que suis consciente de notre chance.

Elle avait pris son bloc-notes et son crayon et fait semblant de noter quelque chose.

— Les règles sont les mêmes que d'habitude, soit dit en passant, poursuivit-elle. Dans ce genre d'audition, les accessoires et les pas de danse complexes ne font que nous distraire du chant. Les enfants sont au courant.

Un grondement de tonnerre retentit dans l'édifice et Katy se retourna vers l'arrière de la pièce. Krissie Schick, la coordinatrice de secteur du TCE, attendait le signal.

— Ça y est ? s'écria cette dernière.

Katy prit une grande respiration et fit un signe de tête à Nancy, Al et Rhonda. Ils étaient tous attablés. Un peu plus loin, l'une des mères s'occupait du lecteur de CD, bien assise et munie d'un chronomètre. Katy se retourna vers Krissie.

— Laisse-les entrer.

Dans un mouvement soudain, des douzaines de parents et d'enfants, un numéros épinglé au chandail, se précipitèrent dans le sanctuaire, prirent immédiatement place et firent silence. La règle voulait que tout le monde puisse assister aux auditions, mais que les déplacements ne fussent permis qu'entre les groupes de dix. Le premier groupe de participants s'éloigna des spectateurs et prit place dans la première rangée, tout près de Katy.

Un autre grondement de tonnerre se fit entendre dans l'auditorium. Katy serra son crayon. La température était toujours étouffante à l'intérieur et elle chercha Heath du regard. S'il avait trouvé le climatiseur, il n'avait toujours pas réussi à le faire fonctionner. Peut-être la pluie rafraîchirait-elle l'air ambiant.

Katy regarda le groupe d'enfants de la première rangée.

— Numéro un ?

Tim Reed se leva, se dirigea vers le lecteur de CD et donna sa partition à la mère responsable de la musique. En quelques secondes, il expliqua à voix basse quelle chanson il allait chanter. Puis, il prit place au centre de la scène, devant Katy, et sourit.

— Bonjour, je m'appelle Tim Reed. J'ai seize ans et je chanterai *King of New York* de Newsies.

Katy lui fit un signe de tête et s'adossa.

Tim était l'un des plus gentils garçons qu'elle connaisse. À l'occasion d'autres productions, il avait toujours été le premier à offrir son aide, que ce soit pour maquiller les plus jeunes ou nettoyer la grande salle. Il sortait fréquemment sa guitare pour entamer des hymnes avec le reste de la distribution entre les représentations du samedi. Il était scolarisé à domicile et avait récemment été décoré de l'ordre de l'aigle chez les scouts. De surcroît, il avait un talent naturel pour le chant et le théâtre. Tim avait joué le rôle de Charlie Brown dans la toute première production du TCE et avait obtenu depuis des rôles principaux dans chaque production.

Katy sourit quand la musique se fit entendre. Cette audition serait facile.

La musique commença et Tim la maîtrisait parfaitement, chantant les aiguës à la perfection et faisant vibrer les graves. Chaque candidat avait une minute avant que sa musique ne prenne fin. Tim termina juste avant, remercia les membres du jury et retourna s'asseoir.

Katy tira son bloc-notes vers elle et nota « Tim Reed — Tom Sawyer ? »

Ensuite vint un gringalet avec des cheveux courts et ondulés qui tentait sa chance pour la première fois pour une production du TCE. Il avait une bouée de sauvetage autour de la taille, portait un masque de plongée vert et tenait à la main un canard en caoutchouc. Après avoir donné sa musique et pris place au centre de la scène, il fit signe à Katy.

La jeune femme se retint d'éclater de rire.

— Vas-y.

— O.K., dit le garçon, la voix rendue nasillarde en raison du masque. Je m'appelle Eric Wade. J'ai douze ans et…

— Eric ? demanda Katy en secouant la tête.

Le garçon aurait tout aussi bien pu être sous l'eau d'après la déformation de sa voix.

— As-tu la grippe ? Katy poursuivit-elle.

— Non, répondit-il, les épaules tombantes.

— Alors, enlève ton masque, chéri, on ne comprend rien.

Eric enleva son masque et le laissa tomber au sol.

— Est-ce mieux ainsi ? s'enquit-il.

— Oui. Essayons de nouveau.

Personne n'était surpris que la chanson d'Eric soit *Rubber Duckie*. Le garçon chanta en faisant d'abord semblant de nager en style libre, puis sur le dos, d'un bout à l'autre de la scène. Il était impossible de déterminer si sa voix était juste ou non. Katy imaginait sans peine ce que pouvait bien noter le reste de son équipe de création.

Pour sa part, elle nota « Eric Wade — peut-être une autre fois ».

Le flot d'enfants défila jusqu'à ce que les dix premiers aient auditionné. Katy se leva et s'étira tout en parlant assez fort pour que tout le monde l'entende.

— Prenons deux minutes avant de passer au deuxième groupe, annonça-t-elle.

Durant la pause, Heath vint la rejoindre.

— J'ai une bonne et une mauvaise nouvelles. Laquelle veux-tu entendre en premier ?

Katy croisa les bras et pencha la tête. C'était toujours comme ça le jour des auditions.

— La bonne.

— O.K., j'ai trouvé le panneau du climatiseur et je l'ai allumé, annonça Heath.

Il gonfla le torse. Son haleine sentait un peu l'ail et les oignons.

— Tes désirs sont des ordres, poursuivit-il.

— Wow, que me vaut cet honneur ? demanda Katy dans un rire à peine audible. Et la mauvaise ?

— La mauvaise nouvelle, c'est que l'air ambiant va prendre au moins une heure avant de rafraîchir et qu'il commence à grêler dehors.

— Oh, acquiesça Katy, ce n'est pas une si mauvaise nouvelle que ça.

Elle remonta l'allée, le regard toujours tourné vers Heath.

— Nous n'avons qu'à ouvrir les portes, suggéra-t-elle.

Sans attendre, elle se précipita vers l'entrée et ouvrit brusquement les portes doubles. Du coup, elle fut assaillie par une pluie de grêlons.

— Oh, zut ! s'exclama-t-elle.

Elle referma les portes et fit volte-face.

Les parents et les enfants qui étaient dans l'entrée la fixaient en tentant de ne pas rire.

— Voilà pourquoi les portes étaient fermées, expliqua l'un des pères en esquissant un sourire.

— Je vois, je vois, fit Katy en nettoyant ses vêtements et en secouant les grêlons.

La petite sœur de Tim, Mary, vint vers elle et lui tira la manche.

— Tu as de la neige sur la tête, lui fit-elle remarquer.

— Oui, merci, Mary. Je pensais bien que c'était le cas.

Katy se passa la main dans les cheveux et repartit à toute vitesse vers le sanctuaire.

— O.K., cria-t-elle. Les enfants du deuxième groupe, tenez-vous prêts.

Elle redescendait l'allée à toute vitesse quand ses yeux se posèrent sur l'une des collégiennes qui l'aideraient avec le spectacle. L'étudiante était assise au fond du sanctuaire avec son copain, qui lui entourait les épaules de son bras. Leurs têtes étaient penchées l'une vers l'autre.

Katy vit cette image s'imprégner dans son esprit et fit un retour dans le passé. Soudain, son cœur se déchira de nouveau et elle se sentit toujours aussi affligée et seule deux ans après avoir quitté Chicago. Elle jeta de nouveau un coup d'œil au couple. Les deux riaient de bon cœur en se tenant la main, perdus dans leur univers.

La jeune femme hésita. C'était elle il n'y a pas si longtemps… une collégienne, assise auprès de son premier amoureux, de son seul amour, au fond d'un auditorium tandis que leur groupe était en répétition à l'avant. À l'époque, elle rêvait au mariage et à la famille, et désirait vivre à Chicago pour toujours. Toutefois, les choses ne s'étaient pas présentées ainsi et voilà qu'elle s'ennuyait de cette époque avec une intensité qui lui coupait le souffle.

Elle reporta son attention vers l'avant de l'église et reprit sa place. Les larmes lui montaient aux yeux. La douleur l'avait envahie sans crier gare, au beau milieu d'une salle comble de gens qui l'aimaient et l'adoraient. Elle mit sa main en cornet.

— Allons-y, ordonna-t-elle. Deuxième groupe, préparez votre musique.

D'un coup, Katy reprit le contrôle de ses émotions. Sa vie à Chicago était révolue ; elle ne retournerait pas dans cette ville. Ses yeux étaient de nouveau secs et elle porta son attention sur la nervosité, le froissement des feuilles de musique et l'excitation ambiante. Elle avait trouvé sa niche ; elle se sentait chez elle… et ça lui suffisait.

Elle s'assit à la table et fixa son bloc-notes. Elle se perdit dans ses pensées : « Voilà tout ce dont j'ai besoin, n'est-ce pas, mon Dieu ? N'est-ce pas ce que Tu m'as dit… faire partie de trois douzaines de familles avec des centaines d'enfants clamant mon nom ? Ce sont bien là les projets que Tu as pour moi, non ? »

Il n'y eut aucune réponse, pas même au plus profond de son cœur.

— Katy, es-tu des nôtres ?

Rhonda lui pila sur le pied sous la table.

— Faisons auditionner ces enfants, poursuivit-elle.

— Oui, oui.

Katy se tourna vers la première rangée où attendaient les dix prochains enfants.

— Numéro onze, prends place.

La jeune femme resta ainsi concentrée.

Après les trente premières auditions, une dame se dirigea vers Katy et lui tapa sur l'épaule.

— Vous êtes Katy, n'est-ce pas ? La metteure en scène ?

Katy se retourna.

— Oui, bonjour.

Katy savait pertinemment qu'il s'agissait de la mère de Sarah Jo, même si elle ne lui avait parlé qu'au téléphone.

Alice Stryker s'approcha et baissa la voix.

— Sarah Jo répète le rôle de Becky depuis déjà un moment.

La dame se pinça les lèvres et tapota l'épaule de Katy.

— Je lui ai déjà cousu une robe de Becky Thatcher.

— Madame Stryker, enchaîna Katy en tentant de garder son calme, l'équipe ne distribuera pas les rôles avant la deuxième audition, qui aura lieu demain.

La mère changea d'expression et fit un petit rire poli.

— Évidemment, très chère. Je ne fais que semer à tous vents pour demain puisque les parents ne peuvent pas assister à l'audition et que je suis convaincue que Sarah Jo est parfaite pour ce rôle.

Mme Stryker était partie avant même que Katy n'ait eu le temps de reprendre son souffle. Il lui faudrait prendre sur elle pour convoquer Sarah Jo en deuxième audition après les expectatives déloyales de la mère.

Katy se remémorait la conversation quand Sarah Jo s'approcha d'elle. Elle observa les pas incertains et les grands yeux hésitants de l'adolescente. Pour la première fois, elle pensa que Sarah Jo n'était peut-être pas comme sa mère.

— Mademoiselle Katy ?

L'adolescente jeta un regard derrière elle en se mordillant la lèvre inférieure. Son visage était baissé quand son regard croisa de nouveau celui de Katy.

— Je suis Sarah Jo, dit-elle en tendant la main à la metteure en scène. Quoi qu'ait pu vous dire ma mère, je suis désolée.

La jeune fille déglutit, l'air tendu.

— Ma mère a des idées bien arrêtées à mon sujet, poursuivit-elle.

Katy fut bouleversée.

— Oh, chérie, ça ira, dit-elle en prenant la main de Sarah Jo. Ne t'inquiète pas. Tout le monde est un peu énervé lors des auditions.

— Oui, j'imagine, fit l'adolescente, un bref éclat dans le regard. Merci.

Katy observa Sarah Jo se mêler de nouveau aux autres enfants et elle remarqua alors les deux plus vieux des Flanigan, Bailey, quinze ans, et Connor, douze ans, à l'arrière de la salle. Connor s'était mérité un rôle dans chacune des trois premières productions, mais Bailey était encore inconnue. Puisque Katy vivait chez les Flanigan et qu'elle faisait presque partie de la famille, elle s'inquiétait depuis une semaine à savoir si Bailey avait ce qu'il faut pour décrocher un rôle et si Jim et Jenny, les parents, seraient inconsolables si aucun des deux enfants ne faisait partie de la distribution.

Durant la pause avant les auditions des deux enfants, Jenny Flanigan s'était présentée à la table et avait pris la main de Katy.

— Il ne doit pas y avoir aucun traitement de faveur, Katy. Tu dois traiter mes enfants comme les autres.

C'était exactement ce que Katy avait besoin d'entendre.

— Merci, avait-elle simplement répondu.

Son cœur s'était gonflé et elle avait serré les doigts de Jenny.

— J'en avais bien besoin, avait-elle poursuivi.

Bailey était la première participante de ce nouveau groupe. Elle chanta d'une voix juste et dynamique. Tout démontrait que Katy n'avait pas besoin de s'inquiéter. La fille des Flanigan avait la musique dans le sang. C'était une beauté élancée à la voix douce. Elle était à l'aise sur scène et Katy devina que la jeune fille saurait aussi bien danser. La metteure en scène nota à côté du nom de Bailey que l'adolescente serait convoquée pour la seconde audition, peut-être même pour le rôle de Becky Thatcher. Elle se dit qu'elle pourrait toujours demander à Alice Stryker de faire ajuster la robe.

Sarah Jo était la suivante et Katy retint son souffle. « Bon, voyons ce qu'elle a dans le ventre », pensa la jeune femme en elle-même. Sarah Jo chanta *Partir là-bas* tiré de *La petite sirène*. Dès la première phrase, Katy comprit la détermination de madame Stryker. La jeune fille était quelconque — svelte avec des cheveux bruns fins —, mais elle chantait de tout son cœur, laissant la chanson filer par le bout des doigts tandis qu'elle tendait les bras en entamant le chœur.

Sarah Jo irradiait tout simplement la salle. Sa voix était extraordinaire, belle et pleine, mature au point de donner à Katy des frissons dans le dos. L'adolescente était sûre d'elle et présentait la chanson de façon à convaincre l'assistance qu'elle était Ariel, la petite sirène en lutte contre elle-même.

Il n'était pas étonnant que madame Stryker ait des rêves de célébrité pour Sarah Jo. Si la jeune fille désirait faire carrière sur les planches, elle avait de toute évidence la voix et la présence scénique pour y parvenir.

Quand elle eut terminé, une explosion d'applaudissements se fit entendre du sanctuaire. Sarah Jo sourit doucement à Katy et haussa les épaules.

Katy eut un élan du cœur pour cette jeune fille. Sarah Jo s'attendait évidemment à être désavantagée en raison du comportement de sa mère. Katy lui rendit son sourire en hochant la tête. Elle fixa son bloc-notes et serra les lèvres. Apparemment, elle devrait apprendre à composer avec madame Stryker. Elle posa son crayon sur le papier et écrivit « Sarah Jo Stryker — à rappeler ».

Puis vint le tour d'Ashley Zarelli, une adorable jeune fille de dix-sept ans qui avait survécu à un passé trouble. Encore bébé, Ash avait été abandonnée dans un tiroir de commode pendant les deux premiers mois de sa vie. Elle fut prise en charge par un sénateur du coin et sa femme au cours des onze mois qui suivirent, mais l'État s'était ensuite mêlé de l'affaire et l'avait rendue à sa mère biologique. Sa vie était alors rapidement devenue infernale, jusqu'à ce que, vers l'âge de quatre ans, l'État en retire la garde à la mère biologique pour confier définitivement l'enfant au couple Zarelli. Depuis, Ashley faisait partie de la famille.

Tani Zarelli, la mère adoptive d'Ash, avait déjà confié à Katy que, si difficile qu'avait été l'existence de sa fille, le Seigneur lui avait transmis un message au sujet de cette enfant. Un jour, Ashley porterait Sa parole. C'était à cette promesse que Tani et son mari s'accrochaient quand Ashley était petite, qu'elle avait une piètre estime d'elle-même et qu'elle faisait des cauchemars.

Tandis que la petite Zarelli prenait position sur la scène, Katy fut frappée par la fidélité de Dieu. Devant elle se tenait une jeune adolescente qui, abandonnée par sa mère biologique, était maintenant illuminée par la présence du Christ. L'implication d'Ash au théâtre était une preuve vivante de la promesse de Dieu. À l'occasion du dernier spectacle du TCE, *Le petit monde de Charlotte*, Ashley avait travaillé aux côtés de Tim Reed pour animer la lecture des Écritures et les prières.

Elle chanta une chanson de La Mélodie du bonheur et se débrouilla suffisamment bien pour mériter d'être rappelée en seconde audition.

Les auditions se poursuivirent jusqu'à dix-sept heures avec cent trente-six enfants de tous âges, ceux de huit ans participant à leur toute première audition et ceux de dix-huit ans tentant leur dernière chance.

Une fois que tous les enfants et leurs parents furent partis, Heath Hudson s'approcha de Katy.

— Tu veux que je t'attende ? lui demanda-t-il.

Katy fouilla dans sa mémoire.

— Avons-nous des projets ?

— Non, c'est juste que… hum…, bredouilla le jeune homme, les joues rouges. Je pensais t'attendre dans la pièce voisine ; on pourrait aller prendre un café ensuite.

— Heath, comme c'est gentil, répondit Katy en lui prenant la main, mais ça risque d'être long et je dois ensuite rentrer à la maison.

Elle fit une pause.

— Ça va ? poursuivit-elle.

— Bien sûr.

Heath lui serra la main avant de la lâcher et de reculer de quelques pas.

— On se voit vendredi pour la répétition, lança-t-il.

— O.K., lui dit-elle amicalement. À vendredi.

Quand elle se retourna vers son équipe de création, Nancy et Rhonda avaient toutes deux un regard de connivence. Katy leva la main.

— Bon, ne vous y mettez pas.

Être célibataire au sein de si nombreuses familles signifiait qu'il y avait toujours quelqu'un qui tentait de vous coupler à quelqu'un d'autre. Ce soir, toutefois, il y avait beaucoup mieux à faire que de discuter de Heath Hudson.

— Je ne te ferai pas la morale, Katy, annonça Nancy.

Al se croisa les bras et taquina sa femme.

— Vous, les filles, vous êtes épouvantables. Ne peut-elle pas dire bonjour à Heath sans que vous n'établissiez la date du mariage ?

Ils rirent de bon cœur, mais ce fut de courte durée. L'équipe de création discuta pendant une heure et décida de quarante-trois enfants à rappeler pour le lendemain. Il faudrait compter quelque soixante enfants pour la pièce, mais les jeunes n'avaient pas tous besoin d'une seconde audition pour obtenir un rôle. Le deuxième jour d'auditions était consacré aux rôles parlants. Certains enfants auraient des petits rôles basés sur la qualité de leur première audition.

Katy avait l'estomac noué en retournant vers Clear Creek et la résidence des Flanigan. C'était tout à fait normal. Faire passer les auditions était toujours difficile. Dans un monde idéal, tous les enfants désirant un rôle en obtiendraient un, mais il n'y avait assez de rôles que pour la moitié des enfants.

Cette fois-ci, c'était aussi un peu différent.

Les lumières étaient éteintes dans la maison, ce qui était bon signe. Katy n'avait pas envie de faire la conversation, pas ce soir, non seulement à cause de la lourde tâche du lendemain, tandis qu'elle et son équipe de création procéderaient aux secondes auditions, mais aussi pour une autre raison, une raison qui rendait son estomac plus noueux que d'habitude.

La jeune femme ne trouva pas le sommeil. Elle tentait de mettre le doigt sur le problème et elle ne cessait de se remémorer la collégienne et son copain à l'arrière du sanctuaire. Même après trois heures d'auditions et une heure de discussion, Katy n'arrivait pas à chasser cette image de sa tête.

Plus elle y pensait, plus la logique s'imposait à son esprit. Malgré toute la richesse du TCE et son sentiment d'appartenance à cette grande famille inespérée, elle ne pouvait ignorer sa vérité fondamentale. Elle n'avait personne dans sa vie, pas de petit copain, personne avec qui faire des projets d'avenir.

En s'endormant, elle était convaincue que les nœuds n'étaient pas seulement causés par l'anxiété entourant la distribution de *Tom Sawyer*, à savoir quels rôles seraient attribués à Bailey Flanigan, Sarah Jo Stryker, Tim Reed et Ashley Zarelli à la suite des deuxièmes auditions. Il s'agissait de quelque chose que personne ne pouvait voir ou sentir, quelque chose de si important qu'elle pourrait faire ses valises et repartir vers Chicago.

Katy était envahie par une profonde et désolante solitude.

CHAPITRE TROIS

ASHLEY BAXTER BLAKE était assise devant son chevalet et retouchait un tableau d'un lac, tout en s'ennuyant de sa mère, quand elle entendit la porte d'entrée.

— Nous sommes de retour !

La voie de Landon retentit dans toute la maison, suivie de petits pas d'enfants.

— Maman, nous avons attrapé la plus verte des grenouilles de toute la côte !

Cole avait maintenant six ans, la maternelle était déjà de l'histoire ancienne. Le garçonnet avait de la boue sur les joues et dans ses cheveux blonds.

— Je n'ai pas réussi à l'attraper, expliqua-t-il, car elle était trop rapide pour moi, mais papa s'est approché tout doucement...

Il fit un mouvement des mains.

— Et l'a attrapée comme ça, poursuivit-il.

Landon pénétra dans la pièce, les genoux de ses jeans tachés de boue séchée. Il regarda Ashley, les yeux brillants et évocateurs, sans qu'il n'ait à dire quoi que ce soit.

Cole essuya le limon dans ses cheveux.

— En fait, papa a attrapé *trois* grenouilles ! s'exclama-t-il. C'est le meilleur.

— Trois ? répliqua Ashley en sourcillant pour taquiner Landon. Mon grand et costaud pompier de mari a attrapé non pas une mais bien trois grenouilles par une matinée estivale ensoleillée. Je suis fort impressionnée.

— Oui, moi aussi, ajouta Cole, tout excité, mais la dernière était la plus verte.

Il leva les yeux vers Landon.

— Elle avait même des pattes d'un vert clair, non ?

Ashley regarda en direction de Cole.

— Et où est cette grenouille vert clair ?

— Oh, nous l'avons relâchée, répondit le garçon sur un ton sérieux. Elle vit au lac.

Ses yeux s'illuminèrent.

— Par contre, nous pourrons la rattraper la prochaine fois, n'est-ce pas, papa ?

— Bien sûr.

Landon s'agenouilla devant Cole et étendit un peu la boue avec son pouce.

— Et si nous prenions cette douche ?

— Ah oui.

Cole sourit à Ashley, puis se pencha et secoua la tête.

— Il n'y aura pas de déjeuner tant que nous n'aurons pas débarrassé nos cheveux de cette saleté.

Il se redressa puis, en saluant rapidement ses parents, sortit de la chambre et s'enfuit dans le corridor en direction de la salle de bain.

Ashley posa son pinceau. Du revers de la main, elle repoussa une boucle de cheveux de son front. Puis, elle s'éloigna du chevalet pour se blottir dans les bras de Landon.

— On dirait que tu as eu un bon avant-midi, déduit-elle.

— Hum, fit Landon en lui bécotant le visage... une balade au lac avec mon garçon préféré... des grenouilles vertes...

Il l'embrassa avec une passion et un désir toujours grandissants malgré les années de mariage.

— Et maintenant ceci, ajouta-t-il en plongeant son regard dans le sien. Il n'y a pas de meilleur matin que ça.

Du corridor, ils entendirent le bruit de la douche.

Ashley attira Landon vers elle et l'embrassa de nouveau, langoureusement cette fois-ci. Quand il s'arrêta pour reprendre son souffle, elle pouffa de rire en frottant son nez contre le sien.

— Tu sais ce que j'aime ? s'enquit-elle.

Landon lui caressa le bras et la regarda fixement.

— Quoi donc ? demanda-t-il, curieux.

— J'aime entendre Cole t'appeler papa.

La lumière et l'amour se fondirent dans le regard de Landon.

— Pas autant que moi j'aime l'avoir pour fils, expliqua-t-il.

Ashley se blottit de nouveau au creux des bras de son mari et s'appuya la tête contre sa poitrine.

— Toutes ces années où je t'ai repoussé, se souvint-elle. Comment ai-je pu être si bornée ?

Il l'embrassa sur la tête.

— Peu importe. Regarde où nous en sommes présentement.

Landon avait raison. Peu importe les escapades parisiennes qu'elle avait effectuées, le fait qu'elle était rentrée à la maison seule et enceinte, avec l'impression d'être le mouton noir de la famille Baxter... Landon avait toujours été là, l'encourageant à aller vers lui, lui faisant comprendre qu'elle était quelqu'un de bien et qu'elle pouvait avoir confiance en elle. Ils avaient survécu à son séjour à New York, alors qu'elle s'inquiétait pour son état de santé. Pendant toutes ces années, elle n'aurait jamais même espéré qu'ils finiraient leurs jours ensemble et pourtant...

Landon se recula pour observer le tableau de son épouse.

— Tu n'avais encore jamais peint le lac de cet angle, fit-il remarquer. J'aime bien.

Il se redressa.

— Ça me rappelle le dernier pique-nique des Baxter, dit-il d'une voix douce.

— C'était avant la mort de maman.

Ashley s'approcha et caressa le bord de la toile.

— C'est aussi ce que j'ai pensé, avoua-t-elle.

— Y aura-t-il des personnages ? s'enquit Landon.

— Je crois bien que oui, lui répondit Ashley en le regardant. J'aimerais bien asseoir un vieux couple sur le banc. On ne verrait les personnages que de dos.

Landon reporta son regard d'abord sur le tableau, puis sur elle.

— Tes parents ? s'informa-t-il.

Ashley avait les larmes aux yeux.

— Mmm-hmm.

Son regard se perdit de nouveau dans le tableau.

— On dirait que si je peins maman dans mes tableaux, son souvenir survivra plus longtemps.

— Ash, fit Landon en tendant les bras, viens ici.

En bruit de fond, la douche cessa et ils entendirent Cole aller et venir dans la salle de bain.

Ashley ferma les yeux et se fondit dans la caresse de Landon.

— J'ai peine à croire que ça fait presque un an.

— J'entends encore sa voix, avoua Landon.

— Moi aussi, renifla Ashley. Chaque fois que nous rendons visite à papa, je sens la présence de maman, à l'œuvre dans la cuisine, à prendre le thé dans la salle à dîner ou à lire un magazine au salon.

Elle hésita un moment.

— Elle me manque tellement, murmura-t-elle.

Landon se tut et Ashley lui en fut reconnaissante. Il n'avait pas à savoir quoi dire chaque fois qu'elle s'ennuyait de sa mère. Il n'avait qu'à la tenir dans ses bras et à la laisser lui confier ses sentiments.

— Tu sais ce que je pense ? demanda Ashley à son mari.

Elle retourna vers son chevalet et s'assit sur le tabouret, tournée vers lui.

— Quoi donc ? s'enquit-il.

— Nous devons nous investir d'une certaine façon... un travail communautaire peut-être, en l'honneur de maman.

Landon s'adossa au mur et regarda par la fenêtre.

— C'était un peu ça, ton travail à Sunset Hills.

Il avait raison. Le travail qu'elle avait accompli auprès de patients souffrant d'Alzheimer à Sunset Hills aurait été tout à l'honneur de sa mère. Par contre, elle avait quitté cet emploi après leur mariage et n'y était jamais retournée. Le propriétaire avait engagé un nouveau gérant et, maintenant, elle n'y faisait qu'un saut occasionnel pour rendre visite à ses résidents préférés.

Ashley se redressa.

— Kari me parlait de cette nouvelle troupe de théâtre en ville, le Théâtre chrétien pour enfants ou quelque chose du genre.

Elle et sa sœur Kari s'étaient rapprochées au cours de la dernière année, se réconfortant l'une l'autre à la suite du décès de leur mère. Ashley tentait maintenant de se remémorer les détails de leur conversation.

— Oui, oui, répondit Landon en plissant les yeux. Un des copains entraîneurs de Ryan est impliqué, non ? Jim Flanigan ?

Ashley claqua les doigts.

— C'est ça, Jim Flanigan. Lui et sa femme ont des enfants dans la troupe, je crois.

— Bon, dit Landon en s'approchant. Et qu'est-ce que ma bénévole de femme a en tête ?

— Bien...

Ashley sentit l'espoir monter en elle. Voilà encore une chose qu'elle aimait chez Landon : même quand elle s'ennuyait au plus haut point de sa mère, il savait comment la faire sourire.

— Peut-être les gens de la troupe ont-ils besoin d'aide... on pourrait peindre les décors, par exemple, proposa-t-elle.

— Hum, fit-il remarquer en se grattant le menton, je croyais que tu voulais qu'on s'investisse tous les deux.

— Bien sûr.

Elle sauta du tabouret et prit les mains de son mari.

— Tu sais peindre. Ce n'est pas parce que tu es un pompier macho que tu ne peux pas peindre.

— Je peux peut-être peindre une maison... commença Landon.

Il la regarda avec scepticisme, mais son regard vacillant indiquait qu'il envisageait la possibilité.

— ... mais des décors de théâtre ? poursuivit-il.

— Oui, dit-elle en lui tirant les mains et en penchant la tête. Maman adorait le théâtre. Nous pourrions nous y mettre ensemble, en son honneur.

Landon lui décocha un sourire en coin.

— J'espère qu'ils ont beaucoup de murs bruns à peindre, les gens du théâtre.

Ashley pencha la tête vers l'arrière en éclatant de rire à l'idée qu'elle pourrait peindre des paysages pendant que son mari peindrait des murs bruns en guise de décor.

— Oh, Landon ! s'exclama-t-elle en reprenant son souffle, ça fait tellement de bien de rire.

Ils entendirent Cole courir vers sa chambre.

Landon se pencha pour embrasser de nouveau sa femme.

— C'est aussi bon de t'entendre rire, lui avoua-t-il.

Il croisa les bras et fit une drôle de grimace.

— Bon, appelle Kari, poursuivit-il, et demande-lui le numéro des Flanigan. Dis aux gens du théâtre qu'ils peuvent compter sur deux nouveaux bénévoles s'ils en ont besoin.

— Bravo, je l'appelle à l'instant, s'empressa de dire Ashley.

Elle serra la main de son mari et le regarda tendrement.

— Merci de ta compréhension, fit-elle. Je crois que le fait de donner un tel coup de main plairait à maman.

Landon reprit son sérieux.

— Je le crois aussi, avoua-t-il.

Il hésita un moment et regarda Ashley dans les yeux.

— Eh, il y a autre chose dont j'aimerais te parler, poursuivit-il en l'attrapant doucement. Tu te souviens de cette lune de miel manquée ?

Ashley se mordit les lèvres.

— Ce n'était jamais le bon moment, lui fit-elle remarquer.

— Le départ de ta mère, l'entrée à l'école de Cole… précisa-t-il.

Il fit une pause et ses yeux s'illuminèrent de nouveau.

— L'été revient, Ash.

Il sortit une enveloppe de sa poche arrière et la lui tendit.

— Qu'est-ce que c'est ? s'empressa-t-elle de demander.

Elle avait le cœur qui battait la chamade. Leur mariage remontait déjà à si loin qu'elle croyait que Landon avait oublié cette lune de miel qu'ils n'avaient jamais prise. Cependant, elle ne s'en formalisait pas. Auprès de Landon, chaque jour était une lune de miel. Elle ouvrit l'enveloppe et y trouva deux billets enveloppés d'un morceau de papier où on pouvait lire : « Félicitations pour l'achat de deux billets de croisière dans les Antilles ! »

Ashley ne sentait plus ses bras. Elle jeta un regard vers Landon.

— Tu es sérieux ! s'exclama-t-elle.

— Ce n'est pas du toc, philosopha-t-il, tout sourire. Nous serons partis la semaine du 12 juillet, à l'occasion de notre premier anniversaire.

— Vraiment !

— Vraiment, Kari et Ryan ont accepté de garder Cole.

Ashley s'imagina aux côtés de Landon sur un bateau de croisière, devant l'immensité du ciel et de la mer, voguant dans les Antilles. Elle avait l'impression de rêver.

— Landon, je suis bouche bée.

Elle leva la main vers le ciel et effectua une pirouette.

— Hourra !

Cole arriva en trombe dans la chambre. Il s'était lavé les cheveux et les avait peignés du du mieux qu'il avait pu.

— Pourquoi « hourra », maman ? s'enquit-il.

Le regard du garçon allait de Landon vers elle.

— Est-ce que, toi et papa, vous avez trouvé une autre grenouille ? poursuivit-il.

— Non, mon grand, lui répondit Ashley tout sourire en le décoiffant. Maman et papa partent en voyage sur un gros bateau !

— Puis-je venir ? s'empressa-t-il de demander en sautant de joie. J'adore les bateaux !

Ashley sourit. Le seul bateau que connaissait Cole était celui dont se servait son oncle Ryan pour le ski nautique.

— Le bateau que nous allons prendre est un peu plus grand, expliqua Ashley. Non, mon chéri, tu ne peux pas venir avec nous. Cette fois-ci, c'est seulement pour maman et papa.

— Toi, mon cher, dit Landon en faisant un clin d'œil, tu iras chez tante Kari et oncle Ryan. Peut-être t'emmèneront-ils sur *leur* bateau.

— Yé ! Je pourrai encore faire du ski nautique !

Cole se précipita hors de la chambre en criant.

— Je dois trouver mon maillot de bain pour aller en bateau.

Ashley attira Landon vers elle encore une fois.

— Une croisière, Landon Blake, c'est si romantique ! s'exclama-t-elle.

— Tu me connais, lui dit-il en lui faisant les yeux doux, Monsieur Romantique en personne.

— J'ai tellement hâte ! ne put s'empêcher de s'écrier Ashley.

Son ton était devenu plus sérieux. Le désir qui avait fait surface un peu plus tôt était de retour.

— J'aimerais partir aujourd'hui même, ne put-elle s'empêcher de dire.

— Non, non, fit-il en lui tapotant le nez et en ricanant. Aujourd'hui, tu téléphones à Kari pour te renseigner sur les décors scéniques à peindre pour le Théâtre chrétien pour enfants. Tu n'as pas oublié ?

Ashley en avait le souffle coupé.

— Tu as raison, admit-elle. Moi qui croyais passer l'été à m'ennuyer de maman, nous le passerons à célébrer la vie.

— Exactement ! approuva Landon.

Il la guida hors de la chambre vers le bruit que faisait Cole à fouiller partout dans sa penderie.

— Et c'est justement ce que ta mère aurait voulu.

CHAPITRE QUATRE

LES RENSEIGNEMENTS au sujet de Katy Hart étaient meilleurs que Dayne ne l'avait espéré. La jeune femme avait obtenu un diplôme en art dramatique, option cinéma, de l'université de l'Illinois. À trois reprises, elle avait décroché le premier rôle dans des pièces de théâtre universitaires et fait ses armes auprès de quelques troupes communautaires en banlieue de Chicago.

Toutefois, ce n'était pas la meilleure partie de l'histoire.

En sortant de l'université, Katy avait décroché le rôle principal d'une émission pilote pour le petit écran. Le téléfilm, d'une durée de deux heures, mettait en scène les membres d'une famille du Midwest qui se débattaient pour demeurer ensemble. Katy jouait le rôle de l'aînée des filles aux côtés d'autres acteurs inconnus, et tous semblaient avoir du talent. Des rumeurs faisaient état d'une histoire d'amour entre elle et l'acteur avec qui elle partageait la vedette, son prétendant dans le téléfilm.

Malgré les critiques favorables, la télésérie fut retirée avant même le tournage de la première émission. Ensuite, Katy prit part à deux messages publicitaires avant de disparaître de l'industrie et de s'engager auprès du Théâtre chrétien pour enfants de Chicago. Quelques années plus tard, elle déménagea à Bloomington en Indiana.

Dayne ne se préoccupait pas des raisons pour lesquelles la jeune fille s'était retirée de l'industrie du cinéma. Tout ce qui l'intéressait, c'était de savoir qu'elle était compétente… très compétente.

Encore une fois, le détective privé avait accompli un boulot extraordinaire. Le rapport était arrivé le mercredi après-midi, seulement deux jours après la demande de l'agent de Dayne. Il comprenait davantage de détails que nécessaire et, de surcroît, il était accompagné d'une vidéo du tournage du téléfilm. Dayne s'assit sur le patio et prit connaissance du rapport en entier avant de saisir la vidéo et de se diriger vers sa salle de visionnement insonorisée.

C'était véritablement du cinéma maison à son meilleur. La salle, peinte en noir, comptait deux rangées de fauteuils inclinables en cuir du même ton. C'est dans cette pièce que Dayne visionnait les versions longues de ses films. C'est aussi là qu'il examinait ses performances et s'assurait qu'il était toujours à l'avant-garde en tant qu'acteur.

Il glissa la vidéo dans le magnétoscope, s'assit sur le bord d'un des fauteuils, attrapa la commande et lança l'enregistrement. Il passa outre le générique pour aller à la première scène, qui se déroulait dans la cuisine d'une maison. Le prochain plan était extérieur et montrait une fille se dirigeant dans les hautes herbes vers un arbre où un garçon l'attendait.

Dayne appuya sur la touche Lecture.

Cette fille, c'était Katy, sans l'ombre d'un doute. Elle était identique à ses souvenirs. Elle portait un col roulé marine ajusté et une paire de jeans. Ses longs cheveux blonds lui descendaient dans le dos. Dans cette scène, elle devait être bouleversée pour une raison ou une autre et se glisser furtivement hors de la maison familiale à la rencontre de son petit copain.

Les détails importaient peu. Ce qui comptait, c'était que Katy Hart crevait l'écran, ses yeux d'un bleu intense occupant tout l'espace. La jeune fille alla à la rencontre du garçon et l'embrassa. Dayne étudia la scène un instant. L'acteur lui semblait familier. Soudain, il le reconnut. C'était un grand acteur de feuilletons qui avait été un oiseau de nuit du tout Hollywood pendant quelques années, avant de déménager à Manhattan.

Dayne reporta son attention vers Katy. La jeune fille écoutait attentivement le garçon et ce qu'il disait la faisait rire. Dayne appuya sur la touche Volume et écouta. Le rire de Katy remplit la pièce. C'était le son le plus vrai et le plus extraordinaire que l'acteur avait entendu de la journée. Non seulement Katy était-elle attrayante, jolie et incroyable à l'écran, mais aussi son rire et son regard exprimaient ce qu'il recherchait.

Il se dit que ce rire et ce regard étaient garants de cette ingénuité dont son univers ignorait tout.

Katy Hart n'était pas une imitation hollywoodienne. Elle était authentique. Autrement, pourquoi aurait-elle abandonné une carrière bourgeonnante pour devenir metteure en scène d'une troupe de théâtre pour enfants ? Dayne savait qu'il serait préoccupé par cette dernière question jusqu'à ce qu'il ait obtenu la réponse. Il appuya sur la touche Pause et retourna à la cuisine, où il avait laissé le dossier concernant Katy.

La raison pour laquelle la jeune femme avait dû mettre fin à sa carrière cinématographique devait bien s'y trouver. Pourtant, tout ce dont il se souvenait d'avoir lu, c'était que la télésérie avait été abandonnée avant même de commencer. Après, il y avait eu deux messages publicitaires, puis le travail au théâtre pour enfants.

Dayne feuilleta le document jusqu'à ce qu'il trouve ce qu'il cherchait. La page était intitulée « Tentatives ratées au cinéma ». Sous cette rubrique, il y avait une liste d'auditions à la fois à Chicago et à Los Angeles : quatre d'affilée, sans rappel. Dayne fronça les sourcils. Les réalisateurs d'Hollywood ne savaient pas ce qu'ils avaient manqué, mais peu importe. Leur perte serait à son avantage.

Si les informations étaient exactes, Katy avait tenté sans succès de se faire une place dans l'industrie du cinéma. Dayne hésita et frappa doucement la feuille. Si la jeune femme voulait tant percer, pourquoi avait-elle abandonné après seulement quatre auditions ? Elle avait déjà tourné une émission-pilote. Bien des actrices se débattent pendant des années avec moins que ça.

Dayne consulta le reste des renseignements, mais la question demeura sans réponse. Si Katy avait si rapidement baissé les bras, sa motivation était-elle suffisamment forte ? Serait-elle intéressée à se prêter au jeu de l'audition aujourd'hui si l'occasion se présentait ?

Il n'y avait qu'une façon de le savoir.

Il sortit son téléphone cellulaire de sa poche et composa le numéro de Mitch Henry, le régisseur de distribution, qui avait tout mis sur la glace pour lui.

Mitch répondit après deux sonneries.

— Je prépare le dîner, Dayne. Qu'est-ce qui se passe ? Es-tu prêt à choisir une grande actrice ?

Mitch était toujours comme ça, affairé et direct. Il était l'image de la polyvalence et Dayne le soupçonnait d'être en train d'établir une liste des interprètes et un calendrier de production, et ce, tout en préparant le repas.

Dayne se racla la gorge.

— Je l'ai trouvée.

— Pardon ? fit Mitch avec hésitation. Tu as trouvé qui ?

— La fille dont je t'ai parlé.

L'acteur prit une pomme dans son bol de fruits. Sa gouvernante était bonne pour lui. Elle laissait toujours des fruits frais à la portée de la main au cas où il en aurait envie.

— Ton idée folle, tu veux dire ? s'enquit Mitch.

Un vacarme de casseroles se fit entendre en bruit de fond.

— Maudite sauce à spaghetti, hurla Mitch. Elle n'entre pas dans la casserole habituelle. J'ai dû en faire trop.

Un autre bruit retentissant se fit entendre.

— Bon, voilà. Désolé. Continue. Qu'as-tu trouvé ?

— Pas quoi… qui. Je l'ai trouvée, la fille dont je te parlais. L'authentique, tu te souviens ? Celle qui n'est pas d'ici ?

Il y eut un moment de silence.

— Et alors, Dayne ? J'attends trois invités pour souper.

— Alors, dit l'acteur en prenant une bouchée de pomme. Je veux que tu l'appelles. Dis-lui qu'elle est conviée à une audition.

— Toi, tu l'appelles. C'est ta fille, non ?

— Non, je n'ai jamais dit ça.

Dayne s'appuya sur le comptoir, en fixant l'océan par la fenêtre. Le brouillard s'installait, valsant sur les vagues grises.

— Voyons, bien sûr que c'est ta fille, répéta Mitch.

— Pas vraiment, je ne lui ai même jamais adressé la parole, avoua Dayne.

Il fit une pause.

— En fait, ne parle pas de moi, poursuivit-il. Ne fais que l'appeler et l'inviter à une audition. Je te jure que c'est la bonne.

Mitch soupira profondément dans le combiné.

— Nous n'avons pas le temps pour ce petit jeu, Matthews. Le tournage commence dans…

— Je sais, je sais, gloussa Dayne, dans quatre mois. Voilà pourquoi tu aurais tout intérêt à l'appeler dès ce soir.

Le régisseur émit des bruits marquant son exaspération et quelques fracas de casseroles se firent de nouveau entendre.

— Bon, je me plie à ton petit jeu, Dayne, mais, si cette fille ne peut pas se présenter lundi, tu choisiras l'une des autres actrices. Elles n'ont accepté d'attendre une semaine que parce que c'est toi qui l'as demandé. Les femmes sont à tes pieds, mon cher. Peut-être devrais-tu appeler toi-même cette fameuse fille.

— Non, répondit Dayne en prenant à nouveau une croquée dans sa pomme. Ça doit venir de toi.

Il tourna le dos à l'océan pour regarder la salle de séjour de sa maison de trois étages en bordure de la mer. Il n'était pas certain si Katy Hart l'avait aperçu au théâtre cette fameuse journée de l'an dernier, mais l'offre devait être légitime. S'il l'appelait lui-même pour lui demander de prendre un avion pour Los Angeles afin de participer à une audition, elle pourrait douter de l'authenticité de la chose. Par contre, si l'appel venait du régisseur de la distribution…

— Téléphone-lui, O.K., Mitch ?

— D'accord, je le fais dès que je raccroche, dit le régisseur d'un ton hésitant. J'ai un bout de papier, donne-moi son numéro.

Le détective privé avait mis la main sur tous les numéros possibles et inimaginables où joindre Katy Hart. La liste commençait par les renseignements les plus à jour et remontait trois ans en arrière, au cas où la fille aurait été plus facilement accessible grâce à un vieux numéro. Dayne récita rapidement les numéros de la maison de Katy, de son bureau et de son téléphone cellulaire.

— Tu as tout ça en main, mais tu ne la connais pas ? Voyons, Dayne, que me caches-tu ?

— Rien, répondit l'acteur en rigolant.

Que penserait Katy si elle savait que tous ces renseignements à son sujet étaient si aisément accessibles ? Dayne s'imagina qu'elle n'aimerait pas ça. Toutefois, ce n'était pas son problème à lui, mais le sien. Il était plutôt heureux que le détective privé l'ait retracée.

— J'ai fait quelques recherches, avoua Dayne. Ce n'était pas bien difficile.

— O.K.

Mitch grogna et jura dans le combiné.

— Ma sauce est en train de coller, Matthews. Je dois te laisser.

La conversation prit fin. Dayne n'était pas inquiet. Mitch ferait l'appel. Il pouvait se plaindre et avoir l'air frustré, mais *Tu peux toujours rêver* était le film de Dayne. L'acteur avait droit de veto sur le choix de celle qui jouerait le premier rôle féminin. Il finissait sa pomme et s'apprêtait à retourner vers la salle de visionnement pour regarder la fin du film de Katy quand le téléphone sonna.

Dayne l'attrapa et répondit sans vérifier l'identité de l'appelant.

— C'était rapide.

— Qu'est-ce qui a été rapide ?

La voix était familière, mais c'était celle d'une femme, pas celle de Mitch Henry.

— Pardon, fit simplement Dayne.

Il se dirigea vers la salle familiale et s'installa dans un gros fauteuil inclinable en cuir.

— Qui est à l'appareil ?

Il attrapa une commande et mit le foyer en marche.

— C'est moi, Kelly, dit la femme d'une voix étouffée et alarmée. Ça ne va pas très bien.

— Kelly, qu'est-ce qui se passe ?

Dayne se redressa. Les quelques dernières fois où il avait parlé à Kelly Parker, leur conversation avait été la même. Elle tournait autour du fait l'actrice voyait sa vie tomber en morceaux, qu'elle avait peur de quitter la maison à cause des paparazzis. Aujourd'hui, il y avait un je-ne-sais-quoi de pire dans sa voix qui laissait entendre que les choses tournaient au vinaigre.

— J'ai besoin de toi, Dayne. Peux-tu venir me voir ?

— Bien sûr. Où es-tu ?

— Chez Ruby's, sur Hollywood Boulevard.

— Où chez Ruby's ? Dans la salle privée, celle au fond ?

— Oui, ils l'ont ouvert pour moi un peu plus tôt.

Dayne entendit quelques sanglots dans le combiné.

— Viens vite, le supplia Kelly. J'ai besoin de toi.

— J'arrive.

L'acteur raccrocha, attrapa les clés de sa voiture et empocha son téléphone cellulaire. Quand Kelly avait besoin de lui, il accourait, évidemment.

Kelly Parker était l'une des actrices les plus populaires d'Hollywood. Quatre ans auparavant, Dayne et elle s'étaient partagé la vedette d'un film et avaient eu une aventure durant le tournage. Ils s'étaient fréquentés à deux reprises depuis, mais des conflits d'horaire les avaient empêchés de passer aux choses sérieuses. Au cours des derniers mois, l'actrice avait été vue de plus en plus souvent avec une autre grande vedette, mais elle entretenait toujours son amitié avec Dayne.

Dayne sentit son pouls s'accélérer. Environ un an auparavant, il avait lu un article à propos des problèmes de toxicomanie de Kelly. À l'époque, il croyait que ce n'était que des rumeurs, le genre de ragots que rapportent les magazines pour vendre des exemplaires. Ce soir, par contre, il avait senti le désespoir dans la voix de la jeune femme.

Le soleil se couchait tranquillement tandis que Dayne roulait au-dessus de la limite permise sur l'autoroute Pacific Coast vers le boulevard Santa Monica. Ne pensant qu'à Kelly, il avait oublié de vérifier si des photographes le suivaient.

En arrivant chez Ruby's, il bondit hors de son auto et tendit ses clés au voiturier en faisant un signe de tête vers la boîte de nuit.

— Ça ne sera peut-être pas long.

Le voiturier avait les yeux écarquillés.

— Il n'y a pas de problème, Monsieur Matthews, nous garderons votre véhicule à proximité.

— Merci, fit simplement Dayne en glissant une coupure de cinq dollars au jeune homme.

Il pénétra dans la boîte de nuit. Il fallait l'autorisation du gérant pour accéder à la pièce du fond. C'était une salle privée équipée d'un deuxième bar, plutôt semblable à celui de la salle principale avec son comptoir faiblement éclairé, ses tables de marbre hautes et ses tabourets en cuir. Le tout était complété par une piste de danse au milieu de la pièce. Au-delà, il y avait un D.J. engagé uniquement pour la clientèle de l'endroit. Le dîner était servi en début de soirée, sur demande seulement.

Dayne s'approcha du gérant.

— Je viens voir Kelly Parker.

— Bien sûr, Monsieur Matthews.

L'homme vêtu d'un smoking inséra une clé dans la serrure et ouvrit la porte pour Dayne.

— Madame Parker est toute seule, dit-il en s'inclinant. Bonne soirée.

Dayne pénétra dans la salle et lança un regard autour de lui. Il n'était jamais venu là à l'heure du dîner. Il avait fréquenté l'endroit seulement en fin de soirée, durant les heures de boîte de nuit. Il scruta l'arrière de la pièce et vit Kelly assise toute seule sur une banquette. Elle pleurait.

— Kelly...

Il avait murmuré le prénom en parcourant rapidement la distance jusqu'à la table où prenait place la jeune femme. Sans attendre qu'elle l'ait remarqué, il s'assit à ses côtés et lui enveloppa les épaules de son bras.

— Chérie, qu'est-ce qui se passe ?

Kelly se tourna vers lui et il nota quelque chose de différent chez elle... de si différent qu'il la reconnaissait à peine. Sa belle confiance en elle et son sourire à fossettes qui lui avaient valu des millions de dollars par film avaient disparu. Maintenant, son visage était baigné de larmes et son mascara lui coulait sur les joues.

— Dayne...

L'acteur lui fit une grande accolade et la berça doucement.

— Ça ira, mon trésor, ça ira.

La jeune femme pleura quelques minutes sur l'épaule de Dayne avant de lever la tête pour chercher le regard de ce dernier.

— Je n'y arrive plus. Je n'en peux plus.

Dayne lui fit un signe de tête.

— Bon, Kelly, raconte-moi tout.

Elle prit un mouchoir dans son sac à main et se moucha.

— Je suis désolée.

— Ça va. Qu'est-il arrivé ?

— Je...

Elle prit trois inspirations rapides, tentant de retrouver son sang-froid.

— Je dînais avec une amie, poursuivit-elle, une maquilleuse que j'ai rencontrée sur le plateau d'un récent tournage.

Elle fit un signe en direction de la salle à dîner principale de l'autre côté de la porte.

— Il était tôt, poursuivit-elle. J'ai pensé qu'on ne me reconnaîtrait pas.

Elle montra son t-shirt blanc et sa mini-jupe en denim.

— Vêtue ainsi, je ne me démarque pas vraiment.

Dayne garda ses commentaires pour lui. Kelly Parker aurait pu causer un embouteillage vêtue d'un simple sac de pommes de terre.

— Que s'est-il s'est passé ?

— Nous… nous mangions quand quelqu'un qui prenait place à une autre banquette s'est dirigé vers nous et a tendu à mon amie un exemplaire du *Special Event*.

Dayne sentit son estomac se nouer. De toutes les feuilles de chou d'Hollywood, le *Special Event* était connu pour exagérer, voire fabriquer, les faits.

— L'as-tu avec toi ? dit l'acteur en tendant la main. Donne-le-moi, Kelly. Laisse-moi voir ce que ces gens racontent.

Kelly secoua la tête mais, après quelques secondes, elle prit le magazine sur la banquette à côté d'elle et le lui tendit.

— Comment les gens de ce journal peuvent-ils imprimer ça, Dayne ? dit-elle dans un murmure. Croient-ils que nous ne sommes pas humains ? que nous n'avons pas de sentiments ?

Le magazine était ouvert sur une série de clichés de Kelly. L'un de ceux-ci montrait la jeune femme en compagnie de sa dernière flamme, l'acteur Ari Aspen. Un autre la montrait au restaurant avec son amie maquilleuse. Au-dessus des photos, le titre se lisait comme suit : « Kelly Parker a-t-elle quitté Ari Aspen pour une femme ? »

Dayne laissa tomber le magazine sur la table.

— C'est complètement ridicule ! s'exclama-t-il.

Il souffla bruyamment et empoigna le magazine. Dans un élan de frustration, il le prit et le frappa sur le rebord de la table.

— C'est complètement idiot, Kelly, continua-t-il. Personne qui te connaît ne peut croire à de telles balivernes.

— Voilà justement le problème, expliqua la jeune femme.

Ses larmes étaient sèches, mais ses mains tremblaient toujours.

— La majorité des gens ne me connaissent pas, enchaîna-t-elle. Et ce sont eux qui lisent ces magazines.

Dayne était habité par des sentiments contradictoires et douloureux. Il était en colère contre le magazine pour avoir osé imprimer une telle histoire et se sentait démuni face à la douleur de son amie.

Il prit quelque secondes pour se calmer.

— Ah, Kelly, je suis désolé, dit-il en prenant doucement les mains de l'actrice. Tu sais ce que les journalistes de ces revues à potins racontent à mon sujet ?

Elle réussit à sourire malgré ses yeux bouffis.

— Que tu es un extraterrestre déguisé ? se hasarda-t-elle à répondre.

— Presque, dit-il en lui serrant les doigts. Ils disent qu'une cinglée me harcèle, qu'elle exige une journée en ma compagnie ou ma mort.

Il lança ses mains au ciel et fit une drôle de simagrée.

— Tu vois ce que je veux dire… continua-t-il. Ces gens n'écrivent que des idioties.

Kelly changea d'expression et la peur s'installa autour de ses yeux.

— Et si c'était vrai ! s'exclama-t-elle.

— Ce ne l'est pas, dit-il en lui reprenant les mains. Je sais quand les paparazzis sont à mes trousses. Je saurais si une cinglée me traquait.

Il fit une courte pause.

— Tu vois ? ajouta-t-il. C'est n'importe quoi.

— Qu'est-ce qui leur prend à ces paparazzis?

Kelly s'appuya la tête contre la banquette de cuir.

— Ils font ton éloge jusqu'à ce que tu sois au sommet de la gloire, au point où il est impossible de quitter la maison… puis ils te détruisent.

— Eh oui, admit Dayne en se remémorant sa conversation avec Marc David. Ils te mettent en pièces.

— Je n'en peux plus, renifla Kelly en se redressant. Veux-tu me ramener à la maison ?

— Tu n'as pas ta voiture ? s'enquit Dayne.

— Non.

La jeune femme ramassa son sac à main et y fourra le magazine.

— Je me suis fait reconduire par mon amie, expliqua-t-elle. C'est plus facile de se déplacer avec quelqu'un d'autre.

Elle fit un signe de tête en direction du magazine.

— Enfin, c'était plus facile avant ça, ajouta-t-elle.

Dayne lui prit la main pour la guider hors de la banquette. Avant de pénétrer dans la salle publique du restaurant, il s'arrêta et lui fit face.

— Garde la tête haute, Kelly, lui suggéra-t-il.

À l'aide de son pouce, il essuya les traces de mascara sur les joues de la jeune femme.

— Les gens ne doivent pas te voir pleurer, lui expliqua-t-il.

Elle se recoiffa du bout des doigts et lissa son t-shirt.

— C'est ce que je me répète sans cesse, avoua-t-elle en posant le regard sur Dayne. Parfois, je me demande si tout ça en vaut vraiment la peine.

— Quoi ? demanda Dayne, inquiet. Le cinéma ?

— Non...

Le regard apeuré de Kelly était si intense qu'il était impossible de passer outre.

– ...la vie, poursuivit l'actrice.

— Eh ! s'exclama Dayne, en attirant la jeune femme vers lui pour lui caresser le dos. Ne parle pas ainsi. Tu me fais peur.

— Je suis désolée, marmonna-t-elle en se dégageant. Je ne sais pas comment m'en sortir.

Dayne fouilla dans le sac à main de Kelly, attrapa le magazine et déchira les pages où apparaissaient les deux fameuses photos. Il les façonna en boule, traversa la salle et les jeta dans la corbeille la plus proche. Puis, il déchira le reste des pages par grosses poignées, les froissa dans son poing et les jeta aux ordures.

À l'autre bout de la pièce, Kelly laissa échapper quelques rires.

Finalement, il ne restait plus que la couverture glacée. Dayne la tint dans les airs, la regarda tout sourire, puis la déchira en des douzaines de petits morceaux qu'il laissa ensuite choir dans la corbeille. Quand il ne resta plus rien du magazine, il se tourna vers Kelly.

— Voilà comment on se débarrasse de ces revues à potins, expliqua-t-il.

Il s'approcha d'elle et lui prit les épaules à deux mains.

— Ne lis pas ces torchons, Kelly, poursuivit-il. Ce qui y est écrit n'est pas vrai et les gens qui s'intéressent à ces ragots ne sont que des êtres superficiels. Tu ne connaîtras jamais ces personnes et elles ne te connaîtront jamais. Alors, dis-toi que ce qu'elles pensent de toi importe peu..

Kelly lança un regard désespéré. Elle tendit les bras et s'empara des avant-bras de Dayne.

— J'aimerais bien avoir cette philosophie, avoua-t-elle en secouant faiblement la tête. Tu as raison, je dois me tenir éloignée des journaux à potins.

Elle plissa le nez.

— Est-ce comme ça que tu y arrives ? demanda-t-elle.

— Non, se contenta-t-il de répondre.

Il éclata de rire et se plaça aux côtés de l'actrice pour la guider vers la sortie.

— Je lis les revues de ce genre d'un couvert à l'autre parce qu'elles me font marrer, expliqua-t-il. J'ai mal aux côtes avant de tourner la dernière page.

— Wow ! s'exclama Kelly.

Elle prit son ami par le bras.

— Voilà pourquoi tu es mon héros, Dayne, lui avoua-t-elle d'un ton qui se voulait maintenant plus calme.

Dayne sentit alors monter en lui un désir familier. Il prit la main de la jeune femme et poussa la porte. Avant d'avancer, il scruta rapidement la pièce. Le restaurant était presque vide. Il n'y avait pas beaucoup de dîneurs ce soir. Seulement quelques couples étaient attablés. De toute évidence, il n'y avait aucun photographe.

— Viens, le champ est libre, annonça-t-il en se tournant vers la jeune femme.

Ensemble, ils traversèrent rapidement la boîte de nuit, sortirent par la porte principale et se dirigèrent vers le valet. En quelques minutes, ils avaient pris place à bord du VUS et se dirigeaient vers Hollywood Hills où habitait Kelly. En chemin, Dayne fit la conversation à son amie en se demandant si cette dernière l'inviterait chez elle. Ils n'avaient jamais compris les règles d'une bonne relation, mais le temps qu'ils passaient ensemble était inoubliable.

Lorsque la voiture arriva devant la maison de l'actrice, Dayne baissa les vitres et coupa le moteur.

La jeune femme se tourna vers lui en esquissant un sourire.

— Merci, ça va mieux, fit-elle simplement.

— J'en suis heureux, se contenta-t-il de lui répliquer.

Il lui prit les mains et, du coup, ses mains lui effleurèrent les genoux. On entendait les criquets dehors et une brise froissa les feuilles des arbres qui bordaient l'entrée de la résidence.

— Eh... ça fait longtemps qu'on ne s'est pas retrouvés ainsi, fit remarquer Dayne.

— Je pensais justement à ça.

Kelly regarda vers sa porte d'entrée, puis reposa son regard sur son ami.

— Tu fréquentes quelqu'un présentement ? lui demanda-t-elle.

— Non.

Dayne songea au mois qu'il avait partagé avec sa dernière partenaire de plateau et à Sarah Whitley avant elle. C'était de l'histoire ancienne. Il y avait bien un mois que l'acteur n'était sorti avec qui que ce soit. Il haussa les épaules.

— J'essaie de rester tranquille.

— Et Sarah Whitley ?

— Non. Elle fréquente un producteur, quelqu'un de plus sérieux que moi.

Le jeune homme s'adossa à la portière côté conducteur et esquissa un sourire.

— J'imagine que j'étais trop extravagant pour elle, poursuivit-il.

Kelly pencha la tête et son regard se fit plus profond.

— Tu n'es pas extravagant, Dayne, dit-elle en serrant les doigts de son ami. C'est une façade. Tu attends tout simplement la bonne personne.

— Vraiment ? fit-il d'un petit rire léger pour dédramatiser la situation.

Pourtant, à ce moment précis, l'image de Katy Hart s'imposa à son esprit : Katy et ses longs cheveux blonds, son regard ingénu et son engagement envers le théâtre pour enfants. Il toussa pour chasser l'image.

— Comment en es-tu si certaine ? demanda-t-il.

— Je te connais, tu sais.

L'atmosphère changea radicalement. Le courant électrique était de retour. Kelly porta à ses lèvres les doigts de Dayne et y déposa un baiser.

— Tu veux entrer ? fit-elle, le regard honteux, mais pas assez pour masquer son désir. J'aurais bien besoin de compagnie.

— Es-tu certaine ?

Dayne sentit son corps réagir à l'offre. Il avait espéré ce moment, mais n'aurait pas insisté.

— Oui, certaine, se contenta de répondre la jeune femme.

Elle se pencha vers lui et l'embrassa d'un baiser qui ne laissait aucune place au doute.

— J'ai besoin de toi, Dayne, s'il te plaît.

— D'accord, fit simplement l'acteur.

Il embrassa la jeune femme, dans l'attente de ce qui allait suivre. Il n'avait pas envie d'une relation à long terme, pas avec Kelly Parker. Ils en avaient déjà fait l'expérience, tous les deux. Toutefois, une nuit ensemble à l'occasion pouvait être fort agréable. Dayne déglutit et changea de position sur son siège.

La jeune femme était toujours à quelques centimètres de lui. Elle avait la respiration rapide et profonde.

— J'entre d'abord, au cas où nous serions espionnés, proposa-t-elle. Elle embrassa de nouveau son ami.

— Pourrais-tu faire le tour du pâté de maisons, lui demanda-t-elle, te garer plus bas dans la rue et revenir à pied ?

— Pas de problème.

Dayne aurait fait n'importe quoi pour que Kelly cesse de s'inquiéter à propos des paparazzis. Ils savoureraient chaque instant de cette soirée qui n'était que pour eux. Il prit le visage de la jeune femme à deux mains et posa ses lèvres sur les siennes. Il l'embrassa avec un abandon qu'il n'avait pas ressenti depuis leur dernière aventure.

— Tu devrais entrer, lui suggéra-t-il.

— J'y vais, lui répondit-elle en riant, bientôt.

Elle s'avança vers lui et lui caressa le visage du sien.

— Ça va être amusant, comme avant.

C'était aussi ce que pensait Dayne. Il embrassa de nouveau la jeune femme avec fougue. Comme il allait lui dire qu'elle devait entrer avant que quelqu'un les voit ainsi dans le VUS, il entendit une série de clics... des criquets, peut-être. Oui, ça devait être des criquets.

— Entrons, lui murmura-t-il à l'oreille, ses lèvres descendant le long de la nuque de la jeune femme. Tu m'as manqué. Nous avons trop attendu.

Au même moment, les clics se firent de nouveau entendre, trop faibles et distants pour que Dayne s'écarte de la jeune femme.

Cependant, Kelly avait aussi dû les entendre puisqu'elle se redressa.

— Qu'est-ce que c'est ? demanda-t-elle.

Elle s'humecta les lèvres et jeta un regard furtif par la fenêtre en plissant les yeux pour voir les ombres sombres autour du VUS.

— As-tu entendu quelque chose ? poursuivit-elle.

— Calme-toi, lui dit-il en l'attirant vers lui pour l'embrasser de nouveau. Ce ne sont que des criquets.

Toutefois, tandis qu'il tentait de la convaincre, qu'il se penchait pour ouvrir sa portière et qu'il lui disait de se dépêcher d'entrer, sachant que leurs retrouvailles se poursuivraient jusqu'aux petites heures du matin, il entendit de nouveau une série de clics rapides. Cette fois-ci, il n'arriva pas à se convaincre que c'était l'œuvre des criquets ou le bruit du vent dans les arbres.

De toute évidence, il s'agissait du déclic d'un appareil photo.

CHAPITRE CINQ

L'INTÉRIEUR DE la vieille Honda jaune était mal aéré, mais cela importait peu.

Elle avait entrouvert les fenêtres de la voiture de quelques centimètres, et c'était tout ce qu'elle se permettrait. Si elle les ouvrait davantage, il pourrait la voir, l'entendre, sentir le battement de son cœur, alors qu'elle était de l'autre côté de la rue, devant chez Ruby's. Elle voulait à tout prix éviter qu'il la remarque.

Autrement, tout le plan aurait risqué de tomber à l'eau.

Et c'est ce qui se passait. Elle avait déjà de la difficulté à le suivre. Il restait longtemps au studio ces temps-ci et passait beaucoup trop de temps dans sa maison de Malibu. C'était mieux quand il fréquentait les boîtes de nuit. Alors, elle pouvait s'habiller et trouver moyen d'y pénétrer. Parfois, elle s'assoyait au bar pendant des heures à siroter le même verre de bourgogne Sutter Home.

Elle pouvait alors avoir des conversations intéressantes avec des gens sans jamais avoir à le quitter des yeux. Évidemment, elle jetait souvent un coup d'œil ailleurs pour que personne ne sache qu'elle l'épiait. Pourtant, même quand elle était dos à lui, elle pouvait le voir, le sentir. Même s'il était à plusieurs mètres d'elle et entouré de femmes, elle pouvait sentir sur son visage l'haleine de l'homme qu'elle avait épousé... Dayne Matthews.

— Es-tu certaine de pouvoir attendre ici ? lui demanda Anna en lui tapant sur l'épaule. Si c'est ton mari, il sortira te trouver et vous pourrez rentrer à la maison.

— C'est bien mon mari, d'accord ! s'exclama Chloé en sifflant ces mots à sa sœur. C'est mon mari et j'attendrai ici aussi longtemps que j'en ai envie.

Anna émit un long rire gloussant qui rappela celui d'une sorcière.

— Eh, le voilà, ton chéri, annonça-t-elle en pointant du doigt. Regarde !

Chloé se retourna et jeta un coup d'œil par la fenêtre. Anna avait raison. Dayne quittait Ruby's avec cette prostituée accrochée à son bras, cette foutue Kelly Parker. La jeune femme ferma ses mains en poings et frappa le volant. Elle lança une série de jurons en voyant cette image de deux des plus grandes vedettes d'Hollywood sortant en douce de Ruby's en pensant peut-être que personne ne les verrait.

— Quels idiots ! explosa Chloé. Ils auraient dû se douter que nous serions à l'affût.

— Toi, peut-être, ricana Anna, mais je ne crois pas que Dayne Matthews soit ton mari, pas même une seconde.

— C'est mon mari, tonna Chloé en se retournant vivement pour fixer sa sœur. Je te l'ai déjà dit.

— Alors, où le caches-tu ? ne put-elle s'empêcher de lui demander en lui donnant une chiquenaude sur le bras. Pourquoi ne vous ai-je jamais vus ensemble ? C'est que tu es une menteuse, une sale menteuse.

Chloé avait la bouche sèche. Elle s'humecta la lèvre inférieure.

— Où est-ce que je le cache ? répéta-t-elle.

Dans son for intérieur, son cœur battait la chamade. Elle était habitée d'un sentiment familier qui lui donnait envie de tendre la main et de…

— Voilà les amoureux ! s'exclama Anna dans un ricanement méchant. Tu es cinglée, ma sœur. Quelqu'un te l'a-t-il déjà dit ?

Chloé se retourna encore une fois pour voir Dayne et Kelly Parker tourner le coin de la rue.

— Je sais où il s'en va, annonça-t-elle. Je peux y être avant lui.

Elle mit le moteur en marche et appuya sur l'accélérateur. Elle recommença, mais la voiture ne bougea pas d'un poil.

— Du vin, dit-elle à sa sœur. Donne-moi un verre de vin.

— Pas tant que tu ne m'auras pas dit où tu le caches, insista Anna en brossant une mousse de son épaule, où ton soi-disant mari habite. Je veux dire… Je suis tout le temps avec toi, Chloé, et je n'ai jamais vu ton mari passer ne serait-ce qu'une journée en ta compagnie.

— Tu n'es tout simplement pas suffisamment attentive, se contenta de répondre Chloé.

Elle fixa sa sœur, puis lui donna soudain une gifle en plein visage.

— Il... il se cache dans la boîte à gants, poursuivit-elle.

Anna la fusillait maintenant du regard.

— Il n'est pas dans ta boîte à gants, rectifia-t-elle en se penchant plus près de sa sœur. Il est avec Kelly Parker... Passe une journée en sa compagnie et je te croirai.

Chloé retint son souffle un instant. Deux décennies de haine, de colère et de poison fielleux lui emplissaient le cœur. Cette fois-ci, elle gifla Anna sur l'autre joue, plus fort que la fois précédente.

— Je passerai une journée avec lui, tu verras, la nargua-t-elle. Dayne Matthews est mon mari et je te le prouverai.

— Tu es une vieille fille cinglée, Chloé. Il faudrait que tu sois belle comme moi pour que Dayne Matthews t'épouse.

Chloé sentit son couteau dans sa poche, celui qu'elle gardait avec elle en tout temps, au cas où elle aurait à défendre Dayne ou à le forcer à la suivre. Sa main se referma sur le manche ; ses yeux étaient rivés à ceux de sa sœur.

— Ne me dis pas ce que j'ai à...

On frappa à petits coups à la fenêtre et Chloé s'immobilisa. « Désinvolte, il faut que je sois désinvolte », pensa-t-elle. Elle se retourna de façon à faire face à la fenêtre côté conducteur. À l'extérieur se tenait un policier à l'air renfrogné.

Elle devait baisser la vitre ; l'agent n'en attendait pas moins. De toute façon, Dayne était maintenant assez loin. Il n'entendrait pas son cœur battre, pas même ce bruit sourd dans ses tempes qui trouvait écho dans toute la voiture.

« Souris, se dit-elle, tu dois sourire. » Elle sentit un sourire se dessiner sur ses lèvres tandis qu'elle descendait complètement la vitre.

— Oh, bonjour, Monsieur l'agent, qu'est-ce que je peux faire pour vous ?

Le policier sourcilla et s'abaissa pour regarder au-delà d'elle vers le siège du passager et la banquette arrière.

— On nous a rapporté que vous hurliez à quelqu'un, dit-il en se redressant et en sortant un calepin de sa poche. Avez-vous des problèmes, Madame ?

— Pas du tout, Monsieur l'agent, je ne faisais que discuter avec ma sœur.

L'homme recula d'un pas et fronça les sourcils.

— Bon, dit-il simplement en regardant à nouveau dans la voiture. Puis-je voir votre permis de conduire, s'il vous plaît ? Je dois faire un rapport.

— Mon permis de conduire ? s'étonna Chloé.

Sa bouche était de nouveau desséchée. Voilà, et Dayne Matthews se sauvait. Ce gars n'avait pas le droit de quitter Ruby's avec Kelly Parker. Qu'arriverait-il s'ils étaient de nouveau ensemble ? « Ce pourrait prendre des semaines avant que Dayne ne recouvre ses esprits et qu'il rentre à la maison avec moi », pensa Chloé. Elle jeta un coup d'œil vers la rue latérale, celle d'où Dayne et Kelly sortiraient s'ils se dirigeaient vers chez lui.

— Madame, pouvez-vous vous dépêcher ? demanda l'officier en posant son stylo en équilibre sur son calepin. J'ai besoin de voir votre permis de conduire

— Oh ! s'exclama Chloé en reprenant son sang-froid. Voilà, je suis désolée. Je pensais à ma sœur.

Elle prit son sac à main griffé sur le siège à ses côtés et se mit à fouiller à l'intérieur. Après quelques secondes, elle sourit à l'agent et lui fit les yeux doux.

— Ah zut, j'ai laissé mon permis dans mon autre sac à main.

Elle pencha la tête, faisant de son mieux pour avoir l'air réservée et séduisante.

— Je suis désolée, Monsieur l'agent, reprit-elle.

Elle fit un geste vers la rue.

— Aimeriez-vous me suivre jusque chez moi pour que je vous montre mon permis ? J'habite à quelques kilomètres d'ici, dans les collines.

L'agent hésita une seconde.

— Quel est votre nom ?

— Margie, Margie Madden.

— Bon, le rapport disait que vous aviez des problèmes et que vous hurliez à quelqu'un.

Chloé rit doucement, tendit la main et tapota le bras de l'agent.

— Monsieur, voyons, est-ce que j'ai l'air bouleversée ? Comme je vous l'ai dit, je discutais avec ma sœur.

— Et où est-elle ?

Chloé sentit son cœur s'emballer. Pourquoi ? Sa soeur était juste là à ses côtés, non ? Un bref regard en direction du siège du passager répondit à sa question. Peut-être Anna était-elle déjà partie. Peut-être était-ce elle qui faisait l'objet de sa recherche et non Dayne Matthews. Chloé sourit de nouveau à l'agent.

— Elle fait quelques emplettes, lui expliqua-t-elle. Voilà pourquoi je suis là à l'attendre.

Le policier plissa les yeux et s'approcha. Puis, il se pencha et lui fixa les joues.

— Madame, quelqu'un vous a-t-il frappée récemment ? ne put-il s'empêcher de demander.

— Non, Monsieur.

La jeune femme lissa son chandail et remit son sac à main sur le siège à côté d'elle. Son pouls était lent et silencieux.

— Je vous dis que tout va bien, poursuivit-elle.

— Vous êtes-vous regardée dans la glace dernièrement ? lui demanda-t-il en lui examinant de nouveau les joues. On dirait que quelqu'un vous a violemment giflée.

Chloé sentit le sang quitter son visage. Quelqu'un l'avait giflé ? Était-ce Anna ou Dayne ? Peut-être était-ce Kelly Parker… Elle déglutit.

— Ça doit être la chaleur, Monsieur l'agent, expliqua-t-elle.

Après quelques secondes, le policier opina du chef. Il n'avait pas l'air convaincu, mais il rangea son calepin.

— Bon, d'accord, fit-il simplement.

Il jeta un coup d'œil vers la rue, comme s'il s'attendait à ce que la sœur de Chloé revienne vers la voiture. Il observa Chloé une dernière fois.

— Si tout va bien, je ne ferai pas de rapport. Laissez-nous savoir si vous avez besoin d'aide. Et si vous avez trop chaud, gardez dorénavant les vitres baissées. Il fait une chaleur écrasante aujourd'hui.

— D'accord, merci, Monsieur l'agent.

Chloé regarda le policier s'éloigner et sentit son corps réagir immédiatement. À chaque pas qu'il faisait, elle avait le cœur qui s'emballait et qui battait la chamade.

Elle devait quitter cet endroit et retrouver Dayne avant qu'il ne fasse quelque chose d'idiot. La presse en entendrait parler et Anna n'en finirait plus.

Quelqu'un se moquait de nouveau d'elle. Elle se retourna vers le siège du passager. Anna était de retour.

— Tu vois, tu n'es qu'une menteuse complètement folle. Dayne est parti avec Kelly Parker. Tu ne l'as jamais même rencontré.

— Arrête ! cria Chloé.

Elle tendit les bras pour gifler sa sœur une nouvelle fois, mais sa main heurta le tableau de bord. Elle frotta sa main blessée sur ses jeans et regarda de nouveau en direction d'Anna.

— Regarde ce que tu m'as fait faire ! s'exclama-t-elle.

Sa sœur était partie.

Chloé sentait la voiture tout entière vibrer au son des battements de son cœur et elle retint son souffle pour retrouver son état normal. Elle était seule et elle devait partir pour retrouver Dayne dès maintenant. Elle appuya de nouveau sur l'accélérateur, mais la voiture demeura en place. C'est seulement à ce moment qu'elle aperçut son reflet dans le rétroviseur.

L'agent avait raison. Elle avait les joues marquées de façon distinctive. Au cours de la dernière demi-heure, quelqu'un l'avait giflée. Elle regarda plus bas et comprit pourquoi la voiture ne bougeait pas.

L'auto était toujours au neutre.

Elle embraya, vérifia son rétroviseur et s'engagea dans la circulation. Chez Dayne, voilà où elle devait aller. Peut-être son mari pourrait-il lui dire ce qui lui était arrivé au visage et qui avait eu le culot de la gifler… deux fois plutôt qu'une.

CHAPITRE SIX

LE DÎNER ÉTAIT une idée de Jenny Flanigan.

Jenny et son mari, Jim, étaient responsables des décors de *Tom Sawyer* pour le TCE. Jusqu'à la veille, elle et lui étaient les deux seuls membres du comité. Cependant, hier, elle avait reçu un appel de sa bonne amie Kari Taylor qui disait que sa sœur Ashley, une artiste, proposait ses services pour peindre les décors.

Jenny était emballée à l'idée. Elle entra en contact avec Ashley et le déclic se fit automatiquement.

— Mon mari veut aussi aider, annonça Ashley, une trace d'humour dans la voix. Il m'a demandé de te dire qu'il pouvait peindre les murs en brun.

Elle baissa le ton comme si la prochaine phrase était un secret d'État.

— Landon est pompier, avoua-t-elle, il a plus l'habitude d'abattre des murs que d'en peindre.

— Je comprends, s'esclaffa Jenny. Mon mari est entraîneur de football. C'est pareil, mais c'est correct. Nous leur montrerons quoi faire.

Elle réfléchit un instant.

— Eh, pourquoi ne viendriez-vous pas pour un barbecue demain soir ? Nous pourrions discuter des décors et de ce que ça implique, tout en faisant connaissance.

Ashley discuta de la proposition avec son mari et rappela plus tard dans l'après-midi pour accepter l'invitation. Voilà qu'elle, Landon et leur fils, Cole, seraient là dans une quinzaine de minutes.

Une chanson country jouait sur l'ordinateur du bureau tandis que Jenny assaisonnait les galettes de viande hachée crue. Puis, elle déposa les tranches de fromage sur une assiette de façon à ce qu'elles soient faciles à prendre, ce qu'aimait bien Jim. La salade était apprêtée et couverte ; le melon d'eau était tranché et rangé au réfrigérateur.

Jenny regarda par la fenêtre tandis qu'elle se lavait les mains. Les six enfants étaient dehors à s'arroser et à s'amuser en jouant au chat autour de la piscine. C'était une journée idéale pour un barbecue : une trentaine de degrés et plein de soleil.

La mère fit quelques pas vers l'entrée et l'escalier menant aux chambres.

— Jim, il est temps d'allumer le barbecue, annonça-t-elle.

— J'arrive, fit simplement son mari d'une voix chaleureuse.

Jenny sourit en retournant vers la cuisine. Le barbecue serait une distraction bienvenue à la suite des montagnes russes émotionnelles qui avaient frappé la maisonnée des Flanigan depuis les auditions pour la pièce. Lundi soir avait été une soirée de jubilation tandis que Connor et Bailey étaient tous deux convoqués pour une seconde audition. Toutefois, après les auditions du mardi, la distribution fut affichée sur le site Web du TCE le soir même, ce qui engendra des émotions contradictoires dans la maison.

Connor était heureux. Il avait décroché le rôle de Joe Harper, le copain de Tom Sawyer. C'était un rôle parlant important avec des solos dans trois chansons. Cependant, Baily avait obtenu un rôle beaucoup moins important. Villageoise, elle ferait partie d'un groupe qui serait à l'arrière-plan, alors que toute la distribution occuperait la scène au cours de pique-niques du village et de quelques numéros de chants et de danse.

Tim Reed jouerait le rôle de Tom Sawyer, Sarah Jo Stryker, celui de Becky Thatcher, et Ashley Zarelli, celui de tante Polly.

Jenny sortit la bouteille de ketchup et le pot moutarde du réfrigérateur, et les posa sur le plateau de plastique bleu et blanc. Il avait été douloureux pour elle de voir Bailey vérifier la distribution ce soir-là, assise à l'ordinateur à faire défiler la page, alors que Connor regardait par-dessus son épaule.

— Eh bien, tu trouves ? le garçon s'impatientait en sautant sur place, les yeux écarquillés. Vite, Bailey, ça doit y être.

— J'essaie…

Baily avait lu la liste non pas une mais bien deux fois. Puis, sans même éclater en sanglots ou se plaindre, elle avait repoussé doucement sa chaise, s'était levée et avait fait un câlin à Connor.

— Bravo, mon cher, tu l'as bien mérité.

Puis, la jeune fille s'était traînée jusqu'au haut de l'escalier, une marche à la fois.

Jenny l'avait laissée aller et avait pris les cinq minutes suivantes pour inviter Jim et les autres enfants de la famille dans la pièce pour fêter le rôle de Connor. Finalement, le garçon s'était emparé du téléphone en fronçant les sourcils.

— Je dois appeler Tim.

Jenny se rappela de tout ce qui avait suivi. Elle avait remercié les quatre plus jeunes garçons, qui étaient retournés dehors jouer au ballon. Puis, elle avait gravi l'escalier pour aller retrouver Bailey. Sans faire de bruit, elle s'était dirigée vers la chambre en priant pour trouver les bons mots.

Elle avait frappé quelques coups à la porte de la chambre de sa fille.

— Bailey ?

— Oui, la jeune fille avait répondu d'une voix étouffée, entre.

Jenny avait pénétré dans la pièce et s'était assise sur le bord du lit de Bailey, là où elles avaient l'habitude d'avoir de longues conversations nocturnes, parfois même jusqu'aux petites heures du matin. Bailey avait le regard fixe ; des larmes silencieuses coulaient le long de ses joues.

— Je suis désolée, chérie, avait simplement dit Jenny en repoussant une boucle de cheveux du front de sa fille.

— Ce que je ne comprends pas, avait expliqué Baily, c'est pourquoi ils m'ont convoquée en deuxième audition.

Elle s'était redressée et avait cherché les yeux de Jenny du regard.

— J'ai dansé mieux que quiconque, Maman, je te le jure, avait-elle affirmé en levant les yeux au ciel. Et cette madame Stryker, elle avait envoyé sa fille dans cette… cette robe, une robe qu'on aurait dit faite sur mesure pour *Tom Sawyer*.

Elle avait laissé échapper un faux ricanement.

— Je croyais que Katy n'aimait pas les arrivistes, avait-elle ajouté.

Jenny lui avait fait un clin d'œil.

— Chérie, ce n'est pas la faute de Sarah Jo si sa mère est une arriviste. Tu ne voudrais pas que Katy punisse l'enfant pour ça.

— Non, mais…

Les yeux de Bailey s'emplirent de nouveau de larmes.

— …j'ai chanté aussi bien que Sarah Jo.

La jeune fille s'était assise en tailleur, le regard fixé sur Jenny.

— Et je sais que je peux danser mieux qu'elle ! s'était-elle exclamée en laissant sa tête retomber vers ses genoux. Je désirais tellement ce rôle, maman.

— Je sais, ma chérie.

Jenny avait bien choisi ce qu'elle dirait ensuite.

— Tu te souviens du verset de la Bible, celui de Jérémie 29, 11 ?

Bailey avait légèrement relevé la tête en reniflant.

— Bien sûr.

— Tu y crois, n'est-ce pas ?

Jenny passa de nouveau la main dans les cheveux de sa fille.

— L'idée que Dieu connaît les projets qu'Il a pour toi ?

— J'imagine.

Bailey se mit les mains sous les yeux.

— C'est parfois difficile, avait-elle dit en lissant ses sourcils tout en regardant Jenny. Pourquoi son projet pour moi ne comprenait-il pas ce rôle aux côtés de Tim Reed ? Quand l'occasion se représentera-t-elle ?

Jenny continua les préparatifs en attendant l'arrivée des invités. Elle se dirigea vers le réfrigérateur d'appoint dans le garage, où elle conservait les pains à burgers. Elle en attrapa trois sacs et retourna à la cuisine.

Il n'était pas étonnant que Bailey voie sa frustration tourner autour de Tim Reed. C'était le drame de sa vie. La moitié de son temps s'écoulait avec ses amis de classe à l'école secondaire de Clear Creek, l'autre moitié, avec les enfants majoritairement scolarisés à domicile du TCE.

Bailey faisait partie des meneuses de claque de Clear Creek, un engagement qui l'avait tenue à distance des deux premières productions du TCE au cours de la précédente année scolaire. *Tom Sawyer* était la seule production à laquelle elle pouvait prendre part. Même là, elle avait dû choisir entre la production et un camp d'été de meneuses de claque.

Jenny ouvrit les petits pains et les répartit sur un plateau. Heureusement, cette journée était de l'histoire ancienne. Bailey allait mieux maintenant, discutait avec ses amis du TCE et s'enthousiasmait à l'idée de faire partie de la production, malgré le peu d'importance de son rôle. Entre-temps, ses camarades de classe étaient frustrés qu'elle soit de la distribution. Heather, Sami et Spencer lui avaient laissé savoir ce qu'ils pensaient du TCE.

— C'est pour les jeunes qui se croient artistes, avait dit Heather. Ce n'est pas ton genre, Bailey. Tu es des nôtres.

Puis, ça avait été le tour de Tanner Williams, le quart-arrière de l'équipe de football des étudiants de première année et copain de longue date de Bailey. La plupart du temps, il savait qu'il avait sa place dans la vie de Bailey mais, depuis que cette dernière avait pris part à la production, il la voyait moins souvent, comme ça avait été de cas lorsqu'elle avait doublé sa deuxième année du secondaire. Quand il venait prendre de ses nouvelles, il feuilletait le programme du TCE et la questionnait au sujet de Tim Reed.

Jenny riait tout bas.

Il y a quatre ans, quand Jim et elle avaient adopté trois garçons d'Haïti, elle se demandait parfois s'ils étaient cinglés d'entreprendre une telle aventure. Cependant, à plusieurs occasions, sa mère arrêtait faire un tour.

— Ne t'inquiète pas de tous ces garçons, lui disait-elle en aparté. Bailey entre bientôt dans l'adolescence…

Elle regardait alors dans la direction où Bailey se trouvait dans la maison.

— Tu dépenseras plus d'énergie avec elle qu'avec tous les garçons réunis, ajoutait-elle.

Elle avait raison.

Ce n'était pas que Bailey fût difficile. Outre le combat pour garder sa chambre en ordre et faire ses devoirs à temps, elle était délicieuse. Elle était mue par un grand sens moral, avait un rire contagieux et avait plus d'amis qu'il n'en faut. Ce qui prenait du temps, c'étaient les heures d'analyse et de déchirement au sujet des événements de la journée.

On frappa à la porte. Jenny s'essuya les mains et se dirigea vers l'entrée. Par la fenêtre du séjour, elle vit qu'il s'agissait de Cody Coleman, le jeune de seize ans qui habitait un peu plus loin sur la même rue.

Elle ouvrit la porte en souriant.

— Bonjour, Cody, entre.

— Merci, lui dit simplement l'adolescent.

Il lui donna une accolade et fit un signe en direction de la cuisine.

— Puis-je me faire un sandwich ?

— Cody, tu as toujours faim, lui fit remarquer Jenny en éclatant de rire tandis qu'elle le guidait vers le réfrigérateur. Le dîner sera servi dans moins d'une heure.

Le garçon lui rendit son sourire et attrapa des charcuteries et un pain.

— Tant mieux, j'aurai alors de nouveau faim.

Au même moment, Jim entra dans la cuisine, les poings levés et aspirant une grande bouffée d'air.

— J'adore l'été ! s'exclama-t-il.

Il fit un clin d'œil à Cody et parcourut la cuisine en direction de Jenny pour l'embrasser délicatement.

— Est-ce que je t'en ai déjà parlé ? demanda-t-il à sa femme.

— Tous les mois de juin, répondit-elle.

Elle sourit et le repoussa amicalement, laissant juste assez d'espace entre eux pour y glisser le plateau de galettes.

— Cody prend son prérepas.

— Tant mieux pour lui !

Jim pointa le garçon du doigt et prit un ton d'entraîneur.

— Six repas par jour si tu veux emmagasiner du muscle pour l'été.

Cody leva le sandwich dans les airs, la bouche trop pleine pour parler. Il attrapa l'assiette de fromage et suivit Jim dans le jardin où trônait le barbecue.

Jenny les regarda pendant un instant et son cœur s'emplit de reconnaissance à voir son mari et Cody Coleman travailler côte à côte. L'année dernière, tandis que Cody avait de mauvaises fréquentations et qu'il avait failli être renvoyé de l'école pour avoir introduit de l'alcool sur le campus, elle et Jim avaient douté de le revoir un jour.

Environ un mois plus tôt, Jim l'avait amené déjeuner et, depuis, Cody venait occasionnellement dîner, discuter avec le couple ou profiter de la piscine. De plus, il avait commencé à les accompagner à la messe et posait des questions sur la Bible. De temps à autres, il faisait même des allusions à venir habiter chez Jenny et Jim, comme il l'avait fait lorsqu'il avait campé sur leur fauteuil pendant trois semaines à la fin de sa première année du secondaire.

Cette perspective ne dérangeait nullement Jenny. Elle et Jim étaient ouverts à l'idée si la mère de Cody était d'accord. C'était une mère célibataire qui occupait deux emplois, dont l'un dans un bar de danseuses. Au fil des ans, elle avait verbalement maltraité Cody et, alors qu'il fréquentait l'école secondaire, elle lui avait fait découvrir l'alcool.

— Je fais le meilleur gin et tonique de tout Bloomington, avait dit Cody à Jenny et à son mari quelques années auparavant, la première fois qu'il était venu faire leur connaissance.

Jenny et Jim avaient songé à communiquer avec les services sociaux, mais ils étaient déchirés. Bien que cette femme ne fût pas une bonne mère, elle était tout ce que Cody connaissait. Jenny et Jim préférèrent garder un œil sur la situation et décidèrent de ne pas demander d'intervention.

Il n'y avait qu'un problème avec la venue de Cody dans leur vie. Bailey avait remarqué le garçon.

Jenny s'installa près de l'évier afin d'épier la réaction de sa fille à l'arrivée de Cody. À coup sûr, Bailey sortit de la piscine, se lissa les cheveux et attrapa une serviette. Elle connaissait bien le jeu de l'interaction avec les garçons sans avoir l'air trop intéressée. Elle prit quelques minutes pour discuter avec ses frères, puis s'éloigna et traversa le patio en direction de Jim.

Son père et elle parlèrent de tout et de rien pendant un instant, mais Bailey changea rapidement la conversation pour inclure Cody. Le passe-plat était ouvert et Jenny entendit leurs voix sans pour autant pouvoir suivre la conversation. Quelle que soit l'histoire que racontait Bailey, elle se pencha et fit une drôle de grimace, puis poussa légèrement Cody du coude avant de rejeter la tête en arrière en éclatant de rire. Cody rit également et répondit quelque chose. Ensuite, toutefois, il reporta son attention sur Jim. Si le langage du corps avait une signification, Cody ne s'intéressait pas à Bailey… du mois, pas pour le moment.

Jenny priait régulièrement pour que les choses en restent là.

Cody, qui était très séduisant, avait un an de plus que Bailey. Ensemble, ils formaient un très joli couple. Par contre, Cody était alcoolique. Il pouvait boire chaque jour pendant un mois au point de perdre connaissance. Jenny était effrayée à l'idée qu'il s'intéresse à Bailey.

On frappa de nouveau à la porte.

— Entrez !

Jenny fit quelques pas rapides dans le vestibule et ouvrit la porte. Debout sur le porche se tenaient une jolie jeune femme dans la vingtaine avancée et un homme costaud aux cheveux foncés. Ils étaient accompagnés d'un petit garçon aux cheveux blond filasse.

— Bonjour, dit Jenny en tenant la porte et en ouvrant le passage. Vous devez être les Blake. Entrez !

La femme lui tendit la main.

— Je suis Ashley, fit-elle en posant la main sur l'épaule de son conjoint. Voici mon mari, Landon.

Son regard se porta ensuite vers l'enfant.

— Et voici notre fils, Cole.

Jenny se pencha.

— Je suis madame Flanigan, se présenta-t-elle. Je suis enchantée de faire ta connaissance, Cole.

Le garçon lui serra la main et la regarda droit dans les yeux.

— Je suis heureux de faire votre connaissance, Madame Flanigan.

Ils traversèrent l'entrée menant à la cuisine.

— Jenny, votre maison est très jolie ! s'exclama Ashley.

— Merci.

Jenny s'était toujours sentie un peu gênée de la taille de leur maison. Cette dernière, qui faisait 2 100 mètres carrés, comptait six chambres à coucher, en plus d'un logement au-dessus du garage. L'hôtesse haussa les épaules et décocha à Ashley un sourire en coin.

— Dieu nous en a bénis. Il est de notre devoir de bien l'utiliser en Son honneur.

— C'est très joli.

Ashley croisa les bras. Ses yeux étincelaient tandis qu'elle admirait les carreaux de céramique et les boiseries de la cuisine.

— Peut-être pourrais-je visiter la résidence plus tard ?

— Sans problème. Pour le moment, puis-je vous offrir quelque chose à boire, de l'eau peut-être ?

Cole bondit sur place à quelques reprises.

— Oui, s'il vous plaît, de l'eau avec des glaçons.

Ashley leva les yeux au ciel.

— De l'eau avec des glaçons, c'est la dernière lubie de mon fils, expliqua-t-elle.

Elle baissa la voix d'un ton.

— Il a ainsi l'impression d'être un grand garçon, murmura-t-elle.

— Bon alors, de l'eau avec des glaçons ! s'exclama Jenny.

Elle prit un pichet en céramique dans l'une des armoires du bas et se mit en devoir de le remplir. Par-dessus son épaule, elle jeta un regard à Ashley et Landon.

— L'un des joueurs de Jim est aussi des nôtres ce soir, expliqua-t-elle. Il s'appelle Cody. C'est un peu notre sixième fils.

— Et Katy Hart, non ? s'informa Ashley. Elle habite bien chez vous ?

Elle accepta un verre d'eau et s'adossa à l'îlot central de la cuisine.

— Oui, elle occupe le logement, répondit Jenny.

La mention de Katy causa un étrange sentiment chez Jenny. Depuis les auditions, Katy était plus souvent absente. Et, quand elle était présente, elle était plus discrète qu'à l'habitude. Jenny se disait que ce n'était peut-être que le fruit de son imagination. En vérité, elle en avait voulu à Katy après l'affichage de la distribution. Bailey avait laissé tomber bien des choses pour le TCE. Le rôle de Becky Thatcher aurait été parfait pour elle.

Toutefois, cette idée s'était évanouie avant le lendemain. La distribution des rôles d'une production ne pouvait être une mince tâche et Katy y portait une grande attention. De surcroît, Jenny lui avait demandé d'éviter les traitements de faveur. Elle ne pouvait donc pas lui garder rancœur pour le rôle qu'avait obtenu Bailey. C'est ce qu'elle avait dit à sa fille dans sa chambre ce soir-là. Si Dieu avait voulu que l'adolescente décroche le rôle de Becky Thatcher, ce serait chose faite.

La conversation se poursuivit dans la cuisine. Ashley était gentille et enthousiaste à l'idée de participer à la fabrication des décors. Après avoir passé seulement cinq minutes en compagnie du couple, Jenny en était venue à la conclusion que Ashley et Landon s'adoraient mutuellement.

Cole but son verre d'eau et alla rejoindre les autres enfants, qui se séchaient à proximité de la piscine. Ashley mentionna que son fils était un très bon nageur, mais qu'elle tenait à être dehors tandis qu'il jouait près de la piscine.

C'est alors que Jenny se souvint de Brooke, la sœur cadette de Kari et d'Ashley, qui s'était presque noyée il y a quelques années.

— Écoute… commença-t-elle.

Elle mena Ashley et Landon à l'extérieur, vers le patio couvert. Elle se dirigea vers l'un des murets bordant le patio et tourna une clé. Une couverture électrique glissa sur la piscine.

– … avec tous ces enfants, il est préférable de couvrir la piscine, Jenny poursuivit-elle.

— En effet, admit Ashley.

Elle prit Landon par la main et suivit Jenny en direction du barbecue où s'affairaient Jim et Cody.

— On ne peut être trop prudent, poursuivit-elle.

Jenny présenta les Blake à tout le monde et étouffa un sourire en observant la réaction de Cody à la vue d'Ashley. Tandis que Jim discutait avec Landon tout en cuisant les burgers, Cody ne quittait pas Ashley des yeux. Les enfants revêtirent leurs shorts et t-shirts, et vinrent rôder autour du barbecue.

Cole était à l'aise avec les quatre jeunes garçons, tandis que Bailey parlait avec Ashley de la musique de *Tom Sawyer*. Le groupe s'apprêtait à entrer dîner quand le téléphone sonna.

— J'y vais, dit Jenny en se précipitant dans la cuisine pour répondre à la quatrième sonnerie. Allo ?

— Oui, bonjour, dit une voix masculine difficilement audible. Ici, Mitch Henry. Je suis régisseur de distribution à Los Angeles.

Jenny éloigna le combiné pour voir le numéro de l'appelant. C'était probablement l'un des jeunes de la troupe qui voulait jouer un tour. Elle remit le récepteur téléphonique à son oreille.

— Pardon, pouvez-vous répéter ? demanda-t-elle.

— Oui, Mitch répondit dans un crépitement. Suis-je bien chez Katy Hart ?

— Oui, oui.

Jenny pressa le récepteur sur son oreille, tentant de mieux comprendre son interlocuteur. Elle se dirigea vers le bureau pour prendre un bloc-notes et un stylo.

— Puis-je prendre un message ?

— Bien sûr. Dites à Katy que Mitch Henry a téléphoné.

À tous les deux mots, la communication était coupée. Jenny avait de la difficulté à bien comprendre.

— Je suis régisseur de distribution… Los Angeles, répéta Mitch. Demandez à Katy de me téléphoner.

Il récita un numéro de téléphone, que Jenny lui fit répéter. Elle promit de transmettre le message.

Ils étaient à mi-repas quand Katy se présenta par la porte de côté et passa la tête par l'embrasure de la porte de la salle à dîner. Elle salua.

— Bonjour, tout le monde.

Jenny prit sa serviette de table et s'essuya la bouche.

— Katy, viens. Je veux te présenter les nouveaux membres du comité des décors.

La jeune femme pénétra dans la pièce et se tint près de la table en regardant Ashley.

— J'ai entendu dire que vous étiez une véritable artiste en chair et en os.

— Oui, répondit Landon à la place d'Ashley, en chair et en os !

— Maman est une grande peintre, renchérit Cole, dont les haricots piqués sur la fourchette retombaient dans l'assiette tellement il était excité.

— Bien, bien ! s'exclama Katy, tout sourire.

Elle recula d'un pas.

— Je dois terminer le scénario, s'excusa-t-elle. Alors… bon appétit.

Elle était à mi-chemin en direction de l'escalier qui menait à son logement quand Jenny se souvint du message.

— Attends ! tu as eu un appel, annonça-t-elle à Katy.

Elle se leva de table en s'excusant et se dirigea vers le bureau de la cuisine.

— Quelqu'un du TCE ? demanda Katy en faisant volte-face et en revenant sur ses pas.

— Non.

Après quelques recherches, Jenny mit la main sur la note qu'elle avait rédigée. Elle la tendit à Katy en lui décochant un regard interrogateur.

— Quelqu'un de Los Angeles. Il dit qu'il est régisseur de distribution.

— Bon ! s'exclama Katy en faisant la moue. C'est probablement l'agent de Sarah Jo Stryker.

Les deux femmes éclatèrent de rire, puis se retournèrent et partirent dans des directions opposées. Katy se dirigea vers son logement, où elle passa le reste de la soirée ; Jenny retourna vers ses invités. Cody demandait à Ashley si elle avait déjà vendu une toile et Landon se faisait expansif sur le nombre qu'elle avait en effet vendu.

Le reste de la soirée fut agréable, la conversation s'enchaînait et ils jouèrent quelques parties d'ABC, un des jeux préférés des Flanigan. Ils parlèrent du décès de la mère d'Ashley et de la santé déclinante de celle de Jenny.

— Maman vit dans un village-retraite, mais sa santé dépérit, confia Jenny, la voix voilée. Peut-être devrons-nous passer à l'étape suivante et la placer en résidence assistée.

— Laissez-le-moi savoir si vous en arrivez là, dit Ashley d'une voix compatissante. J'ai travaillé à Sunset Hills. C'est une bonne résidence quand vient le temps...

Ils discutèrent de la difficulté à voir leurs parents vieillir et tomber malades. Ensuite, ils parlèrent de la maison des Flanigan et de l'existence agitée qu'ils menaient tous. Puis, la conversation porta sur la production théâtrale à venir.

Avant le départ des Blake, il fut conclu que *Tom Sawyer* avait besoin d'une toile de fond grandeur nature, un paysage qui représenterait un petit village du Missouri où l'action se déroulait. De plus, il faudrait quelques édifices, une maison pour tante Polly et une clôture pour la célèbre scène de la chaux.

— Je m'en charge, interrompit Landon.

Ils éclatèrent tous de rire.

Ce n'est qu'en se préparant à aller au lit que Jenny se remémora la brève apparition de Katy ce soir-là. Jusqu'alors, elle s'était presque convaincue que la tension palpable entre elle et Katy n'était que le fruit de son imagination.

Toutefois, quelque chose clochait au sujet de leur conversation, même la partie où elle lui avait remis le drôle de message du régisseur de distribution de Los Angeles. Tandis qu'elle se brossait les dents, elle comprit qu'elle avait raison. Il y avait véritablement une tension entre Katy et elle. Elle savait pertinemment que ce n'était pas à cause de quelque chose qu'aurait fait Katy... le ton de la jeune femme était tout de même amical. Non, c'était à cause de ce que Katy n'avait pas fait... depuis les auditions, pas plus avec Jenny qu'avec Bailey.

Elle n'avait pas établi de contact visuel.

CHAPITRE SEPT

———◆———

LE PREMIER JOUR de répétition était toujours le plus chaotique pour toute production du TCE. Ce vendredi soir, l'excitation était à son comble tandis que le sanctuaire de l'église communautaire de Bloomington grouillait d'enfants se déplaçant en groupes tapageurs, se félicitant les uns les autres et se perdant en conjectures au sujet des costumes et des numéros en solo.

Katy appréciait la distraction.

Chez les Flanigan, la tension était palpable depuis l'affichage de la distribution, et elle le comprenait bien. Bailey avait été laissée pour compte, c'était bien évident. La jeune Flanigan avait tout ce qu'il fallait pour tenir le rôle de Becky Thatcher, à une exception près : personne au TCE ne pouvait chanter comme Sarah Jo Stryker.

De tout cœur, Katy aurait aimé reléguer Sarah Jo à un rôle de villageoise. Ce n'était pas en raison de quelque chose que la jeune fille avait fait — en fait, Sarah Jo s'était montrée encore plus polie et talentueuse le second jour des auditions que le premier. Toutefois, Katy détestait l'idée que la mère était tellement persuadée d'avance que sa fille décrocherait le rôle qu'elle lui avait déjà confectionné une robe de Becky Thatcher.

Quel culot !

Avant le second jour des auditions, Katy s'était convaincue que Sarah Jo n'avait pas été si bonne, que personne d'autre que Bailey Flanigan ne pouvait obtenir le rôle de Becky. Bailey s'était mérité cet honneur à force de patience et en raison des efforts qu'elle avait fournis dans tous les petits rôles qu'elle avait joués.

D'ailleurs, Sarah Jo n'était pas chrétienne. Sa mère l'avait dit à Katy le matin des deuxièmes auditions.

— Nous ne croyons pas en Dieu, avait avoué Alice Stryker en posant son sac à main sur la table à laquelle Katy s'était installée. Je tenais à ce que cela soit clair avant que ça ne cause un problème.

Katy avait fait ce qu'elle devait dans ce genre de situation. Elle avait répondu à la dame que la foi n'était pas une condition de participation au TCE, et c'était vrai. Pourtant, une jeune fille comme Bailey Flanigan, une adolescente qui aimait le Christ et qui partageait la vérité de Dieu avec les plus jeunes du TCE, représentait un bien meilleur choix pour un rôle principal, non ? Pareillement à Tim Reed, qui était un excellent choix pour le premier rôle masculin.

Après que Bailey eut chanté le solo de Becky Thatcher le second jour des auditions, Katy était persuadée que la distribution était réglée. Toutefois, toutes ces bonnes pensées disparurent la seconde où Sarah Jo fit son tour de chant. La voix de la jeune fille était sublime, il va sans dire. Et même si cela signifiait de laisser croire à Alice Stryker qu'elle avait son mot à dire, Katy n'avait pas le choix.

Sarah Jo devait être Becky Thatcher.

Pourtant, depuis, Katy doutait de sa décision. Pis encore, elle sentait une tension entre elle et les Flanigan, comme si ces derniers lui en voulaient que Bailey n'ait pas décroché un rôle plus important.

Katy mit de l'ordre dans sa pile de scénarios sur la table et fit signe à son équipe de création, Al et Nancy Helmes et Rhonda, de venir la rejoindre. Quoi que pensent les Flanigan, elle ne pouvait se laisser distraire aujourd'hui. Elle ne vivrait pas jusqu'à trente ans si elle ne cessait pas de se mettre autant de pression sur les épaules lorsqu'elle distribuait les rôles pour un spectacle.

D'ailleurs, si elle devait être à son affaire, c'était bien maintenant, alors qu'elle tentait de contenir soixante enfants pour assurer le numéro d'ouverture du spectacle, tout en distribuant les textes en général et les solos à ceux qui joueraient les rôles principaux.

Elle discuta avec les autres quelque dix minutes, puis se mit debout sur l'une des chaises. Avec son 1,68 mètre, vêtue d'une paire de jeans et d'un pull, Katy se mêlait facilement aux enfants. Afin d'être entendue, elle grimpait sur une chaise et y allait de ses fameux applaudissements. Il n'y avait pas de sifflements ou de cris lors des répétitions du TCE. Katy avait un battement de mains particulier et, quand les enfants l'entendaient, ils se retournaient instinctivement vers elle en baissant le ton. Quand elle arrêtait, les gamins répondaient par le même battement rythmé. Par la suite, le silence se faisait et tous les yeux étaient tournés vers elle.

— Félicitations à tous ceux qui ont décroché un rôle pour *Tom Sawyer* ! s'exclama-t-elle.

Ses mains étaient moites ; elle les essuya sur ses jeans. Elle fit un survol du groupe d'enfants réunis et arrêta son regard sur Tim Reed et Ashley Zarelli, qui se tenaient côte à côte de l'autre côté de la salle.

— Les premiers rôles sont importants au TCE, poursuivit-elle en portant son attention sur Sarah Jo Stryker. Je m'attends à ce que vous sachiez votre texte dans une semaine et que vous fassiez de votre mieux lors de chaque répétition.

Nancy Helmes lui fit un signe et Katy opina du chef.

— Assoyez-vous. Madame Helmes a quelque chose à vous dire.

Nancy prit la parole.

— Voilà, dit-elle d'une voix puissante qui portait dans tout le sanctuaire, tandis que les enfants prenaient place. Al et moi avons entendu dire que certains d'entre vous n'étaient pas satisfaits de leur rôle ou qu'ils faisaient la risée de leurs amis parce qu'ils n'avaient décroché qu'un rôle de villageois. Nous n'avons qu'une seule distribution, Mesdames et Messieurs... et nous jouons pour un seul spectateur.

Elle fit une pause.

— Il n'y a pas de petits rôles, poursuivit-elle. En fait, chacun de vous devra donner le meilleur de lui-même pour que le spectacle soit à la gloire de Jésus quand nous monterons sur les planches dans quelque huit semaines.

— Madame Helmes a raison, acquiesça Katy.

Pendant un moment, ses yeux croisèrent ceux de Bailey et elle vit se dessiner l'ombre d'un sourire sur le visage de la jeune fille, ce qui lui réchauffa le cœur.

— Bon, voilà ce qu'on va faire, poursuivit-elle. Si je vous nomme, vous allez rejoindre monsieur et madame Helmes dans la salle du chœur au bout du corridor.

Elle fit un clin d'œil à Nancy.

— Vous travaillerez les solos du premier acte, enchaîna-t-elle. Et si je connais bien madame Helmes, il y aura une boîte de brioches à la cannelle pour la pause.

Elle nomma sept jeunes qui, l'un après l'autre, se dirigèrent vers Al et Nancy. Cara Helmes suivit la file, radieuse à l'idée d'entendre les chansons prendre vie pour la première fois. Katy remarqua de nouveau une certaine connivence entre Tim Reed et Ashley Zarelli tandis qu'ils marchaient ensemble, têtes penchées l'une vers l'autre, en chuchotant. Elle regarda Bailey et comprit que la jeune fille observait aussi le duo. Katy s'efforça de rester concentrée. Elle n'était pas responsable de la vie sociale de Bailey.

— Je demanderais à ceux qui n'ont pas été nommés, poursuivit-elle une fois que les solistes ont été partis, de former une file en ordre croissant de grandeur.

Elle jeta un coup d'œil aux groupes d'enfants qui restaient.

— À vos marques, prêts, partez !

Katy observa de son promontoire les jeunes se précipiter dans toutes les directions. Quelqu'un agrippa la plus petite des enfants du TCE et l'installa à l'autre extrémité de la scène. Une minute s'écoula tandis que les gamins s'évertuaient à trouver leur place. Un certain moment, Katy grimaça en voyant l'un des grands garçons entrer en collision avec un petit.

— Tu es certaine de vouloir leur enseigner quelques pas de danse ? demanda-t-elle en se tournant vers Rhonda.

— Bien sûr, répondit cette dernière en riant, mais je crois que nous serons encore ici passé vingt heures.

— J'en ai bien peur.

Il fallut quatre minutes aux jeunes pour former une file un tant soit peu ordonnée. Katy se dirigea vers la plus petite et lui tapota la tête.

— Bon, que chacun remarque qui est devant lui, ordonna-t-elle.

Elle attendit que tous aient suivi sa directive.

— Maintenant, remarquez qui est derrière vous, poursuivit-elle.

Le groupe s'exécuta.

— Demain matin, je veux que cette file soit formée en quinze secondes, d'accord ?

Quelques faibles « oui » se firent entendre.

Katy se frappa les cuisses en riant.

— Ce n'est pas une façon de répondre, n'est-ce pas ? dit-elle en se tournant vers Rhonda.

— Pas au TCE, l'approuva cette dernière, tout sourire, en s'approchant.

— Essayons de nouveau, intervint Katy en regardant tous ces petits visages d'un bout à l'autre de la file. En quinze secondes demain, d'accord ?

Cette fois-ci, la file éclata d'un retentissant « Oui, Katy ! »

— C'est beaucoup mieux, la metteure en scène félicita les enfants en tentant de garder son sérieux, mais ses yeux s'emballaient. Maintenant... je veux quatre files de douze à treize jeunes ; les plus grands derrière. À vos marques, prêts, partez !

Les enfants se déplacèrent beaucoup plus rapidement et de façon plus efficace cette fois-ci. En moins de deux, quatre files furent formées.

— C'est mieux ! s'exclama Katy.

Elle se tourna vers Rhonda.

— Peut-être même finirons-nous avant l'heure...

Quelques-uns des plus vieux gloussèrent et Katy leur décocha un sourire. Puis, elle demanda à Rhonda de s'approcher du piano et de jouer le numéro d'ouverture. Rhonda n'était pas aussi bonne en musique que Nancy ou Al, mais elle pouvait donner à la distribution une mélodie convenable.

— Bon, voilà comment ça va se passer, annonça Katy d'une voix joyeuse.

Elle adorait donner vie à une histoire.

— Voici la chanson d'ouverture, poursuivit-elle. On y parle de l'arrivée du *Big Missouri*, un bateau qui vient s'amarrer à l'occasion au port d'Hannibal. Tout le monde est enchanté de l'arrivée du gros bateau puisque ce dernier apporte le courrier, des amis et des parents, et parfois une famille venue s'installer dans la région. C'est exactement ce qui se passe dans notre histoire. La famille Thatcher arrive en ville à bord du *Big Missouri*.

L'un des plus jeunes enfants leva la main.

— Katy, pourquoi les Thatcher n'ont-ils pas tout simplement loué un camion de déménagement ?

— C'est une bonne question.

Katy décocha un regard cassant aux plus vieux, qui ricanaient dans le fond de la salle. Puis, ses yeux se reposèrent sur le petit.

— Parce qu'il n'y en avait pas à l'époque, poursuivit-elle. En fait, dans ce temps-là, il n'y avait pas beaucoup de routes non plus. Ce n'était pas comme aujourd'hui.

Elle prit une grande respiration.

— L'idée, c'est que les gens d'Hannibal au Missouri étaient très excités.

Elle courut quelques pas et effectua une pirouette.

— … très, très excités.

— Voilà pourquoi, enchaîna Rhonda au piano, la musique est puissante et régulière, comme ceci.

Elle joua les premières notes de la pièce.

— Et ce que Rhonda et moi attendons de vous, fit remarquer Katy, c'est que vous gonfliez les bras ainsi…

Elle avait l'air d'un joggeur mécanique dont les piles s'essouf-flaient tandis qu'elle gonflait les bras et les poings vers l'avant l'un après l'autre. Elle répéta le mouvement quelques fois.

— Je veux que vous gonfliez les bras ainsi et que vous marchiez bruyamment vers l'avant comme ça jusqu'au devant de la scène. Puis, je veux que tout le monde fasse demi-tour vers la gauche et retourne à l'arrière de sa file.

Katy fit une pause à mi-mouvement.

— C'est compris ?

— Oui, Katy, les enfants répondirent bruyamment à l'unisson.

— Bon, on va voir ça..

Rhonda joua la musique tandis que la première rangée s'avança sans problème, fit demi-tour vers la gauche et retourna à l'arrière de la file. Ce n'est qu'à la dernière rangée, celle des plus grands, que trois enfants tournèrent du mauvais côté et entrèrent en collision avec leur voisin.

La musique cessa.

Six jeunes se tenaient la tête ; les autres semblaient agités. L'une des filles leva la main.

— Katy, avons-nous besoin d'une autorisation du médecin pour cette danse ? demanda-t-elle.

— Oui, répondit la jeune femme en croisant les bras. Après ce soir, je crois que ce serait de toute évidence une bonne idée.

Les blessés furent soignés et Katy demanda à tout le monde de reprendre sa place.

— Bon, fixons-nous un objectif, dit-elle. Seulement deux blessés cette fois-ci, O.K. ?

Elle jeta un coup d'œil à Rhonda.

— Prête ? Allons-y !

Cette fois, tout se passa comme sur des roulettes. Une rangée après l'autre, les enfants marchèrent au rythme, firent volte-face et retournèrent à l'arrière de la file. Ils agirent à l'unisson et presque tous en suivant le rythme.

— Yé ! s'exclama Katy, les bras au ciel. Encore une fois !

Avant la pause, presque toute la chanson était chorégraphiée ; Katy avait le cœur qui semblait danser de plaisir. À cette étape de la mise en forme du spectacle, Dieu lui donnait toujours un aperçu de ce qui s'en venait. Cette fois-ci, elle en eut des frissons.

Elle se détacha du tourbillon pour se rendre à sa voiture prendre sa bouteille d'eau. En revenant vers le sanctuaire, elle fit une pause. Elle avait oublié de rappeler l'homme de la Californie. Elle y avait pensé toute la journée mais, quand elle avait rencontré Rhonda, elles étaient toutes deux trop absorbées par la chorégraphie du premier numéro.

Elle jeta un coup d'œil à sa montre et vit qu'il était dix-neuf heures, ce qui signifiait qu'il n'était que seize heures en Californie, donc assez tôt pour téléphoner. Elle pénétra dans l'église par le portail avant, trouva un petit coin tranquille dans le vestibule et sortit le message de son chéquier, où elle l'avait rangé la veille.

« Mitch Henry, indiquait le message, régisseur de distribution. »

Katy était toujours persuadée que l'appel avait à voir avec Sarah Jo Stryker. Qui d'autre aurait pu avoir des contacts avec un régisseur de distribution d'Hollywood ?

Il restait cinq minutes à la pause. Katy sortit son téléphone cellulaire de la pochette avant de son sac à main et composa le numéro.

Un homme répondit presque sur-le-champ.

— Mitch Henry.

— Hum…

Katy avait été prise par surprise par le ton pressé et coupant de ce Mitch Henry.

— Bonjour, ici Katy Hart, dit-elle, hésitante, vous m'avez téléphoné ?

— Katy Hart ! s'exclama le régisseur d'un ton plus chaleureux. J'attendais votre appel.

— Oui, bon…, dit-elle en regardant le cadran de sa montre, je n'ai que quelques minutes.

— D'accord, acquiesça Mitch en se raclant la gorge. Je suis le régisseur de distribution de la future comédie romantique *Tu peux toujours rêver*. Vous en avez peut-être entendu parler.

Katy ne savait rien du tout au sujet de cette pièce.

— Hum…

— En tout cas, nous aimerions que vous veniez à Los Angeles auditionner pour le premier rôle féminin.

La jeune femme fut d'abord portée à rire, ce qu'elle fit, mais pas assez fort pour que Mitch Henry s'en rende compte.

— Il doit y avoir une erreur, rectifia-t-elle. Je ne suis pas une actrice… du moins, plus maintenant.

— Nous, enfin… nous croyons que si, répliqua le régisseur.

Un bruit de papier froissé se fit entendre.

— Vous pourriez prendre le vol de dimanche après-midi. Vous logeriez au Sheraton Universal. Une voiture irait vous chercher pour vous conduire aux studios. L'audition est à neuf heures lundi matin. Vous pourriez rentrer par le vol de l'après-midi.

Katy fut prise de vertige. L'homme semblait sérieux, mais comment était-ce possible ?

— Êtes-vous certain d'avoir la bonne Katy Hart ?

— Évidemment, fit Mitch en riant tout bas. Ce serait bien pour la distribution du film si vous acceptiez, Mademoiselle Hart.

La jeune femme se pinça les tempes avec le pouce et l'index.

— Comment avez-vous entendu parler de moi ?

— Bien… je n'ai pas accès à tous ces renseignements, honnêtement. Je peux seulement vous dire que nous attendons votre réponse avant de terminer la distribution des rôles.

Toute cette conversation n'avait aucun sens logique. Si les détails n'avaient pas été aussi précis, Katy aurait juré qu'il s'agissait de jeunes du TCE qui voulaient lui jouer un bon tour. Pourtant, l'homme était trop sérieux pour que ce soit une blague. Katy était de plus en plus perplexe. Comment ces gens d'Hollywood avaient-ils entendu parler d'elle et comment l'avaient-ils retrouvée ? De surcroît, qui là-bas connaissait son existence ?

— Alors, que dois-je dire au producteur, Mademoiselle Hart ? Pouvons-nous faire les arrangements nécessaires ? J'imagine que vous prendrez un vol en partance d'Indianapolis.

Katy se sentit étourdie. Elle s'agrippa à son téléphone.

— Puis-je… puis-je vous rappeler dans quelques heures pour vous donner une réponse ? Je suis présentement occupée.

— Sans problème, répondit Mitch d'un ton enjoué et chaleureux. Vous avez mon numéro de cellulaire. J'attends de vos nouvelles d'une manière ou d'une autre, d'accord ?

— Oui, merci, Monsieur…

La jeune femme réfléchit un instant.

— Qui produit le film ? demanda-t-elle.

— DreamFilms.

DreamFilms… le grand studio cinématographique ayant produit des douzaines de films à succès ? Le tout devenait de plus en plus irréel.

— Bon, fit simplement Katy.

Elle déglutit en regardant vers le plancher. Elle avait les genoux qui tremblaient.

— Bon, bon, je vous rappelle dans quelques heures.

Elle raccrocha et tenta de bouger, mais la pièce tournait autour d'elle et elle s'adossa au mur. Rien de tout cela n'était logique. Après avoir retrouvé l'équilibre, être retournée dans le sanctuaire et avoir repris la répétition, elle se mit à douter de l'appel.

Cependant, et si tout cela était bien réel… Elle attendit la fin de la répétition, répondit aux questions des enfants, s'assura que tout le monde était parti, même Al et Nancy, et se tourna vers Rhonda Sanders.

— Tu ne me croiras jamais, fit-elle, la bouche grande ouverte.

— Quoi donc ?

Rhonda était une célibataire de vingt-huit ans. C'était aussi la personne avec qui Katy s'entendait le mieux dans toute l'équipe du TCE. Leur amitié s'était développée rapidement et solidement quand Katy était arrivée à Bloomington. Les deux femmes discutaient souvent de la vie et des surprises qu'elle vous réserve.

À l'instar de Katy, Rhonda avait grandi dans une maisonnée chrétienne, croyant que Dieu avait choisi pour elle une personne spéciale, un homme d'une foi à toute épreuve qui la guiderait dans une aventure commune sur les traces du Christ. Tout cela devait se produire avant son vingt-cinquième anniversaire, du moins selon le plan. La naissance des enfants suivrait rapidement.

Malheureusement, les deux amies étaient maintenant rendues à la fin de la vingtaine et se demandaient si elles avaient été laissées pour compte.

Rhonda tira une chaise et scruta le visage de Katy.

— Qu'est-ce que je ne croirai pas ? demanda-t-elle avec empressement. Tu as rencontré le prince charmant ?

— Non, répondit Katy en sortant son téléphone cellulaire de son sac à main. J'ai reçu un message étrange, hier, me demandant d'appeler ce régisseur de distribution de Los Angeles.

Elle haussa les épaules.

— Évidemment, je croyais que c'était au sujet de Sarah Jo Stryker, poursuivit-elle.

— Évidemment.

Katy sentit ses yeux s'écarquiller.

— Mais ce n'était pas le cas, rectifia-t-elle.

Elle se mordit la lèvre inférieure et fixa son téléphone cellulaire. Son regard croisa de nouveau celui de Rhonda.

— J'ai rappelé ce monsieur et il m'a dit… commença-t-elle.

Un rire nerveux rendit la fin de sa phrase difficile à prononcer. Elle prit une grande respiration.

— Il m'a dit que les studios DreamFilms voulaient me faire venir à Los Angeles dimanche pour une audition lundi matin… poursuivit-elle.

Elle hésita, retenant son souffle.

— …une audition pour le premier rôle dans une future comédie romantique intitulée *Tu peux toujours rêver*. J'ai répondu au régisseur que je devais réfléchir et que je le rappellerais dans quelques heures.

— Quoi ?

Rhonda sauta sur ses pieds. Elle tendit une main vers Katy en laissant échapper un cri.

— Sérieusement ?

— Oui, répondit Katy en laissant aller un petit cri aigu.

De toutes les personnes qu'elle connaissait à Bloomington, seule Rhonda était au courant de sa courte carrière cinématographique et de son ardent désir de percer à l'époque. Par contre, il y avait aussi des choses que même Rhonda ignorait, des choses que Katy n'avait jamais dites à personne.

— Alors, rappelle-le et réponds « oui » ! répliqua Rhonda en se levant pour esquiver quelques pas de danse. Je n'arrive pas à y croire, Katy... ce genre de chose n'arrive pas aux habitants de Bloomington en Indiana.

Elle s'arrêta un instant.

— Alors, qu'attends-tu ?

— Et si ce n'était pas vrai ! s'exclama Katy en faisant nerveusement quelques pas. On dirait une blague monumentale. Tu sais bien, le genre de farce dont sont capables les Reed ou les Zarelli.

— Oh ! répondit Rhonda, dont l'excitation se modéra. Je n'y avais pas pensé.

— Bon, et si ce n'était pas une blague, dit Katy en s'assoyant sur le bord de la table. Si un régisseur de distribution de DreamFilms avait effectivement entendu parler de moi et qu'il voulait me voir en audition...

L'idée la fit rigoler.

— Alors, à l'instant où l'on se parle, il attend que je le rappelle, ce Mitch Henry, qui qu'il soit. Alors, qu'est-ce que je lui réponds ?

— Si c'était vrai ? s'écria de nouveau Rhonda. Tu te moques de moi ? Tu sautes dans le premier avion, Katy Lynn Hart, et tu donnes tout ce que tu as en audition !

Katy était de nouveau debout à faire les cent pas. Elle s'arrêta et leva les bras au ciel.

— Et *Tom Sawyer* ?

— Ce n'est qu'un personnage. Il ne peut auditionner.

— Tu sais ce que je veux dire, fit remarquer Katy en s'esclaffant. J'ai des obligations qui me retiennent à Bloomington.

— L'homme te réclame dimanche et lundi alors que le prochain cours du TCE n'est que jeudi, répliqua Rhonda en levant une main et en baissant l'autre, comme pour évaluer la possibilité. Je ne vois pas de conflit.

— Bon, d'accord, acquiesça Katy en retournant vers sa chaise pour s'asseoir.

Elle prit une grande respiration et scruta son téléphone cellulaire, qu'elle tenait à la main.

— J'y vais, dit-elle en regardant Rhonda. Si c'est une blague, j'aurai ma revanche avant la fin de la semaine.

— Vas-y, compose le numéro, Katy.

Rhonda s'assit en tailleur sur le sol.

— Je meurs d'envie de savoir la suite.

Katy composa le numéro, tint le téléphone à l'oreille et attendit.

— Ici Mitch Henry. Est-ce Mademoiselle Hart ?

— C'est bien moi, répondit Katy en fermant les yeux. J'y ai réfléchi, Monsieur, et j'accepte votre offre. Que dois-je faire ?

— Tant mieux ! s'exclama le régisseur. Vous ne le regretterez pas, j'en suis certain. Nous procédons rarement ainsi avec une... une inconnue comme vous...

— Exactement, coupa Katy. Vous êtes bien certain que c'est moi que les producteurs veulent voir en audition ?

Elle ouvrit les yeux et regarda Rhonda.

— Ils ont demandé pour Katy Hart de Bloomington ?

Mitch répondit en éclatant de rire.

— C'est bien vous. Pouvez-vous être à bord du vol de dimanche midi ?

— Oui, j'imagine.

Katy fit un signe de tête en direction de Rhonda et remua silencieusement les lèvres en lui disant que c'était vrai. Son cœur s'emballait à un rythme encore inconnu jusqu'à maintenant. Que porterait-elle ? Quel était le rôle, en fait ? Et comment les gens de DreamFilms l'avaient-ils retrouvée ?

Mitch Henry lui expliqua que quelqu'un s'occuperait des dispositions.

— Je vous appellerai à la maison pour vous donner votre itinéraire.

Katy songea aux Flanigan, qui recevraient un second appel de monsieur Henry. Si elle devait se rendre à Los Angeles pour une audition, elle préférait que personne d'autre que Rhonda ne soit au courant. Autrement, les jeunes du TCE l'apprendraient et, quand elle reviendrait bredouille, elle en entendrait longtemps parler. Elle se dit qu'il valait mieux garder le secret. Ainsi, si elle n'avait pas de nouvelles du régisseur de distribution, elle n'aurait pas d'explications à donner.

— En fait, essayez plutôt mon téléphone cellulaire, dit-elle au régisseur en lui donnant le numéro. Quand me donnerez-vous de vos nouvelles ?

— Un peu après treize heures demain, précisa Mitch.

— D'accord, dit-elle, la voix tremblante. Merci, Monsieur Henry. Je n'y comprends toujours rien, mais je viendrai. Dites-moi que ce n'est pas une blague….

— Non, non, Mademoiselle Hart, répondit Mitch en riant. C'est la vérité, soyez-en assurée.

Katy raccrocha et fixa Rhonda du regard.

— Ce n'est pas une farce.

Sa voix était neutre, en état de choc. Puis, elle bondit sur ses pieds et courut en rond, laissant échapper de petits cris.

— Je prends vraiment l'avion pour Los Angeles dimanche !

Rhonda lui tendit les bras et lui fit une accolade.

— Tu vas devenir célèbre, Katy. J'ai toujours su que tu avais trop de talent pour rester à Bloomington.

Elle prit une brève inspiration.

— Allons prendre un café au lait chez Branches pour célébrer ça !

— D'accord, acquiesça Katy en reculant d'un pas pour chercher le regard de Rhonda, mais faisons d'abord autre chose.

— Quoi donc ? demanda Rhonda, tout sourire.

Katy avança la main pour prendre celle de Rhonda.

— Prions, répondit-elle simplement.

Le cœur tourné vers le ciel, Katy était plus en paix avec elle-même qu'elle ne l'avait été depuis des jours. Elle remercia Dieu pour l'occasion étrange et soudaine et Lui demanda sagesse et protection pour le voyage. Puis, elle prononça la prière que ses parents récitaient depuis qu'elle était toute petite, celle qui, à la lumière des derniers événements, semblait la plus appropriée.

— Dieu, s'il vous plaît, entrevoyez mon avenir, montrez-moi ce que je dois devenir. Ouvrez des fenêtres et fermez des portes. Il ne s'agit pas de ma volonté, mon Dieu, mais de la Vôtre.

CHAPITRE HUIT

MÊME SI ELLE ne travaillait plus à la résidence de Sunset Hills, Ashley s'y arrêtait environ une fois par mois pour rendre visite à ses amis. Ce samedi matin, Landon et Cole avaient prévu nettoyer la cour arrière et désherber autour des balançoires. Ashley avait quelques courses à faire ; elle arrêta donc à Sunset Hills sur le chemin du retour.

Jenny Flanigan lui avait téléphoné pour lui demander de se renseigner sur les places disponibles. Apparemment, le vendredi précédent, on avait diagnostiqué de la démence chez sa mère. Le médecin croyait qu'il serait préférable de placer la dame en résidence plutôt que d'attendre que sa condition ne dépérisse.

Le soleil brillait à travers les arbres qui occupaient le terrain avant. Sunset Hills était en fait une ancienne maison convertie. Ainsi, la résidence ne détonnait pas avec les autres habitations du quartier. Ashley s'arrêta pour regarder les roses qui poussaient sous les fenêtres avant. L'endroit abritait tant de souvenirs. Elle respira l'air doux de l'été et sourit. « Dieu s'est servi de Sunset Hills et de ses résidents pour restaurer ma capacité à aimer », pensa-t-elle. Sa vie entière avait été transformée par les leçons qu'elle avait apprises ici.

Elle gravit les marches et frappa à la porte.

Après quelques minutes, Roberta répondit. Cette adorable jeune Mexicaine avait un accent espagnol et un amour de la famille et de la foi. Elle était la candidate idéale pour remplacer Ashley lorsque cette dernière avait démissionné de son emploi un an auparavant.

— Ashley ! *Como estás* ?

Roberta tint la porte ouverte afin de laisser entrer Ashley.

— *Bien*, répondit Ashley en la serrant dans ses bras et en souriant. Tu vois, je n'ai pas oublié le peu d'espagnol que tu m'as enseigné.

— *Sì, muy bien.*

La Mexicaine se mit à rire.

— Entre, ma chère. Tout va bien ici à Sunset Hills.

Elle baissa la voix.

— Les personnes âgées s'ennuient de toi, chuchota-t-elle. Elles parlent de toi comme si tu étais encore ici.

Ashley laissa échapper un sourire.

— Elles parlent aussi de 1975 comme si nous y étions encore.

Roberta pencha la tête.

— En effet, admit-elle.

Elle guida Ashley à l'intérieur et lui fit un signe en direction de la rangée de fauteuils inclinables.

— La sieste du matin est presque terminée.

Ashley étudia les visages. Edith était à l'extrémité opposée. Cette très chère Edith, une ancienne reine de beauté, avait peur de son propre reflet jusqu'à ce qu'Ashley retire les miroirs de sa salle de bain. Ashley se tourna vers Roberta.

— Comment va-t-elle ?

— Bien…

Roberta se dirigea vers Edith et lui tapota la main. La vieille dame émit un ronflement en guise de réponse et Roberta baissa la voix.

— Son médecin affirme qu'elle n'en a plus pour longtemps. Elle est en phase terminale de son insuffisance cardiaque.

— Je me souviens.

Ashley se retourna et aperçut Helen dans le fauteuil inclinable voisin de celui d'Edith.

— Et Helen ? Toujours agressive quand les œufs ne sont pas chauds ?

— Elle parle encore de sa fille Sue, répondit Roberta, le regard éclatant. Sue vient souvent la voir et, à l'occasion, la magie opère encore comme lorsque tu étais ici. Helen se souvient d'elle et elles volent une journée au passé.

Ashley acquiesça, ignorant la boule qui se formait dans sa gorge.

— J'en suis heureuse. Elle aime tellement Sue.

— *Sì, mucho.*

Roberta jeta un regard à une troisième femme, qui dormait dans un fauteuil inclinable à l'autre extrémité.

— Betty est nouvelle et Frank... tu te souviens de Frank ?

— Oui, il a pris la place de Laura Jo quand la pauvre dame est décédée.

— Bien, dit Roberta, le regard tourné vers le sol, Frank nous a quittés la semaine dernière. Les médecins croient qu'il est décédé à la suite d'un accident cérébrovasculaire.

Son regard se porta vers le corridor.

— Il était très gentil, expliqua-t-elle. Il venait d'une grande famille.

Ses yeux s'embuèrent.

— Ses proches étaient souvent ici, poursuivit-elle. Il me manque.

Ashley glissa son bras autour des épaules de Roberta et la serra contre elle. Voilà ce qui était la partie la plus difficile du travail auprès des personnes âgées. Elle se souvint d'Irvel, cette dame dont elle était proche à Sunset Hills. Irvel lui avait appris que l'amour entre un mari et sa femme est plus fort que le temps, la maladie ou la mort.

— Les amitiés tissées ici sont souvent de courte durée, Roberta.

Ashley s'éloigna et posa son sac à main sur une petite table.

— Par contre, elles sont intenses et colorées, enchaîna-t-elle, ce qui compense largement.

Elle regarda en direction du corridor.

— Bert se porte bien ?

— Il polit toujours sa selle.

Roberta entraîna Ashley vers la cuisine.

— Tout homme doit pouvoir polir sa selle. Voilà ce qu'il me dit chaque jour.

Ashley rit de bon cœur. Le vieux fabricant de selles n'avait pas dit un mot jusqu'au jour où on lui avait offert une selle. Avoir une selle — un but — avait changé sa vie. Ashley était heureuse de savoir que Bert se portait bien.

Éventuellement, elle en arriva à la véritable raison de sa visite. Elle parla à Roberta de la mère de Jenny Flanigan et lui demanda s'il y avait de la place.

— Nous avons une chambre de disponible.

Roberta versa de l'eau dans la bouilloire et posa celle-ci sur la cuisinière.

— La mort de Frank a été inattendue, expliqua-t-elle. Le propriétaire accepte les demandes au moment où l'on se parle.

— Dis-lui que j'ai la candidate idéale. Elle se nomme Lindsay Bueller et sa famille habite en ville.

Ashley entreprit de vider le lave-vaisselle.

— Sa famille priait pour trouver un tel endroit, continua-t-elle.

De la salle avant, les deux femmes entendirent Helen appeler. Roberta s'essuya les mains sur une serviette.

— Je reviens tout de suite. Helen a besoin d'aide pour se lever ces jours-ci.

Ashley opina du chef. Elle prit trois tasses dans le lave-vaisselle et les aligna sur le comptoir. Puis, elle sortit le plateau de thé en sachets et choisit la menthe poivrée pour chacune. Irvel adorait la menthe poivrée et, bien qu'elle soit partie depuis plus d'un an, les gens de Sunset Hills poursuivaient la tradition d'une bonne tasse de thé à l'heure du lunch.

Roberta revint vers la cuisine, guidant Helen à la place qu'occupait habituellement la vieille dame autour de la table de la salle à dîner. Helen regarda Ashley d'un air méfiant.

— L'a-t-on fouillée ? demanda-t-elle en signalant Ashley.

Roberta n'eut pas le temps de répondre.

— Il y a du laisser-aller ici, je vous jure, poursuivit Helen.

Elle se tenait au bras de Roberta pour s'asseoir sur sa chaise.

— Plus personne n'est fouillé.

Ashley sourit. Certaines choses ne changent pas. La bouilloire siffla. Elle versa donc le thé et en donna une tasse à Helen, puis une à Roberta. Bert et Edith vinrent bientôt les rejoindre. La conversation à bâtons rompus était amusante et Ashley sentit qu'elle s'ennuyait de l'endroit.

Dès que le thé et le repas furent terminés, Ashley fit ses adieux à tout le monde. Bien qu'elle aimait la compagnie de ses amis de Sunset Hills, elle appréciait davantage être avec Landon et Cole. Elle était à mi-chemin vers la maison quand elle décida de faire un détour chez ses parents pour prendre des nouvelles de son père.

Dernièrement, il était plus silencieux qu'à l'ordinaire. Il pensait probablement à la même chose que tous les Baxter, qu'il y avait près d'un an que leur mère était décédée.

Ashley se gara dans l'entrée et vit la voiture de Kari. Des cinq frères et sœurs Baxter, seules elle, Kari et leur sœur aînée habitaient à Bloomington. Luke, sa femme et leur bébé vivaient à New York, tandis qu'Erin, la plus jeune des sœurs Baxter, vivait au Texas avec son mari et leurs quatre filles adoptives.

La distance physique n'avait aucune importance. Les Baxter étaient plus près maintenant qu'ils ne l'étaient en grandissant, particulièrement depuis la mort de leur mère.

À l'intérieur, Ashley trouva son père et Kari dans la salle familiale. Dans les bras de son père, il y avait le plus jeune de Kari, le petit Ryan junior âgé de sept mois. À ses côtés, sur le fauteuil, scrutant du regard et tapotant la tête du bébé, se trouvait la fille de Kari, Jessie, âgée de trois ans.

— J'aurais aimé avoir un appareil photo, avoua Ashley.

Elle posa son sac à main et alla embrasser son père sur la joue.

— Ou un chevalet.

— Bonjour, chérie.

Son père sourit et, pour la première fois depuis longtemps, ses yeux étaient également rieurs. Le bébé roucoula. Le grand-père plia le doigt et caressa le menton du bébé.

— Le petit Ryan est un bébé heureux.

Kari sortit un biberon de lait du sac à couches et le tendit à son père.

— Il ne le sera pas si longtemps sans ceci, fit-elle remarquer.

Elle donna une accolade à Ashley.

— Je viens tout juste d'inviter papa à souper. Toi, Landon et Cole, vous êtes les bienvenus si vous le voulez.

— J'aimerais bien, mais nous travaillons aux décors ce soir.

— Des décors ? interrogea le père d'Ashley en levant les yeux. Des décors de scène ?

— Oui, répondit Kari pour sa sœur. Il s'agit des décors de *Tom Sawyer* pour la prochaine comédie musicale du TCE.

Elle s'assit à côté de Jessie et prit la petite sur ses genoux.

— Tu as sans doute rencontré les Flanigan.

— Oui, ils sont extraordinaires, répondit Ashley en regardant son père. J'adore leur famille. Ils me font penser à nous il y a belle lurette.

Elle vit l'expression de son père s'adoucir.

— J'aimerais bien les rencontrer un jour, avoua le vieil homme.

Il leva un sourcil en direction d'Ashley.

— Pourquoi as-tu décidé de t'impliquer auprès d'une troupe de théâtre, demanda-t-il en rigolant. Ne me dis pas que c'est une idée de Landon.

— En fait, répondit Ashley d'un ton songeur, c'est quelque chose que je crois que maman aurait fait. Tu sais, aider le théâtre du quartier.

— Oui.

Son père tenait la bouteille du petit Ryan même si le bébé était capable de la tenir lui-même.

— Surtout un théâtre chrétien pour enfants, expliqua Ashley. Maman adorait les pièces jouées sur scène.

Elle s'assit sur une chaise en face des autres.

— C'est un projet que Landon et moi pouvions faire ensemble, poursuivit-elle, quelque chose qui m'aide à penser que maman nous regarde en souriant, un peu comme si elle était encore parmi nous.

Le silence se fit pendant quelques instants.

Jessie s'agitait ; Kari la laissa donc aller par terre.

— Est-ce que je peux aller chercher un livre, maman ?

— Bien sûr, ma chérie. Puis, reviens ici tout de suite après.

Kari observa sa fille s'éloigner en trottinant, puis elle se tourna vers Ashley.

— Jessie commence déjà à oublier, dit-elle, la tristesse envahissant son visage. Je lui ai montré une photo de maman l'autre jour, elle a levé les mains et m'a demandé qui c'était.

Le père ferma ses yeux quelques instants et poussa un long et profond soupir avant de les ouvrir de nouveau.

— Au moins, elle se rappelle où se trouvent les albums de sa grand-mère.

Kari se leva et jeta un regard triste à Ashley, un regard qui signifiait qu'elle avait eu tort d'aborder ce sujet alors que leur père était là.

— Peu importe. Je suis mieux d'aller voir la petite pour m'assurer qu'elle ne désorganise pas toute la bibliothèque.

Lorsque Kari fut sortie de la pièce, Ashley s'approcha de son père et s'agenouilla auprès de lui. Elle caressa la tête du petit Ryan.

— Je me rappelle quand Cole était aussi petit.

— Moi aussi.

Le père renifla et une larme coula sur sa joue.

— Ta mère aimait Cole comme s'il avait été son propre fils.

— Je sais.

Ashley émit un petit rire triste.

— Après que je suis revenue de Paris, seule et enceinte, confia-t-elle, j'ai toujours pensé que maman aimait mieux Cole que moi.

— Ça n'a jamais été le cas, lui fit remarquer son père et lui mettant la main sur l'épaule. Ta mère te comprenait, Ashley. Elle...

Il lutta, un peu comme s'il voulait ajouter quelque chose, mais n'était pas convaincu qu'il devait le faire.

— En fait, poursuivit-il, elle te comprenait toujours. Tu étais spéciale pour elle.

— Papa, qu'allais-tu ajouter ?

— Rien, répondit rapidement le vieil homme. Ne doute jamais de l'amour que ta mère éprouvait pour toi.

Kari et Jessie revenaient de la vieille bibliothèque du séjour. Ashley pouvait entendre Jessie parler de chatons roux et de queues rayées d'une voix chantante.

Ashley sonda le regard de son père quelques secondes de plus. Peu importe ce qu'il allait dire auparavant, il était trop tard. Elle regarda le bébé et posa de nouveau le regard sur son père.

— Je m'ennuie tellement d'elle, papa.

Le vieil homme hocha la tête ; son menton tremblota. Il passa le revers de sa main sur un œil, puis sur l'autre.

— Parfois...

Il s'arrêta, la voix éteinte. De sa main, il cachait presque la totalité de son visage. Quand il reprit la parole, sa voix était presque inaudible.

— Parfois, je m'ennuie tellement d'elle que j'ai de la difficulté à respirer.

Ashley se leva, se pencha sur son père et le serra dans ses bras. Il n'y avait rien de plus à dire, rien d'autre à faire. Kari et Jessie étaient maintenant de retour. Ashley jeta un regard familier à Kari, un regard qui voulait dire que leur père était attristé, mais que ça irait mieux.

Ashley dit au revoir à ses proches et, alors qu'elle se dirigeait vers la maison pour y retrouver Landon et Cole, elle laissa ses larmes couler ; des larmes parce qu'il lui était insupportable de voir son solide père, l'invincible docteur Baxter, abattu au point d'avoir de la difficulté à parler ; des larmes parce que sa mère ne pourrait jamais s'asseoir parmi le public et voir *Tom Sawyer*, sachant que sa fille autrefois rebelle avait peint les décors ; des larmes parce que la petite Jessie ne se souvenait plus de sa grand-mère ; mais surtout des larmes parce que le regard qu'elle avait jeté à Kari était vrai : un jour, ça irait mieux pour tout le monde.

Et ça, c'était peut-être la partie la plus triste.

CHAPITRE NEUF

DAYNE ÉTAIT SEUL dans sa maison de Malibu. Il tentait de s'intéresser à un vieux film de Barbra Streisand quand le téléphone sonna. Mitch Henry avait promis de l'appeler dès qu'il aurait des nouvelles. Dayne se précipita donc sur l'appareil et s'empressa d'appuyer sur le bouton « Marche ».

— Dayne, c'est Mitch, dit le régisseur d'un ton hésitant. Elle va venir.

— Sans blague ?

Dayne se leva d'un bond.

— Es-tu sérieux ?

Il arpenta la pièce vers la porte patio arrière, admira l'océan quelques secondes, avant de retourner sur le canapé. Pendant ce temps, Mitch lui donnait les détails.

— Eh, attends, l'arrêta Dayne en se figeant. Tu n'as pas mentionné mon nom tout de même ?

— Pas une seule fois.

— Tu en es certain ? Pas une fois ?

— Dayne, elle n'avait jamais entendu parler du film.

Mitch laissa échapper un petit rire.

— Ne te fais pas d'illusions, poursuivit-il. Elle n'a probablement jamais entendu parler de toi non plus.

— Touché !

Dayne se releva, allant de nouveau du canapé à la porte patio.

— Elle va vraiment venir ici ?

— Oui, mais, Matthews, tu es convaincu d'avoir la bonne fille ?
Mitch semblait incertain.

— Je lui ai chanté la pomme comme tu me l'avais conseillé, mais elle n'est pas comme la plupart des actrices que je connaisse. Elle n'a pas cessé de me poser la même question.

— Laquelle ?

Dayne se sentait énergique et plein d'entrain. Katy Hart allait venir à Hollywood pour passer une audition. Que demander de plus ? Il revint à la conversation.

— Qu'a-t-elle demandé sans cesse ?

— Si c'était une erreur, une blague, répondit Mitch.

Il se mit à rire, mais d'un rire qui semblait plus sarcastique que drôle.

— Une fille pleine d'assurance. Elle sera sûrement géniale au cinéma.

Dayne ignora ce dernier commentaire. Il se moquait de ce que Mitch Henry pensait. Katy était parfaite pour ce rôle ; tous s'en rendraient compte bien assez vite.

— Elle arrive dimanche, n'est-ce pas ? s'enquit-il.

— Oui, dimanche.

Mitch fit une pause.

— Nous allons la loger au Sheraton, poursuivit-il, et quelqu'un l'amènera au studio le lendemain matin. Son audition est à neuf heures, O.K.? Tu es heureux, Matthews ?

— Je le suis.

Dayne émit un petit rire, mais le fit silencieusement pour que Mitch ne l'entende pas.

— J'ai vu un film d'elle, Mitch. Elle est fantastique.

— Ingénue, n'est-ce pas ?

— Comme un bébé.

Mitch laissa aller un long soupir.

— J'ai fait mon travail. J'ai fait tout le nécessaire pour te rendre heureux.

— Tu oublies quelque chose.

— Quoi ?

Mitch semblait fatigué, ennuyé par la conversation.

— Tu oublies que je fais ça pour te rendre heureux, toi aussi, répondit Dayne.

Il retourna s'asseoir sur le canapé.

— Je te le dis, Mitch, tu vas l'adorer, poursuivit-il.

— J'aimerais que la distribution du film soit définie. Voilà ce que j'aimerais.

Une minute plus tard, la conversation s'acheva et Dayne reposa le combiné sur la table. Wow ! Avait-ce été si facile ? Découvrir tous les antécédents de Katy Hart, dénicher où elle habitait et lui faire accepter de passer une audition ?

Dans deux jours, Katy Hart — une fille que Dayne n'avait pu oublier depuis sa courte et secrète visite à un théâtre communautaire — se tiendrait devant lui et passerait une audition pour obtenir le rôle de sa partenaire dans un film important.

Dayne ferma les yeux quelques instants. Il devait mettre Katy à l'abri des paparazzis, ce qui signifiait une chose. La jeune femme ne devait pas être vue seule en sa compagnie. Une fille qui venait au studio DreamFilms pour passer une audition n'attirerait pas l'attention des photographes. Par contre, la metteure en scène inconnue d'un théâtre pour enfants de Bloomington en Indiana qui venait passer une audition à Hollywood à la demande expresse de Dayne Matthews...

Cette histoire ferait la une.

Non, il ne pouvait être vue avec elle et c'était correct. Il ne s'intéressait pas à elle, pas vraiment. Il voulait seulement avoir la chance de partager la vedette d'un film avec elle, avec quelqu'un de pur et de talentueux, non contaminé par la vie d'Hollywood. Jouer avec elle le ramènerait à l'époque universitaire, lorsque l'interprétation était quelque chose qui venait de son for intérieur et qui le passionnait.

Il savait déjà qu'il aimerait Katy à l'écran, qu'il aimerait son expression naturelle, la candeur dans ses yeux. Cependant, il y avait un petit problème. Il n'avait pas été complètement honnête avec Mitch Henry. Il ne connaissait pas tout de Katy Hart. La partie manquante se trouvait à Chicago lorsque la jeune femme avait brusquement cessé de passer des auditions et qu'elle avait réorienté sa carrière.

Dépendamment de ses raisons et malgré ce qui lui était arrivé à Chicago, il était possible que Katy Hart n'ait pas de regrets de n'avoir pu percer dans l'industrie du spectacle. Elle avait peut-être laissé volontairement le domaine. Dayne ouvrit les yeux, se pencha vers l'arrière sur le canapé et fixa le plafond en voûte. Ce n'était pas possible, n'est-ce pas ? Toutes les filles de l'industrie du spectacle qu'il avait rencontrées voulaient la même chose : la chance de devenir célèbres, de voir leur visage et leur nom sous les projecteurs. N'était-ce pas là leur but ? Dayne passa le reste de la soirée et la journée du lendemain à tenter de percer le mystère, alors qu'il égrenait les heures avant la visite de la jeune femme.

Katy n'était pas n'importe quelle fille.

***

Elle changea de vêtements trois fois avant de prendre l'ascenseur pour descendre vers le hall où elle devait rencontrer celui qui était censé l'accompagner.

Le rôle consistait à donner la réplique à la vedette d'une comédie romantique à propos d'une fille originaire d'une petite ville qui rêvait de devenir une célèbre journaliste à New York. Katy avait pensé à plusieurs façons de se vêtir pour ne pas être limitée. Dès 6 h ce matin-là, elle avait déjà pris sa douche et contemplait ses choix.

On lui avait appris dans ses cours de cinéma qu'une personne devait tenter de s'habiller comme son personnage. Alors, son premier choix avait été un jean et un tee-shirt avec une encolure dégagée. Après s'être habillée, elle se rappela que Mitch Henry lui avait dit que le personnage principal féminin se trouverait à Manhattan pendant presque la totalité du tournage, ce qui signifiait qu'elle devait opter pour une tout autre allure. Elle choisit donc un pantalon noir et un blazer court.

Une fois le blazer attaché, elle se sentit coincée et trop habillée, en plus d'avoir beaucoup trop chaud à Los Angeles en cette fin du mois de juin.

Finalement, elle opta pour le juste milieu, un pantalon kaki et une blouse jaune en coton, une tenue dans laquelle elle était confortable, même si ce n'était pas d'une grande importance. Elle trouvait tellement étrange l'idée même de prendre l'avion vers Los Angeles pour une audition qu'elle s'attendait encore à voir quelqu'un surgir à sa chambre d'hôtel pour lui dire que ce n'était qu'une blague.

Et si ce ne se produisait pas, DreamFilms aurait sûrement plusieurs actrices d'expérience pouvant jouer le rôle. Katy se dit qu'elle n'était sans doute qu'une sorte de curiosité, quelqu'un à qui on pourrait comparer les autres, ou peut-être avait-elle été appelée parce qu'elle habitait vraiment une petite ville. Peut-être encore les producteurs l'avaient-ils convoquée pour montrer à l'actrice qu'ils avaient choisie ce qu'était une « régionale ».

Katy l'ignorait, mais il devait bien y avoir une raison. La lumière se ferait sûrement pendant l'entrevue. Elle s'assit dans le hall et attendit jusqu'à ce qu'un homme vêtu d'un jean noir et d'un mince col roulé noir s'approche d'elle.

— Mademoiselle Hart ?

— Oui.

L'homme sourit en lui tendant la main.

— Je suis Greg, un coursier de DreamFilms. On m'a demandé de vous conduire au studio.

— Alors, ce n'est pas une blague ? se surprit à demander Katy.

Elle marcha aux côtés de Greg, qui la guida vers un VUS argent garé tout près de la porte.

— Non, ce n'est pas une blague, répondit le coursier.

Il lui ouvrit la portière, puis fit le tour du véhicule et grimpa sur le siège du conducteur.

— En fait, au rythme où vont les choses, on dirait bien que c'est vrai, poursuivit-il.

Lors du trajet vers le studio, ils discutèrent de tout et de rien. Pendant tout ce temps, Katy avait l'impression de jouer un personnage, parce que ce n'était pas sa vie d'être ainsi conduite à un important studio de cinéma afin d'y passer une audition pour obtenir un premier rôle dans un film. C'était la vie dont elle avait rêvé, avant, quand elle était à Chicago.

Pourtant, quand elle avait quitté le monde du cinéma, elle s'était dit que sa carrière d'actrice ferait désormais partie du passé. Dieu l'avait retirée de ce monde et il devrait l'y ramener si elle était destinée à jouer de nouveau dans un film. Voilà exactement ce qui se passait. Dieu avait ouvert une porte et elle était prête à tenter de la franchir.

Pourtant, elle avait l'impression de faire semblant à chacun de ses pas.

Le chauffeur la conduisit dans un bureau où elle fit la rencontre de Mitch Henry.

— Avez-vous consulté Internet pour en savoir plus à propos du film ?

Mitch s'assit sur le coin du bureau et étudia la jeune femme.

— J'ai pensé que vous le feriez, poursuivit-il.

— Non, Monsieur.

Katy avait eut l'intention de le faire, mais elle n'avait accès à Internet qu'à la maison des Flanigan, et la situation entre Jenny, Bailey et elle était encore inconfortable. Elle avait plutôt passé son temps à choisir les bons vêtements et à parler avec Rhonda au téléphone à propos de ce qui avait bien pu entraîner cette audition. Elle changea de position sur son fauteuil.

— Je ne sais que ce que vous m'en avez dit, avoua-t-elle.

— Bon...

Mitch croisa les bras et chercha le regard de Katy. Il fouilla dans un tiroir de son bureau et tendit à la jeune femme quelques pages de scénario agrafées ensemble.

— Vous allez auditionner à partir de ceci, expliqua-t-il. Je vais vous donner quelques minutes pour vous familiariser avec la scène. Vous viendrez ensuite me rencontrer, ainsi que le premier rôle masculin du film, dans la salle qui se trouve au fond du couloir.

— Le premier rôle masculin ?

— Oui. Dayne Matthews. Il a été choisi il y a plusieurs mois. Il sera dans la pièce, mais seulement derrière un bureau. L'audition d'aujourd'hui ne concerne que vous, chérie.

Le régisseur hésita de nouveau, tout en continuant à étudier Katy.

— Des questions ?

— Non, Monsieur.

Katy en avait une tonne, mais ses pensées tourbillonnaient trop rapidement pour qu'elle arrive à les traduire en paroles.

— O.K. Je serai donc dans la salle avec Dayne. Nous vous attendons dans quelques minutes.

Mitch Henry quitta la pièce et ferma la porte derrière lui.

Katy se rendit compte qu'elle tremblait et elle expira profondément. Dayne Matthews ? Il tenait la vedette ? Mitch Henry s'attendait sans doute à ce qu'elle soit excitée, voire éblouie. Cependant, elle ne pensait qu'à cette étrange soirée un an plus tôt alors que le TCE présentait *Charlie Brown* pour la dernière fois.

Vers la fin du spectacle, un homme dans la mi-trentaine était entré seul dans le théâtre et s'était assis dans la dernière rangée. Katy était occupée à regarder la pièce, puis à organiser la fête d'adieu qui suivrait, mais elle avait bien vu l'homme.

Puis, après le spectacle, Rhonda était arrivée, à bout de souffle tant elle était excitée.

— Dayne Matthews était ici, Katy ! Peux-tu le croire ? Ici même dans notre propre petit théâtre !

Katy en avait d'abord douté parce qu'elle trouvait que la présence de l'acteur dans le petit théâtre ne faisait aucun sens. Qu'est-ce qui aurait bien pu amener Dayne Matthews à une représentation d'un théâtre chrétien pour enfants ? À Bloomington, en plus ?

À force de parler à des gens ce soir-là, elle se laissa convaincre. Dayne s'était en effet arrêté pour regarder une partie du spectacle. Toutefois, sa présence n'avait jamais été expliquée et il avait quitté les lieux avant que quiconque ne puisse lui parler. Ce soir-là, avant la fête d'adieu, Katy pria pour Dayne. Elle se dit que s'il était venu pour une raison particulière, Dieu le ramènerait un jour.

Maintenant, avec Dayne et Mitch Henry qui l'attendaient au bout du couloir, elle devait croire à une quelconque coïncidence. Dayne s'était-il rappelé d'elle et l'avait-il demandée pour une audition ? L'idée était inimaginable. Il ne l'avait vue que quelques minutes sur la scène, occupée à parler à des parents. En quoi cela aurait-il pu lui donner l'idée qu'elle pouvait jouer ?

Katy tenta de chasser les questions qui l'assaillaient. Comment pouvait-elle passer une audition pour un rôle avec Dayne Matthews sans comprendre ce qui l'avait amenée là ? Son esprit vagabondait dans toutes les directions. Le scénario qu'elle tenait à la main vacillait tellement qu'elle ne pouvait le lire.

Cinq minutes s'étaient déjà écoulées, et Katy ne pensa qu'à une chose. Elle ferma les yeux, expira et leva le visage vers le ciel : « Mon Dieu, comble-moi de Ton Esprit, de Ta Force, de Ton Pouvoir. Je n'ai pas besoin de toutes les réponses ; je n'ai besoin que de Toi. »

« Je te donne ma paix, ma fille… Jamais je ne te laisserai tomber ni ne t'abandonnerai », entendit-elle dans sa tête.

La réflexion pressante vint de son for intérieur et elle sentit la chaleur et la paix l'envahir jusqu'au bout des doigts. Les mots provenaient des Saintes Écritures, des mots qu'elle avait appris alors qu'elle était petite, quand elle était trop gênée à l'idée de se tenir debout face à sa classe à l'école primaire pour faire une présentation orale.

Et maintenant ils lui revenaient, prêts à la calmer au moment opportun. Katy prit une profonde inspiration. Pourquoi n'avait-elle pas demandé d'aide avant ? Elle ouvrit les yeux et jeta un regard sur le scénario. Ses mains étaient maintenant immobiles ; elle s'installa pour lire le passage.

La scène impliquait l'actrice principale alors qu'elle jouait le rôle d'une jeune fille expliquant à son père pourquoi elle quittait la maison pour déménager à New York. À l'exception de quelques mots, il s'agissait d'un monologue d'une durée de deux minutes, le personnage devant se porter à la défense de sa décision tout en ressentant un mélange de crainte et d'excitation face à l'idée de vivre ailleurs que dans sa petite ville. Il n'était pas surprenant que ce passage ait été choisi pour l'audition. Il faisait appel à une gamme d'émotions qui fourniraient toute l'information nécessaire à n'importe quel régisseur de distribution.

Katy relut le texte encore trois fois. On s'attendait à ce qu'elle utilise le scénario pour une lecture à froid mais, après l'avoir regardé un peu, elle l'avait presque entièrement mémorisé. Elle se tint debout, effaça les plis de son pantalon, froissa le scénario et se dirigea vers la salle où l'attendaient les deux hommes.

À chaque respiration, elle se remémorait les mots apaisants du Père divin : « Jamais je ne te laisserai tomber ni ne t'abandonnerai. »

C'était une bonne chose. Sans l'aide de Dieu, elle ne réussirait pas à se rendre au-delà de la première phrase. Elle s'évanouirait, complètement terrorisée.

CHAPITRE DIX

Lorsque Katy atteignit la porte à l'autre bout du couloir, elle envisagea de rebrousser chemin et de faire semblant que l'invitation ne lui avait jamais été présentée. Pourtant, elle prit une grande respiration et frappa à la porte.

— Entrez, dit Mitch Henry.

Katy se redressa un peu. « Assurance, pensa-t-elle. Avoir de l'assurance. Je n'ai rien à perdre... ils m'ont demandé de venir. » Elle ouvrit la porte, entra dans la pièce et décocha un sourire poli, d'abord à Mitch Henry, puis à Dayne Matthews.

— Bonjour, je suis Katy Hart.

— Bonjour, Katy, fit Mitch. Avez-vous eu suffisamment de temps pour lire le texte ?

— Oui, Monsieur.

Katy essaya de garder toute son attention sur le régisseur de distribution, mais elle ne voyait que Dayne Matthews. Quelle était cette expression sur le visage de l'acteur, cette profondeur dans son regard ? Et qu'est-ce que Mitch Henry essayait de lui dire ? Quelque chose à propos du scénario. « Concentre-toi, Katy, se dit-elle en elle-même. Allez. » Elle s'éclaircit la voix et tint les feuilles brochées devant elle.

— O.K., je suis prête.

— Katy... dit Mitch Henry, gloussant et s'appuyant sur le dossier de sa chaise. Vous êtes venue de si loin, alors peut-être pourriez-vous vous asseoir ?

Il désigna une chaise libre de l'autre côté de la table où il était assis avec Dayne.

— Nous aimerions faire plus ample connaissance.

— D'accord.

Cela ne faisait pas partie de l'accord. Katy respira profondément et implora que la paix réclamée un peu plus tôt l'envahisse de nouveau. Elle prit place.

— Excusez-moi, dit-elle en esquissant un petit rire nerveux. Je croyais que vous étiez pressés.

Dayne se pencha vers l'avant et posa ses avant-bras sur la table de conférence.

— Merci d'être venue, Katy. Nous ne procédons pas souvent ainsi. Il est rare que nous convoquions quelqu'un comme vous pour une audition.

Dayne hésitait, mais ses yeux ne quittaient pas ceux de la jeune femme. Encore une fois, il semblait lire en elle comme s'il l'avait connue toute sa vie.

— Avez-vous des questions ?

Elle n'avait pas prévu en poser, mais la curiosité prit le dessus.

— Oui, répondit-elle en faisant aller son regard de Dayne à Mitch Henry, puis en le ramenant à Dayne. Pourquoi moi ? Je veux dire, comment suis-je parvenue jusqu'ici ?

Mitch Henry fit un signe de tête à Dayne.

— Tu veux t'occuper de celle-là ?

— Bien sûr.

Dayne sourit, chaleureux et modeste, tout en transférant son poids sur l'un des bras de son fauteuil.

— En fait, c'est à cause de moi.

Katy sentit son pouls accélérer. Dayne Matthews s'était souvenu d'elle après une seule visite au théâtre communautaire de Bloomington ? Malgré tout, elle n'avait pas l'impression que c'était le moment de parler de cette visite.

— Comment… comment m'avez-vous trouvée ?

— J'ai vu votre émission pilote, répondit Dayne, le regard souriant. C'était très bon, Katy. J'ai aimé ce que j'ai vu.

— Merci.

Il avait vu son émission pilote ? Katy avait la gorge sèche et serrée. Ce n'était pas une invitation due au hasard ; Dayne avait vu l'émission et avait aimé ce qu'il avait visionné. Cela voulait-il dire qu'il ne parlerait pas du fait qu'il s'était arrêté au théâtre d'enfants ? Elle attendit qu'il poursuive.

Dayne laissa échapper un profond soupir, se leva, puis fit quelques pas avant de se retourner et de la fixer de nouveau. Son visage était plus sérieux cette fois-ci.

— Vous voyez, Katy, le scénario demande une fille d'une petite ville désirant réussir dans la grande ville. Vous savez déjà ça, non ?

— Oui.

Il était facile d'oublier que Dayne Matthews était le tombeur de Hollywood, la vedette recherchée dans tous les grands films. À ce moment, il ressemblait à quelqu'un qu'elle aurait pu rencontrer dans un café à Bloomington.

— Je comprends le personnage, fit simplement Katy.

— Voyez-vous, le rôle exige une personne ingénue, une personne donc l'innocence est perceptible dans le regard.

Il fit un pas et se pencha au-dessus de la table.

— J'ai vu passer six actrices de renom dans ce bureau la semaine dernière, sans trouver d'ingénuité. C'est triste, n'est-ce pas, Mitch ?

L'expression sur le visage de Mitch Henry ressemblait davantage à de la frustration.

— Très triste, admit le régisseur.

— Alors, j'ai regardé votre émission pilote, expliqua Dayne, et j'ai une intuition à votre sujet, Katy Hart.

Il esquissa un grand sourire. Il s'assit de nouveau à table. Pendant quelques instants, ses yeux cherchèrent ceux de la jeune femme.

— Puis-je vous poser une question ?

— Bien entendu.

Katy croisa ses mains sur ses genoux. Son cœur ne battait plus aussi vite maintenant, mais les enjeux semblaient plus importants qu'auparavant. Six grandes actrices ? Elle n'était vraiment pas du même calibre.

— Pourquoi avez-vous cessé de jouer après l'émission pilote ?

— Euh…, balbutia Katy.

Elle chercha ses mots, tentant de gagner du temps. Dayne en savait beaucoup plus sur elle qu'elle ne l'eût cru. Elle sentit son cœur s'emballer de nouveau. Dayne Matthews en train de l'étudier ? C'était plus qu'elle ne pouvait en assimiler en si peu de temps. Elle retrouva la voix et sourit.

— Je crois que c'était pour des raisons personnelles. Un changement de carrière en quelque sorte.

Dayne réfléchit quelques instants, puis fit un signe d'assentiment.

— Je peux accepter cela.

Il s'adossa et se caressa le menton.

— Parlez-nous un peu de vous.

— De moi ?

Katy aurait dû être prête. La question n'était pas difficile, mais la jeune femme était si hypnotisée par le regard de Dayne qu'elle était incapable de penser ou de parler. Finalement, elle regarda Mitch Henry.

— Je dirige une troupe de théâtre pour enfants à Bloomington en Indiana.

Elle tourna de nouveau son regard vers Dayne.

— C'est très valorisant, ajouta-t-elle.

— Êtes-vous célibataire, Katy ?

— Oui, je le suis, répondit-elle en sentant ses joues s'empourprer.

Face à elle, elle remarqua que Mitch Henry lançait un regard interrogateur à Dayne, comme pour lui demander « Quel genre de question était-ce là ? »

Dayne fut pris d'un rire enjoué, et il désigna le dossier posé en face de lui sur la table.

— Mon dossier ne précisait pas si vous étiez mariée ou non, expliqua-t-il. Parfois, ça fait une différence au moment de décider d'accepter un premier rôle. Le tournage de *Tu peux toujours rêver* durera au moins six semaines, Katy.

Il jeta un regard à Mitch Henry, visiblement pour le rassurer.

— C'est pour cette raison que j'ai posé la question.

Katy sourit. Elle ne voyait aucun sens à être assise là et à avoir une conversation avec Dayne Matthews avant de passer une audition pour jouer le rôle de sa partenaire dans un film. Toute la situation était complètement folle. Katy se dit qu'il était mieux pour elle de terminer cette audition et de retourner à son hôtel. Elle pourrait lire la fin du scénario de *Tom Sawyer* et se concentrer de nouveau sur ses priorités. Elle agrippa sa chaise à deux mains, prête à se lever.

— Y avait-il autre chose ?

— Non.

Mitch Henry se redressa un peu, plaça un bloc-notes devant lui et appela un homme du nom de Robert.

Il suffit de quelques secondes pour qu'un individu entre deux âges fasse son apparition à la porte.

— Prêts ?

— Oui, elle le lira en entier à deux reprises.

Mitch Henry montra la caméra vidéo installée près du fond de la salle.

— Merci de filmer les deux essais.

— Bien sûr, répondit Robert en levant le pouce avant de marcher vers le fond de la salle pour s'installer derrière la caméra. Donnez-moi un décompte.

Mitch regarda Katy et pointa vers l'avant de la pièce.

— Pourquoi ne pas vous tenir là et nous donner votre meilleure lecture, Katy. Ne vous inquiétez pas si vous avez besoin du texte. C'est parfait.

Le régisseur fit une pause.

— Nous cherchons de l'émotion, poursuivit-il.

Il griffonna sur la feuille.

— Comme Dayne le mentionnait, nous voulons une ingénuité qui crève l'écran. Je vais donner un décompte de 3-2-1, puis je vous pointerai du doigt. Ce sera votre signal pour commencer, d'accord ?

— Oui, Monsieur.

Katy avait déjà fait ça auparavant. Le déroulement d'une lecture à froid n'avait pas beaucoup changé depuis qu'elle avait quitté le milieu.

— Je suis prête.

Dayne l'étudia d'une manière troublante.

— Détendez-vous, Katy. Vous serez sensationnelle.

— D'accord, fit simplement la jeune femme.

Toutefois, ce furent les mots de Dieu prononcés plus tôt ce matin-là, et non ceux de Dayne, qui la calmèrent alors qu'elle s'installait et devenait le personnage, comme elle le demandait à ses étudiants acteurs chaque fois qu'ils se préparaient pour une pièce.

— Katy Hart, lecture à froid, 21 juin, trois… deux… un, dit Mitch Henry.

Il désigna Katy.

— Action, enchaîna-t-il.

En proie à un mélange d'émotions, la jeune femme ne se tenait plus debout dans une salle climatisée du studio DreamFilms face à un régisseur de distribution et au célèbre Dayne Matthews. Elle était Tory Temblin, une fille originaire d'une petite ville, et se trouvait devant son père, ses valises faites, à essayer de le convaincre que ce qu'elle s'apprêtait à faire était le bon choix, le seul choix.

— Mais, papa, j'y *ai* pensé. J'y ai pensé, j'ai prié et j'ai planifié ça alors que j'étais toute petite.

Katy sentit la passion vibrer dans sa voix alors qu'elle découvrit le lieu imaginaire en face d'elle, un lieu où elle pouvait réellement voir un homme en salopette et aux cheveux courts en train de la supplier de mettre ses bagages de côté et de rester... de rester pour toujours dans la petite ville où elle avait été élevée.

Elle agita ses mains en face d'elle.

— Cette... Cette ferme et cette petite ville sont suffisantes pour toi et maman, mais pour moi...

Son humeur changea et, brusquement, elle vit la ville de New York se profiler.

— Je me sens ravivée lorsque je pense à Manhattan. Je peux sentir le pouls de cet endroit à partir d'ici, papa, et c'est un sentiment extraordinaire.

Elle tourna sur elle-même.

— Je veux être entourée de millions de gens, tous à la poursuite d'un rêve, ajouta-t-elle.

Elle était à bout de souffle, au-delà de l'excitation.

— Je veux m'endormir au son de la circulation et me réveiller dans un appartement situé trente étages au-dessus du sol.

Elle fit une pause et esquissa un sourire destiné à faire fondre le cœur de son invisible père.

— S'il te plaît, papa, n'essaie pas de me mettre des bâtons dans les roues. Fais-moi un câlin, sois heureux pour moi et donne-moi ton approbation, mais je t'en prie... laisse-moi partir. C'est tout ce que j'ai toujours voulu.

Le scénario comprenait un paragraphe de plus, où la fille faisait de son mieux pour convaincre son père qu'elle serait en sécurité, qu'elle pourrait se débrouiller seule même dans une ville aussi immense que New York. Katy termina l'extrait.

— Nous l'avons ! s'exclama Mitch Henry. Arrêtez le tournage.

La jeune femme laissa échapper un lent soupir et redevint Katy Hart. Elle n'avait aucune idée de la qualité de sa performance, mais une chose était sûre : pendant les quelques minutes où elle avait lu, elle avait trouvé sa voie vers le personnage. C'était tout ce qu'elle pouvait demander.

Mitch Henry rédigea quelque chose sur son bloc-notes, alors que Dayne était dos à elle, parlant avec le caméraman. Après quelques secondes, il jeta un regard à Katy et lui fit un signe de la tête.

— O.K., on recommence.

Katy ravala et hocha la tête. Elle avait oublié cet aspect, l'absence de réactions, l'analyse indifférente des régisseurs de distribution. Mitch Henry fit un autre décompte et elle se lança dans le même monologue. Cette fois, elle ne regarda le texte qu'une seule fois et le rythme de son exposé fut ininterrompu. Elle s'identifia tellement à son personnage qu'elle eut des frissons lorsqu'elle arriva à la fin, au moment où elle devait convaincre son père qu'elle serait en sécurité.

Elle pouvait ressentir tout ce que Tory Temblin avait ressenti dans cette situation. Elle pouvait voir son père, alors qu'il avait les yeux remplis de crainte et de désespoir à l'idée de perdre sa petite fille. Cette fois, quand elle termina son texte, elle voulut continuer, elle voulut se perdre dans son rôle et le jouer au complet pour apaiser les craintes de l'homme et lui montrer qu'elle pouvait pourchasser ses rêves et s'en sortir indemne.

La pièce était silencieuse. Katy regarda Mitch Henry et Dayne.

— Est-ce tout ?

— Oui, merci, répondit le régisseur de distribution en tapant sur la table. Vous pouvez me laisser le texte ici.

Il se tourna vers Dayne.

— As-tu quelque chose à ajouter ? poursuivit-il.

— Non, répondit Dayne en se levant. Merci d'être venue, Katy.

La jeune femme essaya de ne pas se laisser envahir par le découragement. Avait-elle fait quelque chose de mal ou oublié une indication ? Un retour en arrière n'était pratiquement jamais fait dans ces circonstances, mais aujourd'hui elle aurait désespérément voulu en avoir un : « Bon travail » ou « C'était parfait » ou encore quelque chose du genre. Des souvenirs de ses anciennes auditions lui revinrent en mémoire ; elle essaya de voir au-delà de ces images floues.

Mitch Henry se leva, fit le tour de la table et lui serra la main.

— Nous avons apprécié que vous preniez le temps de faire ceci, Katy, la remercia-t-il.

Il la regarda directement dans les yeux.

— Nous vous rappellerons, ajouta-t-il. Il est possible que nous vous demandions de revenir pour une audition filmée, quelque chose d'une durée de cinq ou dix minutes qui impliquerait Dayne ou un autre des acteurs du film.

— D'autres acteurs ont été sélectionnés ?

Katy croisa les bras. Le soulagement essayait encore de se faire un chemin en elle, un soulagement à l'idée que l'épreuve était terminée.

— Oui, répondit Mitch Henry en jetant un regard acéré à Dayne. Toute la distribution est arrêtée, à l'exception de ce personnage.

Il rassembla son porte-documents, puis fit un signe de tête à Katy.

— Si vous voulez bien m'excuser.

Il se dirigea vers le fond de la pièce, récupéra la cassette auprès du caméraman, puis sortit par une porte de côté.

Dayne se trouvait encore à un mètre de la jeune femme. Il avait un peu plus d'une tête qu'elle. Il fit un signe en direction de la porte par laquelle Mitch Henry était sorti.

— Monsieur Personnalité, expliqua-t-il.

Il esquissa en sourire.

— Je suis désolé pour ça, ajouta-t-il.

— Ça va, tous les régisseurs de distribution se ressemblent, répliqua Katy en prenant son sac à main sur la table et en le glissant sur son épaule.

Elle sentit ses joues s'empourprer sous le regard de l'acteur.

— En tout cas, tous ceux dont je me rappelle, poursuivit-elle en se dirigeant vers la porte. De toute manière, merci de m'avoir amenée ici.

Il esquissa un sourire du coin des lèvres.

— C'était plaisant, même si ça ne mène à rien, ajouta la jeune femme.

— Vous avez été excellente.

Dayne jeta un regard à sa montre.

— Eh, vous voulez déjeuner ? La cantine est ouverte.

Il leva un sourcil.

— On y fait d'excellentes salades, enchaîna-t-il.

Déjeuner ? À la cantine du studio, avec Dayne Matthews ? Le rêve étrange et inhabituel se poursuivait, celui qui avait commencé quelques jours auparavant avec l'appel de Mitch Henry. Aussi surréaliste que le moment pouvait sembler, elle n'avait aucune raison de refuser.

— Bien sûr, répondit-elle.

— O.K., fit Dayne en souriant et en lui emboîtant le pas. Nous pourrions prendre la voiturette de golf, mais marchons. C'est une belle journée.

En effet. Ils marchèrent côte à côte, un espace plus que suffisant les séparant. Il la guida à travers le studio, traversant une rue qui passait au centre de l'endroit et allant jusqu'à la cantine. Ils parlèrent du film, des personnes qui avaient été choisies pour la distribution, ainsi que de la période prévue pour le tournage.

— Je crois que Mitch est un peu frustré contre moi, avoua Dayne.

Katy ralentit le pas et le regarda.

— Vraiment ! s'exclama-t-elle. Je croyais que c'était à cause de moi, de mon manque d'expérience.

Les yeux rieurs, elle le taquina.

— Je pensais qu'il s'agissait d'une antipathie générale pour les filles des petites villes qui essaient de réussir dans les grandes, ajouta-t-elle.

— Non, rétorqua Dayne en riant tout en tenant la porte de la cantine ouverte pour qu'ils se dirigent vers la fin de la file. Ce n'est pas ça. Je le frustre, c'est tout.

Katy pouvait comprendre pourquoi.

— Six actrices de renom, Dayne ? Et vous me convoquez ?

Dayne ne répondit pas immédiatement. Il prit une assiette et la remplit avec du poulet, des légumes et du riz. Elle fit de même, en optant toutefois pour le saumon.

Ce n'est qu'une fois assis dans un box tranquille que Dayne croisa ses bras et étudia la jeune femme.

— Vous avez été excellente, Katy, dit-il en haussant une épaule. Je sais que nous ne parlons généralement pas de ce genre de chose à moins que la personne ne soit assurée de recevoir un appel, mais vous avez été extraordinaire.

— Vraiment ?

Katy jeta un regard à travers la pièce. La salle était vide à l'exception de deux groupes de personnes en complet noir dans le coin le plus éloigné. Aucune ne semblait intéressée par Dayne Matthews, qui prenait le déjeuner avec une inconnue.

— Croyez-vous que Mitch Henry a aimé ? demanda Katy.

— Aimé ?

Dayne tira son verre d'eau glacé près de lui et prit une gorgée. Son large sourire monta plus haut que le rebord du verre.

— Vous lui avez fait déposer son crayon, reprit-il.

— C'est une bonne chose ? demanda Katy en gloussant et en s'appuyant contre le dossier du fauteuil en vinyle blanc.

— Ouais, Katy, très bonne, répondit l'acteur.

Il plissa les yeux et regarda dans les airs pendant un moment.

— Je crois avoir vu Mitch déposer son crayon à deux reprises depuis que je le connais, poursuivit-il. Dans les deux cas, c'était parce que la personne qui auditionnait était si bonne qu'il n'avait rien à dire.

Il s'appuya sur ses avant-bras, rapprochant son visage de celui de la jeune femme.

— Vous voulez savoir ce qu'il a écrit quand vous avez terminé ?

— Quoi ?

Katy tressaillit. Elle entendait de la musique de grand orchestre populaire en arrière-plan. Elle devait se rappeler qu'elle ne jouait pas la comédie. Elle était vraiment en train de déjeuner avec Dayne Matthews. Elle prit aussi une petite gorgée d'eau.

— Il n'a écrit qu'un mot : *parfait*.

La jeune femme laissa ces mots s'imprégner en elle. Le régisseur de distribution avait écrit cela à propos de son audition ? Parfait ? Elle sentit un frisson lui parcourir les bras et elle leva les yeux vers Dayne.

— Alors, que va-t-il ensuite se passer ?

— Vous reviendrez à Hollywood, sans doute dans une semaine.

Dayne se redressa et adopta une attitude professionnelle.

— J'aimerais tourner une scène avec vous pour vérifier la chimie entre nous à l'écran, poursuivit-il.

Il pencha la tête.

— D'une manière ou d'une autre, je ne crois pas que ce sera un problème, enchaîna-t-il.

Katy sourit, mais elle eut brusquement envie de courir. Oui, Dayne Matthews était séduisant et charmant. Il n'y avait pas de doute qu'elle avait du plaisir. Par contre, ce Dayne était un coureur de jupons et un fêtard, comme Tad l'était à l'époque quand...

La jeune femme sortit de ses souvenirs. Cette époque était révolue. Elle ne tomberait plus jamais amoureuse d'un acteur. De toute manière, cette attention de la part de Dayne, ce n'était rien de plus que ce qu'il aurait accordé à quiconque auditionnant pour lui donner la réplique dans un grand film.

Dayne était silencieux. Katy avait la désagréable impression qu'il pouvait lire en elle. Il remua sur son siège.

— Alors, qu'en pensez-vous, Katy Hart ? demanda Dayne. Aimeriez-vous devenir célèbre ?

Il leva les mains et les étira en une invisible marquise suspendue au-dessus de lui.

— *Tu peux toujours rêver*, la comédie romantique mettant en vedette Katy Hart... Qu'en dites-vous ?

Katy tenta d'imaginer cette éventualité.

— Pendant longtemps, pendant très longtemps, ça a été mon rêve le plus cher... répondit-elle d'une voix maintenant radoucie.

Elle baissa le menton, brusquement intimidée.

— Mais c'était il y a si longtemps, expliqua-t-elle. J'ai laissé tombé une telle idée quand j'ai changé de carrière et, en fait, je n'y avais pas songé beaucoup jusqu'à maintenant.

Dayne soutint un moment le regard de la jeune femme, puis il regarda son assiette.

— Mangeons.

— D'accord.

Katy ferma les yeux et récita une prière silencieuse, quelque chose qui ne le désarçonnerait pas, mais qui ne compromettrait pas ses croyances non plus. Puis, elle saisit sa fourchette et s'attaqua au saumon.

Ils bavardèrent du TCE en mangeant. Katy ne mentionna pas le fait que Dayne était allé à ce théâtre. Peut-être ignorait-il qu'elle le savait. Dans ce cas, il n'avait qu'à aborder le sujet lui-même. Elle ne voulait pas avoir l'air trop arrogante.

Finalement, lorsqu'il eut presque fini de manger, Dayne déposa sa fourchette.

— Avez-vous peur, Katy ?

— De quoi ?

— De la célébrité, de la vie que je mène, répondit Dayne en cherchant le regard de la jeune femme.

Katy laissa sa fourchette suspendue au-dessus de son assiette.

— Je ne sais pas, avoua-t-elle. Je crois que je n'y ai jamais beaucoup réfléchi.

Elle regarda le ciel bleu pâle et les palmiers par la fenêtre. La brise s'était levée et, le long du trottoir menant à la cantine, les feuilles virevoltaient.

— Quand j'étais plus jeune, je rêvais de devenir célèbre, poursuivit la jeune femme. J'imagine que je n'ai jamais pensé au train de vie accompagnant la gloire.

Dayne posa son bras sur le dossier de la banquette.

— Honnêtement, je dois dire que certains vivent difficilement cela alors que, moi, ça ne m'a jamais dérangé, avoua-t-il en se mordant la lèvre inférieure. Il ne faut pas se prendre trop au sérieux. Les paparazzis s'en chargent.

Katy avait de nouveau la tête qui tournait. Elle était venue pour rigoler, avait fait la lecture à froid uniquement parce qu'on le lui avait demandé et qu'elle était curieuse. Par contre, songer à sa vie à la lumière des paparazzis et de la célébrité n'était pas un aspect qu'elle avait considéré.

— Je crois que nous sautons des étapes, dit-elle en laissant échapper un petit rire.

— Oui, bon, je veux seulement que vous soyez avertie, c'est tout, expliqua Dayne en prenant une autre gorgée d'eau.

Leur conversation glissa sur le dernier film de l'acteur et le lieu de tournage. Elle demeura légère et, à la fin du déjeuner, Katy était convaincue qu'elle n'avait pas à s'inquiéter. Dayne n'était intéressé que par ses talents d'actrice.

C'était possible, n'est-ce pas ? Qu'il ait vu l'émission pilote et pensé qu'elle serait parfaite pour incarner le personnage de Tory Temblin ? C'était un professionnel après tout. Il voulait la personne la mieux qualifiée pour le rôle. Si c'était elle qui l'était et non une des grandes actrices de renom, il demanderait évidemment au régisseur de distribution d'entrer en communication avec elle et de l'amener à Los Angeles pour une lecture à froid.

Il n'y avait rien à ajouter.

Malgré tout, ce soir-là à l'aéroport, en attendant son vol de retour vers l'Indiana, Katy appela Rhonda Sanders, celle qui l'avait convaincue de faire le voyage. Elle lui raconta en détail sa lecture à froid, l'absence de réactions de Mitch Henry ainsi que son déjeuner avec Dayne Matthews.

— Ils veulent me revoir, Rhonda. Peux-tu le croire ?

Katy ne pouvait s'empêcher de crier.

— Ça semble encore un rêve ou une blague, mais c'est vrai. Dayne désire vraiment que je revienne pour une autre audition.

Rhonda poussa un cri aigu de joie.

— Je suis tellement heureuse pour toi, Katy. Je suis stupéfaite pour toi. Je ne peux pas le croire ! Tu pourrais vraiment obtenir le rôle. Y as-tu pensé ?

— Pas vraiment. Je veux dire, pas dans le sens où ça arriverait.

Rhonda se calma, et le silence se répercuta à l'autre bout du fil.

— Tu sais à quoi je pense, Katy Hart ?

— À quoi ?

— Je crois que ta vie est sur le point de changer, répondit Rhonda. Et je crois que ça va se produire d'une manière que ni toi ni moi n'aurions pu deviner.

Cette pensée un peu effrayante garda Katy allongée tout éveillée à contempler le plafond de sa chambre chez les Flanigan tard ce soir-là. Oh, évidemment, l'idée d'obtenir le rôle était magnifique, mais il y avait eu quelque chose dans la voix de Rhonda, quelque chose que Katy n'arrivait pas à définir et qui l'empêchait de dormir.

Finalement, peu après 1 h du matin, elle réalisa ce que c'était. La chose qu'elle avait entendue dans la voix de Rhonda était la même qu'elle entendait murmurer dans les profondeurs de son âme ; il s'agissait peut-être d'un avertissement ou d'une réserve. Quelque chose lui disait qu'obtenir ce rôle pourrait réellement modifier le cours de son existence, pas seulement pour une saison… mais pour tous les jours de sa vie.

CHAPITRE ONZE

QUATRE JOURS S'ÉTAIENT ÉCOULÉS depuis l'audition, et Katy n'avait toujours pas entendu parler de Mitch Henry. Le régisseur n'appellerait pas ; elle en était convaincue. Dayne avait probablement voulu la rassurer en lui disant qu'il désirait qu'elle revienne pour une autre audition. La vérité était visiblement à des années-lumière.

Katy se dit qu'elle n'était pas assez bonne.

La répétition du vendredi soir était en cours. Katy et Rhonda travaillaient de nouveau sur le numéro du « Big Missouri ». Katy étudia le numéro au complet à deux reprises, puis elle prit Rhonda à part.

— Nous avons besoin de sentir la présence des grosses roues à aubes qui se trouvent à l'arrière du bateau.

— La sensation des roues à aubes ? demanda Rhonda en clignant les yeux, le visage inexpressif.

— Oui.

Katy tapa du pied et saisit les paroles de la chanson qui étaient sur la table.

— Regarde ici…, dit-elle. « Les grosses roues à aubes tournaient, faisant bouillonner l'eau. »

Elle montra du doigt la réplique, puis regarda Rhonda.

— Nous avons aussi besoin de grosses roues qui font tourner la chorégraphie, ajouta-t-elle.

— Katy, nous ne pouvons pas avoir des roues à aubes sur scène, répliqua Rhonda en hochant nerveusement la tête.

Katy jeta un coup d'œil en direction des enfants alignés devant elle. Puis, dans un geste brusque, elle fit claquer ses doigts, attrapa Rhonda par le coude et revint vers les acteurs.

— J'ai trouvé, les amis. Accroupissez-vous tous.

Les enfants se laissèrent tomber sur le sol, les yeux tournés vers Katy.

— Nous avons besoin de roues à aubes sur la scène, leur expliqua-t-elle. Alors, voici ce que nous allons faire.

Elle choisit six grands garçons et une petite fille de chaque côté de la scène. Puis, elle demanda à deux garçons de hisser une des fillettes sur leurs épaules. Pendant qu'ils la montaient, l'enfant lèverait ses bras bien haut, tout heureuse, puis les deux garçons la feraient tourner en cercles serrés. Au même moment, les quatre autres garçons poseraient une main près de la petite fille et marcheraient en cercle dans le sens opposé.

L'effet fut extraordinaire. Pendant une quinzaine de secondes, il fut facile d'imaginer qu'une vraie roue à aubes s'était mise en marche sur la scène. Le problème se fit sentir à la seizième seconde lorsque la première fillette, suivie de la seconde, amorça une dégringolade. Toutes deux furent attrapées par l'un des garçons qui les entouraient, mais les tentatives qui suivirent se soldèrent par une chute.

Finalement, Katy se précipita sur la scène, aida l'une des petites filles à se relever, puis se pencha pour être à la hauteur de l'enfant.

— Y a-t-il une raison pour laquelle tu n'arrives pas à rester sur les épaules des garçons, ma chérie ?

L'enfant hocha la tête, ses cheveux bouclés noirs s'agitant à chaque mouvement.

— O.K., fit simplement Katy, pourquoi ne me l'expliques-tu pas ?

Sa voix laissait entrevoir un calme qu'elle ne ressentait absolument pas. Les jeunes devaient compléter deux scènes ce soir-là et la chanson du « Big Missouri » prenait beaucoup trop de temps. La jeune femme leva les sourcils, encourageant l'enfant à lui répondre.

— Le fait de tourner m'étourdit, expliqua la fillette.

Elle se mit un doigt dans la bouche et le laissa suspendre sur sa lèvre.

— Et quand je suis étourdie, je tombe, ajouta-t-elle.

— Oui ! approuva la petite fille de l'autre côté de la scène. Je me sens aussi étourdie.

— Bon, dit Katy en se redressant pour ensuite frapper des mains en souriant aux deux fillettes. Essayons ceci. Dès que vous êtes sur les épaules des garçons, pourquoi ne pas fermer les yeux et vous tenir bien droit ? Je crois que ça peut fonctionner.

Et ce fut le cas. Lors de l'essai suivant, les enfants marchèrent et tournèrent au bon moment et dans la bonne direction pendant la chanson. Quand les roues humaines se mirent en mouvement des deux côtés de la scène, les fillettes furent hissées dans les airs, les bras bien levés au-dessus de la tête, un grand sourire aux lèvres et les yeux fermés. Aucune des deux ne perdit l'équilibre.

— C'est bon.

Katy courut sur scène et félicita d'une tape amicale les deux fillettes et les douze garçons.

— Nous avons des roues à aubes ! s'exclama-t-elle.

Elle se tourna vers Rhonda.

— Peux-tu aller chercher Al et Nancy ? demanda-t-elle. Dis-leur qu'il est temps d'assembler la première scène.

— Tout d'abord, parle-moi de Dayne Matthews, lui dit Rhonda à voix basse tout en se penchant vers elle. A-t-il appelé ?

— Non.

Katy lui fit au revoir de la main. Elle ne voulait pas parler de son étrange voyage à Los Angeles, pas en ce moment du moins.

— Il n'appellera pas, conclut-elle. Ça fait trop longtemps.

Elle jeta un coup d'œil à sa montre.

— Il vaudrait mieux aller chercher Al et Nancy, ajouta-t-elle. Nous allons manquer de temps.

— Il va appeler, affirma Rhonda d'un ton hésitant.

Elle n'attendit pas la réponse de Katy, mais fit plutôt ce qu'elle lui avait demandé. Au même moment, Katy commença à appeler les enfants jouant des premiers rôles sur la scène.

La scène d'ouverture de *Tom Sawyer* montrait des passagers débarquant du Big Missouri. Parmi eux se trouvait la famille Thatcher, incluant Becky, jouée par Sarah Jo Stryker. Katy observa la jeune fille pendant que les personnages s'avançaient sur la scène, tenant leurs bagages et saluant les habitants de la ville rassemblés des deux côtés.

Ce serait la première fois que Katy aurait la chance de voir si Sarah Jo savait jouer.

Les membres de la famille Thatcher se mirent en ligne et, quand le personnage de Becky fut présenté, ils esquissèrent un sourire modeste, puis se positionnèrent de manière à voir Tom Sawyer qui lançait des billes avec des garçons de l'autre côté de la scène.

Tim Reed, qui jouait le rôle de Tom, attrapa son chapeau de paille et se tint droit, les yeux écarquillés, tandis qu'il observait Becky pour la première fois. Il marcha vers elle et lui tendit la main.

— Je m'appelle Tom, Tom Sawyer, fit-il en se redressant un peu. Parlez-moi un peu de vous, Mademoiselle Becky Thatcher.

Sarah Jo occupa toute l'attention pendant les quatre-vingt dix secondes qui suivirent. Elle connaissait toutes ses répliques, incluant les pauses et les inflexions nécessaires pour transmettre la pensée qu'elle était à la fois excitée et nerveuse à l'idée de rencontrer Tom Sawyer.

Toutefois, alors qu'elle avait dit la moitié de ses répliques, sa mère, qui s'agitait avec les autres parents à l'arrière de l'église, se dirigea vers la première rangée et commença à lui donner des instructions.

— Plus fort ! Tu dois projeter ta voix ou tu n'y arriveras jamais. Est-ce que tu m'entends ? Projette !

Katy en demeura bouche bée. C'était la première fois qu'elle observait ce genre de comportement — la version théâtrale d'un parent obsédé par la Petite Ligue — au TCE. Elle allait parler lorsque Rhonda lui toucha le coude.

— Que fait cette femme ? siffla Rhonda près de l'oreille de Katy. Elle gâche la scène.

Frustrée, Alice Stryker se leva et se plaça à un mètre de Sarah Jo.

— Tu dois y mettre plus d'expression. Ne te rappelles-tu pas ce que le professeur de théâtre t'a dit la dernière fois ?

À ce moment, la femme n'essayait même plus de parler à voix basse. Son flot de critiques avait attiré l'attention des autres enfants sur la scène. Elle continua sans se laisser démonter.

— Tu es le personnage principal, Sarah Jo. Alors concentre-toi sur ton rôle ou quitte la scène.

Sarah Jo répondit par une voix plus forte, mais le charme de son personnage s'était envolé avec la distraction. Elle ne ressemblait plus à un talent naturel donnant la première version d'une série de répliques, mais plutôt à une enfant nerveuse, incertaine de son prochain geste.

Tout à coup, Alice Stryker sembla se rendre compte qu'elle était en train de se donner en spectacle. Elle baissa la voix et continua en chuchotant. Elle ajouta deux autres critiques en murmurant. La dernière fois, Sarah Jo rompit avec son personnage et regarda sa mère.

— Quoi, maman ? Je n'arrive pas à t'entendre.

Finalement, Katy fit un signe à toute la distribution.

— Prenez une pause.

Tous les enfants avaient senti le conflit naître entre Sarah Jo et sa mère. Ils parlaient à voix basse en quittant la scène pour se diriger vers l'entrée où d'autres mères leur avaient préparé un goûter. Quelques-uns d'entre eux, les yeux écarquillés, jetèrent un regard à Sarah Jo en quittant la scène. Bailey Flanigan accrocha le regard de Katy et remua silencieusement les lèvres en disant « Pauvre fille ! »

Katy hocha la tête.

Sarah Jo ne rejoignit pas les autres enfants. Elle marcha hors de la scène d'un air penaud et alla s'asseoir à côté de sa mère dans la première rangée. Même à ce moment, Alice Stryker ne sembla pas réaliser qu'elle était la raison de la pause. Elle pencha la tête vers Sarah Jo, sa bouche s'agitant aussi vite qu'auparavant. Peu importe ce qu'elle disait, son visage était tendu et elle semblait fâchée. Sarah Jo fit une série de hochements d'approbation en l'écoutant.

Katy se sentit dégoûtée.

Elle ne perdit pas une minute de plus et se dirigea vers le premier banc pour se placer en face de Sarah Jo et de sa mère.

— Excusez-moi.

Quand Alice Stryker leva la tête, un sourire remplaça instantanément son froncement de sourcils.

— Salut, Katy, fit-elle en caressant la main de la petite. Je suis seulement en train de donner quelques conseils à ma fille.

Elle se croisa les jambes et s'adossa un peu.

— Vous savez, je lui rappelle simplement certaines choses que son professeur de théâtre ou son agent lui ont dites à un moment ou à un autre, poursuivit-elle. Sarah Jo a beaucoup de talent. Je crois que tout le monde sera d'accord là-dessus.

La mère se mit à rire, sans doute pour alléger l'atmosphère. Elle sourit à sa fille et regarda de nouveau Katy. Elle fit un geste au-dessus de sa tête avec son bras, un peu comme si elle chassait les mouches.

— Ces pièces « d'enfants » sont une forme de cours de théâtre pour Sarah Jo. La petite doit s'améliorer avec chaque rôle qu'elle joue ou elle ne sera pas prête quand sa première chance se présentera. Elle doit être bien préparée quand la célébrité viendra frapper. Nous savons à coup sûr que ça s'en vient.

Katy aurait voulu frapper la femme. Elle jeta un regard chaleureux à Sarah Jo et lui tapota l'épaule.

— Ma chérie, pourquoi ne vas-tu pas prendre une collation avec les autres enfants ? Ta mère et moi, nous avons besoin de parler.

— O.K. Es-tu d'accord, maman ?

Alice Stryker soupira bruyamment, mais réussit à esquisser un sourire.

— Oui, chérie, vas-y. Nous pourrons parler après la pause.

Lorsque Sarah Jo ne fut plus à portée d'oreille, Katy s'assit à côté d'Alice Stryker et la regarda directement dans les yeux. Elle sentait le sang bouillir dans ses veines.

— Ce qui vient de se produire ici ne doit plus jamais arriver, Mme Stryker. Est-ce bien compris ?

Indignée, la mère plissa les yeux, le visage assombri par le choc.

— Qu'entendez-vous par là ? J'ai le droit de parler à ma fille, Mlle Hart.

Katy dut faire un effort pour continuer à parler à voix basse.

— En fait, vous avez le droit de demeurer à l'arrière avec les autres parents. Lorsque nous assemblons une scène, c'est mon travail d'apporter des correctifs et de diriger les enfants.

Elle se représenta la mine déconfite de Sarah Jo, la manière dont cette dernière avait baissé les épaules au fur et à mesure que sa mère prononçait des critiques.

— À partir de maintenant, vous allez demeurer à l'arrière. Est-ce clair ?

— Sarah Jo a besoin de plus que les indications d'une quelconque… commença Mme Stryker.

Elle fit une courte pause.

— …jeune femme telle que vous, poursuivit-elle. Elle a besoin de direction professionnelle et j'en connais suffisamment dans le domaine pour savoir quels conseils lui donner.

— Mme Stryker, vous démotivez votre fille, fit remarquer Katy. Elle était en train de trouver sa voie, de découvrir son personnage, quand vous avez commencé à la critiquer.

Elle se rapprocha de la mère en faisant un effort désespéré pour se faire comprendre.

— Sarah Jo ne deviendra jamais quelqu'un dans le domaine du théâtre si vous ne la laissez pas trouver sa voie.

Alice Stryker bondit sur ses pieds.

— Vous n'avez pas le droit de me parler ainsi de ma fille ! Un jour, elle sera plus célèbre que n'importe qui dans ce théâtre. À ce moment, tout le monde sera ravi que je l'aie fait travailler si fort. Si vous ne me laissez pas le faire ici, je le ferai à la maison. Peu importe ce que ça prend, je le ferai. C'est le prix de la gloire, et je suis prête à le payer.

— Mais…

Katy était à bout de souffle et, en se levant, elle se sentit étourdie par la vigueur du venin de la femme.

— Et si Sarah Jo n'était pas prête à payer ce prix ? demanda-t-elle.

Sa voix tomba, laissant transparaître la rage et la frustration dans chacun de ses mots.

— Et si elle veut s'amuser aujourd'hui dans ce théâtre pour enfants parce que ce n'est qu'une petite fille ? demanda-t-elle en maîtrisant ses pensées et ses émotions. Savez-vous combien de fillettes auraient aimé jouer le rôle de Becky Thatcher ?

Alice Stryker leva le menton en affichant un air de supériorité.

— Sarah Jo n'est pas n'importe quelle enfant, tenta-t-elle d'expliquer. Elle est différente, particulière.

Elle serra son sac à main contre sa taille.

— Elle sera une vedette un jour et, à ce moment, vous comprendrez, ajouta-t-elle.

Sans donner à Katy la chance de répliquer davantage, Alice Stryker se dirigea en trombe vers l'arrière de l'église, à travers les portes doubles, puis dans le hall, sans doute pour signaler d'autres correctifs à Sarah Jo. Katy la regarda sortir et jeta ensuite un regard sur ses genoux. Elle tremblait. Était-ce si important que chaque personnage, chaque jour de répétition, ait un certain niveau de manière à amener Sarah Jo vers la célébrité ?

Katy était encore debout, sous le choc, quand Rhonda revint et s'approcha d'elle.

— Tout le monde en parle, les parents, les enfants, murmura Rhonda. Tout le monde.

— Si c'est ce que ça prend pour devenir célèbre, pourquoi s'en préoccuper ? marmonna Katy. Cette femme est déterminée à enlever tout plaisir à Sarah Jo. Tout ce qui reste, c'est le dur labeur et une obsession pour la célébrité. Ça ne vaut pas la peine.

Katy regarda de nouveau ses notes. Elle devait reprendre la répétition. Le groupe avait déjà pris du retard.

— Allons-y.

Les enfants furent rappelés sur la scène, et Katy reprit le passage là où ils avaient arrêté. Cette fois, Alice Stryker garda ses distances mais, à deux reprises, Katy jeta un regard à la femme par-dessus son épaule et la vit, un bloc-notes dans une main et un crayon dans l'autre. Elle sentit son cœur se serrer. Peu importe ce que la mère de Sarah Jo avait noté, ça ne pouvait pas être encourageant, pas si on se fiait à ce que tout le monde l'avait entendue dire à sa fille plus tôt.

Malgré tout, avec Alice Stryker reléguée à l'arrière de l'église, ils arrivèrent à assembler la scène sans heurts. La plupart des enfants avec des rôles parlants connaissaient leurs répliques et personne d'autre ne fut blessé pendant le numéro de danse du « Big Missouri » à la fin de la répétition.

Juste après 20 h 30, Katy fit asseoir les enfants sur la scène.

— L'interprétation n'a pas la même signification pour toutes les personnes, expliqua-t-elle.

Elle se fit un devoir de regarder tous les enfants assis partout sur la scène, mais elle s'attarda particulièrement à Sarah Jo Stryker.

— Pour certains d'entre vous, poursuivit-elle, c'est une chance d'acquérir de l'expérience pour aller plus loin. D'autres parmi vous considèrent le théâtre comme une activité parascolaire, quelque chose d'amusant à faire. Peu importe la raison pour laquelle vous êtes ici, j'aimerais que vous vous rappeliez trois choses.

Elle tourna le regard en direction de Sarah Jo Stryker.

— Tout d'abord, le théâtre est fait pour s'amuser, dit-elle en souriant. Nous sommes en train de monter une pièce de théâtre dans laquelle vous allez jouer un rôle parce que c'est ce que nous faisons ici : jouer.

Elle leva les bras et fit un petit saut.

— C'est censé être amusant ! s'exclama-t-elle en résistant à l'idée de regarder Alice Stryker.

Elle se rassit et regarda de nouveau la scène.

— Ensuite, le théâtre est une affaire de partage.

Katy se pencha et tapa sur le plancher de la scène.

— Vous ne montez pas ici pour dire à tout le monde « Eh, regardez comme je suis bon ! » fit-elle remarquer en hochant la tête. Non, vous montez ici pour devenir quelqu'un d'autre, pour arriver à en comprendre l'univers et le caractère, et pour donner au personnage tout ce que vous avez.

Elle scruta les visages en face d'elle.

— Est-ce que quelqu'un sait pourquoi ?

Bailey Flanigan leva la main. Katy fit un geste en sa direction.

— Bailey ?

— Parce que ça prend tous les comédiens sur scène pour créer une histoire. Vous devez trouver votre personnage pour que le spectacle soit bon.

— Exactement !

Katy feignit de se glisser dans un personnage et commença à chanter les mots d'un des solos de Tom Sawyer. Elle gonfla le torse, leva le menton et exagéra la prononciation de chacun des mots. Le chant étant l'une de ses forces, la sonorité était bonne. Après deux phrases, les enfants s'agitèrent. Katy s'arrêta et s'autorisa un bref sourire.

— Bon, est-ce que quelqu'un peut me dire si c'était une performance généreuse ou égoïste ?

Tim Reed fut le premier à lever la main. Katy le désigna.

— Égoïste. Égoïste à coup sûr.

— D'accord, mais pourquoi ?

Katy aimait la manière dont les enfants lui répondaient. Elle ne se limitait pas à les diriger dans le montage d'une pièce ; elle leur enseignait également à propos du théâtre. Elle le faisait surtout pour les enfants comme Sarah Jo Stryker, dont les parents ne voyaient le théâtre pour enfants que comme un moyen d'arriver à leurs fins.

Tim se tint de manière à être mieux entendu.

— C'était égoïste parce que, lorsque tu chantais, tu ne te préoccupais que de toi. On aurait dit que tu étais seule sur la scène et que tu voulais que tout le monde sache que tu as une jolie voix.

— C'est vrai.

Katy sentit que les parents commençaient à s'agiter à l'arrière de l'église. Elle avait environ une minute pour conclure.

— Au lieu de chanter un solo comme vous le feriez lors d'un concert, expliqua-t-elle, quand vous faites partie d'une pièce, vous devez laisser le personnage chanter. De cette manière, le message est joué et l'histoire évolue. C'est ce que je veux dire lorsque je parle de partage.

Elle leva trois doigts.

— La troisième chose est assez simple, continua-t-elle. Au TCE, nous faisons du théâtre pour honorer et glorifier Jésus-Christ. Est-ce que quelqu'un veut élaborer un peu là-dessus ?

Ashley leva la main et Katy fit un signe de tête en sa direction. Ashley se leva et sourit. Si elle était nerveuse, elle ne le laissait pas paraître.

— Bien, Jésus nous a donné des talents. Il arrive souvent que les gens utilisent les leurs contre Lui.

Elle haussa les épaules de manière adorable.

— Ici, je crois que tout le monde comprend que, sans Dieu, nous ne serions rien, continua-t-elle. Chaque représentation est une occasion de faire de notre mieux avec les talents que Dieu nous a donnés. Puis, nous pouvons être sûrs que, quelque part dans le ciel, Il nous ovationne avec enthousiasme.

— Parfait ! s'exclama Katy avant de frapper une fois dans ses mains en faisant signe aux enfants qui l'entouraient. Vous avez eu une bonne répétition, tout le monde !

Elle regardait les garçons et les filles passer près d'elle lorsque la petite Mary Reed lui tira sur la manche.

— Katy...

— Oui, ma chérie ? fit la jeume femme en se penchant pour pouvoir entendre Mary malgré le bruit des autres enfants.

— Je t'aime, Katy ! s'exclama la fillette.

Elle regarda vers le haut, ses yeux allant directement au cœur de Katy.

— Merci de nous enseigner, ajouta-t-elle.

Katy attira la fillette vers elle et lui fit un câlin. Elle sentit son âme envahie par la chaleur et la bonté. Qu'est-ce que ça pouvait bien faire que Dayne Matthews n'ait pas rappelé ? Elle n'avait pas besoin d'un rôle alors qu'elle avait ceci. Le TCE n'avait pas un gros budget et elle ne gagnait pas suffisamment d'argent pour habiter seule, mais travailler avec ces enfants était ce qu'elle aimait. La petite qui se trouvait dans ses bras le prouvait.

— Prête pour la chanson ? demanda Katy en frottant son nez contre celui de Mary.

— Oui. Je suis prête.

Mary recula et prit la main de Katy.

Puis, Katy éleva la voix pour que les enfants autour d'elle puissent l'entendre.

— Allez, les amis, formez un cercle.

Katy terminait toutes les répétitions de la même manière. Les enfants faisaient un cercle autour d'elle et elle les entraînait dans une chanson absurde.

— Teuf-teuf fait le train, remonte-moi et laisse-moi aller…

La chanson amenait les enfants à chanter du plus fort qu'ils le pouvaient jusqu'à émettre un simple murmure avant qu'ils ne se répandent en applaudissements et ne retournent à la maison avec leurs parents.

Lorsque les enfants furent partis, Katy jeta un coup d'œil à sa montre. Il était 21 h. Les deux heures suivantes seraient consacrées à peindre les décors. Nancy Helmes apporta du café à tout le monde, des tasses pleines pour les autres, une demi-tasse pour elle-même.

— Je ne comprendrai jamais cette habitude de demi-tasse, lui fit remarquer Katy en souriant. Explique-moi encore une fois.

— Je ne supporte pas de boire du café froid, expliqua Nancy.

Elle fit une mimique.

— Je ne prends qu'une demi-tasse parce que c'est cette partie qui demeure chaude, ajouta-t-elle.

— Exact, c'est bien ce que je pensais.

— Elle est un peu fofolle et c'est pour ça que je l'aime, dit Al en fronçant gaiement et sarcastiquement les sourcils.

Heath Hudson était présent ce soir-là pour apporter son aide. Ashley Baxter était là aussi. Son mari était à la maison avec leur fils.

Comme cette première séance serait davantage consacrée à la création d'un décor, il s'était dit qu'il pouvait attendre et venir à l'une des soirées de travail ultérieures.

La première étape consistait à déplacer le contreplaqué. Katy se plaça au coin de la pile de bois et scruta l'église.

— Tout le monde, venez ici quelques instants, demanda-t-elle.

Rhonda, Heath et Ashley se précipitèrent et l'aidèrent à soulever les coins de trois encombrantes feuilles de contreplaqué pour les apporter sur la scène.

— Allez-y tranquillement, leur conseilla Katy. Ne laissez pas tomber les coins.

Elle les guida lorsque vint le temps de monter les escaliers.

Rhonda déposa son coin et s'essuya les mains sur son jean, puis elle souleva à nouveau le coin.

— Si j'attrape une autre écharde, je ne pourrai pas tenir un pinceau.

— Ouille ! se désola Katy.

Elle raffermit sa prise sur le panneau et aida à le soulever pour le déplacer vers l'arrière de la scène. Elle se coupa également sur les mains.

— Ça devait être le grain le plus fin. Ça ne devrait pas fendre en éclats comme ça.

Ashley donna quelques coups sur le contreplaqué.

— La fibre est correcte. On devrait pouvoir peindre malgré les éclats. J'en suis presque sûre.

— Bien, fit Katy.

Elle coordonna ses pas à ceux de Rhonda. Il ne fallut que quelques secondes pour que le panneau soit à plat sur la scène. Elle sourit à Ashley.

— Merci de nous aider ainsi, dit-elle. Ça ressemble à Dieu de vous amener ainsi à nous.

Elle regarda Heath puis Rhonda.

— Nous avons prié pour avoir quelqu'un avec des notions d'art pour nous aider à peindre les décors, ajouta-elle. Et Dieu nous amène une artiste professionnelle.

Katy porta de nouveau son regard sur Ashley.

— Que demander de mieux ?

Lorsque les trois panneaux furent alignés côte à côte, Katy expliqua à quoi ils étaient destinés.

— Ils serviront à faire la maison de tante Polly, précisa-t-elle.

Elle regarda les trois panneaux.

— Tante Polly a un petit budget, alors pas de quatrième mur, ajouta-t-elle.

La peinture se trouvait déjà non loin d'eux, sur une pile de journaux. Katy la pointa.

— Nous avons du rouge, du bleu, du vert, du jaune et du blanc. Nous en avons suffisamment pour faire de jolies fenêtres et une bordure de toit...

Katy se tourna vers Ashley.

— ...si tu réussis, avec un crayon, à esquisser un dessin qui ressemble à une ligne de toit en haut des trois murs, ajouta-t-elle avec hésitation.

— Pas de problème, répondit Ashley en riant et en roulant ses manches.

Heath était encore en chemise blanche et en cravate, sa tenue de travail. Il enfila un vieux t-shirt et recula un peu.

— Bon, Mme Baxter, donnez-nous quelque chose à peindre.

— Nous resterons ici pour regarder, dit Rhonda en souriant.

Elle se plaça à côté de Katy et lui donna un coup de coude dans les côtes.

— Je l'ai vue dessiner quelque chose l'autre jour, dit-elle en étouffant ses mots. Elle est extraordinaire.

Avant même que Katy n'eut le temps de répondre, son téléphone cellulaire se mit à sonner. Le visage de Rhonda s'éclaira pendant que Katy sortait le téléphone de sa poche. Rhonda remua les lèvres silencieusement pour prononcer le nom de celui qu'elles avaient toutes les deux en tête : *Dayne* ?

Katy lui fit une grimace, plaça le téléphone contre son oreille et tourna le dos aux autres.

— Allo ?

— Allo, Katy, c'est Dayne, Dayne Matthews, fit-il d'une voix hésitante. Êtes-vous occupée ?

Katy eut l'impression que le plancher chancelait sous ses pieds. Elle se calma.

— Bonjour. Non… on était seulement sur le point de commencer à peindre des décors.

Elle ne savait pas quoi ajouter. Alors, elle attendit.

Dayne rigola à l'autre bout.

— C'est génial ! s'exclama-t-il. Peindre des décors, ça fait si longtemps que je n'ai pas fait cela…

— Vous devriez vous joindre à nous une bonne fois.

Katy retrouvait ses esprits. Elle était maintenant en mesure de poursuivre la conversation.

— Rien ne se compare à une soirée de fête à fabriquer des décors.

— Je joindrai peut-être les rangs de votre équipe un jour, répondit-il en riant avant de prendre un ton plus sérieux. Eh, j'aurais voulu vous appeler avant, mais je devais m'assurer du moment de l'audition. Mitch et moi, nous aimerions que vous reveniez, pour faire une scène avec moi cette fois.

Katy tint le téléphone plus serré. Était-ce possible ? Dayne Matthews bavardait-il vraiment avec elle à l'autre bout de son téléphone cellulaire, lui demandant de revenir faire une scène à Hollywood avec lui ?

— Quand… quand est-ce que ça aurait lieu ? demanda la jeune femme.

— Mardi matin. Vous pourriez prendre l'avion lundi si ça vous convient. Le studio a déjà réservé une place si vous êtes intéressée.

Si elle était intéressée ?

— Ouais, ça va pour mardi, confirma-t-elle en se forçant à respirer lentement.

Katy jeta un regard au-dessus de son épaule. Heath regardait Ashley, absorbée par son dessin sur le contreplaqué. Rhonda, elle, les yeux ronds, n'était qu'à un mètre de Katy. Cette fois, elle prononça silencieusement la sempiternelle phrase « Je le savais. »

Katy fit un signe de victoire silencieux avec son poing et se mit un doigt devant les lèvres. Elle ne voulait pas que Heath ou Ashley sachent pour ses auditions à Los Angeles, pas pour l'instant. Dayne lui fit savoir à quelle heure elle devrait prendre l'avion et lui assura que quelqu'un du studio l'appellerait pour confirmer et lui donner plus de détails.

— Que devrais-je porter ? demanda-t-elle à vois basse en tournant le dos aux autres. Est-ce une scène dans la grande ville ou plutôt dans celle dont le personnage est originaire ?

Elle entendait le sourire dans la voix de Dayne.

— Vous savez, Katy, je ne crois pas que ce soit important, répondit l'acteur.

À ce moment, et seulement à ce moment, elle se permit d'admettre la vérité, une vérité qui lui sembla de plus en plus évidente après la fin de sa conversation téléphonique avec Dayne Matthews. Après une éternité à rêver à sa réussite en tant qu'actrice, après avoir failli y parvenir à Chicago et avoir abandonné, cet ancien rêve était maintenant sur le point de se réaliser. La raison pour laquelle sa manière de s'habiller n'importait pas était évidente.

La vérité, c'était que le rôle de Tory Tremblin était, à toutes fins pratiques, sien.

CHAPITRE DOUZE

DAYNE POUVAIT SENTIR QU'IL tombait amoureux de Katy Hart.

Il n'en fut pas surpris. Il avait été attiré par elle dès qu'il l'avait vue au théâtre communautaire de Bloomington un an auparavant. Ce qui l'étonnait, c'était le fait qu'il ne pouvait pas contrôler ses émotions.

Dans son univers, les femmes étaient aussi nombreuses que les grains de sable sur le littoral de Malibu. Quand il en rencontrait une qu'il ne pouvait avoir parce qu'elle était mariée ou qu'elle fréquentait quelqu'un, il la draguait, mais ne tombait pas amoureux, pas complètement du moins. Avec Katy, toutefois, la situation était différente. Il n'avait pas rencontré quelqu'un comme elle depuis le pensionnat qu'il avait fréquenté en Indonésie. Elle était aussi authentique qu'une brise d'été et, peu importe la manière, il n'arrivait pas à la chasser de son esprit.

On était maintenant samedi matin et Katy serait de retour en ville lundi. Dayne désirait ardemment l'appeler pour l'inviter à sortir, peut-être lui faire visiter un peu le coin. Par contre, ce n'était pas possible puisque ce ne serait pas juste envers la jeune femme, qui était habitée d'une ingénuité qui allait aussi loin que son manque de compréhension de ce qui pourrait l'attendre si elle travaillait à Hollywood.

Dayne était pieds nus quand il traversa la cuisine pour saisir un carton d'œufs dans le réfrigérateur. Quatre blancs d'œufs et des champignons sautés étaient à son menu pour le petit-déjeuner. C'était l'un de ses plats favoris. Il prit un bol dans l'armoire et dénicha une fourchette dans le tiroir.

Il aimait les samedis matin de juin, le brouillard qui enveloppait sa terrasse, l'atmosphère silencieuse qui régnait lorsque l'océan disparaissait de sa vue et que sa propriété se transformait en confortable cocon de normalité... même si ce n'était que pour quelques heures.

Une jolie musique instrumentale en provenance du système de son emplissait la maison. Dayne avait une collection de pièces de ce genre. Celle-ci s'appelait *Ruisseau* quelque chose. Elle laissait entendre de douces mélodies de guitare mêlées au cri occasionnel d'un oiseau ou au bruissement d'un ruisseau.

C'était la paix, ces samedis matin.

Dayne cassa les œufs, sépara les jaunes et fouetta les blancs avec sa fourchette. Le visage de Katy lui revint en mémoire tandis qu'il versait le mélange dans une petite poêle à frire.

Ce n'était pas que la fille avait de l'éclat. Il avait côtoyé des femmes éblouissantes pendant presque toute sa carrière. Par contre, Katy comblait son manque d'éclat par sa beauté naturelle. Elle était superbe, simplement jolie, avec un style oublié par Hollywood. C'était ce qui la rendait si parfaite pour le rôle dans *Tu peux toujours rêver* et ce qui la propulserait en tête des actrices de renom d'Hollywood si elle l'obtenait.

Et elle l'aurait.

L'acteur se rappela la conversation qu'il avait eue avec Mitch Henry à propos de Katy. Après la première audition de la jeune femme et son déjeuner avec elle à la cantine, il était retourné au studio pour y retrouver Mitch à son bureau, devant son écran d'ordinateur.

Dayne était à bout de souffle, l'énergie et l'enthousiasme coulant dans ses veines.

— Et puis ?

Mitch enleva ses lunettes cerclées de métal, les déposa sur son bureau et fixa Dayne.

— Tu as l'air d'un écolier, Matthews, fit-il remarquer.

Il baissa le menton avec l'expression d'un père indigné.

— Ne tombe pas amoureux d'elle, poursuivit-il.

Le régisseur hésita et regarda de nouveau l'écran de son ordinateur.

— Elle est trop bonne pour toi, finit-il par ajouter.

— Je le sais, mais qu'en penses-tu ? demanda Dayne en tirant une chaise et en s'appuyant sur le bureau qui le séparait de Mitch. Elle est extraordinaire, n'est-ce pas ?

— Tu étais là ?

— Vrai, répondit Dayne, incertain de ce que le régisseur de distribution allait dire.

— Dans la pièce, à la regarder auditionner ?

— Oui, et puis ? Je veux quand même savoir ce que tu en as pensé.

Mitch se croisa les jambes et agrippa les bras de sa chaise.

— J'ai pensé qu'elle était extraordinaire, qu'il s'agissait du talent le plus naturel que j'aie croisé depuis des années.

Le régisseur changea d'expression tandis qu'un sourire adoucissait ses yeux.

— Ça, par contre, tu le savais déjà, ajouta-t-il.

— Alors, pourquoi n'es-tu pas plus excité que ça ? demanda Dayne en se relevant et en levant les mains dans les airs.

— Parce que...

Mitch se tourna vers la fenêtre un moment et se mit ensuite debout. Quand il se retourna, ses yeux étaient à nouveau sérieux.

— Je ne crois pas qu'elle acceptera.

— Évidemment qu'elle acceptera.

Dayne sentait l'excitation le traverser. Il aurait voulu hurler à tue-tête. Mitch Henry avait apprécié Katy. Il l'avait tant appréciée qu'il songeait déjà à lui offrir le rôle ! Dayne pouvait déjà s'imaginer travailler aux côtés de la jeune femme, apprendre à la connaître davantage, devenir ami avec celle qui avait capté son imagination l'été précédent.

— Elle ne prendrait pas l'avion pour passer une audition si elle n'était pas intéressée par le rôle, expliqua-t-il.

— Je suis inquiet, avoua Mitch en tapant les doigts sur son bureau. Katy Hart n'a pas sa place ici...

Il agita sa main dans les airs.

— ... avec toute la folie qui règne à Hollywood, termina-t-il.

— Elle le veut peut-être.

Dayne avait répondu beaucoup trop rapidement. En prononçant ces mots, il savait que Mitch avait raison. Le mode de vie de l'élite d'Hollywood et le genre d'actrices qui lui donnaient la réplique dans les films importants étaient des éléments auxquels Katy n'était pas préparée, pas du tout.

— Sois prudent avec elle quand elle sera ici pour la prochaine audition, lui conseilla Mitch en le fixant avec le regard bienveillant d'un père. Je sais ce que tu ressens pour elle, Dayne. Fais seulement plaisir à tout le monde et garde tes sentiments pour toi. Je ne veux pas voir la figure de cette fille sur la couverture d'aucun magazine, tu comprends ?

Le souvenir de la conversation s'attardait, aussi épais que le brouillard qui régnait à l'extérieur.

Était-ce ce qu'il devait faire, demeurer à l'écart de tous ceux qu'il désirait connaître davantage ? de tous ceux qui pourraient être bons pour lui ? Cette idée ramena un autre souvenir, un souvenir si triste qu'il n'y songeait que très rarement. Il pensa à sa mère biologique agonisante étendue dans un lit d'hôpital à Bloomington, alors qu'elle lui entourait le cou de ses bras en lui disant ce qu'il avait toujours voulu entendre.

Elle lui avait confirmé qu'elle et son père biologique l'avaient aimé. Elle lui avait mentionné que, si ses frères et sœurs avaient eu la chance de le connaître, ils l'auraient également aimé.

Dayne ajusta le feu sous les œufs. Il s'agrippa au comptoir en granit et ferma les yeux. Il pouvait encore se rappeler comment il s'était senti, assis dans ce VUS de location, contemplant l'entrée principale de l'hôpital du fond du stationnement et observant des gens sortir, un groupe qu'il avait rapidement identifié comme étant sa famille : son père biologique, ainsi que ses frères et sœurs avec leurs conjoints et leurs enfants.

Même à ce moment, il pouvait sentir ses doigts agrippés sur la poignée de la portière de la voiture ; il se voyait l'ouvrir et poser un pied au sol. Il s'approcherait d'eux, se présenterait, leur parlerait. Peut-être même les serrerait-il dans ses bras. Et puis, en quelques secondes, il aurait la famille dont il avait toujours rêvé. Il ne se sentirait plus jamais coupé de la réalité.

Alors qu'il se retrouva à la lumière du jour, il entendit une première série de clics — les clics de la caméra d'un paparazzi — et, à ce moment, il prit sa décision. Il n'entraînerait pas les Baxter dans les magazines avec lui. C'étaient des gens discrets, de bonnes personnes selon ce qu'il savait d'eux : des médecins, des avocats, des professeurs et des artistes, des gens dont l'existence était centrée autour de la ville confortable de Bloomington en Indiana.

Plutôt que de s'approcher d'eux, il demeura dans le VUS et les laissa passer à côté de lui pour regagner leurs voitures, y grimper et s'éloigner. Et ce fut la fin.

Dayne ouvrit les yeux.

À la lumière de la décision qu'il avait prise ce jour-là, il s'était promis de ne plus penser aux membres de sa famille, de les chasser de sa mémoire. Pourtant, leur souvenir était resté avec lui comme une chanson préférée qui revenait le hanter à tout moment. Il revoyait leurs traits soucieux alors qu'ils se serraient dans les bras les uns des autres, visiblement inquiets à propos de leur mère, mourante à l'hôpital.

Il était absurde de penser à Elizabeth et aux autres Baxter. C'était aussi déraisonnable que de penser à Katy Hart. Son univers et le leur étaient beaucoup trop différents, la distance entre eux beaucoup trop grande à combler, et c'était à lui de la maintenir ainsi... du moins pour le moment. Si Katy acceptait le rôle, si elle était saluée unanimement par le public et la critique pour sa performance comme il pensait qu'elle le serait, à ce moment elle gagnerait le droit de se retrouver dans le monde d'Hollywood, son monde à lui.

Peut-être se découvriraient-ils alors des points communs.

Cependant pas maintenant, pas lundi quand elle viendrait en ville pour passer sa deuxième audition.

Il incorpora les champignons sautés dans les blancs d'œufs à moitié cuits et mélangea la préparation. La plupart du temps, les problèmes que ses amis avaient avec la célébrité ne le dérangeaient pas. Qui se préoccupait de ce que les magazines publiaient ? Les gens devaient avoir des vies bien ennuyantes pour se rattacher à tous les mots écrits dans ces feuilles de chou sans valeur. Dayne pouvait dormir la nuit sans s'inquiéter si un photographe était perché à l'extérieur dans un arbre ou l'attendait dans son entrée. Les paparazzis étaient sans danger. Ils constituaient une nuisance plus que n'importe quoi d'autre.

Pourtant, quand il considérait ce qu'il avait perdu avec les Baxter, le problème devenait beaucoup plus complexe.

Les œufs étant cuits, il les glissa sur une assiette. Il se versa un verre du jus d'orange fraîchement pressé acheté au comptoir situé de l'autre côté de la rue. C'était son petit-déjeuner favori, préparé grâce à sa femme de ménage fort bien rétribuée. Elle savait ce qu'il aimait et gardait l'endroit bien garni.

Les œufs étaient bons, préparés juste comme il les aimait. Tout en mangeant, toutefois, il continua à imaginer les visages des Baxter et celui de Katy Hart. C'était peut-être à cause de la musique, cette douce mélodie semblable à celle du générique d'un film triste. Dayne était sur le point de se lever pour s'activer un peu lorsque le téléphone sonna.

Il le saisit tout en se dirigeant vers le système de son.

— Allo ?

— Dayne, c'est moi, Kelly, dit la jeune femme d'une voix tendue, à la fois calme et désespérée. Je crois que quelqu'un vient d'essayer de s'introduire chez moi.

— Quoi ?

Dayne se retourna, prit son assiette et se dirigea vers la cuisine.

— Kelly, dépêche-toi d'appeler la police.

— Non, je crois que les malfaiteurs sont partis. Je crois que ça vient de se produire. Ils ont essayé d'entrer, mais ils sont partis parce que j'étais ici et peut-être que maintenant, ils…

— Arrête, Kelly. Ralentis. Ça n'a pas de sens.

L'acteur s'appuya sur la porte patio et jeta un regard à travers le brouillard. Un frisson lui parcourait les bras.

— Raconte-moi ce qui s'est passé, continua-t-il.

— J'ai entendu quelqu'un frapper à la fenêtre, je me suis précipitée dans la pièce et j'ai vu une dame par la fenêtre.

Elle parlait plus lentement maintenant, mais sa voix était encore voilée et remplie de terreur.

— Dayne, je crois qu'elle tenait un couteau dans sa main, poursuivit-elle.

— Eh, Kelly, je suis sérieux ! s'écria Dayne en sentant les battements de son cœur s'accélérer. Appelle la police.

— Non, attends. Lorsque j'ai regardé la femme, elle s'est tout à coup tournée, a couru vers sa voiture et elle est partie.

Dayne sentit son front froid contre la vitre et se redressa. Quelle sorte de dingue ferait une telle chose à Kelly Parker ? Il se concentra sur ce que l'actrice avait dit.

— Quelle sorte de voiture ? As-tu noté le numéro de la plaque d'immatriculation ?

— Non, mais j'ai vu la voiture. Elle avait quatre portes. Je suis presque sûre que c'était une vieille Honda Civic, une Civic jaune.

— Et tu es sûre qu'elle est partie ?

— Oui, je l'ai vue s'éloigner.

— Bon, réfléchissons.

Dayne se croisa les bras au-dessus de la tête et les appuya sur la fenêtre.

— Peut-être est-ce quelqu'un qui cherchait une maison et qui est tombé sur toi par hasard, poursuivit-il.

— Je ne sais pas, c'était peut-être un photographe, répondit Kelly d'une voix qui semblait mal assurée. Ça m'a seulement effrayée. Tu sais, en plein jour et ouvertement.

Dayne serra les mâchoires : encore les photographes. Il se faisait un honneur de ne pas les laisser l'atteindre. Il aimait trop son travail d'acteur pour se laisser impressionner par les paparazzis. Même avec ce qui s'était passé à Bloomington, il ne voyait pas le manque de vie privée comme une prison, mais plutôt comme un prix à payer, un prix à payer par tous ceux qui étaient au sommet de l'industrie du spectacle.

Les prisons étaient des endroits dont on ne pouvait s'échapper. Les paparazzis ? Laissez tomber le cinéma quelques années et ils s'évanouissaient dans la nature comme les lucioles au lever du soleil. N'était-ce pas ce qu'il s'était toujours dit ? Le vedettariat était un choix, n'est-ce pas ?

Par contre, pour l'instant, avec Kelly Parker terrifiée à l'autre bout du fil, Dayne en était moins convaincu.

— Tu veux que j'aille te rejoindre ?

— S'il te plaît, Dayne. Je ne peux pas partir. J'ai trop peur.

Kelly renifla à deux reprises.

— De plus, j'aimerais te parler d'autre chose, ajouta-t-elle.

Dayne fit le trajet jusqu'à la maison de Kelly sans être suivi. Si les paparazzis connaissaient ses habitudes, ils savaient qu'il ne quittait généralement pas sa maison avant 15 h le samedi. C'était encore le matin. Alors, ils étaient sans doute occupés à ennuyer quelqu'un d'autre. Kelly Parker, semble-t-il.

Dayne lutta contre ses émotions en descendant de son VUS et remonta rapidement l'allée. Peu importe ce que Kelly voulait lui demander, il espérait que ça ne concernait pas l'autre nuit. Il avait eu tort de coucher chez elle. Si elle n'avait pas été aussi perturbée, ç'aurait été autre chose, mais ça faisait quelque temps qu'elle n'était pas en forme. Agir de la sorte avec elle ne pouvait que l'avoir perturbée. Elle ouvrit la porte, le tira à l'intérieur et lui tomba dans les bras.

— Dayne, je déteste ça, avoua-t-elle en s'écartant, les joues inondées de pleurs. Ce n'est pas moi ça, me cacher, effrayée par ma propre ombre. J'avais l'habitude de me promener dans le quartier le soir.

Dayne avait réfléchi à ce qu'il devait lui dire, mais maintenant il n'hésitait plus. Il la guida par la main vers la salle de séjour et la fit asseoir sur le canapé. Il prit place à côté d'elle, lui saisit le genou et la regarda directement dans les yeux.

— Tu as besoin d'aide, Kelly, dit-il en jetant un regard autour de lui. Rester confinée de la sorte, ce n'est pas normal.

Pendant quelques instants, la rage qu'il avait ressentie plus tôt refit surface.

— Tu ne peux pas laisser les paparazzis t'atteindre de la sorte.

Kelly hocha la tête, les épaules voûtées.

— Je sais que je ne devrais pas lire les magazines, avoua-t-elle, mais quelqu'un m'en parle ou je les aperçois lorsque je sors et je sais ce qu'on y raconte.

Elle rencontra son regard.

— Cette semaine, ce sont mes bras.

Kelly fit un geste en direction du mur de fenêtres face à eux.

— On m'a vue montrer quelqu'un du doigt et maintenant j'ai les bras flasques.

Dayne tressaillit. Il avait vu la photo quelques jours auparavant et avait éclaté de rire en l'apercevant. Kelly Parker avec les bras flasques ? C'était absurde. Pourtant, un quelconque photographe avait trouvé le moyen de dénicher six clichés de femmes célèbres dont les bras étaient moins que parfaits. Le titre se lisait ainsi : « Attention… bras flasques ! Qui a les bras flasques et qui ne les a pas ? »

— C'est grotesque, admit Dayne. J'ai vu la photo.

Il passa sa main de l'épaule au poignet de Kelly.

— Tes bras sont parfaits, ma chérie, dit-il. Tu le sais.

— Les photos ne mentent pas, répliqua Kelly en hochant la tête. Tout d'abord, j'ai de la cellulite, puis une amante lesbienne et maintenant les bras flasques. Ça coupe un peu l'appétit, tu sais ?

Dayne étudia Kelly et se rendit compte qu'elle était plus mince que quelques mois auparavant.

— Tu manges, n'est-ce pas ?

Il y avait toujours quelques femmes à Hollywood qui se laissaient mourir de faim, gérant la pression de se montrer parfaites en laissant leur poids descendre à un niveau dangereusement bas. Dayne sentait l'angoisse l'envahir.

— Dis-moi que tu manges, Kelly.

— Je mange suffisamment, répondit l'actrice en haussant les épaules.

Elle s'étreignit, les yeux baissés.

— Je ne serais pas embêtée si un de ces magazines avait affirmé que je parais trop mince, continua-t-elle. Ç'aurait été mieux que la cellulite et les bras flasques.

Dayne lui leva délicatement le menton pour qu'ils se regardent directement dans les yeux.

— Tu es mince. Ne te laisse pas perturber par ces histoires de se laisser mourir de faim. Je suis sérieux, Kelly. Promets-moi.

Kelly hésita suffisamment longtemps pour signaler qu'il y avait un problème. Puis, Dayne sentit qu'elle hochait la tête contre sa main.

— D'accord, se contenta de dire l'actrice.

Ses doigts rencontrèrent ceux de Dayne et elle lui saisit la main pour l'enlever de son menton. Au lieu de la laisser tomber, elle glissa ses doigts entre les siens.

— Je me sens mieux quand tu es ici avec moi.

Dayne s'adossa sur le canapé.

— Bien. Tu voulais parler d'autre chose ?

— Oui.

Pour la première fois depuis des semaines, Kelly avait le regard animé.

— Je voudrais avoir la possibilité d'obtenir un rôle dans *Tu peux toujours rêver*, poursuivit-elle, celui du personnage principal féminin.

Dayne sentit son cœur se serrer. C'était le rôle de Katy ; il était fait pour elle.

— Tory Temblin ? fit l'acteur, feignant l'étonnement.

— Oui. Je peux jouer ce rôle, Dayne, assura Kelly en souriant timidement. J'ai entendu dire que vous aviez de la difficulté à trouver quelqu'un pour ce personnage. Laisse-moi essayer.

Elle fit une courte pause.

— Fais-moi passer une audition, continua-t-elle.

— Toi ? s'étonna Dayne.

Il lui lança un rire nonchalant. Ce n'était pas le moment de mentionner une inconnue de la classe moyenne.

— Qu'est-ce qui peut te laisser croire qu'une personne aussi sophistiquée que toi pourrait jouer le rôle d'une fille quelconque de la campagne ? poursuivit l'acteur.

— Toi et moi, lui répondit Kelly.

Elle lui saisit la main et embrassa chaque doigt, un par un, lentement et sensuellement, lui stimulant les sens bien au-delà des doigts. Elle ne le quitta pas du regard.

— La chimie à l'écran, évidemment, lui précisa-t-elle.

— D'accord, je te l'accorde, répliqua-t-il en déglutissant pour reprendre contenance…

Il laissa échapper un petit rire.

— Mais tu es élégante et sophistiquée, Kelly, fit-il remarquer.

Il se tourna vers elle et se pencha.

— Tu es une actrice merveilleuse, mais… je ne sais pas… nous cherchons une nouvelle venue.

— Ça m'apparaît comme un défi.

Malgré son esprit tourmenté, Kelly avait le visage souriant. Elle avait retrouvé sa confiance légendaire.

— Laisse-moi auditionner, Dayne, supplia-t-elle. Allez.

Son sourire lui fit fondre le cœur. Et si Mitch avait raison ? Et si le rôle était offert à Katy et qu'elle refusait ? Il y aurait toujours une distribution à trouver pour le film, un tournage à venir dans les prochains mois.

— D'accord, acquiesça-t-il. Viens mardi matin.

De ses jointures, il caressa la joue de l'actrice. Il acceptait de passer Kelly en audition surtout parce qu'il avait pitié d'elle… et qu'il était possible que ça ne fonctionne pas avec Katy.

— À 8 h, est-ce que ça te va ?

— Pourquoi ? demanda Kelly d'un ton plus léger, ses yeux jouant avec ceux de Dayne. Est-ce que Mlle Découverte passe son audition à 9 h ?

Dayne vit le visage de Katy lui revenir en tête, mais il dissimula la manière dont son cœur réagit. Il hocha plutôt la tête d'un air approbateur en regardant Kelly.

— Très bien, au moins, tu es la première, dit-il en agitant un doigt devant l'actrice.

Leur conversation se glissa vers la vie d'amis qu'ils avaient en commun, vers le succès remporté par certaines actrices et vers la façon dont ces dernières réussissaient à ignorer les paparazzis, acceptant sans sourciller l'obsession de ce pays pour la célébrité.

Au bout d'une heure, Dayne jeta un regard à sa montre.

— J'ai quelques petites choses à faire autour de la maison, annonça-t-il.

Il posa un regard insistant sur Kelly.

— Est-ce que ça va aller ? lui demanda-t-il en lui touchant la joue.

— Ouais.

Kelly changea d'expression et un sentiment qui s'apparentait davantage à la honte envahit son visage. Elle jeta un regard en direction du corridor menant à sa chambre.

— Tu pourrais rester encore un peu, insista-t-elle.

Son message était clair. Après ce qui s'était passé entre eux la dernière fois qu'il était venu chez elle, il était naturel pour lui aussi qu'ils puissent partager autre chose qu'une conversation.

— Pas cette fois-ci, d'accord ? dit Dayne en caressant le visage et les yeux de la jeune femme. Rappelle-toi notre promesse.

Sa voix était forte, empreinte d'un désir auquel il refusait d'obéir. Il conserva un ton assuré.

— La promesse faite l'autre soir, poursuivit-il.

— Oui. Rien de compliqué.

Kelly serra les lèvres et laissa son regard tomber sur ses genoux. Quand elle releva à nouveau les yeux, une gamme d'émotions passa dans son regard : regret et rejet, doute et découragement.

— Je ne veux rien de compliqué, Dayne, ajouta-t-elle en haussant une épaule. Parfois, je veux seulement que tu me serres dans tes bras.

Dayne se leva et lui ouvrit les bras.

— Viens ici, ma belle, fit-il simplement.

Kelly eut les larmes aux yeux tandis qu'elle se levait et lui plaçait les bras autour de la taille. Encore une fois, Dayne réagit à une telle proximité, mais ce n'était qu'une attirance physique. Dans son cœur, il ne ressentait pas plus que de l'amitié pour Kelly Parker. Il repoussa la jeune femme, lui sourit et l'embrassa sur le bout du nez.

— Va prendre une douche, ma chérie, lui conseilla-t-il. Puis, appelle tes amis et sors ce soir. Si les chasseurs prennent des photos, souris et éclate-toi.

Il pensait qu'elle essaierait de l'attirer à nouveau près d'elle, qu'elle tenterait peut-être de l'embrasser, mais elle se respectait trop pour ça. Elle le serra simplement dans ses bras une autre fois et s'éloigna.

— Merci d'être venu, Dayne, se contenta-t-elle de dire.

Elle croisa les bras et les serra sur sa taille.

— À jeudi, poursuivit-elle. Et avertis Mlle Découverte qu'elle n'a aucune chance cette fois-ci…. Je veux ce rôle à tout prix.

Dayne repensa à la fin de la conversation alors qu'il conduisait pour retourner chez lui. Que se passerait-il avec Mlle Découverte ? Est-ce que Katy Hart obtiendrait le rôle ? Est-ce qu'elle l'accepterait ? L'acteur pensa à Kelly Parker, si effrayée qu'elle ne voulait pas quitter sa propre maison. Et si ça arrivait à Katy ?

C'était une possibilité que Dayne n'avait pas envisagée auparavant, et il y songeait encore en empruntant l'autoroute de la côte Ouest en direction de sa maison. Presque tout le brouillard avait disparu, et la température se réchauffait. L'acteur n'était qu'à quelques mètres de chez lui lorsqu'il ralentit et étudia l'entrée voisine de la sienne. Stationnée là se trouvait une vieille voiture avec une femme derrière le volant — une femme qui scrutait la maison de l'acteur.

Dayne n'en fut pas surpris. Les gens observaient souvent sa résidence, espérant qu'il regarderait par la fenêtre, qu'il ouvrirait la porte du garage ou qu'il surgirait brusquement. Par contre, la plupart avaient un appareil photo à la main. L'acteur plissa les yeux, essayant de noter davantage de détails alors qu'il empruntait la voie du centre pour tourner à gauche. La femme avait les mains posées sur le haut du volant. Si elle avait un appareil photo, elle ne le tenait pas dans les mains.

À ce moment, elle jeta un regard par-dessus son épaule et l'aperçut. Soudainement pressée, elle recula directement dans le flot de voitures qui circulaient, un camion devant faire un écart pour l'éviter.

Puis, elle reprit le contrôle de sa voiture et s'éloigna rapidement. Elle ne travaillait assurément pas pour un magazine si elle avait choisi de s'éloigner en voyant l'acteur.

Toutefois, Dayne fut troublé par quelque chose tandis qu'il tournait à gauche, pressait l'ouvre-porte et garait sa voiture dans le garage. Cet autre détail était suffisant pour qu'il sente le sang se figer dans ses veines — le type et de la couleur de la voiture de la femme.

Il s'agissait d'une Honda Civic, quatre portes, jaune.

CHAPITRE TREIZE

KATY ARRIVAIT DIFFICILEMENT à se concentrer sur le spectacle.

Sa conversation avec Dayne Matthews avait eu lieu seulement douze heures auparavant et déjà son univers semblait chamboulé, hors de contrôle. Avant la répétition du matin, Rhonda lui avait appris qu'un désaccord était survenu entre le comité d'aménagement et celui des souvenirs.

— Les parents étaient sur le point d'en venir aux poings quand je suis arrivée.

— Ce sont des adultes, pour l'amour du ciel.

Katy saisit son bloc-notes jaune et commença à écrire tout en se parlant à elle-même.

— Règlement numéro 18 : Ne pas laisser les parents arriver plus tôt pour discuter des questions relevant des comités.

— Effectivement.

Rhonda saisit son cahier et l'ouvrit.

— Le comité d'aménagement voudrait installer des chaises pliantes dans l'entrée du théâtre, au cas où tous les billets se vendraient. Le comité des souvenirs, lui, affirme ne pas vouloir céder le tiers du côté droit parce qu'il en a besoin pour vendre des macarons publicitaires et des albums de *Tom Sawyer*. Matt Bellonte du comité d'aménagement a affirmé qu'il enlèverait les souvenirs et les donnerait avant de refuser un spectateur payant qui pourrait s'asseoir dans cet espace. Puis, Melody Thorpe a affirmé qu'elle surveillerait l'endroit elle-même s'il le fallait, mais qu'elle ne laisserait pas tomber l'espace en faveur de quelques chaises pliantes.

— Bien, voilà une grande famille chrétienne heureuse ! s'exclama Katy en sentant sa pression monter.

— Il y a autre chose, admit Rhonda en souriant, la voix hésitante. Alice Stryker soutient qu'on devrait s'exercer avec les éclairages. Il semble que Sarah Jo disparaisse sous certains projecteurs. Mme Stryker refuse que ça se produise parce qu'elle a engagé un vidéaste professionnel pour filmer la meilleure représentation du spectacle. Elle veut utiliser cet enregistrement pour promouvoir Sarah Jo et l'amener à un niveau supérieur.

— Houlà !

Katy glissa sur son fauteuil et se couvrit le visage. Elle jeta un regard à travers ses doigts.

— Un vidéaste professionnel ?

— Oui, Mme Stryker m'a dit que personne ne se rendra compte que le vidéaste est là, ajouta Rhonda en consultant une page de ses notes, mais il interviewera Sarah Jo assez fréquemment et peut-être moi aussi. Et toi aussi, c'est certain.

— Et personne ne se rendra compte qu'il est là ? demanda Katy en pressant ses doigts contre ses tempes. Mme Stryker a-t-elle le droit de faire ça ? Y a-t-il un passage dans les règlements du TCE qui interdise d'engager son propre vidéaste ?

— Non, à vrai dire j'ai vérifié, précisa Rhonda en fronçant les sourcils. Tant que les droits d'auteur de la pièce autorisent l'enregistrement, c'est permis.

— Incroyable ! s'exclama Katy, les yeux encore couverts. Y a-t-il autre chose ?

— Le son.

Rhonda secoua la tête, comme si elle n'arrivait pas à croire la prochaine information qu'elle allait donner.

— Mme Stryker voudrait avoir un test de son privé pour le vidéaste juste avant le premier spectacle, poursuivit-elle.

— Bien sûr, nous allons planifier ça immédiatement, dit Katy en se laissant tomber les bras de chaque côté et en se redressant. J'imagine que Mme Stryker désire aussi le meilleur micro ?

— Idéalement un qui ne grésille pas, répondit Rhonda en laissant ensuite échapper un petit rire. La mère de Sarah Jo m'a dit :

« Vous voyez, je sais comment fonctionnent ces groupes de théâtre pour enfants à petit budget. Je ne veux pas d'un micro qui laisse mal sortir la voix de ma fille. Le vidéaste et moi, nous voulons entendre chaque mot. »

— Tu sais à quoi je pense ? demanda Katy en se levant, son enthousiasme refroidi.

— À quoi ?

— Je crois que nous devrions amener les enfants sur scène avant que je retourne à la maison me coucher en pleurant.

Elles sourirent toutes les deux à cette image, mais Rhonda s'éloigna rapidement pour remonter l'allée vers le hall d'entrée. Elle fit entrer les enfants dans l'église et les mena sur la scène.

La répétition alla de mal en pis. Lorsque les personnages principaux arrivèrent sur scène pour assembler la deuxième scène, Sarah Jo avait perdu la voix.

Katy marcha jusqu'à elle et lui posa la main sur l'épaule.

— Chérie, qu'est-il arrivé à ta voix ?

La fillette se serra la gorge et la massa.

— J'ai trop répété, répondit-elle.

— Répété quoi ?

Sarah Jo avait répété quatre heures la soirée précédente et avait dû revenir à l'église tôt le matin pour une autre répétition de quatre heures. Quand pouvait-elle bien avoir eu d'autre temps pour répéter ?

— Répété pour le TCE ? précisa Katy.

— Oui.

Sarah Jo transférait son poids d'une jambe à l'autre. Sa voix était si râpeuse qu'elle était pratiquement inintelligible.

— J'ai répété mon solo, poursuivit-elle. Maman a dit qu'il devait être meilleur.

Katy serra les mâchoires.

— D'accord, fit-elle. Voici les nouvelles règles que tu devras maintenant suivre.

Elle jeta un regard par-dessus son épaule, vers l'arrière de l'église. Alice Stryker n'était pas dans la pièce. Elle ramena son attention sur Sarah Jo.

— Aujourd'hui, je veux que tu dises tes répliques avec ta voix la plus douce. Et lorsqu'il sera temps de chanter, tu n'auras qu'à remuer les lèvres pour te familiariser avec la chanson. D'accord ?

— D'accord.

La fillette esquissa un petit sourire, ses yeux perdant un peu de leur gravité.

— Merci, Katy.

On avait pris un retard de quinze minutes sur l'horaire au moment où Katy revint à sa place près de la table et que la scène se poursuivit. Il s'agissait du passage où tante Polly, assise dans sa chaise berçante, était en train de raconter ses problèmes à Tom Sawyer lorsqu'un groupe de femmes de l'église s'était arrêté pour lui transmettre une invitation. Les femmes du groupe d'entraide organisaient un pique-nique pour les habitants de la ville et elles espéraient que tante Polly préparerait ses fameuses tartes. Parmi les femmes se trouvaient la veuve Douglas, Mme Thatcher et Becky.

— Je le dis, votre Becky est assurément une beauté !

Ashley Zarelli, jouant le rôle de tante Polly, étira les mots, amenant dans sa réplique un parfait mélange entre un ton traînant typique du sud des États-Unis et celui anxieux d'une personne avide de ragots.

— Je crois pouvoir affirmer que mon Tom a daigné lui jeter un coup d'œil.

Sarah Jo, au même moment, était absorbée dans une conversation avec la cousine de Tom et n'était pas censée entendre la remarque. La réplique suivante était la sienne et elle la lança juste au bon moment.

— Ton cousin est plutôt mignon, dit-elle d'une voix à peine audible. N'es-tu pas d'accord ?

— Tom ? demanda la cousine en jetant un regard bizarre à Sarah Jo. Becky Thatcher, il faut que tu aies l'esprit dérangé pour penser que quoi que ce soit de bon pourrait sortir de ce Tom Sawyer.

Cette réplique devait servir de signal à Tim Reed. Au moment où il entendait les mots « esprit dérangé », il devait ramper derrière ce qui deviendrait éventuellement une partie du décor : une clôture blanche au centre de la scène. Puis, il entrait en collision avec tante Polly.

Au contraire, il semblait introuvable.

— Tim, dit Katy en laissant la frustration se manifester dans sa voix.

Elle jeta un coup d'œil dans l'église.

— Est-ce que quelqu'un a vu Tim ? demanda-t-elle.

Les enfants regardèrent autour d'eux, mais personne n'avait de réponse.

— Tim ?

Cette fois-ci, Katy avait crié le nom du garçon. « Calme-toi, se dit-elle. Ce ne sont que des enfants. »

— Tim, es-tu avec nous ?

À ce moment, Tim émergea des portes à l'arrière de l'église pour remonter l'allée et se précipiter sur la scène, parvenant à s'arrêter de justesse en fonçant vers tante Polly. Son élan le fit tomber sur le derrière, les yeux écarquillés.

— Tante Polly... quelle surprise !

Une vague de rires étouffés se fit entendre à l'autre bout de la scène et dans l'église.

Katy se leva et s'approcha de l'action. Elle regarda carrément Tim.

— Est-ce quelque chose de nouveau que tu viens d'ajouter ? demanda-t-elle pour ensuite faire un geste en direction de l'arrière de la pièce. Tu sais, pour prouver à l'auditoire à quel point Tom Sawyer est mauvais ?

Tim se leva et enleva la poussière de l'arrière de son jean.

— Je suis désolé, Katy.

— O.K., reprenons notre sérieux, dit Katy en lançant au garçon un regard acéré. Le rideau se lève dans sept semaines.

Rhonda toisa Katy du regard alors que cette dernière revenait à la table.

— Tu veux que j'amène les danseurs de la liberté dans le hall et que je travaille avec eux ?

— Assurément. C'est préférable que les voir assis à rire de Tim Reed.

Katy regarda de nouveau à l'arrière de l'église et là, à côté des portes d'où Tim avait émergé, se trouvait Bailey Flanigan. Katy hésita. Est-ce à cause de Bailey que Tim était trop occupé pour être sur scène à temps pour donner sa réplique ? La jeune femme fronça les sourcils en direction de Bailey, mais son geste passa inaperçu. La fille était trop occupée à observer Tim.

Rhonda se dirigea hors de l'église, suivie par huit fillettes. Katy nota mentalement qu'elle devrait parler à Bailey plus tard. Peu importe le drame qui se déroulait hors du théâtre, il devrait être réglé en dehors des répétitions. Elle se tourna à nouveau vers les comédiens sur la scène qui la scrutaient du regard, attendant son signal pour reprendre.

— D'accord, reprenons à partir de l'arrivée de Tim.

Cette fois-ci, Tim rampa à travers la scène comme il devait le faire et entra doucement en collision avec Ashley Zarelli.

— Tante Polly... quelle surprise !

Katy consulta le texte. Ce n'était pas la réplique, n'est-ce pas ? Elle trouva le passage où ils étaient rendus. Non seulement Tim avait-il tort, mais aussi n'avait-il plus de texte à donner. Elle le regarda, le sommant de son regard le plus sévère.

— Tim Reed, est-ce que tu connais tes répliques ?

— Pas tout à fait, répondit le garçon en se redressant et en se grattant la tête, le visage résigné.

— Tim...

Katy grinça des dents. D'une manière ou d'une autre, elle se retint de crier après lui.

— Je m'attends à davantage de ta part. Tu es un des plus vieux enfants au TCE et, lorsque tu tiens un rôle principal, j'ai besoin que tu connaisses tes répliques.

— Oui, Katy. Je suis désolé.

Tim avait répondu humblement et honnêtement. Il n'y avait pas de doute qu'il se sentait mal face à sa performance de ce jour-là.

— Est-ce que quelqu'un peut me souffler les répliques ? demanda le garçon.

Katy se tourna vers Nancy.

— Peux-tu t'asseoir là-bas et aider Tim avec tout ce dont il a besoin ? demanda Katy en indiquant un coin de la scène.

— C'est pour cette raison que l'équipe créative est là ! répondit Nancy Helmes en se plaçant comme on le lui avait demandé.

Lorsque Nancy fut en place, Katy leva les mains.

— Écoutez, les amis, veuillez prendre ceci au sérieux, s'il vous plaît, c'est votre spectacle. Ce sera à vous d'être fiers de la production finale ou de vous sentir embarrassés parce que vous n'avez pas travaillé assez fort.

Katy se tourna vers Sarah Jo.

— Ceci concerne tout le monde, sauf toi, Becky Thatcher. Toi, tu dois essayer un peu moins fort.

Les trois heures suivantes furent aussi pénibles et douloureuses que la première. La seule actrice qui brilla sur scène fut Ashley Zarelli. En fait, sa première prestation avait été si bonne que Katy s'inquiéta à propos du fait que cette jeune fille à la fois talentueuse et préparée pourrait éclipser tous les autres dans la scène.

Sarah Jo était une autre préoccupation. Même Si Katy faisait de son mieux pour éviter la mère de la fillette, celle-ci semblait moins enthousiaste dans le rôle de Becky. À la fin de la répétition, Katy commença à s'interroger : « Ai-je fait le mauvais choix ? Peut-être aurais-je dû donner le rôle à Bailey Flanigan ? » Elle n'avait jamais voulu être accusée de favoritisme par rapport aux Flanigan, mais peut-être qu'en voulant être juste à tout prix elle était allée trop loin.

Katy fixa ses chaussures de tennis. Il était trop tard maintenant. Elle ne pouvait pas enlever le rôle à Sarah Jo. Sa seule avenue était de rendre les choses plus amusantes pour la fillette, de l'aider à voir que jouer dans une pièce de théâtre pour enfants ne devait pas être une répétition pour de plus grands et meilleurs rôles, mais plutôt une occasion de former des amitiés et de peut-être faire naître le rêve de jouer, un rêve susceptible de se réaliser.

La jeune femme croisa les bras et les pressa contre elle. Rhonda et les Helmes avaient des notes à réviser pendant que les enfants quittaient le théâtre. Jenny Flanigan avait mentionné à Katy qu'elle avait à lui parler.

Avant ça, Katy se rendit dans les toilettes des femmes, choisit la cabine la plus éloignée, ferma la porte et s'y appuya. Pourquoi tout semblait-il hors de contrôle ? Ses comités de parents se querellaient, Alice Stryker avait un vidéaste professionnel et son élève le plus fiable ne connaissait pas un mot de ses répliques. Elle était fauchée jusqu'à la fin du mois, sans argent pour acheter une nouvelle paire de jeans, et sa vieille voiture avait à peine plus que des vapeurs dans le réservoir à essence.

Avait-elle quitté Chicago pour ça ? S'était-elle éloignée de l'interprétation pour une vie de chaos et de pauvreté en solitaire ?

Katy connaissait la réponse. Sa raison de quitter le jeu n'avait rien à voir avec le théâtre pour enfants ou les causes nobles, du moins pas au début. Elle avait accepté un travail avec le TCE de Chicago pour s'éloigner aussi loin que possible du monde du divertissement, pour échapper au genre de carrière au cinéma qui lui avait coûté tout ce qui lui tenait à cœur à l'époque.

Elle ferma les yeux et posa la tête contre la porte froide de la cabine. Il s'appelait Tad Thompson et ils étaient amis depuis le cours de théâtre de l'école secondaire. Ils n'avaient trouvé l'amour qu'à leur première année d'université et, à ce moment, ils passaient tous les deux des auditions et obtenaient de petits rôles dans des messages publicitaires et des films.

Tad avait décroché un premier rôle important avant elle : un rôle de soutien dans un film mettant en vedette l'un des acteurs les plus renommés d'Hollywood.

— Rien ne changera, lui avait-il promis. Je serai parti quelque temps, mais je vais revenir. Les choses vont rester comme elles sont.

Toutefois, l'équipe de tournage était complètement dingue et Tad avait été entraîné dans un mode de vie auquel il n'était pas préparé. Katy avait fait tout ce qu'elle pouvait pour garder les pieds sur terre mais, à la fin, le retenir avait été comme tenir la corde d'un cerf-volant pris dans un ouragan. Au cœur de cette crise, elle avait eu la chance dont elle rêvait à cette époque : une émission pilote d'une série, un film de deux heures pour la télévision qui montrerait ses capacités d'interprétation et ouvrirait peut-être la porte à d'autres auditions, d'autres films.

Tad était mort la semaine précédant la diffusion du film de Katy sur la chaîne CBS.

La jeune femme avait été frappée de plein fouet, ce qui l'avait laissée chancelante, incertaine de la manière dont elle réussirait à survivre d'une respiration à l'autre. Elle avait passé trois mois dans le brouillard ; toutes les auditions lui semblaient monotones, et ses rêves, horribles et ternis. Elle avait fini par arrêter de prendre les appels de son agent.

Sa mère avait compris. Elle avait été retrouver Katy dans sa chambre un soir quelques mois après le décès de Tad et avait doucement refermé la porte derrière elle.

— Il est mort, n'est-ce pas ?

La mère s'était assise sur le lit, à côté de sa fille, et lui avait passé le pouce sur le front.

— Quoi ? avait demandé Katy.

— Ton rêve de devenir actrice. Il s'est éteint, comme Tad. Et maintenant, tu crains de t'approcher de ce monde.

Katy avait senti ses yeux se remplir de larmes mais, incapable de parler, elle n'avait pas dit un mot.

— C'est permis d'avoir peur, la rassura sa mère en souriant tristement. Dieu est le donateur de vie. Pour chaque rêve qui meurt, un nouveau prend racine.

La jeune femme avait une boule dans la gorge.

Elle et Tad avaient l'intention de se marier et d'acheter un condominium à Chicago. Ils prévoyaient devenir acteurs. Ensemble, ils parviendraient à éviter les erreurs que commettaient tant de gens dans le monde du spectacle. Ils élèveraient une famille et, même si la foi n'était jamais venue facilement vers Tad, ils prévoyaient enseigner Dieu à leurs enfants.

Katy ouvrit les yeux et fixa le mur nu au-dessus de la toilette. Elle s'était tant ennuyée de Tad à cette époque, ennuyée au point où la douleur l'amenait à se coucher tôt le soir. Pourtant, tranquillement, la douleur avait fini par s'estomper et la jeune femme avait peu à peu repris goût à la vie. Ce qu'elle avait découvert prouvait que sa mère avait eu raison à propos de quelque chose : l'espoir survit.

Le simple fait de respirer, de sortir du lit et de faire face à la journée lui donnait de l'espoir, et l'espoir amenait la formation de nouveaux rêves. La réponse fut évidente au moment où elle assista avec sa mère à un spectacle du TCE de leur quartier. Le théâtre pour enfants était la réponse, l'antidote à ses jours et à ses nuits solitaires. Elle obtint facilement un poste d'assistante et fut nommée directrice dès la fin de la première année.

Avec les enfants du TCE, l'interprétation ne représentait plus l'univers qui lui avait ravi Tad. C'était plutôt une expression créatrice pure, une prolongation de l'âme, une façon de glorifier Dieu, le donateur de créativité.

Katy n'avait jamais changé d'opinion envers le TCE. Elle croyait à ce théâtre pour enfants et à tout ce qu'il tentait de faire. Alors pourquoi se trouvait-elle dans une cabine de toilette à essayer de ne pas pleurer ? Pourquoi les comités de parents, Alice Stryker et les signaux manqués par Tim l'avaient-ils poussée à courir se cacher ?

Katy n'avait pas la réponse à ces questions. Elle prit une grande respiration et quitta l'espace confiné. En passant devant le miroir, elle vit une partie de son reflet et elle comprit soudainement pourquoi les choses semblaient aussi bizarres et chaotiques, pourquoi le travail qu'elle aimait tant lui apparaissait davantage comme un poids qu'une joie...

C'était à cause de son audition.

Elle se dirigerait vers l'ouest pour rencontrer Dayne Matthews et, peu importe ce qu'elle pensait de l'industrie du divertissement, peu importe la manière dont elle la blâmait pour lui avoir volé Tad et la vie dont ils avaient rêvé ensemble, son reflet lui apprit qu'elle retournerait dans le monde du spectacle.

L'espoir ouvrait la voie à de nouveaux rêves.

Cette fois, par contre, le rêve n'impliquait pas le théâtre pour enfants ou la direction ou quoi que ce soit en lien avec le TCE. Il impliquait ce qui l'attendait à Hollywood, en Californie.

CHAPITRE QUATORZE

LE SOLEIL PERÇAIT À TRAVERS les nuages cotonneux en ce dimanche après-midi alors qu'Ashley marchait aux côtés de Landon et de Cole dans le stationnement de l'église et qu'elle jetait à nouveau un regard autour d'elle. Il n'y avait toujours pas de signe de son père, ce qui était inhabituel. Il assistait toujours à la messe de 11 h. Ashley prit la main de Cole et l'aida à grimper à bord de la Durango.

Quand ils furent tous à l'intérieur, elle se tourna vers Landon.

— Ne crois-tu pas que c'est bizarre ? demanda-t-elle en bouclant sa ceinture. Papa vient toujours ici à 11 h.

— Il avait peut-être une réunion à l'hôpital.

Landon fit démarrer le VUS et se glissa dans la ligne derrière trois autres véhicules se dirigeant vers la sortie.

— Un dimanche ?

— Il est peut-être venu plus tôt, répondit Landon. Tu sais, pour changer.

Il s'étira pour prendre la main d'Ashley.

— Il va bien, Ash, vraiment, ajouta-t-il.

— D'accord, fit Ashley.

Elle lui fit un sourire timide et regarda au-dessus de son épaule droite.

— Attache ta ceinture, Cole.

— C'est déjà fait, maman. J'attache toujours ma ceinture, rappelle-toi.

Le gamin fit un sourire à sa mère. Il avait perdu ses deux palettes, ce qui le faisait zézayer.

— Allons-nous toujours au pique-nique ?

Ashley reporta son attention sur Landon.

— Y allons-nous ?

— Si tu veux, répondit Landon, en montrant le ciel. La journée semble magnifique.

— Oui, maman, allons-y.

Cole posa la main sur l'épaule droite de sa mère et y appliqua un serrement.

— Et arrêtons chez grand-papa pour voir s'il veut nous accompagner, suggéra-t-il.

— Mmm... je pensais aller chercher un peu de peinture, dit Ashley en regardant Landon. Pouvons-nous arrêter en passant ?

— Bien sûr, répondit Landon en tournant à gauche à la sortie du stationnement. Que dirais-tu que je te dépose ? Cole et moi, nous pourrions arrêter à la caserne de pompiers. J'ai des dossiers à terminer.

Il fit un sourire à son fils.

— Cole pourra aider à laver les camions, ajouta-t-il.

— Génial ! s'exclama le garçon en sautant à quelques reprises sur son siège. J'adore laver les camions. Est-ce que je pourrai m'occuper des pneus ?

— Bien sûr, Cole. Tu es le meilleur laveur de pneus de toute la caserne.

— Youpi !

Ashley passa son pouce sur les doigts de Landon.

— Vraiment ? Ça ne t'ennuie pas ?

— Pas du tout, répondit Landon.

Il la regarda en souriant. Lui seul savait si bien la comprendre.

— Tu voudras faire plus qu'un simple petit arrêt, Ash. Je te connais. Le pique-nique peut attendre environ une heure...

Pendant une minute, Ashley considéra son Landon, grand et fort, amoureux d'elle comme il l'était. Comment les choses avaient-elles pu s'arranger de la sorte ? Qu'avait-elle bien pu faire pour finir par épouser un homme tel que Landon Blake, un homme qui l'aimait assez pour l'écouter alors que personne d'autre ne voulait le faire, un homme qui savait ce qu'elle avait vécu par le passé et qui l'aimait malgré tous les détails douloureux ?

Elle se rapprocha de lui et l'embrassa sur la joue.

— J'ai hâte à notre croisière.

— Moi aussi, fit Landon en blottissant son visage contre celui de sa femme. Je t'aime, Ash.

— Je sais, mais devine quoi ? demanda Ashley.

Sa voix était à peine plus qu'un murmure.

— Quoi ?

— Je t'aime encore plus, dit Ashley après avoir de nouveau embrassé son mari.

Sur le siège arrière, Cole gloussa.

— Vous vous embrassez trop, fit-il remarquer.

— Absolument pas, répliqua Ashley en s'étirant vers l'arrière pour lui chatouiller les côtes. C'est impossible de trop s'embrasser, Coley.

Landon lui jeta un regard en biais.

— J'aimerais bien mettre cette théorie à l'épreuve.

— Vraiment ?

Ashley se rapprocha de nouveau du visage de son mari.

— Peut-être pendant notre croisière ? suggéra Landon, ses yeux brillant d'un éclat où se mêlaient foi, amour et capacité à savoir profiter de chaque moment.

— Ça me semble une bonne idée, admit Ashley.

Elle s'adossa de nouveau dans son siège et étudia la route devant eux. Bloomington était magnifique en début d'été : les érables touffus et verdoyants, les fleurs printanières qui tiendraient bon encore quelques semaines…

Ils mirent dix minutes à atteindre la maison du père d'Ashley. Landon s'arrêta près de la porte de côté.

— N'oublie pas de lui demander de venir avec nous, dit-il à sa femme en jetant un coup d'œil à sa montre. Nous viendrons te chercher dans une heure et nous pourrons ensuite arrêter acheter des sous-marins. Nous gagnerons ainsi du temps.

— D'accord.

Elle lui envoya un baiser, puis fit de même à Cole.

— Soyez prudents.

— Toujours, répondit Landon en souriant.

Ashley ferma la portière et regarda le père et le fils s'éloigner. Cole lui fit au revoir de la main jusqu'à ce qu'ils soient parvenus au bout de l'entrée.

Quand ils furent hors de vue, Ashley leva les bras et fixa l'immensité du ciel bleu.

— Merci, Dieu... Tu es si bon.

Elle fit une pirouette pour démontrer sa joie, puis elle gravit les marches et frappa à la porte. N'ayant obtenu aucune réponse, elle pénétra dans la maison et traversa le hall d'entrée pour se diriger vers la cuisine. La tentation d'appeler sa mère était toujours là, mais elle se retint.

— Papa ? Es-tu à la maison ?

La maison était silencieuse et Ashley fronça les sourcils. Son père n'était pas à l'église et il ne pouvait pas avoir une réunion, pas un dimanche. Peut-être avait-il un patient à l'hôpital, quelqu'un de particulier qui avait besoin d'une visite dominicale. C'était possible, n'est-ce pas ?

Peu importe la raison de l'absence de son père, Asley se dit qu'elle n'avait pas besoin de rester pendant une heure. Elle fouilla dans son sac à main pour prendre son téléphone cellulaire... et trouva deux appareils, le sien et celui de Landon, ce qui signifiait qu'elle ne pouvait appeler son mari avant qu'il n'arrive à la caserne et, dans ce cas, il pouvait bien terminer ses dossiers.

Elle jeta un regard à travers la maison. Il faisait plus sombre qu'à l'habitude et elle comprit pourquoi : la plupart des stores étaient encore fermés, même s'il était presque 13 h. Il s'agissait là d'un autre changement qui était survenu à la maison depuis la mort de sa mère. Quand cette dernière était vivante, elle faisait tous les matins le tour de la maison en fredonnant un air ou un autre et en ouvrant les stores.

— De la lumière, disait-elle, il nous faut de la lumière ici.

Ashley ressentit une douleur familière dans son for intérieur. Elle avait toujours eu l'impression que l'attachement de sa mère pour la lumière faisait en sorte qu'elles étaient des âmes sœurs, malgré les moments difficiles qu'elle avait vécu après son retour de Paris. Ashley était une artiste et les créateurs remarquent la lumière. Avec son amour de la lumière, sa mère aurait pu être une artiste elle aussi, si on lui en avait donné la chance.

Il était malheureusement approprié que la maison se trouve ainsi plongée dans l'obscurité. C'était comme si le deuil avait envahi tout ce que sa mère avait aimé, même les pièces de la vieille résidence des Baxter. Ashley traversa la cuisine pour s'approcher de la cuisinière où sa mère avait préparé des centaines de repas et des millions de tasses de thé.

Avec délicatesse, elle prit la poignée de la vieille théière en cuivre. « Dieu, dis-lui à quel point je m'ennuie d'elle, murmura-t-elle pour elle-même. Dis-lui que je souhaiterais qu'elle soit ici pour que nous partagions une tasse de thé. »

Ashley n'eut pas de réponse, mais elle sentit une paix intérieure l'envahir, une paix dont la source se trouvait hors de ce monde. Elle remplit la théière, alluma le feu et attendit en examinant la cuisine et en ressassant ses souvenirs. Chaque centimètre renfermait des douzaines de souvenirs : des rires, des conversations et une intimité que seule une famille pouvait partager.

Quand l'eau se mit à bouillir, Ashley s'empara... de deux tasses : sa préférée et l'une de celles que sa mère utilisait. Sur le plateau de boîtes à thé, elle choisit deux sachets et en déposa un dans chaque tasse. Puis, elle versa de l'eau dans les deux tasses et, pendant un long moment, elle ferma les yeux et se laissa aller à imaginer que sa mère était toujours en vie, occupée dans la pièce voisine et sur le point de venir la rejoindre dans la cuisine.

— Maman... le thé est prêt ! s'exclama-t-elle.

Ses mots résonnèrent à travers la maison déserte et des larmes glissèrent sur ses joues. « Dieu... dis-lui que le thé est prêt », murmura-t-elle.

Elle cligna des yeux et les ouvrit. Les ombres lui parurent tout à coup trop tristes ; elles lui rappelaient l'absence de sa mère. Ici, en ce magnifique dimanche, Ashley ne put supporter davantage l'obscurité qui envahissait l'espace où sa mère avait auparavant accueilli une dose quotidienne de lumière et de chaleur.

Ashley abandonna son thé et, en commençant par les fenêtres de la cuisine, entreprit d'ouvrir tous les stores du rez-de-chaussée. Quand elle eut terminé, elle monta les escaliers jusqu'à la chambre qui avait un jour été la sienne. C'était à cet endroit qu'elle peignait à l'occasion, avant d'épouser Landon.

Elle ouvrit également les stores de la pièce. Les tubes de peinture qu'elle cherchait étaient dans la bibliothèque, sur la deuxième tablette du bas. Elle les saisit et se dirigeait vers l'escalier lorsque la porte de la chambre de ses parents attira son attention. Elle avait oublié cette pièce, mais les stores devaient aussi y être ouverts. Là, plus que partout ailleurs...

Ashley déposa ses tubes de peinture sur une table dans le corridor et ouvrit suffisamment la porte pour voir à l'intérieur. C'était la pièce la plus sombre de la maison et Ashley se fit claquer la langue en signe de désapprobation. À quoi son père pensait-il ? Elle se dirigea rapidement vers la fenêtre près du côté du lit de son père, puis vers l'autre, celle du côté de sa mère.

La lumière inondant la pièce, elle fit un pas vers l'arrière et examina le lit de ses parents, celui où sa mère, souffrante, était étendue un an auparavant tout en l'aidant à planifier son mariage. Elle regarda le tapis à côté du lit. C'était là qu'elle s'était tenue, habillée en mariée, tandis que sa mère attachait les minuscules boutons en forme de perles à l'arrière de la robe.

Elle pouvait entendre la voix de sa mère au plus profond de son être : « Ashley, tu es magnifique. »

Ashley louait Dieu d'avoir permis à sa mère de vivre assez longtemps pour la voir épouser Landon et voir Erin, sa plus jeune sœur, revenir à la maison avec quatre petites filles adoptives. Malgré ce que Dieu leur avait donné, Ashley en aurait voulu davantage : une semaine, un jour, même une heure de plus.

Elle renifla et regarda de nouveau par la fenêtre. La lumière n'était pas suffisante pour chasser l'obscurité de cette journée. De l'air frais, c'était ce qui manquait à cette pièce. Elle ouvrit la fenêtre du côté de sa mère et contourna le lit pour faire de même du côté de son père.

Une chaude et douce brise fit osciller les stores et envahit la pièce. C'était mieux. Tant que le souvenir de sa mère était vivant, les endroits qui lui étaient le plus familiers devaient aussi l'être. La jeune femme fit un pas vers l'arrière et allait sortir de la pièce lorsqu'elle entendit un bruit derrière elle.

Elle se tourna et regarda. La porte de la penderie de ses parents était ouverte. À l'intérieur, sur la tablette supérieure, se trouvaient deux enveloppes en papier kraft et, à côté, une boîte débordant de papiers qui s'agitaient dans le vent. Ashley fixa la scène pendant quelques instants. C'étaient peut-être des lettres, des messages que sa mère avait écrits à son père…

Un coup d'œil à l'horloge lui indiqua qu'elle avait encore le temps. Landon ne serait pas de retour avant une demi-heure. Elle traversa la pièce et ouvrit la lumière de la penderie. Elle s'empara tout d'abord de la plus grosse enveloppe. Celle-ci était remplie de vieux relevés bancaires et de comptes de taxes.

Ashley la remit à sa place sur la tablette. L'autre enveloppe n'était pas aussi pleine. Il s'agissait sans doute de papiers sans importance. La boîte semblait plus prometteuse. Elle la saisit avec précaution et la déposa sur le sol. Effectivement, elle était pleine d'enveloppes jaunes, toutes adressées soit à son père, soit à sa mère.

Elle en prit une dans la boîte et l'ouvrit. L'enveloppe ne contenait qu'une seule feuille comprenant des vœux de Noël envoyés par l'une des amies de sa mère lors de vacances en Italie. Ashley remit la lettre dans l'enveloppe et fouilla de nouveau dans la boîte. Au même moment, elle aperçut une enveloppe qui, à moitié enfouie près de l'arrière de la boîte, laissant voir uniquement le nom d'Elizabeth.

La maison était toujours silencieuse, mais Ashley jeta un regard à l'extérieur de la penderie. Elle se sentait bizarre de fouiller ainsi dans les objets de sa mère. Pourtant, cette dernière n'avait pas de secrets, rien qu'elle n'aurait pas voulu partager avec ses enfants. Ashley s'assit en tailleur sur le sol et ouvrit l'enveloppe.

Deux feuilles de papier renfermaient ce qui ressemblait à une lettre écrite à sa mère par son père. Le papier était vieux et les mots étaient légèrement effacés. Ashley jeta un coup d'œil au haut de la première page et vit la date : 17 juin 1980, le jour suivant la naissance de Luke.

Ashley ferma les yeux et tenta d'imaginer les sentiments de son père ce jour-là. Avant la naissance de Luke, la famille comptait quatre filles, mais pas de garçons. Luke, le cinquième et dernier enfant, était le premier fils des Baxter. Ashley se dit que son père devait être fou de joie et rempli de gratitude envers Dieu, enchanté à l'idée que sa femme et Luke aient survécu à la naissance sans problème.

Elle ouvrit les yeux et lut la première phrase.

Ma chère Elizabeth…

Ashley fixa la feuille, mais les yeux lui piquaient et les mots s'embrouillèrent. Combien de fois elle avait entendu son père appeler sa mère « ma chère Elizabeth » ! Généralement, il revenait du travail et la retrouvait dans la cuisine à préparer le dîner. Il surgissait derrière elle et lui entourait la taille avec ses bras.

— Ma chère Élizabeth… comment s'est passée ta journée ?

La jeune femme cligna à nouveau des yeux et les mots sur la page s'éclaircirent.

> Ma chère Elizabeth,
> Nous avons un fils ! Un fils à nous ! Peux-tu le croire, mon amour ? Dieu est si bon, après tout ce que nous avons vécu, après quatre charmantes filles, Il a su compléter notre famille de cette manière, de la manière dont elle aurait dû être dès le départ.

Ashley s'arrêta et émit un petit ricanement triste.

— Merci, papa.

« La manière dont elle aurait dû être dès le départ ? » Ashley inspira rapidement et prit le dessus sur ses sentiments. Peu importe, si c'est ce que son père avait ressenti à l'arrivée de Luke, elle ne pouvait lui en vouloir maintenant.

Elle reprit sa lecture où elle en était.

> Je suis assis ici dans notre maison, impatient que tu reviennes, que toi et notre fils soyez à la maison où vous êtes à votre place. Cependant, je ne peux m'empêcher de penser aux paroles que tu as prononcées un peu plus tôt aujourd'hui. Tu as dit que la vue de Luke t'avait rappelé comment tu t'étais sentie quand…

— Ashley ?

Elle cria et lança la lettre en l'air. Son père se tenait à un mètre d'elle, le visage à la fois surpris et indigné.

— Papa… tu m'as effrayée, dit-elle en se levant et en soupirant bruyamment. Je ne t'ai pas entendu arriver.

— Tu m'as fait peur, toi aussi, lui fit remarquer son père.

Il regarda la boîte de lettres posée sur le sol puis tourna son regard vers elle. Il avait l'air contrarié.

— Lorsque j'ai vu le thé en bas, j'ai appelé mais personne n'a répondu. Que faisais-tu, pour l'amour du ciel ?

— Euh...

Ashley jeta un coup d'œil sur le sol de la penderie et remarqua les deux feuilles : une était tombée sur une des paires de chaussures de son père, l'autre sur un panier à linge sale. Avec un rire nerveux, elle les saisit, les replia et les glissa dans l'enveloppe.

— J'ai ouvert les fenêtres et la brise a fait bouger les lettres de la boîte, et je me suis retrouvée assise sur le sol à fouiller dans la boîte à lettres de maman, avoua-t-elle en riant. Peu importe... Je suis venue parce que tu n'étais pas à l'église et que je m'inquiétais.

— Laisse-moi voir cette lettre, lui ordonna son père.

Il s'empara de l'enveloppe qu'elle tenait à la main, l'ouvrit et saisit les feuilles. Il semblait ennuyé.

« Étrange », pensa Ashley. D'accord, il l'avait surprise à lire des lettres dans sa penderie. Malgré tout, elle aurait pensé qu'il aurait été plus conciliant. Elle l'observa pendant qu'il regardait la lettre. Elle remarqua que son père avait le visage moins tendu, mais que son regard laissait transparaître une expression qu'elle ne pouvait définir. C'est comme si la lettre l'avait troublé.

Brusquement, Ashley eut la vive impression qu'elle avait violé quelque chose de secret ou de sacré.

Son père plia la lettre, la glissa à nouveau dans l'enveloppe et la replaça au milieu des autres dans la boîte. Puis, il remit cette dernière sur la tablette et lança un regard désapprobateur à Ashley.

— Les choses que sont dans cette boîte sont très précieuses, Ashley, des choses que seule ta mère et moi partagions.

Ashley fut assaillie par la culpabilité. Elle n'avait pas vu les choses sous cet angle.

— Je suis désolée, s'excusa-t-elle. J'imagine que je n'ai pas réfléchi.

Le regard adouci, le père serra sa fille dans ses bras.

— Je n'ai pas voulu paraître si bourru à ce sujet, avoua-t-il à Ashley.

Il la laissa aller, mais garda ses mains sur ses épaules.

— Je pourrais faire un album, si tu veux, avec les lettres que ta mère a écrites au fil des ans. Il est peut-être temps de les partager avec vous tous.

— Pas ici sur le sol de la penderie ! s'exclama Ashley en esquissant un léger sourire.

— Tu as raison, dit-il en jetant un regard à sa montre. Par ailleurs, je dois me changer pour le…

— Oh !

Ashley couvrit les mains de son père avec une des siennes.

— Ça me rappelle que Landon est à la caserne avec Cole et qu'ils seront de retour dans quelques minutes. Tu veux venir pique-niquer avec nous ?

Ashley jaugea son père un instant.

— Tu es parfait comme ça, ajouta-t-elle.

— En fait, j'ai déjà des projets, répondit son père en fouillant dans une pile de pantalons d'entraînement légers.

Ashley le contourna et recula hors de la penderie.

— Tu as des projets ? s'enquit-elle.

— Oui, répondit simplement son père.

Il saisit un pantalon d'entraînement dans la pile et se tourna vers sa fille.

— Je m'en vais marcher avec des amis dans le coin du lac Monroe.

« Des amis ? » Ashley était surprise.

— Quels amis ?

— Quelques amis avec lesquels ta mère faisait du bénévolat à l'hôpital. Tu ne les connais pas.

Ashley sentit des signaux d'alarme scintiller dans son esprit et elle recula d'un pas.

— Pourquoi n'étais-tu pas à l'église, ce matin ? demanda-t-elle à son père.

— J'y étais, lui confirma-t-il.

Il lui sourit et passa à côté d'elle pour se diriger vers sa commode. Il regarda par-dessus son épaule.

— Je suis allé à la messe de 9 h.

— Tu n'y vas jamais si tôt.

Ashley se retourna et observa son père. Elle détestait le ton accusateur qu'elle sentait dans sa voix. Pourquoi avait-elle l'impression qu'il lui cachait quelque chose ?

Son père s'arrêta, se tourna et la regarda dans les yeux.

— Les amis bénévoles de ta mère assistent à cette messe, expliqua-t-il.

Il haussa les épaules.

— Je pensais que ce serait agréable de m'asseoir avec eux pour une fois, ajouta-t-il.

— Les amis bénévoles de maman ?

Ashley fit quelques pas vers son père, mais elle ne put dissimuler l'inquiétude dans sa voix.

— Depuis quand es-tu ami avec eux ? poursuivit-elle.

— Ashley, c'est ridicule.

Le père laissa échapper un petit rire et se tourna de nouveau vers le tiroir. Il saisit une paire de chaussettes blanches et regarda de nouveau sa fille.

— C'est permis de passer du temps avec des gens de son âge de temps à autre.

Ashley fut rassurée en entendant ces mots et elle sentit ses épaules retomber. Son père avait raison. Elle réagissait peut-être de manière excessive. Jusqu'à quelques mois auparavant, il avait à peine fait plus qu'aller travailler et revenir à la maison. Ashley et sa sœur Kari s'inquiétaient que leur père ne trouve pas de quelconques centres d'intérêt.

Ashly prit une courte inspiration.

— Elaine Denning ne fait pas partie de ce groupe, n'est-ce pas ? demanda-t-elle soudainement.

— Elaine ? se surprit son père.

Il était maintenant assis sur le bord du lit et enlevait ses chaussettes noires.

— Bien sûr qu'elle en fait partie.

— Papa !

Ashley se mit les mains sur les hanches et s'approcha encore plus de son père.

— Elaine est veuve.

La jeune femme avait prononcé le mot « veuve » comme s'il s'agissait d'une maladie contagieuse.

— *Elle* n'était pas à l'église ce matin, n'est-ce pas ? demanda-t-elle.

Le père d'Ashley enfila une chaussette blanche tout en la regardant dans les yeux.

— Oui, elle y était, répondit-il. Et alors, Ashley ?

Quand il eut enfilé la seconde chaussette blanche, il se leva.

— Je n'étais pas assis à côté d'elle, si c'est ce que tu veux savoir. J'étais assis à côté de Bill et d'Eddie. À ma connaissance, Elaine fréquente l'un des deux.

Ashley sentit une profonde gêne l'envahir.

— Oh ! je suis désolée, dit-elle, penaude. Je voulais seulement… tu sais… c'est trop tôt pour…

Son père était rempli de compassion. Il s'approcha d'elle et lui caressa la joue avec sa main.

— Je ne fréquente personne, Ash, avoua-t-il.

Il désigna la penderie.

— As-tu vu la chaise là-dedans ? demanda-t-il.

— Non.

Ashley jeta un regard vers l'endroit près de la fenêtre où se trouvait le fauteuil inclinable de sa mère. Il n'y était pas. Elle regarda de nouveau son père dans les yeux.

— Tu as mis le fauteuil de maman dans la penderie ?

— Oui.

Le père se pencha vers sa fille et l'embrassa sur le nez.

— Je lis ma Bible tous les matins et c'est là que je m'assois, avoua-t-il. Tu veux savoir pourquoi ?

— Pourquoi ? demanda Ashley d'une voix assourdie.

Elle n'en avait aucune idée.

— Parce que là-dedans, avec tous les vêtements qu'elle portait, ça sent comme elle, du moins, dans ma mémoire, dit-il d'une voix remplie d'émotions. Parfois, quand je m'ennuie trop, je vais là-dedans, je m'assois et je respire son odeur, son souvenir. Et je supplie Dieu de me donner la force de continuer.

Ashley hésita. Puis, doucement, elle serra son père en se dissimulant le visage contre sa poitrine. Il était évident que son père ne fréquentait personne. L'idée était ridicule. Il s'ennuyait toujours de l'image d'Elizabeth autant que les enfants. Ashley leva les yeux et espéra qu'il pouvait lire la sincérité dans le regard qu'elle lui tendait.

— Je m'excuse, dit-elle en désignant la penderie. Je m'excuse aussi d'avoir fouillé.

— Ça va. Pourquoi ne vas-tu pas attendre Landon dehors ? lui demanda son père.

Il la serra à nouveau dans ses bras.

— Merci pour l'offre du pique-nique, poursuivit-il. Peut-être la semaine prochaine, d'accord ?

— D'accord.

Ashley s'éloigna et, en faisant un dernier geste d'au revoir de la main, se tourna pour descendre l'escalier vers la cuisine. En passant devant la salle de séjour, elle vit le Durango tourner dans l'entrée. Son père pensait sans doute qu'elle avait fait une folle d'elle en s'assoyant sur le sofa de la penderie pour examiner les objets personnels de sa mère et en lui faisant subir un interrogatoire parce qu'il voulait aller prendre une marche près du lac avec des amis.

Ce n'était pas comme si son père avait quelque chose à cacher. Qu'avait-il dit ? Qu'il était prêt à faire un album avec les vieilles lettres de sa mère, n'est-ce pas ? Ce serait quelque chose de parfait qu'elle attendrait avec impatience. Et, bien entendu, son père ne s'intéressait pas à Elaine Denning.

Ashley soupira en tournant le coin vers la cuisine. Heureusement qu'elle n'avait pas trop de projets pour la journée. Les quelques heures pour jouer avec Landon et Cole au soleil lui seraient bénéfiques.

Ce n'est qu'à la vue des deux tasses de thé sur le comptoir qu'elle fut frappée par quelque chose. Son père était prêt à faire un album avec les lettres de sa mère, mais qu'en était-il de celle qu'elle lisait quand il était arrivé ? Elle était au beau milieu de la lettre quand il l'avait appelée. Pourquoi ne la lui avait-il pas simplement tendue pour qu'elle puisse la terminer ?

Quand son père ferait l'album, il lui serait difficile de la retrouver parce qu'il ne l'avait pas mise sur le dessus. Il l'avait plutôt enfouie en plein milieu. Ashley jeta le thé, saisit son sac à main et regarda une dernière fois en direction de la vieille théière sur la cuisinière.

En passant par la porte de côté pour accueillir son mari et son fils, elle nota mentalement que si l'album de comprenait pas la lettre qu'elle lisait, elle demanderait à son père la permission de la trouver.

Peu importe ce que contenait cette fameuse lettre, elle était persuadée que cette dernière avait une autre signification…
Et qu'elle n'était pas rendue au passage intéressant.

**

John observa Ashley quitter la pièce et, pour la première fois, s'autorisa une respiration complète. De toutes les lettres de cette boîte, comment sa fille avait-elle pu trouver une des rares qui parlaient de lui, de ce frère dont tous les enfants Baxter ignoraient l'existence ? Et qu'en était-il des autres lettres qui étaient sur la tablette supérieure de la penderie ? Ashley les avait-elle aussi examinées ?

L'homme regarda par la fenêtre et sentit les battements de son cœur revenir à la normale. Non, Ashley ne pouvait pas avoir examinées ces lettres-là. Elle était beaucoup trop franche. Si elle avait vu une enveloppe portant comme inscription le mot premier-né, elle aurait sûrement posé des questions.

Il était temps de faire quelque chose avec cette fameuse lettre. Autrement, Ashley la retrouverait à un moment donné, soit en cherchant un chandail de sa mère, soit en rangeant des vêtements. Le père traversa la pièce, ouvrit la porte de la penderie et saisit l'enveloppe de papier kraft, celle qui contenait trois lettres : une pour lui, une pour les enfants et une destinée à leur premier-né, le fils qu'ils n'avaient jamais connu.

Il prit la grande enveloppe et la glissa sous une pile de t-shirts pliés placés dans un casier inférieur au fond du placard. Personne n'y mettrait jamais la main. Puis, il saisit de nouveau la boîte de lettres et la déposa sur le sol. Il retrouva facilement celle qu'il avait cachée un peu plus tôt.

Avec encore plus de précaution qu'auparavant, il la prit dans l'enveloppe et l'ouvrit. Il n'avait aucune idée jusqu'où Ashley l'avait lue mais, si elle avait été rendue loin, elle l'aurait dit. Ses commentaires à propos de leur premier-né apparaissaient relativement tôt dans la lettre. Il permit à son regard de bouger lentement cette fois, savourant chaque mot, chaque sentiment qui avait été sien vingt-quatre ans auparavant.

Ma chère Elizabeth,

Nous avons un fils ! Un fils à nous ! Peux-tu le croire, mon amour ? Dieu est si bon, après tout ce que nous avons vécu, après quatre charmantes filles, Il a su compléter notre famille de cette manière, de la manière dont elle aurait dû être dès le départ.

Je suis assis ici dans notre maison, impatient que tu reviennes, que toi et notre fils soyez de retour là où vous êtes à votre place, mais je ne peux m'empêcher de penser aux paroles que tu as prononcées plus tôt aujourd'hui. Tu as dit que voir Luke t'avait rappelé ce que tu avais ressenti lorsque tu avais tenu notre premier-né.

Maintenant, je comprends la souffrance que tu as dû endurer et la manière à laquelle tu t'accroches toujours à ce souvenir parce que, après avoir vu Luke, après avoir laissé mes mains et mon cœur le tenir, je ne peux qu'imaginer ce que ce serait de le donner à un étranger.

John avait les mains tremblantes. Peu importe le nombre de fois où il y avait désiré que les choses se passent autrement, la dure réalité était là. Elizabeth était tombée enceinte, ses parents l'avaient envoyée ailleurs et, lors d'une des journées les plus tristes de son existence, elle avait été obligée de céder l'enfant.

Il était évident qu'Ashley n'avait pas lu toute la lettre. Autrement, il n'y aurait plus eu de secret à garder. Ses doigts ne tremblant plus, John reprit la lettre où il en était rendu.

Je crois que Dieu nous a donné ce garçon pour que nous n'ayons plus à imaginer ce que ce serait de rencontrer notre premier fils. Pour cela, je lui en serai éternellement reconnaissant. Je suis heureux que tu sois d'accord à ce que nous mettions de côté toutes les conversations et toutes les mentions de ce premier-né pour y penser le moins possible. Nous avons cinq magnifiques enfants, Elizabeth. C'est encore plus que nous n'aurions pu demander ou imaginer. Peu importe où notre premier-né se trouve, il a une famille qui l'aime, nous devons le croire.

Et maintenant je vais conclure, mais sache qu'aussi souvent que je me réjouirai de cette journée, de la naissance de notre petit garçon, je vais prendre quelques minutes pour partager ta douleur, la douleur de céder un enfant comme celui-ci. Je remercie Dieu de t'avoir mise sur mon chemin, Elizabeth. Je te chérirai toute ma vie. Je t'aime.

Affectueusement,
John

Il fixa la lettre quelques instants de plus, ces morceaux de papier qu'Elizabeth avait chéris et conservés toutes ces années. Puis, avec un soupir qui se mêla aux bruits des merles et des feuilles tourbillonnantes, il plia la lettre et la replaça dans l'enveloppe. Pendant un moment, il la tint contre son cœur, en souvenir de l'homme qu'il était à cette époque et de la vie qu'il avait partagée avec Elizabeth quand les enfants étaient encore jeunes.

Elle avait tellement voulu rencontrer ce garçon. À la fin de sa vie, elle ne priait que pour ça, pour une chance de prendre dans ses bras son premier-né une fois de plus. John vit un soupçon de culpabilité et des regrets envahirent son cœur. Peut-être aurait-il pu en faire davantage pour aider à Elizabeth à retrouver cet enfant. Il aurait sûrement dû essayer plus fort la première fois, dix ans auparavant, quand Elizabeth avait voulu retracer le garçon. Cette fois, par contre, il était trop occupé à tenter de la sauver. Il n'avait pas eu suffisamment d'heures pour contacter les détectives privés, les travailleurs sociaux ou quiconque aurait pu avoir des informations à propos de l'endroit où l'enfant pourrait se trouver.

Il sentit une brise chaude souffler contre lui et fut envahi par la tristesse. Elizabeth avait tant désiré voir le garçon avait de mourir qu'elle s'était convaincue qu'il arrêterait la voir, qu'il viendrait dans sa chambre d'hôpital pour la rencontrer. Qu'avait-elle dit à ce moment ?

Qu'elle avait rencontré leur premier-né, qu'il s'appelait Dayne et qu'il était acteur. Elle avait aussi dit que les parents du garçon étaient décédés et que ce dernier n'avait ni frères ni sœurs. Quelques minutes après avoir commencé son histoire, elle s'était arrêtée et avait demandé si elle n'avait pas rêvé.

C'est à ce moment que John avait réalisé ce qui s'était passé. Les médicaments causaient des hallucinations. La personne à qui Elizabeth avait parlé devait être Luke, qui l'avait visitée plus tôt pendant la journée. Et sa mention de Dayne, un acteur, devait correspondre à Dayne Matthews, cet acteur d'Hollywood, un client de la firme d'avocats de New York où Luke travaillait.

Elizabeth avait dû voir les détails s'embrouiller dans sa version finale, dans un effort désespéré pour croire que ses prières avaient été exaucées.

C'était vraiment très triste. Leur premier-né était quelque part — s'il était toujours en vie — et il n'y avait aucune raison de penser autrement. Il aurait maintenant trente-six ans et il élevait peut-être une famille dans l'Indiana.

John contempla le contenu de la boîte. Plus tard, il ferait le tri des lettres et retirerait tout ce qui mentionnait, même indirectement, leur fils aîné. Il regarda de nouveau l'enveloppe dans sa main. Pour l'instant, il pouvait au moins s'occuper de celle-ci. Il tira la grande enveloppe de papier kraft de la tablette sous ses t-shirts, y glissa la lettre et la cacha de nouveau.

L'espace d'un instant, il se demanda pourquoi il cherchait autant à dissimuler la vérité. Est-ce que ça importait vraiment si les enfants apprenaient maintenant ce qui s'était passé, s'ils apprenaient que leurs parents n'avaient pas été parfaits ? Toutefois, John se souvint rapidement de cette discussion qu'il avait eue avec Elizabeth une douzaine de fois au fil des ans. Il pouvait l'entendre répéter son opinion bien arrêtée.

— Nous ne pourrons jamais leur dire, à moins que nous ne le retrouvions.

Elle avait eu le visage tendu en raison du sérieux de sa déclaration.

— Il est suffisant que nous ayons passé notre vie à nous ennuyer de lui, à nous demander ce qu'il faisait, sans imposer la même épreuve aux autres enfants.

John retourna dans sa tête ces mots à la lumière de tout ce qui avait changé. Les enfants avaient grandi. Ils ne seraient pas dévastés par la perte d'un frère aîné comme ils l'auraient été plus jeunes. Il lui serait donc plus facile de dévoiler la vérité. De cette manière, il n'aurait plus à s'inquiéter de ce que les enfants pourraient découvrir dans sa penderie. Pourtant, il y avait une raison pour laquelle il ne parlerait jamais à ses enfants de ce frère aîné.

Il arriva à cette conclusion en même temps qu'il déposait la boîte sur la tablette du haut de la penderie. La raison était simple : Elizabeth ne voulait pas qu'il le fasse.

Et il respecterait le souhait de sa femme aussi longtemps qu'il respirerait.

CHAPITRE QUINZE

UNE SÉRIE D'ORAGES frappa Bloomington ce dimanche soir et Katy jugea que c'était approprié, que c'était un parfait reflet de sa vie. Elle n'arrivait toujours pas à communiquer avec Jenny Flanigan et la tension entre elles semblait à son paroxysme. La distribution du TCE en était à son plus lent départ à ce jour et, dans vingt-quatre heures, la jeune femme serait à Los Angeles pour auditionner pour un rôle susceptible de changer sa vie.

Avec tant de choses en tête, elle ne voulait pas rester chez les Flanigan. Elle planifia plutôt un souper avec Heath Hudson au Sully's Subs, à proximité de l'université.

Katy conduisit sa voiture dans le stationnement, trouva un espace près de l'entrée et y gara le véhicule. Pourquoi avait-elle accepté de dîner avec Heath ? Partager un repas avec lui ne ferait qu'alimenter les espoirs du jeune homme et qu'obtiendrait-elle en agissant ainsi ? Elle ne s'intéressait pas à lui.

Elle se regarda dans le miroir et se remémora leur conversation.

— Si tu pars lundi, laisse-moi t'offrir à dîner avant ton départ.

Katy dut paraître hésitante parce que Heath avait émis un ricanement.

— Nous devons discuter de la sonorisation de *Tom Sawyer*, tu te souviens ? avait-il ajouté.

Il avait raison mais, après être sortie de sa voiture et être entrée en coup de vent dans le restaurant, Katy n'était plus aussi convaincue. Elle choisit un box près de l'entrée et fixa la fenêtre. Elle avait une demi-heure d'avance, suffisamment de temps pour penser à tout ce qui se passait dans sa vie.

Elle se dit qu'elle aurait peut-être dû rester plus longtemps à la maison pour parler à Jenny et lui avouer la véritable raison de ses voyages en Californie. Seule Rhonda connaissait le but de ses visites à Hollywood. Quand elle avait annoncé plus tôt ce matin-là qu'elle irait à Los Angeles, Jim et Jenny lui avaient tous deux lancé un regard interrogatif.

— Deux voyages si rapprochés ? lui avait demandé Jim.

Les Flanigan, tout comme Katy, étaient sur le point de partir pour l'église.

— Que se passe-t-il ? s'était enquis Jim en souriant. As-tu un amoureux secret là-bas ?

Il la taquinait. Il avait les yeux rieurs comme lorsqu'il jouait avec ses enfants.

Katy se contenta de secouer la tête et inventa une excuse.

— C'est pour faire de la recherche, rien de plus.

En tant que directrice du TCE, cela faisait partie de son travail. Elle avait souvent besoin de prendre l'avion vers une autre ville pour aller assister à un spectacle donné par un autre TCE. Elle choisissait les pièces que présenterait son théâtre, les cours qui seraient donnés et les activités qui seraient entreprises entre deux productions. Presque toutes ses décisions reposaient sur des recherches qu'elle avait effectuées dans d'autres villes.

Elle avait donc donné une explication plausible. Toutefois, elle n'avait pas été honnête et, maintenant, les coudes appuyés sur la table, elle était mal à l'aise, suffisamment pour avoir le goût de retourner directement à la maison et avouer la vérité aux Flanigan.

Si l'audition menait à un rôle dans le film, elle devrait être franche avec eux et, à ce moment, que penseraient-ils ? Même si elle n'obtenait pas le rôle, mentir n'était pas son genre. Katy croisa ses bras et les appuya sur la table. Sa mère l'avait élevée à croire que le mensonge était ce qu'une personne pouvait commettre de pire.

Katy se culpabilisait : « Mon Dieu, je suis désolée. Mentir aux Flanigan, sortir avec Heath alors que je ne ressens rien pour lui… pourquoi suis-je en train de tout gâcher ? »

Un verset lui vint à l'esprit, un qui avait été prononcé pendant le sermon ce jour-là : « Vous serez saints, car je suis saint. » C'était une phrase que Jésus avait citée à Ses fidèles, une citation que Katy n'avait jamais bien comprise. Comment une personne pouvait-elle être sainte si seul Dieu était capable de sainteté ?

Cependant, ce matin-là, le pasteur Mark avait expliqué la formule. Dieu voulait que ses fidèles soient saints ; Il ne leur demandait pas d'être parfaits. La sainteté pour Dieu signifiait évidemment la perfection. Toutefois, la sainteté pour Ses fidèles signifiait plutôt se distinguer des autres, être différents.

Katy laissa échapper un triste ricanement. Mentir à ceux chez qui elle habitait était à peine différent. Elle pourrait parler aux Flanigan ce soir-là et peut-être avoir un peu plus de temps avec Jenny pour discuter.

Elle remarqua l'horloge sur le mur. Elle avait encore vingt minutes d'avance. Elle tapota du doigt sur la table et se souvint de Rhonda. Bien sûr ! Inviter Rhonda à dîner était la solution idéale. De cette manière, Heath ne pourrait confondre le dîner avec un rendez-vous galant. Rhonda avait quitté le théâtre quelques minutes plus tôt la veille. Elle avait donc raté l'invitation à dîner de Heath, mais le jeune homme ne serait pas ennuyé si Rhonda se joignait à eux.

Elle saisit son téléphone cellulaire et composa le numéro. La conversation dura cinq minutes et, à la fin, Rhonda promit d'y être.

Au moment où Katy raccrochait, elle vit Heath garer sa voiture, baisser la vitre, glisser un parapluie à l'extérieur et l'ouvrir.

Katy plissa le nez. « Que fait-il ? » se demanda-t-elle.

Avec le parapluie coincé de l'autre côté de la fenêtre, il ouvrit la portière, sortit de la voiture et tenta de faire quelques pas. Le parapluie était trop gros pour passer à travers l'ouverture laissée par la vitre et retint Heath sur ses pas, le jetant presque par terre.

Katy laissa échapper un petit rire et se couvrit la bouche de la main.

— Allez, Heath, murmura-t-elle. Plie le parapluie ou pousse-le et prend la poignée avec ton autre main. Fais quelque chose.

Pendant quelques secondes encore, Heath se battit avec le parapluie, tentant résolument de le tirer à lui en le passant par l'ouverture laissée par la vitre. Quand le parapluie commença à plier dans le mauvais sens, le jeune homme arrêta et pressa le bouton sur la poignée. Une fois le parapluie refermé, il réussit la manœuvre. Le temps qu'il referme la vitre, ouvre le parapluie et le place au-dessus de sa tête, il était trempé.

— Oh, Heath ! soupira Katy.

Elle observa le jeune homme traverser le stationnement et entrer dans le restaurant. Il la vit immédiatement.

— Allo, dit-il simplement.

Il lui fit un sourire du coin des lèvres tout en s'assoyant sur le banc à côté d'elle. Il désigna l'orage avec sa tête.

— Méchante pluie ! s'exclama-t-il. C'est difficile de croire qu'on avait un magnifique soleil il y a quelques heures à peine.

L'eau ruisselait sur son visage et des gouttes demeuraient suspendues à ses sourcils et à ses cils. Même s'il avait l'air idiot, il dégageait quelque chose de touchant.

— Oui, admit Katy en se mordant les lèvres pour ne pas rire. Et un méchant parapluie.

— Tu as vu ? lui demanda le jeune homme, la mine déconfite.

— Oui, lui répondit-elle en souriant. La prochaine fois, ouvre la portière, pas la vitre.

— Effectivement, c'est un bon truc, admit-il en haussant les épaules et en souriant. Tu es en avance.

— Oui, acquiesça Katy en lui tendant une serviette de table et en lui désignant les sourcils. Tu dégoulines encore.

— Génial.

Heath prit la serviette de table, fit la moue et secoua la tête.

— C'est justement l'impression que je voulais essayer de donner, ajouta-t-il.

Katy se mit à rire et la conversation glissa sur les progrès qu'ils faisaient avec *Tom Sawyer*. La jeune femme soutint la conversation et se surprit à y prendre goût. Heath lui parla de la présentation qu'il avait faite à une conférence sur la vente, une histoire à la fois drôle et fascinante. En dehors du TCE, sans une centaine d'enfants les espionnant, elle avait toutes les raisons d'apprécier Heath… malgré l'épisode maladroit du parapluie.

La conversation était légère et plaisante et, après un moment, ils passèrent leur commande. Puis, Katy se souvint de Rhonda.

— Oh… j'ai oublié de t'en parler, dit-elle en prenant une gorgée d'eau, j'ai demandé à Rhonda de se joindre à nous.

Elle vit l'éclat dans les yeux de Heath s'assombrir légèrement.

— D'accord, fit le jeune homme. C'est parfait.

Katy pencha le menton. Au bout d'un an à travailler avec Heath, elle ne pouvait que supposer les sentiments qu'il avait à son égard. Peut-être devrait-elle lui poser la question avant que les choses aillent trop loin.

— Heath… commença-t-elle.

— Oui ? répondit le jeune homme en la regardant dans les yeux.

— Était-ce un rendez-vous galant ?

— Ceci ?

Pendant quelques secondes, Heath sembla sur le point de nier. Puis, il leva les mains et les laissa retomber.

— D'accord, oui, poursuivit-il. Je suppose.

— Heath… commença Katy en tendant la main pour lui couvrir les doigts avec les siens. Je suis désolée. Je ne savais pas.

— Ça va, fit-il en esquissant un sourire forcé. Ce n'est pas grave. Rhonda est drôle, elle aussi.

Katy s'affaissa un peu.

— Je suis désolée, Heath, s'excusa-t-elle. Vraiment.

Elle fit une courte pause.

— Puis-je t'avouer quelque chose ? demanda-t-elle d'un ton hésitant.

Le jeune homme s'adossa et l'étudia.

— Je crois que je sais ce que c'est.

— Oui, peut-être, fit Katy en lui laissant aller les mains et en se redressant un peu. J'aime être ton amie. Est-ce que ça pourrait être suffisant ? Pour le moment, du moins ?

Heath avait le regard plus doux mais, pour la première fois, l'intensité de ses sentiments fut douloureusement évidente.

— C'est d'accord, fit-il en regardant Katy dans les yeux. Peux-tu m'accorder une faveur ?

La jeune femme eut le cœur envahi par un sentiment de bienveillance. En raison de l'air sincère et vulnérable de Heath, elle pouvait presque s'imaginer ressentir plus que de l'amitié envers lui.

— N'importe quoi, répondit-elle.

Heath soutint son regard quelques instants.

— Peux-tu me tenir au courant si tu changes d'avis ?

La jeune femme laissa le courant passer un peu plus longtemps entre eux.

— Bien sûr. Tu seras le premier à le savoir.

Heath regarda vers l'extérieur et esquissa un geste en cette direction.

— Rhonda est arrivée.

Katy se retourna et vit son amie courir vers la porte d'entrée, en tenant un livre au-dessus de sa tête pour essayer de se garder au sec. Elle regarda de nouveau Heath dans les yeux.

— Est-ce que ça va entre nous ?

Le jeune homme laissa voir sur son visage une assurance imperturbable, une expression qui voulait clairement signifier qu'il n'affichait plus ses sentiments. Il émit un petit rire silencieux.

— Tant que tu ne racontes pas l'épisode du parapluie à Rhonda.

Rhonda s'approcha de la table, à bout de souffle et trempée.

— Selon les prévisions, annonça-t-elle, on devrait recevoir cinq centimètres pendant les prochaines heures.

Elle s'assit à côté de Katy.

— Où est le menu ? demanda-t-elle. Je suis affamée.

Ils dînèrent en discutant des arrangements audio : quels personnages auraient des microphones sans fil et lesquels seraient placés près des microphones suspendus aux chevrons du théâtre. Peu après, Heath saisit l'addition et quitta en prétextant qu'il avait des courses à faire. En partant, il jeta un long regard à Katy, un regard qui s'éternisa quelques secondes de plus qu'à l'habitude.

Quand il fut parti, Rhonda regarda son amie avec insistance.

— Que s'est-il passé ?

— Quoi ? répondit Katy en prenant le reste de son sandwich.

— Heath et le regard qu'il t'a jeté à la fin, expliqua Rhonda en levant les sourcils. Qu'ai-je manqué ?

— Tu ne manques jamais rien, lui répliqua Katy en riant.

— Justement, alors raconte-moi, dit Rhonda en prenant une gorgée de boisson gazeuse.

— Ce n'est rien.

Il y eut un moment de silence, mais Katy sentait le regard insistant de son amie posé sur elle. Elle laissa finalement échapper un petit gémissement.

— D'accord. Je crois que Heath aurait voulu que ce soit un rendez-vous galant.

— Je me sens idiote, fit Rhonda en s'adossant et en croisant les bras. Je le savais.

— Tu savais quoi ? Que c'était un rendez-vous galant ?

— Non, que Heath éprouvait des sentiments envers toi.

— Tout le monde le sait, c'est justement ça le problème, expliqua Katy en poussant avec sa fourchette la salade de chou sur le bord de son assiette.

— Ce n'est pas un problème si tu es intéressée.

Ce fut au tour de Katy de lever les sourcils.

— Je ne le suis pas, précisa-t-elle en baissant les yeux vers son assiette. Je lui ai dit que je voulais seulement que nous soyons amis.

— Je parie que ça s'est bien passé.

Rhonda demeura silencieuse pendant quelques instants.

— Il n'est pas méchant, Katy. Je trouve qu'il est assez mignon.

— Il l'est, justement ! s'exclama Katy en écarquillant les yeux. Pourquoi ne le fréquentes-tu pas ?

— Il n'éprouve rien pour moi, avoua Rhonda, le regard sombre. N'importe qui peut s'en rendre compte.

— Comment peux-tu le savoir ? demanda Katy d'un ton peu convaincu. Et s'il n'avait jamais pensé à toi de cette manière ?

— Ce n'est pas ça.

— D'accord, mais envisageons-le.

Katy sentit un espoir grandir en elle. Elle avait peut-être trouvé la solution : Rhonda et Heath.

— Peu importe les sentiments de Heath à ton égard, toi, qu'en penses-tu ? demanda-t-elle.

Depuis le temps qu'elles se connaissaient, Rhonda n'avait jamais semblée gênée. Elle pouvait imiter la démarche du morse ou chanter comme un singe, pousser une roue à travers une scène ou porter une perruque mauve, tout cela au nom de son travail avec les enfants du TCE. Pourtant, elle sembla brusquement timide.

Elle fixa la paille dans son verre.

— Je te l'ai dit, je trouve qu'il est mignon.

— Il ne te laisse pas indifférente, n'est-ce pas ? demanda Katy en baissant la voix. Comment se fait-il que tu ne m'en aies jamais parlé ?

— Katy, ce sentiment n'est pas partagé, expliqua Rhonda en secouant la tête et en saisissant une frite froide. Heath n'éprouve rien pour moi. C'est idiot d'en parler.

Les deux femmes demeurèrent silencieuses quelques instants. Katy ne voulut pas pousser la discussion plus loin, mais elle pensa que Rhonda avait donné une réponse en rapport avec la manière dont elle se percevait. Rhonda avait quelques kilos de plus qu'elle ne l'aurait voulu et son maquillage laissait entrevoir une peau un peu irrégulière. Sa coupe de cheveux était à la mode, mais elle prenait rarement le temps de se coiffer.

Évidemment, tout cela n'avait pas d'importance. Rhonda était magnifique, tout le monde s'entendait là-dessus. Peut-être que Katy pourrait demander à quelqu'un de glisser un mot à Heath afin que ce dernier sache que Rhonda s'intéressait à lui.

Rhonda fut la première à briser le silence.

— Parfois, je m'interroge... Tu as été élevée en croyant en Dieu, n'est-ce pas ?

— Oui.

Katy cligna des yeux, incertaine de ce que Rhonda voulait dire.

— N'as-tu pas appris que Dieu avait des projets pour toi, qu'Il voulait te donner de l'espoir et un avenir ?

— Bien sûr, Jérémie 29, 11, répondit Katy en s'essuyant les lèvres avec sa serviette de table. Ma mère me rappelait constamment ce verset.

— Tu sais ce que faisait la mienne ?

Rhonda n'attendit pas la réponse.

— Elle s'assoyait sur mon lit chaque soir... Je ne sais pas depuis quand, mais peut-être à partir de ma sixième année. Puis, elle priait avec moi et mentionnait presque toujours quelque chose à propos de mon mari.

— De l'homme que tu épouserais peut-être un jour ?

— Exactement, acquiesça Rhonda en croisant ses mains sur la table. Peu importe où il se trouvait, ma mère demandait à Dieu de prendre soin de lui, de l'élever dans une bonne maison, de lui procurer la foi, et ainsi de suite. Puis, elle priait que Dieu fasse en sorte que nous puissions nous rencontrer au bon moment.

Katy sentit son cœur se serrer.

— Alors, tu te demandes où il est...

— Ouais, admit Rhonda d'un ton frustré. Je suis prête, tu sais ? J'ai attendu l'homme idéal. J'ai envie de dire à Dieu « D'accord, je suis prête, n'importe quand. »

— Je sais, fit Katy.

Elle tourna une boucle de ses cheveux.

— C'est censé être plus facile que ça, poursuivit-elle.

— Plus facile… plus rapide… répliqua Rhonda en levant les mains. Tout plutôt que cette solitude, jour après jour.

Katy garda le silence quelques instants.

— Est-ce que tu y crois encore ?

— Croire à quoi ? demanda Rhonda, les yeux remplis de larmes.

— Que Dieu a prévu quelqu'un pour toi et que tu le rencontreras au bon moment ?

— Je veux le croire, admit Rhonda en reniflant. Quel choix ai-je ? Pourtant, chaque jour, j'ai l'impression que mes chances vont en s'amenuisant.

Elle prit quelques secondes pour se ressaisir.

— Tu sais ce qui m'est arrivé l'autre jour ? demanda-t-elle d'une voix plus calme. Il était 7 h 15 et je partais pour le travail, en compagnie d'une vingtaine d'autres personnes. Nous étions entassés dans l'ascenseur tous ensemble lorsque, un peu avant le troisième étage, l'appareil s'est arrêté.

Elle prit une grande respiration.

— Il y avait un gars à côté de moi, poursuivit-elle en regardant son assiette. Nous étions épaule contre épaule. J'avais déjà aperçu ce type quelques fois auparavant, un type bien habillé, un peu plus âgé que moi, sans alliance…

— Que s'est-il passé ? demanda Katy en s'appuyant sur la table.

— Bon, alors je suis debout, coincée dans l'ascenseur. Tout le monde se plaint, presse les boutons, utilise le téléphone d'urgence et la moitié des gens hurlent pour que quelqu'un vienne réparer le truc. Et tu sais ce que je faisais ?

Katy secoua la tête.

— Je respirais l'odeur de l'eau de Cologne de ce gars, poursuivit Rhonda. Je sentais son épaule contre la mienne et j'essayais de me rappeler la dernière fois où je m'étais trouvée aussi près d'un homme. Tout ce que je pouvais penser, c'était « S'il vous plaît, mon Dieu, faites que l'ascenseur reste ainsi bloqué pendant une heure. »

Elle soupira tristement. Katy pencha la tête une minute, puis elle la regarda.

— Je suis désolée.

— Ne le sois pas, dit Rhonda en réussissant à laisser échapper un petit rire. Je veux dire, penses-y, Katy. Le plus près d'un gars où je me suis trouvée depuis cinq ans, c'était alors que j'étais coincée dans un ascenseur. C'est pathétique, non ?

— Alors… est-ce que tu connais son nom ? lui demanda Katy en lui décochant un demi-sourire.

— Pas vraiment. Il faisait partie de ceux qui essayaient de nous sortir de là, tu sais, en criant pour obtenir de l'aide. L'ascenseur a recommencé à fonctionner environ une minute plus tard.

— Ouais… pas très prometteur.

— Non.

Rhonda laissa échapper un long soupir.

— Peu importe, fit-elle. Oui, je suis attirée par Heath, mais je vois comment il te regarde, Katy.

Elle prit une gorgée d'eau.

— J'ai cessé d'espérer il y a longtemps, ajouta-t-elle.

— Heath n'est pas mon genre.

Katy utilisa sa paille pour tenter de casser la glace dans son verre. Elle avait du mal à croire que Rhonda était amoureuse de Heath… après toutes ces années.

— Je ne sais pas quel est mon genre, poursuivit-elle.

Rhonda repoussa son verre, puis elle lança un regard entendu au-dessus de la table. Ses yeux dansaient comme ils le faisaient toujours quand elle taquinait quelqu'un.

— Je crois que je le sais.

— Quoi ! s'exclama Katy en se mettant à sourire.

Elle aimait passer du temps en compagnie de Rhonda parce qu'elles pouvaient être sérieuses toutes les deux, tout en se réservant des moments pour se taquiner.

— Tu sais quel est mon genre de gars ? poursuivit-elle.

Elle déposa sa serviette de table par-dessus son assiette.

— Ouais, des gars mystérieux, des gars qui surgissent pendant une représentation du TCE, des gars qui sont les acteurs les plus en vue d'Hollywood.

— Dayne Matthews ? demanda Katy en grimaçant.

— C'est exact, tu l'as entendu ici pour la première fois, dit Rhonda en tapotant sa poitrine.

— Quoi ?

Katy sentit son pouls s'accélérer. Elle éclata de rire pour dissimuler l'agitation qu'elle ressentait.

— C'est absurde, Rhonda. C'est un coureur de jupons, une vedette de cinéma. C'est la dernière personne sur la terre de qui je pourrais être amoureuse.

Rhonda inclina la tête vers Katy.

— Rappelle-toi seulement ce que j'ai dit. Tu l'as entendu ici pour la première fois.

— J'arrive difficilement à croire que Dayne Matthews soit le genre de gars que Dieu ait prévu pour moi.

Katy se leva et saisit son sac à main.

— Allez viens, amie complètement folle. J'ai des courses à faire avant demain.

Même après qu'elles furent parties dans la voiture de Katy et que le sujet de la conversation eut dévié vers *Tom Sawyer* et les progrès accomplis par le comité des décors, Katy ne parvenait pas à s'enlever cette idée saugrenue de la tête. Dayne Matthews ? Ce gars n'avait rien en commun avec elle et, même si ç'avait été le cas, il avait toutes les starlettes à ses pieds.

Toutefois, lorsque Katy déposa Rhonda près de la voiture de cette dernière et qu'elle grimpa de nouveau dans sa Nissan, elle se rendit compte que son cœur battait toujours la chamade. Elle s'observa dans le rétroviseur et remarqua autre chose : elle avait les joues écarlates. Elle se mit le dos des mains sur le visage, essayant de son mieux de faire disparaître ces rougeurs.

Que se passait-il avec elle ? Est-ce que son corps trahissait des secrets que même son cœur ignorait ? Est-ce que certaines parties d'elle-même étaient d'accord avec Rhonda ? Était-il possible qu'elle soit attirée par Dayne Matthews ?

Katy fronça les sourcils et alluma la radio. Évidemment qu'elle ne se sentait pas attirée par ce type-là. Elle prendrait l'avion vers Los Angeles, passerait son audition et reviendrait à la maison. Voilà tout. Le concept que Dayne Matthews et elle puisse former un couple était absurde et même plus que ça... il était dangereux.

CHAPITRE SEIZE

CHLOÉ EN AVAIT ASSEZ.

Elle détestait demeurer assise toute la journée dans sa Honda à observer l'entrée du studio. Après tout, il y avait un autre accès. Le simple fait que Dayne Matthews avait pénétré dans l'immeuble à cet endroit ne signifiait pas nécessairement qu'il allait ressortir par là. Il faisait chaud et humide ; le couteau qu'elle avait dans sa poche lui frôlait sans cesse les côtes.

Avec un peu de chance, l'acteur entrerait et ressortirait rapidement. Il resterait dans l'immeuble une heure ou deux, tout au plus. Anna avait voulu accompagner sa soeur, mais Chloé était partie avant qu'elle ne puisse enfiler ses chaussures. C'était le meilleur aspect de ce mardi matin : au moins, elle était seule.

Elle avait commencé sa journée au même endroit qu'à l'habitude, sur la montagne surplombant l'autoroute Pacific Coast. Ce n'était pas son observatoire préféré, mais elle avait été aperçue un peu trop souvent ces derniers temps : une fois en face du restaurant Ruby's et l'autre jour près de chez Kelly Parker.

La première fois, la police avait failli découvrir ce qu'elle tramait... du moins selon les dires d'Anna.

Du flanc de la montagne, elle pouvait observer tout ce qu'elle voulait. Ses jumelles fonctionnaient bien et elle avait une vue imprenable d'où elle pouvait traquer Dayne.

Elle s'appuya la tête contre la glace de la portière du côté du conducteur et fixa l'entrée du studio. Quel genre de mari Dayne était-il par ailleurs ? Il vivait seul et la laissait enfermée dans sa Honda à l'extérieur du studio. Pis encore, il couchait avec Kelly Parker.

Chloé sentit de nouveau le couteau contre sa cage thoracique. Elle se dit que Kelly Parker ne serait plus longtemps sur cette terre… tout comme qui que ce soit qui se frottait à son mari. Quel culot !

— Retourne chez toi, cinglée.

Chloé se redressa brusquement et jeta un regard sur le siège du passager. Il était vide, à l'exception des jumelles qui y étaient déposées.

— Qui a dit ça ?

Elle regarda au-delà du pare-brise.

— Anna ? Es-tu là ?

— Je sais à quoi tu penses, répliqua Anna en laissant échapper un rire sardonique. Tu vas attendre Dayne ici et le suivre au restaurant où il ira manger. Peut-être que ce sera le jour où il te reconnaîtra comme son épouse.

Elle ricana de nouveau et son rire remplit la voiture, s'insinuant dans l'esprit de Chloé, lui remplissant la tête et lui faisant battre le cœur.

— Anna ?

Chloé regarda sur le plancher sous ses pieds puis elle se souvint. La banquette arrière ! Elle se retourna et en eut le souffle coupé. Anna était assise directement derrière elle.

— Tu es là depuis longtemps ? demanda-t-elle.

Sa sœur ricana.

— Ne te fais pas d'illusions, Chloé. Tu ne peux pas te débarrasser ainsi de moi.

Anna désigna l'entrée avec son pouce.

— C'est ridicule de rester ici, poursuivit-elle. Ce gars n'est pas ton mari.

Chloé bondit de rage. Elle sentait les palpitations de son cœur. Elle tendit le doigt en direction d'Anna.

— Pas un mot de plus, tu m'entends ? Pas un mot !

Anna roula des yeux et esquissa le geste de verrouiller ses lèvres.

— Bien ! fit simplement Chloé.

Quand elle était hors d'elle, elle réussissait à faire taire sa sœur et s'en réjouissait.

— Et reste comme ça, poursuivit-elle.

Elle porta de nouveau son regard sur le pare-brise, puis le dirigea vers l'entrée du studio. Voilà, la journée était maintenant vraiment foutue. Anna gâcherait tout. Dayne ne reviendrait jamais à la maison avec elle, pas si elle était en compagnie d'Anna. Dayne le lui avait déjà dit, pas tant par des mots que par le regard qu'il lui avait lancé quand il l'avait vue garée dans l'entrée voisine de la sienne.

Elle était presque sûre de la raison qui amenait Dayne au studio ce jour-là. Les magazines affirmaient qu'il essayait de trouver une vedette féminine pour son prochain film. Chloé se dit qu'aucune actrice ne pourrait la surpasser dans ce rôle. Elle avait fait de la figuration dans trois films jusqu'à maintenant et, chaque fois, elle s'était améliorée.

— Je suis ici, Dayne.

Elle baissa à demi la glace de la portière et murmura ces mots dans l'air lourd de l'été.

— La femme que tu cherches se trouve juste ici, poursuivit-elle.

— Tu divagues, Chloé. Tu n'as jamais été actrice.

Chloé remonta la glace de la portière et grinça des dents. Anna allait la rendre folle. Cette fois, elle tira le couteau de sa poche et se retourna brusquement dans son siège.

— Je t'ai dit de...

Anna n'était plus là. Elle n'était plus assise derrière elle.

— Par ici, idiote.

La voix était dure et cinglante.

Chloé sursauta contre la portière de l'auto et aperçut Anna. Elle était maintenant assise à côté d'elle. Anna était rusée.

— Je t'ai dit de te taire ! la réprimanda Chloé.

Elle plissa les yeux et tint le couteau près de son épaule. Immobile, elle était prête à attaquer si ça s'avérait nécessaire.

— Je ne veux pas te blesser, Anna, mais je le ferai. Je jure que je le ferai.

Sa main tremblait et des gouttes de sueur perlaient sur ses joues.

— Tais-toi !

Anna lança à sa sœur un regard dégoûté et se tourna vers la glace de sa portière.

— C'est bon, fit Chloé en remettant le couteau dans sa poche. Continue à regarder par la fenêtre. Ne me provoque pas, Anna. Je l'ai déjà utilisé, ce couteau, tu le sais. Personne ne l'avait su à ce moment et personne ne le saura cette fois.

Une autre goutte de sueur glissa de son visage. Quel était le problème ? Pourquoi faisait-il si chaud ? Elle regarda autour de la voiture et constata que toutes les glaces étaient remontées. Par une journée d'été, elle devait pratiquement descendre toutes les vitres des portières… même si ça voulait dire que Dayne pourrait entendre le cœur qui lui battait ou ses menaces envers Anna.

Les vitres étaient de celles que l'on ouvre manuellement. Chloé se dit que les choses sophistiquées n'étaient pas pour elle, du moins pas pour le moment. Oh, bien entendu Anna avait eu une belle vie longtemps auparavant, mais pas elle. « Mes jours de luxe sont devant moi, pensa-t-elle. Lorsque Dayne reconnaîtra le statut d'épouse que j'ai, j'aurai des vitres électriques. »

Elle descendit la glace à moitié et cria à Anna de faire de même. Anna poussa un grognement, mais obéit. Si elle savait ce qui était bon pour elle, elle ferait tout ce que Chloé lui demanderait. Après tout, sa sœur avait un couteau.

L'air frais envahit la voiture et Chloé essuya la sueur sur son front. Des vitres baissées, c'était ce dont elle avait besoin. Elle fixa du regard l'entrée du studio. À quoi pensait-elle plus tôt ? Elle chercha un moment, puis elle se souvint.

Dayne était en quête d'une vedette féminine.

Juste à ce moment, une voiture arriva dans le stationnement, une voiture que Chloé reconnaîtrait n'importe où. C'était une Mercedes argent, la voiture de Kelly Parker. Chloé entendit un sifflement et, pendant un instant, elle crut que l'un de ses pneus perdait de l'air. Elle regarda Anna et sentit sa rage renaître. Anna se moquait d'elle ; elle riait à cause de la venue de Kelly Parker qui auditionnait pour un rôle dans le film de Dayne.

— Tais-toi ! lui ordonna Chloé.

Le sifflement cessa. Chloé pencha la tête par la fenêtre.

— Pas elle, Dayne ! cria-t-elle.

L'acteur devait l'avoir entendue. Elle avait crié si fort qu'elle avait de la difficulté à se concentrer.

— Pas Kelly Parker ! poursuivit-elle.

Chloé débita une série d'exclamations à toute vitesse. Elle aurait dû s'occuper de Kelly quand elle en avait eu l'occasion. De cette façon, Dayne lui aurait demandé de venir auditionner pour le rôle. Il n'aurait pas fait appel à une fausse poulette comme Kelly Parker.

Cinq minutes plus tard, une voiture de police arriva sur les lieux. Alors qu'elle s'approchait de l'arrière de la Honda, Anna manifesta de nouveau sa présence. Elle se retourna et fit face à Chloé en la désignant du doigt et en se moquant d'elle d'un rire sardonique.

— Tu es idiote, regarde donc ce que tu as encore fait.

Chloé sentit son rythme cardiaque devenir irrégulier. Elle ne pourrait pas tuer Anna, pas avec la police derrière elle. D'un geste du poignet, elle saisit le couteau dans sa poche et le lança sur le plancher. Elle jeta ensuite un coup d'œil dans le rétroviseur et vit que deux policiers descendaient de la voiture.

— Ne dis pas un mot, Anna, cracha-t-elle à sa sœur en la giflant.

Elle espéra pour que les policiers n'aient pas vu le geste.

— Va-t'en ! ordonna-t-elle.

— C'est uniquement de la faute de Kelly Parker, fit remarquer Anna en s'approchant de sa sœur. Tue-la, elle, pas moi.

Chloé entendit des pas à côté de la portière de la voiture. Elle se retourna et sourit aux deux hommes.

— Bonjour, Messieurs les agents. Est-ce que je peux vous aider ?

Un des hommes garda la main sur son arme ; l'autre fit un pas en avant.

— Bonjour, dit-il simplement.

Il étudia le visage de Chloé.

— Nous avons reçu un appel du studio à propos de quelqu'un qui était garé ici, continua-t-il en faisant un geste de la tête en direction du studio. Il s'agit peut-être de paparazzis.

Il jeta un coup d'œil à l'intérieur du véhicule.

— Avez-vous un appareil photo ? demanda-t-il.

— Non, Monsieur, répondit Chloé.

« J'ai un couteau, oui, mais pas un appareil photo » se dit-elle en elle-même.

— Vous croyez que cet appel me concernait ? demanda-t-elle en se posant les doigts sur la poitrine.

— Y a-t-il une raison pour laquelle vous vous êtes giflée alors que nous arrivions ? Un insecte, peut-être ?

— Exactement.

Chloé avait l'esprit qui fonctionnait à toute vitesse. Elle ne s'était pas giflée. Elle avait giflé Anna.

— Oui, Monsieur l'agent, un moustique, poursuivit-elle.

— Vous avez toute une marque sur le visage.

— Oui, répondit Chloé en riant, mais pas de piqûre de moustique.

Le policier la dévisagea longuement. Il ne la croyait pas ; c'était
écrit sur son visage. Il se croisa les bras.

— Madame, vous savez que le stationnement est interdit ici.
Pourquoi ne m'expliquez-vous pas la raison pour laquelle vous êtes
garée ici.

— De la recherche.

La réponse avait fusé instantanément. Chloé chercha désespérément une meilleure explication.

— Ma sœur rédige un livre sur le studio, poursuivit-elle en
tentant d'avoir l'air sincère. Je fais des recherches pour elle.

— D'accord. Est-ce que je pourrais voir votre permis de conduire ?

Pourquoi les policiers voulaient-ils toujours ça ? Chloé envisagea
de saisir le couteau qui était sur le plancher et de le brandir devant
les deux hommes. Ce geste aurait fait reculer ces derniers. Elle jeta un
coup d'œil sur le siège à côté d'elle.

Il était vide. Anna était partie. C'était typique de sa part. Elle ne
restait jamais dans les moments difficiles.

Finalement, Chloé décocha son plus beau sourire au policier.

— Je crois malheureusement avoir laissé mon permis à la maison.

— Vous savez qu'il est interdit par la loi de conduire sans
permis ? demanda l'agent en saisissant un petit bloc-notes dans sa
poche arrière. Je pourrais vous faire remorquer pour cette raison,
Madame. Je vais plutôt vous donner un billet d'infraction et vous
demander de partir. Si quelqu'un du studio vous voit de nouveau
garée ici, nous reviendrons.

Le second agent déplaça son poids sur l'autre pied.

— Nous prenons la sécurité du studio très au sérieux. Vous
devriez dire à votre sœur que toute recherche devrait être faite avec
l'accord du département de publicité du studio.

— C'est ce que je vais faire, acquiesça Chloé.

— D'accord, j'ai besoin de votre nom, demanda le premier policier, le stylo suspendu au-dessus du carnet de billets.

— Chloé Madden.

Le policier fit un signe de la tête.

— Votre date de naissance ?

— 19 décembre 1960.

— Vous avez donc quarante-trois ans, est-ce exact ?

« Quarante-trois ans ? se surprit à penser Chloé.

— Oui, Monsieur.

Le policier marcha vers l'arrière de la voiture et nota quelque chose sur le billet d'infraction, sans doute le numéro de la plaque d'immatriculation. Pendant tout ce temps, Chloé avait remarqué que l'autre policier l'observait. Elle sentait bien qu'il doutait d'elle, qu'il doutait de tous les aspects de son histoire.

Le premier policier revint vers la glace de la portière et déchira une feuille de son bloc-notes.

— Vous avez dix jours pour présenter un permis de conduire valide au palais de justice, avertit-il Chloé. L'adresse est au verso, accompagnée d'un numéro de téléphone.

Il fit une courte pause.

— Voyez-y et partez d'ici, recommanda-t-il en lançant un regard méprisant. Compris ?

Chloé grinça des dents mais seulement pour quelques secondes. Son sourire fut de retour presque instantanément.

— C'est compris, dit-elle simplement.

Elle fit un geste de la tête et salua aimablement les policiers.

Les agents retournèrent à leur voiture, mais ils ne firent pas mine de partir. Chloé émit un grognement et réalisant qu'ils attendaient qu'elle soit la première à quitter. Elle tourna la clé dans le contact et jura intérieurement. D'accord. Elle partirait mais elle reviendrait. Elle devrait seulement être plus prudente la prochaine fois.

Ces rencontres avec les policiers devaient cesser. Il était temps d'agir, de confronter Dayne et de lui ordonner de revenir à la maison, à sa place. Chloé se dit que si quelqu'un tentait de l'arrêter, Kelly ou toute autre poulette, elle n'aurait qu'à utiliser son couteau et à s'en débarrasser.

Elle s'en était déjà servi une fois, sans se faire prendre. Elle était douée pour dissimuler les détails, très douée. Elle sentit un frisson d'excitation la parcourir et son pouls s'accélérer. Utiliser de nouveau son couteau ne poserait pas de problème.

Ce serait excitant.

CHAPITRE DIX-SEPT

DAYNE ÉTAIT DEBOUT à côté de Mitch Henry lorsque Kelly Parker fit son entrée dans la pièce où avaient lieu les auditions. L'endroit était immense, à l'instar d'un entrepôt. C'était une salle d'enregistrement typique d'un studio. La moitié était dans la pénombre et l'autre était surélevée d'environ un mètre et inondée par les lumières suspendues sur les chevrons noirs selon tous les angles possibles. L'espace éclairé avait été aménagé pour évoquer une allée menant à quelques marches, un petit porche et une fausse porte censée reproduire l'entrée de l'appartement de Manhattan du principal personnage féminin.

Le but de la scène était de confirmer le courant entre Dayne et celle qui lui donnerait la réplique dans *Tu peux toujours rêver*.

— D'accord, Kelly, dit Mitch. Merci d'être venue.

Il fit une courte pause.

— Tu comprends ce qui se passe dans la scène ? demanda-t-il en levant les yeux de sa planchette à pince.

— Le principal personnage masculin me raccompagne à la maison après ma première semaine de travail. Nous arrivons à la porte de mon appartement. Nous nous taquinons, nous flirtons, puis il m'embrasse.

Kelly jeta à Dayne un regard expressif.

— Pendant quelques instants, je suis tentée de l'inviter à entrer, poursuivit-elle, mais je me rattrape et me rappelle qui je suis, comment j'ai été élevée.

— Très bien ! s'exclama Mitch, l'air impressionné. Tu as fait tes devoirs.

— Bien sûr, admit l'actrice.

Dayne continuait de l'observer. Elle était superbe, sans l'ombre d'un doute. Elle était un peu trop mince, mais superbe. Dans son jean foncé et son t-shirt blanc ajusté, elle était charmante. Il était facile de comprendre pourquoi les producteurs l'aimaient autant, pourquoi elle était si en demande à Hollywood.

Or, tout cela n'avait aucune d'importance pour Dayne.

L'acteur ne cessait de penser à Katy Hart et au fait qu'il la verrait de nouveau dans moins d'une heure. Ce n'était vraiment pas juste pour Kelly. Toutefois, c'est elle qui avait demandé à auditionner. Dayne n'avait accepté qu'en raison de leur amitié… et du fait que Katy pourrait ne pas convenir ou, pis encore, refuser le rôle pour une raison ou pour une autre.

— D'accord, allons-y, dit Mitch en tapant deux fois dans ses mains. Dayne et Kelly, prenez place.

— Tu veux qu'on commence du côté gauche de la scène, qu'on avance de quelques pas, puis qu'on monte sur le porche, n'est-ce-pas ? demanda Kelly en montrant l'extrémité de la scène.

— Effectivement.

Mitch marcha aux côtés de Dayne et se plaça près du caméraman.

— Voyons ce que tu peux nous offrir, Kelly.

— Dayne le sait déjà, répondit l'actrice en regardant au-dessus de son épaule, les sourcils levés.

— Oui, je suis sûr qu'il le sait, admit Mitch en lançant un regard désapprobateur à Dayne.

L'acteur ignora le commentaire. Il rattrapa Kelly, glissa sa main dans la sienne et se pencha sur elle.

— C'est assez, d'accord ? la prévint-il. Mitch cherche une fille ingénue de la campagne, pas une vamp excitante.

Kelly lui lança un regard plein d'assurance.

— Je peux jouer l'ingénuité, lui dit-elle en esquissant un sourire. Observe-moi bien !

Ils n'étaient pas encore sur la scène.

— Ça va ? s'enquit Dayne. Les paparazzis ?

— Je fais de mon mieux, répondit Kelly, les yeux tristes. Je n'ai pas lu de magazines à potins depuis notre dernière rencontre.

— Bien, fit simplement l'acteur.

Il monta les quelques marches menant à la scène, guida Kelly et prit place à côté d'elle.

— Tu connais les répliques ?

— Dayne… as-tu vraiment besoin de poser la question ?

Ils jouèrent la scène impeccablement. Kelly avait raison. Elle connaissait ses répliques et fit de son mieux pour être convaincante en jouant l'ingénuité. Quand ils atteignirent le passage du baiser, Dayne lui glissa la main sur le côté du visage et posa ses lèvres sur les siennes. Elle répondit d'une manière aussi naturelle que la respiration.

Le courant n'était pas un problème avec Kelly Parker.

La scène fut terminée en moins de cinq minutes.

— D'accord, c'est suffisant, s'écria Mitch.

Dayne avait toujours son bras autour de la taille de Kelly. Il se rapprocha d'elle, ses lèvres à quelques centimètres des siennes. Il huma l'odeur épicée et exotique qu'elle dégageait. Pendant un instant, il oublia où il se trouvait et le fait que Katy Hart serait là dans une demi-heure.

— Tu es bonne, ma fille ! s'exclama-t-il.

— Merci, Monsieur, toi aussi, répliqua Kelly en frottant ses lèvres contre les siennes.

— Comme je l'ai dit, ce sera suffisant, interrompit Mitch en toussant.

— Merci d'être venue, dit Dayne en serrant de nouveau la taille de l'actrice.

— Je veux le rôle, Dayne.

— Je sais, fit simplement l'acteur. Nous verrons bien.

Des images de Katy lui vinrent à l'esprit.

Dayne et Kelly se tinrent par la main en quittant la scène et en se dirigeant vers Mitch. Le régisseur vint à leur rencontre à mi-chemin et adressa un grand sourire à Kelly.

— C'était extraordinaire ! s'exclama-t-il. Nous te donnerons des nouvelles dès que nous en aurons.

Kelly le remercia et Dayne la raccompagna à la porte du studio. Avant de partir, elle le regarda dans les yeux.

— Tu viens chez nous ce soir ? lui demanda-t-elle.

— Pas ce soir, répondit-il en l'embrassant sur le front et en la serrant dans ses bras. J'ai des projets.

Il n'en n'avait pas, mais il espérait en avoir. Il est vrai que sa première idée avait été que lui et Katy ne devaient pas être vus ensemble. Par contre, Katy ne connaissait personne d'autre que lui. Les paparazzis ne les embêteraient pas... s'ils étaient dans une voiture de location.

— Alors... est-ce que Mlle Découverte est arrivée ? demanda Kelly en scrutant les coins sombres de la pièce.

— Non, elle n'arrivera pas avant un moment, répondit Dayne en gloussant.

— Dommage, j'aurais voulu faire la connaissance de la concurrence, dit Kelly en reculant d'un pas et en faisant la moue.

Ce n'est qu'après qu'elle eut dit au revoir une fois de plus et qu'elle fut partie que Dayne se remémora la remarque qu'elle avait faite. Elle parlait sûrement de concurrence pour le rôle, mais la façon dont elle l'avait regardé laissait planer un doute. Était-il si transparent ? Avait-elle pu remarquer qu'il avait été pressé de terminer l'audition à laquelle il l'avait conviée pour passer à celle de Katy ? qu'il avait hâte de revoir cette fille depuis qu'elle était partie ?

Si c'était le cas, il devait être prudent. Autrement, ce serait évident pour Katy aussi. La jeune femme ne serait pas impressionnée que Dayne Matthews ne puisse arrêter de penser à elle. Il avait l'impression qu'elle se souciait peu d'Hollywood, de la gloire ou du succès.

C'était la raison pour laquelle elle avait cessé de passer des auditions. C'est du moins ce que l'acteur en avait déduit. Non, Katy Hart ne serait pas troublée si elle savait ce qu'il ressentait pour elle.

Elle s'enfuirait sans doute à toutes jambes.

***

Katy n'était pas au courant de la scène du baiser avant d'arriver au studio.

Elle aurait dû s'y attendre. Le film racontait une histoire d'amour et le but ultime de revenir passer une seconde audition avec Dayne Matthews était évidemment de voir comment ils interagiraient ensemble à la caméra. Pourtant, quand Dayne la conduisit dans une petite pièce et qu'il lui dit qu'elle avait quinze minutes pour apprendre la scène, il ne mentionna pas le baiser.

Ce n'est qu'après avoir parcouru son texte qu'elle réalisa ce qui était sur le point d'arriver. Devant Mitch Henry, un caméraman et d'autres cadres du studio qui se trouveraient là par hasard, elle était sur le point de jouer une scène de baiser avec Dayne Matthews. La phrase que Rhonda avait prononcée deux jours plus tôt lui revint en mémoire : « Tu l'as entendu ici pour la première fois. » Katy repoussa cette idée loin dans son esprit. L'audition ne représentait que la chance de jouer dans un film. Katy avait rêvé d'une occasion de ce genre pendant ses années de secondaire et d'université. Elle avait maintenant la possibilité de réaliser ce rêve.

Seule dans sa chambre d'hôtel, la veille, elle avait prié à propos de l'audition. Si Dieu l'avait provoquée en lui offrant la possibilité de recommencer à jouer bien après la perte de Tad Thompson, elle Lui demandait de lui accorder le rôle. Si les circonstances devaient l'éloigner à jamais des enfants du TCE ou la changer d'une manière ou d'une autre, elle Lui demandait autre chose... de la faire sortir d'Hollywood par le premier vol.

Encore une fois, alors qu'elle priait à propos de cette journée, elle demanda à Dieu de lui accorder la sagesse. Et comme toujours, elle entendit dans son cœur la même réponse : « Attends. Sois patiente et sois au service de Dieu. » Katy était rassurée à l'idée qu'elle n'avait pas besoin d'obtenir toutes les réponses aujourd'hui. Elle pouvait passer l'audition, voir si on lui offrait le rôle, puis en discuter avec Rhonda et les Flanigan. Ces derniers étant sortis le dimanche soir, elle n'avait pas eu la chance de leur dire la vérité à propos de ses voyages en Californie.

La sagesse viendrait d'une manière ou d'une autre.

La jeune femme se concentra sur les répliques. Celles-ci n'étaient pas vraiment nombreuses. Il y avait quelques plaisanteries désinvoltes à propos du travail alors qu'ils se dirigeaient vers la porte de son appartement, puis quelques répliques gênées sur les marches et finalement sa réaction après que le jeune homme l'eut embrassée. Elle devait tout d'abord feindre la surprise, puis se laisser conquérir... au point d'envisager d'inviter le type à entrer avant de se rappeler qui elle était et ce qu'elle défendait : les valeurs qu'on lui avait inculquées dans la petit ville où elle avait été élevée.

Katy mit cinq minutes à mémoriser le texte. Ensuite, elle se fit une image du personnage, de la manière dont elle devait se sentir : submergée dans une grande ville, raccompagnée par un séduisant collègue, sentant que le courant passait entre eux. À la place de la jeune fille, elle aurait été à la fois intimidée, excitée et nerveuse.

Elle s'examina du mieux qu'elle le put en l'absence de miroir. Elle portait un élégant pantalon noir, une blouse brun clair ajustée et des chaussures noires à talons plats. Elle avait attaché ses longs cheveux blonds en une simple queue de cheval. Elle passa de nouveau en revue les répliques, puis Mitch vint frapper à la porte.

— Nous sommes prêts pour toi, Katy, lui annonça-t-il en lui adressant un sourire aimable. As-tu besoin de plus de temps ?

— Non, Monsieur, répondit-elle simplement.

Elle sentit son cœur cesser de battre un instant. Ça y était. Elle était vraiment sur le point de passer une audition avec Dayne afin d'obtenir le rôle principal dans un film plus important que tous ceux dans lesquels elle avait joué ou tenté d'obtenir un rôle. Elle prit une grande respiration et se leva.

— Je suis prête, poursuivit-elle.

Mitch et elle marchèrent ensemble jusqu'à la salle d'enregistrement. À chaque pas, Katy se rappelait de respirer, d'être calme, de se détendre et de ne pas exagérer l'importance de l'audition. Elle était actrice, ou du moins elle l'avait déjà été. Elle avait eu l'habitude de passer des auditions.

Pourtant, toutes ces belles pensées s'envolèrent lorsqu'elle franchit la porte et qu'elle vit Dayne. Ce dernier était assis sur une chaise à lire quelque chose, une jambe croisée par-dessus l'autre. Peut-être s'agissait-il du scénario. Dayne avait un crayon derrière l'oreille et, pour la première fois, elle ne le perçut pas comme un célèbre acteur. Elle le vit comme un ami, comme quelqu'un de familier.

Dès que Mitch et elle entrèrent, Dayne saisit le crayon ainsi que la pile de feuilles et les déposa sur une table à proximité. Puis il vint à leur rencontre.

— Katy, merci d'être venue, dit-il en tendant la main pour serrer celle de la jeune femme. Je sais que le voyage a été un peu mouvementé pour toi.

— Non, ça va, répondit tout bonnement Katy.

Elle sentait que ses joues s'étaient empourprées et appréciait la pénombre.

— Merci de m'avoir convoquée, poursuivit-elle.

Dayne glissa ses mains dans ses poches et il parut rajeuni de dix ans.

— As-tu appris la scène ?

— Oui, je crois que je la maîtrise assez bien, répondit la jeune femme en laissant échapper un petit rire. Je suis un peu nerveuse.

Dayne lui toucha l'épaule en souriant.

— Ne le sois pas. Tu seras extraordinaire.

Mitch parlait à un homme et, à ce moment, il se retourna et s'approcha d'eux.

— Allons-y.

Toutes les pensées réconfortantes qu'avait eues Katy étaient disparues. Elle était folle d'être là, de croire qu'elle pouvait passer une audition pour un rôle important face à Dayne Matthews. Elle était encore plus folle de croire qu'elle le voulait... surtout après ce qui s'était passé avec Tad. Elle n'avait pas sa place dans cet univers ; elle n'avait pas ce qu'il fallait.

— Katy, viens, nous commençons du côté gauche de la scène, dit Dayne en allongeant la main pour prendre la sienne.

Instantanément, le frisson fut de retour. Katy voulait obtenir ce rôle plus que tous les autres qu'elle avait convoités dans sa vie. Son esprit retrouva l'endroit qu'elle avait créé dans la petite pièce et, en quelques secondes, elle ne joua plus le rôle du personnage principal.

Elle *devint* le personnage.

Dayne la prit par la main. Elle trouva que la sensation était agréable et que le geste était approprié, comme ce le serait si elle se liait d'amitié avec lui au travail et qu'elle se sentait attirée par lui. Les alentours n'étaient plus une scène, mais une rue de New York où elle pouvait sentir l'air froid contre son visage. Elle prit une grande respiration.

— O.K., action ! s'écria Mitch.

La jeune femme eut l'impression que la scène était nettement réelle.

— Tu es encore heureuse d'être venue à New York ? lui demanda Dayne.

Il gardait un rythme lent, confortable, alors qu'ils marchaient dans l'allée en direction du porche.

— Je crois que oui, lui répondit-elle.

Elle leva les yeux vers lui et sentit le reflet des lumières de la ville dans ses yeux.

— C'est plus animé que je ne l'aurais cru, ajouta-t-elle, plus rapide.

Dayne laissa échapper un petit rire.

— Oui, c'est effectivement rapide, admit-il en la fixant dans les yeux.

— Je ne sais pas, avoua-t-elle en regardant vers le haut et en haussant les épaules, dominée par les immeubles imaginaires qui l'entouraient. J'ai rêvé toute ma vie de travailler dans une grande ville, mais... je m'ennuie de mon petit patelin, de ma famille.

Ils gravirent les marches et Dayne la laissa diriger. Quand elle arriva sur le porche et qu'il fut sur la dernière marche, elle s'arrêta et le regarda.

— Je parie que les gens de ton entourage s'ennuient eux aussi, fit-il remarquer.

Il fit une courte pause.

— Moi aussi, je m'ennuierais, ajouta-t-il.

Katy baissa le regard, puis le regarda de nouveau, les yeux écarquillés.

— Comment se fait-il que tu sois si gentil avec moi ? demanda-t-elle. Tu es censé être mon concurrent, non ? N'est-ce pas la manière dont nous, les journalistes vedettes, nous travaillons ?

Selon le scénario que Mitch lui avait remis, le personnage de Dayne avait en effet une arrière-pensée. Il voulait lui voler ses sources dans ce qu'il considérait comme l'histoire de l'année. Toutefois, à ce moment du film, malgré ses résolutions, il commençait à s'attacher à elle. Il se sentit soudainement coupable.

— Il est facile d'être gentil avec toi, avoua-t-il à la jeune femme en la rejoignant sur le porche. Je ne sais pas si je pourrai un jour te faire concurrence.

Pendant un instant, Katy chercha le regard de l'acteur. Faussement timide, elle passa de reconnaissante à gênée.

— Bien, je devrais sans doute...

— Je crois que je devrais...

Ils prononcèrent ces mots au même instant, tel que le commandait le scénario. Ils rirent tous les deux et, alors que le moment s'évanouissait, Dayne caressa le visage et les cheveux de la jeune femme. D'un geste empreint de douceur, il détacha l'élastique de sa queue de cheval, lui laissant les cheveux tomber sur les épaules.

— Tu es magnifique ! s'exclama-t-il.

Kate demeura dans son personnage. Que faisait Dayne ? Le passage des cheveux n'était pas dans le scénario, pas plus que la réplique à propos de la beauté. Katy passa outre.

— Je ne sais pas si… commença-t-elle.

Ses mots s'évanouirent dans un souffle confus.

À ce moment, Dayne s'approcha d'elle et l'embrassa. Son baiser, enflammé et prolongé, l'entraîna sur une vague d'émotions et de passion naissante, exactement comme l'exigeait le scénario. Elle recula, sentant le désir dans ses yeux.

— Je… dit-elle en posant sa main sur la porte. Je dois rentrer.

— Maintenant ? lui demanda le jeune homme, le regard interrogatif.

Cette fois, elle approcha ses lèvres des siennes et il lui entoura la taille de sa main libre. Ce baiser dura plus longtemps que le premier et Katy sut qu'il n'y avait aucun doute sur son souhait : elle voulait que Dayne la suive à l'intérieur. Toutefois, en reculant, elle se rappela qui elle était et ce qu'elle faisait. Elle se passa le dos de la main sur la bouche et sentit son visage changer.

— Je dois partir, je suis désolée, s'excusa-t-elle.

À ces mots, elle ouvrit la porte.

— Coupé, dit Mitch d'un ton qui semblait joyeux. C'est bon.

Ce n'est qu'à ce moment que Katy se permit de laisser s'évanouir le monde imaginaire qu'elle avait créé. Dayne la tenait toujours par la taille et elle lui fit de nouveau face.

— Et alors ?

— Katy… dit l'acteur en écarquillant les yeux.

Il recula d'un pas en la laissant aller.

— Tu as été extraordinaire ! la complimenta-t-il. Wow !

— Vraiment ? lui répliqua-t-elle.

Elle aurait voulu l'interroger à propos de l'épisode des cheveux, mais elle n'osa pas. Ce n'était sans doute qu'une façon d'improviser.

Mitch s'approcha d'eux et leur fit signe de quitter la scène.

— Très bien, Katy. Je suis impressionné.

La jeune femme suivit Dayne, qui descendait les marches du porche, puis celles de la scène pour aller rejoindre Mitch.

— Merci.

— Eh…, dit Mitch en lançant un regard suspicieux à Dayne. Tu es sûr que tu ne l'as jamais fréquentée ? C'était pas mal convaincant.

Dayne éclata de rire.

— Je la connais à peine, mais ça m'a aussi semblé très convaincant, admit-il en tournant le regard vers Katy.

— Ouais, ça l'était, non ? renchérit Katy après avoir baissé les yeux pour ensuite regarder directement Mitch.

— Vous devriez voir ce que la caméra a enregistré ! s'exclama le régisseur.

Il les guida jusqu'au moniteur et regarda en direction du caméraman.

— Montre-le de nouveau, veux-tu ?

L'homme pressa quelques boutons, puis le moniteur s'anima. Katy et Dayne se tinrent debout côte à côte, si près qu'elle perçut l'odeur du shampoing de l'acteur, la chaleur de son bras. Maintenant que la scène était terminée, la nervosité qu'elle avait ressentie auparavant était disparue.

En visionnant la scène sur le moniteur, elle fut saisie. Elle et Dayne semblaient être amis depuis toujours, marchant dans une rue de la ville, se tenant la main. Puis, sur le porche, leurs sentiments furent clairement transmis à la caméra, surtout lorsqu'ils s'embrassèrent.

Quand ce fut terminé, Mitch fit un grand sourire.

— J'aime ça.

— Moi aussi, avoua Dayne.

Il se tourna vers Katy.

— Tu as été très bonne, lui dit-il en lui donnant une petite poussée avec son épaule.

— Merci, répondit-elle en souriant pour ensuite se sentir de nouveau comme son personnage. Toi aussi.

— Pourquoi ne sors-tu pas avec quelques pages et ne vas-tu pas te chercher quelque chose à boire, dit Dayne en désignant une jeune femme qui se tenait à côté des portes de la salle. Mitch et moi, nous devons discuter quelques minutes.

Ils devaient discuter ? Katy dissimula un serrement de la gorge. Ça y était, le moment qui ferait toute la différence était arrivé. D'autres personnes avaient sûrement auditionné pour le rôle et le régisseur de distribution partageait rarement ses vrais sentiments lors d'une audition. La réaction de Mitch Henry ne signifiait pas qu'elle avait obtenu le rôle. Elle hocha la tête et lança un bref regard à Dayne.

— Je serai dans l'entrée, j'imagine.

— J'irai te rejoindre là-bas.

Dayne fit un geste d'au revoir de la main, puis il se tourna pour discuter avec le régisseur de distribution.

Katy traversa la pièce, mais ce n'est qu'une fois rendue près de la femme à côté de la porte qu'elle se rendit compte qu'elle n'avait pas senti ses pas. Elle flottait, heureuse pour plus de raisons qu'elle ne pouvait en énumérer. D'une part, l'audition était derrière elle et, d'autre part, elle avait présenté le meilleur travail qu'elle avait pu. Elle n'avait pas eu un seul raté.

Puis, il y avait sa prière de la veille. Elle avait demandé à Dieu de lui faire signe si ce n'était pas sa place et, jusqu'à maintenant, Il semblait lui ouvrir les portes sans contrainte. Toutefois, le meilleur aspect était peut-être que personne ne s'était demandé si le courant passait entre elle et Dayne à l'écran. Si les séquences brutes qu'elle avait vues étaient représentatives, il n'y avait pas qu'un simple courant entre eux.

C'était de l'électricité.

CHAPITRE DIX-HUIT

KATY N'AVAIT PAS ENCORE franchi le pas de la porte que Dayne se retournait pour murmurer à Mitch Henry qu'il la voulait, qu'elle était parfaite.

— Une seconde, répondit Mitch en tirant une chaise et en faisant signe à Dayne de l'imiter.

Quand ils furent tous deux assis, Mitch se pencha vers l'avant.

— Elle m'inquiète.

— Pourquoi ? s'enquit Dayne.

Il se passa la main dans les cheveux et regarda à travers le studio, en quête d'une raison.

— Tu as vu la vidéo, ajouta-t-il. Katy est exactement l'actrice que nous cherchons. Elle est comme un bouquet de fraîcheur, de nouveauté. Elle personnifie l'innocence et tu sais pourquoi ?

— Oui, je sais, répondit Mitch d'une voix calme.

Il fit un signe de tête entendu à Dayne.

— Parce qu'elle est ingénue, je sais, Dayne, poursuivit-il. Elle est jolie et différente. De plus, elle sait jouer.

Il perdit quelque peu son enthousiasme.

— Il ne fait aucun doute que le courant passe entre vous deux, enchaîna-t-il. Peut-être n'as-tu pas songé à une certaine chose ?

— Quoi ? demanda Dayne en levant les mains au ciel. À quoi donc n'ai-je pas songé ?

— Si elle est aussi ingénue qu'elle paraît, peut-être que cette vie — tenir un rôle principal dans un grand film — ne lui est pas destinée ? Y as-tu au moins pensé ?

Dayne rejeta le commentaire du revers de la main.

— Voilà qui est ridicule ! s'exclama-t-il. Il ne s'agit que d'un film, Mitch, un seul petit film. Ensuite, Katy pourra retourner à son théâtre pour enfants si le cœur lui en dit. Un film ne changera pas le cours de son existence… du moins, pas à tout jamais.

Pendant un instant, Mitch le dévisagea. Puis, il ricana tristement.

— As-tu déjà oublié, Dayne ? Un seul film a changé *ta* vie. Tu as tenu le premier rôle de *Au-delà des montagnes* et ce fut le début de la fin. Les offres étaient innombrables. Il suffit d'un seul film.

Dayne serra les lèvres et fixa ses souliers. Mitch avait raison, et il détestait ça.

— Elle est venue jusqu'ici, non ? répliqua Dayne, déterminé. Que son existence soit chamboulée n'a peut-être aucune importance…

Mitch hocha la tête.

— C'est une inconnue, Dayne, rétorqua-t-il. À bien des égards, je n'en suis pas préoccupé mais, s'il faut dépendre d'elle pour une production qui coûte des millions de dollars…

Il fit une courte pause.

— Je ne sais pas si nous pouvons nous le permettre, ajouta-t-il. Kelly Parker était également fantastique.

La conversation était close. Dayne se leva et tapota le genou de Mitch.

— C'est elle que je veux ! s'exclama-t-il. Donne-moi une seule journée en sa compagnie. Je découvrirai à quel point tout cela lui tient à cœur, puis je lui offrirai le rôle. Si elle se retire, nous le saurons bien assez tôt.

Il hésita un moment.

— Ça te va ? ajouta-t-il.

Mitch se frotta le cou et soupira profondément.

— Bon, d'accord, mais ne la bouscule pas, Matthews, car Kelly ferait très bien l'affaire, dit-il en le pointant du doigt.

Dayne sentit l'excitation le gagner. Il avait le feu vert. Tout ce qui lui restait à faire était de convaincre Katy. Bien qu'il croyait pouvoir y parvenir en cinq minutes de conversation, il préférait prendre son temps pour apprendre à mieux connaître la jeune femme. Katy ne devait repartir que dans quelques jours et elle n'avait rien d'autre à faire, du moins c'est ce qu'il croyait.

Il la trouva assise à une table de pause-café à siroter une bouteille d'eau.

— Bonjour, fit-il simplement.

— Salut.

Katy avait l'air anxieuse.

— Alors, quel est le verdict ? poursuivit-elle.

Ses yeux étaient d'un bleu si pur. Dayne tenta de se remémorer où il avait déjà vu un regard si empreint d'éclat, d'amour et de bonté. Puis, il se souvint. Luke Baxter avait des yeux comme ceux de Katy, non ? Luke, de même qu'Elizabeth...

Dayne se domina, puis esquissa un sourire.

— Ne parlons pas de verdict, d'accord ?

— Non ? demanda-t-elle, le visage dénué d'expression. Est-ce que ça signifie que mon vol de retour a été devancé ?

Mitch et Dayne avaient prévu qu'elle reste jusqu'au jeudi après-midi, juste au cas où le régisseur aurait voulu qu'elle consulte le scénario entier. Ainsi, ils auraient le temps de préparer un contrat s'ils désiraient lui faire une proposition.

— Non, Mademoiselle Katy, répondit Dayne en riant. Vous ne prendrez pas un vol anticipé, du moins pas aujourd'hui.

La jeune femme avait les yeux grands ouverts et son regard était perplexe.

— Alors, quelle est la prochaine étape ? demanda-t-elle.

— La prochaine étape… commença Dayne en lui prenant la main pour l'aider à se lever.

Dès qu'elle fut sur ses pieds, il lui lâcha la main.

– … est de nous trouver un endroit pour manger et discuter, poursuivit-il.

Katy fronça les sourcils d'une manière exquise.

— Pour parler du film ? s'enquit-elle.

— Pour parler du film, répéta Dayne.

Il désirait lui demander si elle savait à quel point elle était adorable, mais il se retint. Aujourd'hui, il serait d'une tenue exemplaire, car le tout devait être désinvolte et professionnel. Quels que soient ses sentiments, il devait attendre un autre jour pour les révéler...

peut-être même une éternité. De toute façon, il voulait que Katy soit de la distribution de son film.

— Ça te convient ? lui demanda-t-il en esquissant un sourire.

— Ça me convient. Tu es certain d'avoir le temps ?

— J'ai tout le temps dont j'ai besoin, répondit Dayne.

Il réfléchit un moment.

— Tu as une voiture de location ? poursuivit-il.

— Effectivement, lui répondit la jeune femme d'un ton interrogateur.

— Prenons ta voiture, dit-il en grimaçant. Je ne veux pas qu'on prenne des photos de toi… du moins, pas tout de suite.

— Les paparazzis ? demanda Katy d'un ton compréhensif.

— Des tonnes !

***

Katy laissa Dayne prendre le volant. Dès l'instant où ils quittèrent le studio, elle eut l'impression que la journée se déroulait comme dans un film. Le soleil était à son zénith tandis qu'ils roulaient sur le boulevard Santa Monica et l'autoroute Pacific Coast.

— Es-tu déjà allée à la plage de Malibu ? demanda Dayne.

— Non, lui répondit-elle en se retournant pour mieux le voir. Est-ce bien ?

— Pas vraiment, avoua l'acteur en riant et en haussant les épaules. Ce n'est pas aussi bien que les plages de certaines îles que j'ai visitées, mais c'est correct.

— Est-ce là où nous allons ?

— Pas tout de suite, répondit Dayne, tout sourire. D'abord, nous passerons par le célèbre service au volant de PFK.

— Vraiment ! s'exclama Katy. Wow, je n'aurais jamais deviné.

Son regard valsait. Elle se baladait sur l'autoroute Pacific Coast avec Dayne Matthews et c'était tout ce qu'il y avait de plus normal. L'acteur était amusant et sans prétention. Il affirmait qu'il était surestimé et se moqua de sa réussite à plusieurs reprises.

Ils commandèrent un baril de poulet et de la purée de pommes de terre au service au volant. Quand ils se présentèrent à la vitrine, Dayne garda le visage tourné vers Katy. Il refit le même scénario quand ils se présentèrent à la vitrine de cueillette, lui tenant conversation jusqu'à ce que la préposée ait leur repas en main.

— Merci, dit Dayne en prenant leur commande et en se retournant immédiatement vers Katy pour la lui tendre.

— Eh, attendez, n'êtes-vous pas… ?

Dayne avait quitté le comptoir avant même que la préposée n'ait eu le temps de terminer sa phrase.

— Les jeunes, quels idiots ! s'exclama-t-il en haussant les épaules. Du simple fait qu'ils travaillent à Malibu, ils s'imaginent qu'il y a des vedettes de cinéma partout.

— Ouais, rigola Katy, l'air détendue. Quels idiots !

Ils poursuivirent leur route encore quelques minutes, puis Dayne bifurqua vers la droite, en direction contraire à la mer.

— Je croyais que nous allions à la plage, lui fit remarquer Katy en regardant autour d'elle.

Ils se dirigèrent vers ce qui semblait être un campus universitaire.

— Mon petit doigt me dit que la plage sera bondée, expliqua Dayne.

Katy était sur le point de le contredire ; il était à peine midi, un jour de semaine. Puis, elle se remémora la scène au service au volant. Dayne l'amenait-il quelque part où personne ne le reconnaîtrait ? La jeune femme se préoccupa à l'idée de savoir qu'il devait se démener ainsi, chaque jour, afin d'éviter d'être assailli par des admirateurs et des photographes.

C'était une chose qu'elle pouvait comprendre, mais dont elle n'avait jamais fait l'expérience.

Ils se dirigèrent vers une colline étroite, entretenue, en passant devant un poste de surveillance.

— Quel est cet endroit ? demanda la jeune femme.

— L'université Pepperdine, lui répondit Dayne en se penchant sur le volant pour gravir la pente. C'est beau, non ?

— En effet, dit-elle en fixant l'océan au loin à travers la vitre de sa portière.

Plus ils montaient, plus la vue était à couper le souffle.

— J'ai entendu parler de cet endroit, poursuivit Katy. L'un de mes amis de l'école secondaire a fait ses études ici.

Ils tournèrent sur la gauche dans l'aire de stationnement, trouvèrent un endroit où se garer et portèrent leur repas en parcourant un sentier vers une colline verdoyante. L'endroit était désert et Dayne marchait lentement.

— C'est toujours aussi tranquille, fit-il remarquer.

Il jeta un regard en biais en direction de la mer.

— Toute cette verdure et une telle vue, poursuivit-il. Pourtant, les étudiants sont trop affairés en classe pour venir en profiter.

— Les lieux sont si calmes ! s'exclama Katy.

— Voilà le plus important !

Dayne guida la jeune femme vers l'extrémité d'un banc et prit place à l'autre extrémité, posant leur repas entre eux. Quand ils eurent tous deux rempli leur assiette, il étendit les jambes.

— Alors, Katy Hart, parle-moi de ton emploi à Bloomington.

Katy fut prise au dépourvu par la tournure de la conversation. Elle s'attendait à ce qu'ils discutent du film ou des attentes que Dayne et Mitch Henry auraient s'ils lui proposaient le rôle. Elle se demanda si l'acteur était sincèrement intéressé ou si cela faisait partie d'une entrevue sans prétention. Elle tint son assiette à deux mains et observa deux oies se dandiner près d'eux tout en se dirigeant vers un petit étang.

— J'imagine que tu connais le nom de la troupe. Il s'agit du Théâtre chrétien pour enfants, connu généralement sous l'acronyme TCE.

— En effet, admit Dayne en relevant la tête, la concentration se lisant sur son visage. Du théâtre pour enfants, par des enfants, si je me souviens bien.

— Voilà, fit Katy en souriant. Nous montons présentement *Tom Sawyer*. Je crois que je t'en avais parlé.

— Ah, oui ! s'exclama l'acteur en prenant une gorgée de Coke hypocalorique. On m'a invité pour peindre des décors.

Katy se mit à rire.

— Exactement, admit-elle en prenant une grande respiration. J'adore tout ce qui a trait au TCE.

Elle fixa son regard sur le bleu du ciel au-dessus de sa tête.

— Les enfants, les spectacles, les parents, poursuivit-elle.

Elle se tourna vers Dayne.

— Ça représente beaucoup de travail, expliqua-t-elle, mais il n'y a rien de plus gratifiant que de prendre place dans l'enceinte du théâtre et de voir un spectacle prendre forme, une production à laquelle tu as participé.

L'acteur l'observa un instant.

— Alors, qu'est-ce qui t'amène ici ?

— Pour l'audition ?

— Oui, fit simplement Dayne.

Il se tut un moment.

— Si ton travail est si valorisant, pourquoi n'as-tu pas refusé ma proposition ? demanda-t-il sans vouloir porter de jugement.

— Parce que…

Katy ne savait pas jusqu'à quel point en révéler sur elle, mais l'osmose entre la chaleur de la brise océane et la solitude environnante était propice aux confidences.

— Parce qu'il y a longtemps, poursuivit-elle, c'était l'univers dont je rêvais.

Elle esquissa un sourire.

— Tu connais l'existence de mon émission pilote, enchaîna-t-elle.

— Et je sais que tu as abandonné les auditions peu de temps après, confia Dayne en cherchant le regard de la jeune femme. Qu'est-il arrivé ?

Katy fut subitement submergée par une vague d'émotions. Elle baissa les yeux et fixa le sol sous leurs pieds.

— C'est une longue histoire, dit-elle d'une voix faible.

Elle fit une courte pause.

— Disons seulement que j'ai été désillusionnée, résuma-t-elle lorsque sa voix fut moins chargée d'émotions.

— Par le métier ?

— Par le mode de vie. Par la vie nocturne, j'imagine.

Dayne acquiesça doucement.

— Ouais, nous avons en effet une mauvaise réputation, philosopha-t-il en se lamentant. Nous sommes tous des oiseaux de nuit écervelés et criards.

Quand il leva de nouveau les yeux vers Katy, son regard se fit suppliant.

— Ne va pas croire tout ce que tu entends, Katy, dit-il, soudainement sérieux. Oui, pour certaines personnes, c'est un réel problème. Avec la célébrité et l'argent, la consommation de drogue est fréquente. Toutefois, la plupart d'entre nous savent garder leurs distances.

La jeune femme ne le connaissait pas suffisamment pour douter de cette affirmation, quoiqu'elle ait à quelques reprises feuilleté des magazines d'Hollywood qui parlaient presque toujours des virées de l'acteur.

— Tu n'es pas un oiseau de nuit ? lui demanda-t-elle.

— À l'occasion, répondit-il en posant son assiette entre eux.

Il agrippa le bout du banc, s'adossa, les muscles des épaules tendus à la base du cou.

— Je sors avec des amis prendre un verre ou deux, poursuivit-il en redressant la tête pour fixer Katy du regard, et les magazines m'accusent d'être un tombeur. La plupart du temps, je passe mes soirées seul à la maison à visionner des films.

Katy l'étudia. Il semblait honnête. Elle n'avait aucune raison de douter de la bonne foi de Dayne, mais elle était étonnée par cette révélation : Dayne Matthews, le tombeur d'Hollywood, seul à la maison à regarder des films. La jeune femme ne s'attendait pas à ça. Elle ne l'en admira que davantage, voyant le contact s'établir plus facilement.

Un autre effet se fit sentir : sa vision du mode de vie hollywoodien en fut ébranlée.

— Alors… demanda Dayne, interrompant Katy dans sa rêverie. Tu n'as pas cessé de te présenter aux auditions parce que tu avais peur de la gloire ?

Katy prit son temps.

— Non, je ne crois pas. Quelque chose est arrivé à un de mes amis, mais ce n'était pas à cause de la célébrité… du moins, pas directement.

Dayne attendit et Katy crut comprendre qu'il espérait en savoir davantage. Toutefois, elle n'était pas prête à s'étendre sur le sujet. Elle connaissait à peine cet homme. Depuis son départ de Chicago, elle n'avait parlé de Tad à personne. Elle prit un morceau de poulet et le tint dans les airs.

— C'est bon. Tu devrais y goûter.

Dayne se détendit et reprit son assiette. Ils mangèrent en silence, confortablement, n'émettant que quelques commentaires à propos de la beauté du campus, de ce merveilleux après-midi ensoleillé et des oies.

— En fait, ce sont des oies de combat, expliqua Dayne en finissant sa purée et en s'essuyant la bouche.

Il pointa l'étang derrière eux.

— C'est vrai, ajouta-t-il. Regarde.

Katy jeta un regard par-dessus son épaule pour observer un groupe d'oies. Les volatiles nageaient vers la rive, sortant de l'eau et se précipitant directement vers eux. La jeune femme émit un petit cri et se rapprocha de son interlocuteur.

— Sérieusement ?

— Oui, répondit Dayne en prenant deux biscuits. Voilà pourquoi nous avons ceci.

Il se leva et fit face aux oies. Puis, il brisa les biscuits en morceaux et les jeta quelques mètres plus loin dans la direction opposée. Les oies se jetèrent sur la nourriture, se bousculant les unes les autres pour atteindre les plus gros morceaux.

— Et voilà, poursuivit l'acteur en s'époussetant les mains avant de se rasseoir. Dès que les oies comprendront qu'il n'y a plus de nourriture, elles nous laisseront tranquilles.

— Tant mieux, dit Katy en frissonnant. Garde un œil sur elles, d'accord ? Je n'aimerais pas me faire attaquer par une oie de Pepperdine.

Dayne éclata de rire.

— Je ne crois pas que ces volatiles aient des dents.

Leurs rires se mêlèrent. Pendant un moment, le silence plana.

— Alors, où en étions-nous ? lança subitement Dayne, le regard songeur.

— Le passé ! s'exclama la jeune femme en souriant.

— Ouais, quels sont tes rêves ? Qu'est-ce qui te fait vibrer ?

Katy sentit son estomac se nouer d'un seul coup. Elle ne pouvait partager ni l'un ni l'autre. Elle se pinça les lèvres et réfléchit un instant pour trouver une réponse acceptable.

— Ce qui me fait vibrer, c'est simple. Je suis chrétienne, tu le sais ?

— J'ai cru comprendre, avoua Dayne en esquissant une grimace comme s'il faisait un calcul. Regardons les choses de plus près.

Il prit une grande respiration.

— Le Théâtre *chrétien* pour enfants ? demanda-t-il en souriant. Oui, j'avais cru comprendre.

— Voilà ! s'écria Katy en riant.

À cette idée, son cœur se gonfla. Toutes les tensions de la pièce, Heath Hudson et les comités de parents semblaient appartenir à une autre vie. Elle regarda Dayne de nouveau.

— Voilà, mon moteur, c'est la foi. Dieu et moi, nous sommes de bons amis, j'imagine.

Dayne changea d'expression mais d'une façon si subtile que la jeune femme ne s'en aperçut pas. Quoi qu'il en soit, elle crut comprendre que la foi, ou encore la chrétienté, l'avait un jour blessé. Il se frotta le menton et ses lèvres s'étirèrent en un sourire.

— Bon. Alors, qu'est-ce que ta foi dit de ta visite à Hollywood pour auditionner afin d'obtenir un rôle dans une méga-production ?

— J'ai prié à cet effet.

Au loin, Katy vit un couple déambuler dans l'herbe et s'asseoir sur le sol. La situation était déjà assez étrange — manger avec Dayne Matthews sur une colline surplombant la plage de Malibu — mais, maintenant qu'ils discutaient de la foi, c'était plutôt irréel. La jeune femme leva un peu les mains et les laissa retomber sur ses genoux.

— J'ai demandé à Dieu d'être clair, expliqua-t-elle. Il peut ouvrir la porte ou la refermer. Je ne veux rien sans qu'Il soit d'accord.

— D'accord, répéta Dayne, tout sourire. Alors, voici peut-être un signe.

— Quoi donc ? Quel signe ?

Quelques goélands bruyants volèrent au-dessus de leurs têtes en direction de l'océan.

— Bien, tout d'abord, l'audition s'est bien déroulée, expliqua Dayne. La chimie est bonne, non ?

Il sourit à pleines dents. Pour la première fois, Katy eut l'impression qu'il lui contait fleurette. Puis, bien qu'il avait les yeux brillants, il prit un ton plus sérieux.

— Le rôle est pour toi, Katy. Mitch et moi, nous désirons que tu l'acceptes.

— Pardon ?

Katy avait la tête qui tournait ; son cœur battait la chamade. Elle ne savait trop que répondre. Toute la situation lui semblait des plus irréelles. Dayne attendait sa réponse ; elle le sentait. Pourtant, les mots ne lui venaient pas. Il lui offrait le rôle ! Le rôle était sien ! Tout à coup, elle fit la seule chose qu'elle était en mesure de faire, ce qui lui semblait le plus étrange et le plus naturel qui soit : elle cria et serra Dayne dans ses bras.

Quand Rhonda apprendrait ça ! Et les Flanigan et tous les gens du TCE ! Ils seraient heureux pour elle, n'est-ce pas ? Si elle acceptait le rôle, ce ne serait que pour un film, un petit engagement. Elle pourrait retourner au TCE si elle le désirait. Par contre, tandis qu'elle serrait Dayne et qu'il lui rendait son accolade, une autre pensée surgit dans son esprit, une pensée qui semblait encore plus incroyable que tout ce qui s'était produit depuis son arrivée au studio le matin.

Si les sentiments qu'elle ressentait étaient un signe, peut-être ne rentrerait-elle jamais au bercail.

***

Chloé était furieuse.

Qui que soit cette fille, ni elle ni Anna ne l'avait jamais vue. Qui était donc cette jolie blonde au sourire agréable ? Une autre écervelée, évidemment, même si elle n'en avait pas l'air. Avec ses jumelles, Chloé ne manquerait rien du pique-nique de Dayne et de cette fille. Elle s'était garée un peu plus loin qu'eux. La voiture devait être celle de l'intruse. Dayne n'avait pas conduit une berline au cours des trois mois de leur relation... de leur mariage, pas de leur relation.

Chloé avait failli manquer Dayne mais, lorsqu'elle était retournée à son observatoire sur la colline surplombant le studio, elle avait décidé d'examiner toutes les voitures entrant et sortant. Ainsi, elle pourrait voir la femme qui auditionnait pour le rôle qui aurait dû être sien. Elle n'avait pas remarqué l'arrivée de cette blonde. Par contre, lorsque la berline argentée quatre portes avait quitté l'aire de stationnement, Dayne était au volant et la blonde était sur le siège du passager.

Quelle coquine ! Chloé ne la reconnaissait pas. C'était probablement une nouvelle, ce qui signifiait que cette blondinette venait à peine de faire la connaissance de Dayne. Pourtant, elle était déjà prête à se sauver avec lui... peut-être même à aller jusque chez lui.

Chloé sentit le couteau et promena ses doigts le long de la lame effilée. Le poignard n'était plus dans sa poche, puisqu'elle aurait peut-être besoin de s'en servir d'un instant à l'autre.

La femme avait les doigts mouillés. Elle y jeta un coup d'œil. Elle saignait. Elle avait dû se couper en tâtant la lame du couteau. Elle ricana tout bas ; heureusement que le poignard était effilé. Elle n'aurait peut-être qu'une seule occasion avec une fille comme Kelly Parker... ou avec la poulette blonde sur le banc de la colline.

Chloé avait pris sa décision et ordonna à Anna de se taire. La concurrence était trop forte, trop agressive. Pour que Dayne reprenne sa juste place à ses côtés et qu'ils vivent comme mari et femme, elle devait se défaire de la concurrence.

Une voiturette de golf pénétra dans l'aire de stationnement. Chloé l'observa. Elle jura. Il s'agissait d'un gardien de sécurité, évidemment. Dès que vous sortez une paire de jumelles, les gens vous prennent pour une cinglée. Bon. Elle regarda une dernière fois Dayne et la fille.

Puis, elle jeta le couteau et les jumelles sur le siège du passager et mit le moteur en marche. Ça ne se passerait pas ici, en plein jour sur un campus universitaire, mais ça se produirait… une fois pour toutes.

La voiturette de golf s'approchait. Chloé fit marche arrière, bifurqua dans la direction opposée et partit en trombe. La blonde avait intérêt à apprécier son repas. Si elle continuait de fréquenter Dayne Matthews, c'était peut-être l'un de ses derniers.

CHAPITRE DIX-NEUF

KATY APPELA D'ABORD RHONDA, mais elle n'obtint pas la réaction souhaitée.

— C'est génial, Katy, dit son amie d'une voix qui laissait transparaître une pointe de chagrin. Vraiment. Tu vas accepter, n'est-ce pas ?

— Rhonda, tu devrais crier, lancer le téléphone ou sauter de joie, s'écria Katy d'une voix perçante. Dayne Matthews veut que je joue dans un film avec lui ! Peux-tu le croire ?

— C'est fantastique, dit Rhonda d'une voix hésitante. Est-ce que tu vas déménager à Los Angeles dans ce cas ?

— Non, bien sûr que non.

Tout à coup, Katy comprit l'hésitation de Rhonda. Celle-ci pensait perdre une amie. Cette éventualité devait être considérée si les sentiments ressentis à Pepperdine avaient une signification… La jeune femme garda ses pensées pour elle-même.

— Je serai partie pendant six semaines tout au plus, poursuivit-elle. Tu peux diriger le prochain spectacle à ma place, puis je serai de retour et tout reviendra à la normale.

— D'accord, Katy, acquiesça Rhonda d'une voix peu convaincue, si tu penses que c'est possible. Peu importe, je suis heureuse pour toi. Tout le monde sera ravi de l'apprendre.

— Tu ne l'as pas dit à personne, n'est-ce pas ?

— Bien sûr que non, répondit Rhonda, l'air indignée. Tu m'as demandé de garder le secret.

— Je sais.

Katy se sentit gênée d'avoir posé la question.

— Je voulais seulement m'en assurer.

La conversation s'enlisa par la suite et Katy y mit fin.

En ce moment, elle faisait les cent pas dans sa chambre d'hôtel, une suite luxueuse au dix-huitième étage du Sheraton Universal, se demandant à qui elle pouvait annoncer la nouvelle. Ses parents ne savaient même pas qu'elle avait passé une première audition ; elle aurait donc beaucoup d'explications à donner. De plus, il était 23 h à Chicago. Elle devrait attendre et leur faire part des choses quand elle aurait plus de temps.

Elle s'assit sur le bord du lit. La journée avait été extraordinaire… comme un rêve. Après le déjeuner, Dayne l'avait emmenée en promenade le long de la plage avant de la ramener au studio. Ils avaient examiné la première partie du scénario avant d'aller dîner à la cantine. Un peu après 19 h, ils étaient partis chacun de leur côté et, maintenant, elle avait tant d'énergie qu'elle aurait pu voler à travers la pièce.

Toutefois, elle se leva et continua à arpenter la chambre.

Ses sentiments étaient entremêlés et elle n'était pas sûre de la façon dont elle devait s'y prendre pour les dénouer. À tout instant, elle se surprenait à revivre la scène du film : la promenade main dans la main, les baisers… Elle s'arrêtait chaque fois et se réprimandait. C'était du jeu, rien de plus. Dayne était un professionnel, ce qui se traduisait par des scènes romantiques de temps à autre.

Elle s'approcha de la fenêtre, ouvrit les stores et admira les millions de lumières. C'était permis, n'est-ce pas ? Elle pouvait interpréter des scènes romantiques en tant qu'actrice, dans la mesure où c'était plutôt discret, n'est-ce pas ?

« Dieu, aide-moi à décider quoi faire », implora-t-elle. Elle se laissa hypnotiser par le flot de circulation plus bas sur Hollywood Drive. « C'était correct ce que j'ai fait aujourd'hui, n'est-ce pas ? » interrogea-t-elle.

« Ma fille… plus que tout, protège ton cœur », entendit-elle dans sa tête.

Protéger son cœur ? Les mots lui semblèrent si réels qu'elle fut tentée de lever les yeux en l'air pour s'assurer qu'il n'y avait pas de microphone caché quelque part. Tout d'abord, le rappel de la sainteté et maintenant ceci : protéger son cœur.

D'accord, elle le protégerait. Du moins, elle ne s'attacherait pas à Dayne. Évidemment, l'acteur était séduisant et amusant à côtoyer, mais ce n'était pas quelqu'un qu'elle voulait fréquenter étant donné toute l'importance qu'elle accordait à sa foi. « Dieu, murmura-t-elle, appuyée contre le froid panneau de verre teinté, est-ce toi ? » demanda-t-elle.

« Ma fille, protège ton cœur », entendit-elle à nouveau.

Un frisson lui parcourut les bras. De temps à autre, elle était absolument convaincue que Dieu lui répondait, pas avec des mots audibles et sûrement pas d'un ton tonitruant, mais dans les profondeurs de son âme, là où elle devait demeurer très silencieuse pour L'entendre.

C'était l'un de ces moments.

Si Dieu voulait qu'elle protège son cœur, Il voulait qu'elle soit prudente. Toutefois, Il ne fermait pas la porte à l'idée d'embrasser Dayne dans une scène de film, n'est-ce pas ? Et Il ne fermait surtout pas la porte à la possibilité d'accepter le rôle, n'est-ce pas ? Elle agrippa le bord de la fenêtre et leva les yeux. Les étoiles étaient invisibles en raison du contraste des lumières de la ville. Malgré tout, elle s'imagina les voir comme elles apparaissaient à Bloomington.

Elle se remit à prier : « Dieu, je maintiens ce que j'ai dit l'autre jour. Je ne veux pas cela si Tu ne le veux pas pour moi. Si c'est pour me changer ou me rendre malheureuse ou encore m'éloigner de Toi, s'il Te plaît… referme la porte. Montre-moi Ton souhait, Père. C'est tout ce que je désire. »

Son téléphone sonna juste au moment où elle terminait sa prière. Elle l'ouvrit.

— Allo ?

— Bonsoir, c'est Rhonda, dit son amie d'une voix penaude. Je suis désolée. Quand tu as appelé, tout ce que j'ai pensé, c'est que tout serait différent maintenant.

De la tristesse et un brin de crainte transparaissaient dans sa voix.

— Tu es ma meilleure amie, Katy, poursuivit Rhonda. Je ne veux pas te perdre, c'est tout. Malgré tout, j'aurais dû paraître plus excitée. Tu me pardonnes ?

— Bien entendu, répondit Katy en se rassoyant sur le bord du lit. Je comprends, c'est inquiétant. Qui sait où cela mènera ou si j'accepterai même le rôle, mais je ressens la même chose. C'est comme si tout était sur le point d'être chamboulé. Et ce n'est pas toujours bon, surtout quand tu aimes assez la vie que tu mènes actuellement.

— Précisément. Je savais que tu comprendrais, dit Rhonda en laissant échapper un petit rire attristé. Tu comprends toujours.

— Merci d'avoir appelé, dit Katy en souriant. Je n'étais pas fâchée.

— Mais je suis désolée. Je ne pouvais pas aller me coucher sans te le dire.

— Tu es une bonne amie, Rhonda.

Katy s'appuya contre l'oreiller. Elle s'imagina Dayne et ce qu'elle avait ressenti quand il lui avait appris la nouvelle. Tout aussi rapidement, elle songea à sa vie à Bloomington.

— Ne t'inquiète pas, poursuivit-elle. Je ne m'en vais nulle part.

Il y eut une pause.

— Tu ne m'as pas donné de détails, fit remarquer Rhonda. Tu sais, pour l'audition avec Dayne.

— C'était un genre de scène d'amour, rigola Katy. Je me demandais quand tu allais me questionner à propos de la partie intéressante.

— Une scène d'amour ? Katy Hart, qu'essaies-tu de me dire ?

Rhonda semblait intentionnellement indignée, mais elle ne put garder son sérieux et éclata de rire.

— Dis-le rapidement, je meurs d'envie de le savoir.

— Bien, ce n'était pas si pire, heureusement. Le personnage de Dayne me raccompagne chez moi en marchant et, tous les deux, nous sommes attirés l'un envers l'autre et...

— Vous l'êtes ?

— Rhonda ! Pas moi et Dayne ! Les personnages !

— Oh, d'accord ! s'exclama Rhonda en riant de nouveau. Je suis désolée. Continue.

— D'accord. Alors, nous revenons en marchant et, en arrivant à la porte de mon appartement, il m'embrasse.

— Il t'embrasse ? s'écria Rhonda. Dayne Matthews t'embrasse ?

— Deux fois.

Katy rit plus fort cette fois. Il était agréable pour elle de partager ces détails avec Rhonda. C'était le genre de conversation qu'elle avait recherché plus tôt.

— Il t'a embrassé deux fois ? Est-ce que c'était dans le scénario ?

— Bien sûr, idiote.

Katy se releva et s'appuya les coudes sur les genoux. Elle envisagea de raconter le passage des cheveux et comment Dayne lui avait déclaré qu'elle était magnifique, mais ce n'était que le personnage qui avait parlé. C'était sa façon d'improviser une scène qu'il connaissait sur le bout de ses doigts.

— Alors ? Tu sais ce que je m'apprête à te demander.

— Non, je ne le sais pas, répondit Katy en fronçant les sourcils.

— Est-ce qu'il embrasse bien ?

— Rhonda ! s'exclama Katy en expirant fort. C'était de l'interprétation.

— S'il te plaît, dit Rhonda en laissant échapper un gémissement sarcastique. N'exagère pas, Katy. Tu passes une matinée à tourner une scène romantique avec un homme. Est-ce qu'il sait embrasser, oui ou non ?

— Bien, disons qu'il s'est souvent exercé.

— Alors, il est bon, n'est-ce pas ?

— La vérité ?

Katy effleura du pied le jeté de lit frais et glissa sa main libre sous sa tête.

— Bien sûr, la vérité, répéta Rhonda. Toute la vérité.

— C'était extraordinaire, ma chère. Pendant environ trois secondes, j'ai complètement oublié où je me trouvais ou ce que je faisais. Sérieusement.

— Qu'a dit le réalisateur ?

— Nous avons réussi dès la première prise de vue. Il n'a pas pensé que le courant serait un problème entre nous.

— Ne nous demandons pas pourquoi ils t'ont offert le rôle, Katy, dit Rhonda d'un ton rêveur. Je ne peux pas le croire, C'est vraiment en train de t'arriver.

— Je sais.

Katy sentit son sourire s'évanouir. Elle attendrait plus tard pour raconter la partie de Pepperdine et le reste de la journée. Pour le moment, elle avait besoin de temps pour mettre de l'ordre dans ses sentiments.

— Cela ne signifie toutefois pas que les choses vont changer, poursuivit-elle, pas pour moi, pas pour nous.

— D'accord. Merci de le dire.

La conversation s'acheva et Katy se prépara à aller au lit. Tandis qu'elle était étendue, réveillée, elle s'interrogea sur elle-même. Si elle était prête à connaître la volonté de Dieu, elle devrait écouter attentivement. Autrement, elle ne l'entendrait pas en raison de sa propre excitation.

Cette nuit-là, Katy était si agitée qu'elle eut de la difficulté à trouver le sommeil. Elle ne cessait de rejouer la scène du film dans sa tête et elle s'imaginait les six semaines de tournage avec Dayne. Elle croyait toujours à ce qu'elle avait dit à Rhonda quelques jours plus tôt. Dayne était la dernière personne de qui elle deviendrait amoureuse. Elle ne connaissait rien de lui, sauf ce que savait le public.

Toutefois, il était agréable de le côtoyer et cela signifiait deux choses : tout d'abord, que les six semaines avec lui seraient très amusantes ; ensuite, qu'elle devrait être prudente... très prudente.

***

Le lendemain matin, Dayne fit envoyer une voiture à Katy et la jeune femme le rencontra dans la petite salle à dîner face au studio d'enregistrement.

— Tu es prête à examiner la seconde partie du scénario ? demanda-t-il.

— Assurément.

Leur relation était maintenant facile puisque, dans les jours précédents, ils s'étaient liés d'une manière qui leur plaisait à tous les deux. Katy indiqua l'une des tables.

— Devrions-nous rester ici ? s'enquit-elle.

— Non, répondit Dayne en esquissant un sourire. Cet endroit devient trop fréquenté.

Il fit un signe de tête.

— Suis-moi, ajouta-t-il.

Il commença par faire visiter le studio à Katy. En marchant, leurs épaules se touchaient de temps à autre. Il lui montra les endroits où différentes comédies de situation et des films avaient été tournés. Puis, il expliqua que les scènes extérieures de *Tu peux toujours rêver* seraient sans doute tournées à deux endroits : à New York et à Thousand Oaks, une banlieue de Los Angeles.

— Pourquoi ? s'enquit la jeune femme.

Ils marchaient d'un rythme lent et nonchalant, pas très différent de celui qu'ils avaient adopté pendant le tournage de la scène la veille.

— Thousand Oaks ressemble à une petite ville, surtout dans la partie où se trouvent les fermes en direction de Moonpark, expliqua Dayne.

Tout à coup, Katy vit une pensée surgir dans son esprit. Elle avait l'occasion d'aborder avec Dayne la visite au théâtre.

— Eh, j'ai une idée ! s'exclama-t-elle.

— Laquelle ?

Ils marchaient à proximité d'un magnifique jardin de fleurs. Dayne s'arrêta, cueillit un pétunia et le lui tendit.

— Quelle est ton idée ?

— Merci.

Katy prit la fleur et, pendant quelques instants, fut trop troublée pour même se souvenir d'avoir eu une idée, encore moins de quoi il s'agissait. Soudainement, elle se rappela.

— Vous devriez vous servir de Bloomington ! s'exclama-t-elle. De cette manière, vous auriez la vraie atmosphère d'une petite ville. Les environs sont parfaits.

— C'est une idée, admit l'acteur en penchant la tête d'un air songeur.

— Dayne... commença Katy.

Elle s'arrêta et, le visage inondé de soleil, se tourna vers lui.

— Tu es déjà venu à Bloomington, n'est-ce pas ? poursuivit-elle.

— Moi ?

Pendant une fraction de seconde, Dayne donna l'impression qu'il allait nier, puis il haussa les épaules.

— Oui, c'est une belle ville, enchaîna-t-il.

— Pourquoi es-tu entré dans le théâtre pour en repartir dix minutes après ? demanda Katy en plissant les yeux et en tentant de découvrir ce qui se cachait derrière le célèbre sourire de l'acteur. Pourquoi ?

— Je passais par là, expliqua Dayne en baissant les yeux et en recommençant à marcher. Ça faisait longtemps que je n'avais pas vu de théâtre communautaire.

Il la regarda de nouveau et sourit.

— Allez, ce n'était rien d'extraordinaire, continua-t-il.

Katy ne le crut pas, mais elle le rattrapa et lui emboîta le pas.

— Est-ce pour cette raison que tu as voulu que je passe une audition pour le rôle ? Est-ce parce que tu m'as vue là-bas ?

Dayne hésita. Il semblait chercher ses mots avec soin.

— Oui, c'est pour ça, avoua-t-il en levant les mains nonchalamment. Ça arrive souvent, Katy. Tu vois quelqu'un pendant quelques minutes et, lorsqu'une distribution doit être arrêtée peu après, cette personne te revient à l'esprit. Beaucoup de femmes ont auditionné, beaucoup d'actrices talentueuses, mais je tentais sans cesse de les imaginer comme toi, ce soir-là sur la scène.

— Alors, ce n'était pas en raison de mon émission pilote ?

Katy trouvait la conversation enivrante. Dayne l'avait aperçue et s'était souvenu d'elle. Maintenant, elle était son premier choix pour tenir la vedette du film avec lui.

— C'était une combinaison de plusieurs éléments, expliqua l'acteur.

Il émit un petit rire.

— J'ai demandé à quelqu'un de vérifier tes antécédents pour savoir si tu avais de l'expérience comme actrice, expliqua-t-il. Il a découvert l'émission pilote et, après l'avoir vue, je savais que tu pouvais obtenir le rôle.

Il fit une courte pause.

— Il n'y a rien de plus que ça, ajouta-t-il en esquissant un sourire de travers.

Les morceaux du casse-tête commençaient à s'assembler.

— Pourquoi étais-tu à Bloomington ? s'enquit Katy.

Pour la première fois, Dayne eut un éclair de panique qui lui traversa le regard. Il mit ses mains dans ses poches et donna un coup de pied sur un petit caillou dans l'allée.

— Je te l'ai dit, je ne faisais que passer, expliqua-t-il.

— Allez, fit simplement Katy.

Elle baissa la tête et approcha le pétunia de son nez, s'efforçant de garder l'atmosphère détendue.

— Tu venais de quel endroit ? s'enquit-elle.

— De l'université, répondit rapidement Dayne cette fois. J'ai un ami qui enseigne le théâtre là-bas.

Il prit une grande respiration.

— J'étais le conférencier invité pour le cours de l'après-midi, dit-il en fronçant les sourcils pour taquiner la jeune femme. Je revenais vers Indianapolis pour mon vol du lendemain quand j'ai vu ton théâtre.

Un avion à réaction se fit entendre au-dessus d'eux et Katy attendit qu'il soit passé. Dayne avait raconté quelque chose de plausible et elle ne le connaissait pas assez en ce moment pour le pousser davantage. Toutefois, un détail manquait, c'était évident. Pourquoi Dayne n'avait-il pas passé la soirée avec son ami professeur ? Et pourquoi avait-il traversé le centre-ville ? Il y avait un accès facile à l'autoroute à partir de l'université.

L'acteur avait cependant fini de parler de Bloomington, elle en était persuadée.

Quand l'avion fut passé, il fit un geste vers une caravane située non loin du studio principal.

— Quand je suis en ville, je peux m'en servir, expliqua-t-il en recommençant à marcher. Le studio m'a engagé pour mes quatre prochains films. C'était l'un des privilèges.

— Pas mal.

Katy eut le souffle coupé. Lire un scénario avec Dayne seuls tous les deux dans une caravane ? Le peu de temps passé avec lui indiquait qu'elle pouvait lui faire confiance. Était-ce raisonnable ?

L'acteur la guida à l'intérieur et lui indiqua une table, une chaise et un sofa.

— Voici le scénario. Tu peux commencer. Je vais nous préparer quelque chose à manger.

La caravane regorgeait de pâtisseries, de bagels et de muffins. Le réfrigérateur renfermait entre autres des jus et deux douzaines d'œufs. Dayne se déplaçait aisément dans la petite cuisine et Katy se rappela ce qu'il avait dit la veille, qu'il passait la plupart de ses soirées seul à la maison à regarder des films. Il devait donc cuisiner la majorité de ses repas. Cette pensée le fit paraître plus terre à terre, presque aussi normal que n'importe quel homme.

Katy saisit le scénario et le feuilleta jusqu'au milieu. C'était agréable de pouvoir l'examiner. De cette façon, si elle voyait un passage qu'elle ne se sentait pas à l'aise de tourner, elle le saurait avant d'accepter.

LA GLOIRE

L'intrigue était bonne, drôle et solide, avec des revirements auxquels le public ne s'attendrait pas. La jeune femme était absorbée dans sa lecture lorsque Dayne vint la rejoindre en déposant deux assiettes d'œufs brouillés et de tranches de fruits sur la table. Il s'assit sur la chaise en face d'elle et elle se sentit détendue. Il ne s'intéressait pas à elle. Le fait qu'il l'ait amenée dans sa caravane privée ne signifiait pas qu'il désirait rejouer la scène filmée la veille.

Elle prit le scénario et le tint en l'air.

— J'aime ça, avoua-t-elle en lançant un regard songeur. C'est parfait pour ce genre d'histoire.

— Ouais, si tu acceptes le rôle, ce le sera, confirma Dayne en se glissant sur le bord de sa chaise et en soutenant quelques instants le regard de son interlocutrice.

Un dossier était posé sur une petite table près de lui et il s'étira pour le saisir. Il prit le document à l'intérieur et le tendit à Katy.

— Voici le contrat. Le troisième paragraphe stipule ce que nous prévoyons te payer.

La jeune femme repoussa le scénario. Elle sentit ses mains trembler lorsqu'elle saisit le contrat. Elle craignait presque de regarder, mais elle le fit quand même. Elle eut le souffle coupé par le montant. C'était un montant à six chiffres, une somme qu'elle n'arriverait jamais à gagner pendant toute une vie à diriger les productions du TCE.

Elle regarda l'acteur en hochant la tête.

— Dayne, c'est incroyable ! ne put-elle s'empêcher de s'exclamer.

— C'est ce que tout le monde va dire dans trois ans alors que tu gagneras cinq millions de dollars par film, lui fit remarquer Dayne.

Il s'adossa et afficha un sourire satisfait.

— Ils voudront tous savoir comment nous avons bien pu t'avoir à si bon prix, ajouta-t-il.

Katy avait le cœur qui battait la chamade au point où elle se demanda si Dayne ne pouvait pas entendre les battements de l'autre côté de la table. Tout son être aurait voulu lui dire oui. Oui, elle accepterait cette occasion incroyable. Oui, elle travaillerait quelques semaines pour obtenir le salaire d'une vie en le côtoyant dans un film à la fois drôle et émouvant, un film suffisamment pur pour qu'elle mette sa réputation en jeu.

Pourtant, elle avait conscience d'une petite voix intérieure qui essayait de lui dire quelque chose. Elle se calma assez longtemps pour entendre « Attends, ma fille... attends-Moi. »

Elle ferma les yeux et inspira lentement par le nez. « Bien, Dieu, pensa-t-elle. Je vais attendre, mais c'est oui. Je le sais. » Elle ouvrit les yeux, déposa le contrat sur la table à côté du scénario et sourit à Dayne.

— Puis-je être honnête ?

— Je l'espère, répondit l'acteur en se croisant les jambes, les yeux rieurs.

— Je signerais immédiatement, mais... commença Katy.

Elle se rappela qu'elle devait respirer.

— J'ai besoin d'une semaine, poursuivit-elle en grimaçant... pour prier et m'assurer que je prends la bonne décision. Est-ce d'accord ?

— Bien entendu.

Dayne avait répondu promptement et la déception dans ses yeux ne dura qu'un instant.

— Mitch ne voudra pas attendre plus longtemps pour une réponse, d'accord ?

— Évidemment.

Katy aurait voulu courir vers Dayne pour le serrer de nouveau dans ses bras, mais elle se retint. Il y aurait beaucoup d'occasions pour se serrer dans les semaines à venir.

— J'aurai sans doute une réponse avant ça, précisa la jeune femme.

— Bien, fit Dayne en pinçant les lèvres tout en l'étudiant. Alors, que se passera-t-il avec le TCE et ta vie à Bloomington ? Es-tu prête à les laisser tomber ?

— Non, répondit-elle en émettant un rire poli. Le tournage du film ne prendra pas plus de quelques semaines. Je vais manquer une des productions du TCE, mais c'est tout. Je ne veux pas quitter Bloomington.

— Je crois que je ne t'ai jamais posé la question. Y a-t-il quelqu'un là-bas ? Je veux dire, est-ce que tu fréquentes quelqu'un ?

— Non.

Katy sentit ses joues s'empourprer. Était-elle embarrassée parce que, à son âge, elle n'avait personne de sérieux dans sa vie ou bien espérait-elle à demi que Dayne pose la question pour une autre raison. Elle n'était pas sûre.

— Non, ce n'est pas ça, poursuivit-elle. C'est simplement que j'aime ce que je fais. Je ne veux pas arrêter.

— Katy...

Dayne se leva et alla chercher deux verres de jus d'orange à la cuisine. Il en prit un, lui tendit le second puis s'assit face à elle.

— Avant d'accepter, tu dois être prête à laisser tomber, expliqua-t-il, à tout laisser tomber.

La jeune femme chercha Dayne du regard, tentant de voir s'il était sérieux. Il l'était.

— Je... commença-t-elle en hochant la tête, j'imagine que je ne comprends pas. C'est mon choix, n'est-ce pas ?

— Tu ne sais vraiment pas à quel point tu es bonne, la rassura Dayne en gloussant.

Il lui montra le scénario.

— Ce n'est que le début, Katy, continua-t-il. Tu recevras plus d'offres que tu peux en prendre.

Il affichait maintenant de la douceur dans le regard.

— C'était ton rêve, rappelle-toi. Tu viens d'affirmer que tu aimais ce que tu faisais avec le théâtre pour enfants. Et l'interprétation, Katy ? C'est quelque chose que tu as déjà aimé, tu me l'as dit hier à Pepperdine. Ai-je raison ? Ne rêvais-tu pas de devenir actrice ?

Katy avait la tête qui tournait. Dayne avait raison. C'est ce qu'elle avait déclaré, mais que se passerait-il avec le TCE ? Depuis le début, elle s'était dit qu'elle pourrait y retourner, qu'elle pourrait assumer une courte période de célébrité et ensuite revenir à une vie normale. Par contre, maintenant...

La jeune femme leva les yeux vers l'acteur.

— Oui. Ç'a été mon rêve pendant la plus grande partie de ma vie, admit-elle.

— Alors, Mademoiselle Katy Hart, peut-être que le signe de Dieu que tu attends... commença Dayne.

Il prit le contrat et le lui tendit de nouveau.

— ...se trouve juste ici, poursuivit-il.

**

Plus tard, Katy sortait du studio avec le même chauffeur qui l'avait amenée le matin lorsqu'ils faillirent entrer en collision avec une autre voiture. Le véhicule recula juste en face d'eux et le chauffeur de Katy fut obligé de changer de voie.

Katy aperçut brièvement la femme qui avait failli causer l'accident et elle en eut des frissons dans le dos. La femme avait directement posé sur elle des yeux écarquillés et pénétrants. Sans doute âgée d'une quarantaine d'années, elle avait les cheveux blonds en broussaille. Elle avait l'air cinglée.

— Bon à rien de paparazzi, murmura le chauffeur.

— Paparazzi ? s'étonna Katy.

Elle regarda droit devant tandis que le chauffeur se glissait à côté de la femme.

— Elle ne ressemble pas à une journaliste, vraiment pas, poursuivit-elle.

— Ah, il y en a de toutes les sortes, expliqua le chauffeur. Pourtant, celle-ci est ici presque tous les jours, garée à un endroit différent chaque fois.

Il fit un signe du pouce par-dessus son épaule en direction de la voiture qu'ils dépassaient.

— Mais c'est toujours cette vieille Honda Civic jaune, précisat-il.

Katy écoutait à peine à ce moment. Ils n'avaient pas eu de collision, c'était tout ce qui importait. De plus, elle ne faisait que penser qu'elle dînerait ce soir avec Dayne au studio. Il avait eu cette idée parce qu'elle repartait le lendemain. Ils parleraient sans doute davantage de ce qu'il lui avait dit plus tôt dans la journée.

Dayne lui ferait peut-être remarquer que l'audition, le rôle et le contrat n'étaient pas que de merveilleux événements qui s'étaient produits dans les dernières semaines, mais bien des signes de Dieu pour lesquels elle avait prié depuis le début.

CHAPITRE VINGT

LE GROUPE DE PEINTURE était une idée d'Ashley. C'était quelque chose d'amusant dont elle, Landon, Kari et Ryan pourraient faire partie... comme si c'était un rendez-vous. Elle et Landon avaient la tâche de tracer la toile de fond de *Tom Sawyer* : des arbres, une rivière sinueuse et des édifices au loin qui pourraient évoquer la ville d'Hannibal au Missouri dans les années 1800. Depuis lundi, elle travaillait au dessin de l'énorme toile. C'était maintenant mercredi soir et la scène était prête à être peinte.

Les membres du groupe voyagèrent ensemble et cueillirent des burgers au fromage et des sodas en se dirigeant vers le théâtre communautaire de Bloomington. Ils avaient tous revêtu de vieux vêtements et Ryan amusa les autres en chemin avec des histoires du premier entraînement de football de l'été.

— Jim Flanigan est génial avec les enfants, affirma Ryan, assis sur la banquette arrière, le bras autour des épaules de Kari. Un de ces jours, il devrait cesser de rêver à redevenir entraîneur pour la NFL et venir entraîner l'équipe de l'école secondaire de Bloomington. Ainsi, je pourrais être bénévole à temps partiel et avoir un peu de temps pour moi.

Il tapa sur l'épaule d'Ashley.

— Après ce soir, poursuivit-il, je deviendrai peut-être peintre professionnel.

Ashley lui sourit par-dessus l'épaule.

— On ne sait jamais, peut-être partirons-nous tous les quatre en tournée, fit-elle remarquer en faisant un signe de la main de gauche à droite. Je nous vois déjà peindre des décors dans des petites villes américaines.

Kari éclata de rire et lui tapa sur l'autre épaule.

— Peut-être devrais-tu d'abord attendre de voir ce dont nous sommes capables…

— Tu as raison, admit Ashley en jetant un regard à Landon.

— Je sais que mon mari se meurt d'envie de relever ses manches et de s'y lancer, expliqua-t-elle.

Elle déposa un baiser sur la joue de Landon.

— N'est-ce pas, chéri ? ajouta-t-elle.

— Ouais, Picasso en chair et en os, répondit Landon en jetant un regard sarcastique à Kari et Ryan dans le rétroviseur, avant de reporter son regard sur Ashley. Je t'avais dit d'amener plutôt Cole. Cet enfant est bien meilleur que moi pour ne pas dépasser les lignes.

Les rires fusèrent de partout tandis qu'ils garaient la voiture et traversaient la rue pour se diriger vers le théâtre. Kari resta auprès d'Ashley. Quand elles arrivèrent à la porte, elle mentionna à quel point leur père était heureux de garder les enfants ce soir.

— Il avait de nouveau le regard étincelant, comme lorsque maman était là.

Kari portait des shorts et un vieux t-shirt. Ses vêtements n'arrivaient toutefois pas à dissimuler les formes qui lui avait permis de poursuivre une carrière de mannequin de catalogue.

— J'ai demandé à Cole de lui donner un coup de main avec les petits, annonça Ashley.

Elle fit une grimace en pénétrant dans le théâtre.

— Ce ne sera pas trop pour papa, tu crois ? s'enquit-elle.

Kari demeura à ses côtés tandis que les hommes, derrière, parlaient de football.

— Non, répondit-elle. Bébé Ryan est fatigué. Cole et Jessie peuvent jouer avec lui pendant une heure environ. Ensuite, il ira au lit.

Ashley alluma les lumières du théâtre et se dirigea vers la scène.

— Mangez vos burgers pendant que je prépare la scène.

Le théâtre communautaire de Bloomington avait plus de cent ans. Son architecture témoignait des différentes époques. Il était doté d'un plafond haut et dégageait une forte odeur de cèdre, à l'instar du grenier d'une résidence centenaire. De lourds rideaux de velours noir séparaient la scène de la salle. À l'arrière, deux petites sections de balcon offraient de l'espace pour une soixantaine de personnes supplémentaires. En tout, le théâtre pouvait accueillir jusqu'à quatre cents spectateurs. C'était idéal pour les présentations du TCE. Ashley adorait l'endroit.

Les propriétaires du théâtre lui avaient permis d'accéder à la scène tous les soirs cette semaine afin de créer les décors. Durant le jour, l'édifice abritait une douzaine d'entreprises. Le soir, l'endroit pouvait être loué par n'importe quel membre de la communauté.

L'avantage de réunir le groupe de peinture au théâtre résidait dans le fait que celui-ci avait une scène qui offrait un espace suffisamment spacieux pour accueillir la toile de fond.

Ashley plaça une mèche de ses cheveux foncés derrière son oreille et gravit rapidement les quelques marches menant à la scène. L'endroit était frais et aéré, ce qui contrastait agréablement avec la chaleur et l'humidité extérieures. La jeune femme alluma les lumières, tira les cordons pour ouvrir les rideaux et étendit la toile en travers de la scène.

Ryan posa son sandwich et, les yeux écarquillés, s'approcha de la scène.

— Dis-moi que nous n'allons pas peindre tout ça ! s'exclama-t-il. Il mit les mains dans les poches de son short.

— J'ai un entraînement demain matin, fit-il remarquer en jetant à Ashley un regard malicieux.. Nous aurons terminé d'ici là, non ?

Landon descendit l'allée centrale et vint se placer à côté de Ryan.

— J'ai dit à Ashley que ça prendrait trois jours à toute une équipe pour peindre ceci, mais tu la connais. La foi déplace les montagnes.

Ashley décocha aux deux hommes un sourire entendu et descendit tranquillement les marches pour rejoindre Kari et manger son burger.

— Nous commençons dans dix minutes, annonça-t-elle. Vous verrez bien. Ça ira plus vite que vous l'imaginez.

Elle saisit son sandwich et prit un moment pour remercier Dieu pour cette belle amitié qu'elle entretenait avec sa sœur Kari. Toutes les deux avaient épousé des gars qui étaient amoureux d'elles depuis l'école secondaire. C'était rare et merveilleux. Dans une telle soirée, elle n'en était jamais assez reconnaissante.

Durant le repas, les hommes continuèrent de se moquer de la tâche qui les attendait. Quand ils eurent fini de manger, ils retirèrent leurs chaussures et marchèrent jusqu'au centre de la toile où Ashley avait posé la peinture et les pinceaux. Ils commenceraient à partir du centre pour travailler vers les extrémités. Ashley assigna les tâches. Les hommes prendraient les gros pinceaux pour peindre la partie supérieure, une série de gros arbres feuillus.

— J'ai déjà tracé les arbres et les branches, dit-elle en désignant le haut de la toile de fond. Vous n'avez qu'à suivre les lignes. Kari et moi, nous prendrons les édifices et la rivière en charge.

Landon prit son pinceau et une boîte de peinture verte.

— Je t'avertis, tu aurais mieux fait de demander à Cole, taquina-t-il Ashley.

Ils se mirent au boulot, peignant et bavardant au sujet des autres membres de la famille Baxter. Ryan demanda si quelqu'un s'était récemment entretenu avec l'un d'eux.

— J'ai parlé à Luke, répondit Ashley en peignant le toit du magasin général en brun. Reagan et lui viendront pour Noël. Du moins, c'est ce qui est prévu.

— J'aimerais bien qu'ils déménagent par ici, dit Kari en trempant son pinceau dans le bleu pâle pour ajouter de la couleur à la rivière. C'est difficile de les savoir si loin. Nos enfants ne se connaîtront même pas.

— Et Erin ? demanda Landon, étendu sur la toile, sa section d'arbres à la hauteur des yeux. Comment vont les filles ? Ça fait bien un an ?

Kari sourit.

— Je lui ai parlé la semaine dernière, dit-elle en s'appuyant sur les talons, son pinceau à la main. Les choses ne sont pas toujours faciles, mais elle s'en sort très bien. Les deux poupons ont été malades et les fillettes sont au jardin d'enfants à apprendre l'alphabet, entre autres. J'ai peine à m'imaginer de passer de sans enfants à quatre filles en quelques semaines comme Erin et Sam.

Elle chassa une mèche de cheveux et se remit au travail.

— Je crois qu'ils se portent très bien, poursuivit-elle.

— Est-ce que les plus grandes parlent parfois de leur mère ? demanda Landon en trempant son pinceau.

— Clarisse en parlait au début, répondit Kari, le visage sombre. Elle demandait pourquoi Erin ne criait pas après elle comme sa mère avait l'habitude de le faire.

— C'est tellement triste, ajouta Ryan en s'étirant pour admirer ses arbres. Dieu seul pouvait guider ces fillettes vers Erin et Sam, là où elles devaient être.

— Exact. Et Sam, ça va ? s'enquit Landon sans lever les yeux de sa tâche. A-t-il développé une certaine complicité avec les fillettes ?

— Oui, oui, répondit Kari en reprenant le travail. Pour les bébés, il n'y a pas eu de problème, mais il a fallu environ huit mois aux plus grandes pour tisser des liens avec leur nouveau père. Tout ce qu'elles connaissaient des hommes, c'étaient la colère et la violence. Il est étonnant qu'elles puissent même arriver à se sentir en confiance avec Sam.

Ashley regarda l'ensemble de la toile. Le quart était déjà couvert de peinture. La jeune femme se leva et admira l'ensemble de l'œuvre.

— Les amis, vous êtes extraordinaires ! s'exclama-t-elle. J'avais raison. Nous devrons partir en tournée.

— Ouais, ce n'était que de la frime, dit Kari en faisant un clin d'œil à son mari. Nous avons des années d'expérience, n'est-ce pas, Ryan ?

Landon éclata de rire et se tourna vers Ashley.

— Je vais te dire quelque chose. Je crois que Kari et toi, vous êtes comme des sœurs jumelles. Vous vous ressemblez et vous agissez de la même façon. De surcroît, vous savez taquiner comme personne.

Ils élaborèrent sur le sujet et Ashley se dit à quel point elle était chanceuse d'avoir développé des liens si étroits avec sa sœur. Il était difficile de croire qu'il y a sept ans à peine elle revenait de Paris enceinte et seule. Elle était le mouton noir de la famille Baxter. À l'époque, Kari et elle se ressemblaient peut-être, mais c'est tout ce qu'elles avaient en commun. Jamais elle n'aurait imaginé qu'elles seraient si complices un jour.

— Il n'y a pas longtemps, à l'entraînement, j'ai vu Brooke et Peter jouer au parc de l'école avec Maddie et Hayley, dit Ryan, de nouveau à genoux à peindre. J'ai peine à croire que Maddie entre en deuxième année à l'automne.

— Hayley va mieux, non ? demanda Ashley.

Elle était à peindre la porte du magasin général, s'assurant que les poignées et les charnières aient l'air réelles.

— Brooke fait encore de la consultation, poursuivit-elle, mais seulement trois jours par semaine. De plus, elle et Peter ont engagé un thérapeute du lundi au vendredi pour Hayley.

— Je sais, dit Ryan, les yeux brillants. J'ai fait une pause pour aller les saluer en joggant. Hayley m'a souri et m'a dit : « Bonjour, oncle Ryan ! »

Il avait la voix remplie d'émotions.

— J'ai failli éclater en sanglots, ajouta-t-il.

Pendant un instant, ils gardèrent le silence en songeant au chemin qu'avait parcouru Hayley depuis qu'elle s'était presque noyée deux ans auparavant. Elle était toujours en fauteuil roulant, mais elle pouvait ramper d'un côté à l'autre d'une pièce et se lever. Selon Brooke, les thérapeutes espéraient qu'elle puisse un jour marcher de nouveau.

Ryan fronça les sourcils, l'air soudainement sérieux.

— Personne n'ose le demander, mais croient-ils qu'elle recouvrera toutes ses facultés ? Ses facultés intellectuelles comme ses habiletés physiques ?

Kari leva les yeux du bleu de la rivière qu'elle était à peindre.

— Dieu seul le sait, dit-elle en haussant les épaules. La gamine a failli y laisser sa peau. Chaque petit pas est un véritable miracle.

Ils acquiescèrent tous. Ils peignirent en silence pendant un long moment.

Pour reprendre la conversation, Landon demanda à Ryan comment se débrouillait son équipe de football, si elle avait de bonnes chances cet automne. Tandis qu'ils bavardaient, Ashley se remémora l'étrange scène qui s'était déroulée dans le placard de ses parents et la conversation qu'elle avait eue avec son père à ce moment-là.

— Est-ce que je t'ai parlé du placard de papa ? demanda-t-elle à Kari en peignant le bureau de poste du village, l'édifice adjacent au magasin général.

— Tu étais dans le placard de papa ? rigola Kari en faisant une grimace.

Ashley expira profondément et lui tira la langue.

— Je n'étais pas simplement dans le placard. J'ouvrais les fenêtres dans la chambre de maman et papa quand j'ai entendu un froissement sur la tablette du haut du placard. J'ai regardé et j'ai trouvé une boîte de lettres.

— Des lettres ? demanda Kari en arrêtant de peindre et en cherchant le regard d'Ashley. De qui ?

— De bien des gens : des amis, des membres de la famille. Il y avait aussi des cartes de Noël... et plein de lettres échangées entre papa et maman.

— Comment se fait-il que je n'en aie jamais entendu parler ? demanda Kari en trempant de nouveau son pinceau dans la peinture. Ne crois-tu pas que maman nous en aurait fait part ?

Ashley sentit ses épaules tomber.

— La boîte était tout au fond, expliqua-t-elle. Je ne crois pas que maman ait montré les lettres à qui que ce soit. Peut-être a-t-elle manqué de temps.

— Peut-être, admit Kari d'une voix triste. Alors, que s'est-il passé ?

Ashley trempa son pinceau dans la peinture jaune pour tapoter le mur du bureau de poste, créant une texture ressemblant à de vieilles planches de bois. Elle termina une section, puis se tourna vers Kari.

— Bon, j'ai pris une lettre dans la boîte. Il s'agissait d'une lettre que papa avait écrite à maman après la naissance de Luke.

— Papa a toujours été prévenant, fit remarquer Kari.

Les cheveux lui tombaient sur le côté du visage tandis qu'elle choisissait un bleu plus foncé pour faire ressortir la rivière.

— Continue, Ashley.

— Alors, j'étais à lire la lettre — tu sais, des trucs qui disaient que la naissance de Luke venait compléter la famille — et j'arrivais à la section émotive quand papa est entré dans la chambre. Il s'est alors emporté, d'une certaine façon.

Kari regarda sa sœur de biais en enlevant les cheveux de son visage.

— Que veux-tu dire ?

— Bien, il m'a regardée d'une drôle de façon, expliqua Ashley en retrempant son pinceau dans la peinture jaune, d'une façon effrayante si tu vois ce que je veux dire. En fait, j'étais seule à la maison et je ne l'ai pas entendu arriver. Alors, j'ai échappé la lettre et je l'ai ramassée. Papa me l'a prise des mains, l'a regardée, l'a repliée et l'a remise dans l'enveloppe.

— Je peux comprendre, admit Kari. Il s'agissait des petits trésors de maman. Peut-être que papa a été très surpris de te trouver là à lire les lettres et qu'il n'a pas réfléchi à savoir si tu voulais terminer ou non ta lecture.

— Peut-être, fit Ashley en texturant l'autre côté du bureau de poste. Par contre, papa m'a lancé une remarque comme quoi je ne devais pas lire les lettres de maman, qu'aucun de nous ne devait le faire. Curieusement, il m'a dit qu'il les compilerait peut-être dans un album pour nous un de ces jours, qu'il ferait des copies des meilleures afin que nous puissions en prendre connaissance.

Elle fronça les sourcils.

— J'ai eu envie de lui répondre qu'il avait raison, poursuivit-elle, mais de me laisser terminer la lecture de celle qu'il avait entre les mains. Avant que j'en aie eu le temps, il a pris la boîte et y a caché la lettre au milieu.

Ashley hésita un instant et fixa Kari du regard.

— J'ai eu la nette impression qu'il ne voulait pas que je la lise, enchaîna-t-elle.

Kari s'assit et se glissa de côté afin de travailler à la prochaine section de la rivière.

— Hmmm, fit-elle. C'est étrange. Je me demande ce que contient cette fameuse lettre.

Ashley termina les boiseries du bureau de poste et se déplaça de quelques mètres.

— Voilà bien ce que j'aimerais apprendre. Peut-être n'était-ce pas le contenu de la lettre... Peut-être papa était-il simplement frustré parce que j'avais jeté un coup d'œil dans les trucs de maman sans qu'il le sache.

— C'est possible, convint Kari.

— Quelque chose d'autre m'a dérangée ce jour-là, confia Ashley en utilisant du brun rougeâtre pour peindre les murs de la prison. Papa a manqué le service religieux de 11 h, tu te souviens ?

— Oui, acquiesça Kari. Je n'ai jamais su le fond de l'histoire.

Elle s'approcha le visage de la toile et analysa les marques qu'avait dessinées Ashley pour déterminer les différentes couleurs de peinture.

— Eh bien, expliqua Ashley, il semble que papa soit allé au service précédent avec quelques amis bénévoles de maman.

Elle se releva sur les genoux et observa la rangée d'édifices à laquelle elle travaillait. Quelques mètres plus loin, les hommes se débrouillaient très bien avec les arbres, en faisant attention à ne pas couvrir les zones de ton et les branches qu'elle avait tracées. Elle se tourna vers Kari.

— Les amis bénévoles de maman, ça te dit quelque chose ?

— Pas vraiment, ça devrait ? demanda Kari en trempant de nouveau son pinceau dans la peinture.

— Je ne sais pas. Pour moi, c'était le cas.

Ashley changea de position et étendit les jambes de chaque côté de l'édifice qu'elle était en train de peindre.

— J'imagine que papa fait régulièrement des activités avec certains des amis de maman, expliqua-t-elle. Dimanche dernier, il s'est rendu tôt à l'église puis il est allé avec quelques-uns d'entre eux faire une randonnée au lac Monroe.

— C'est plutôt bien, non ? demanda Kari en penchant la tête. Qui fait partie du groupe ?

— Quelques personnes, principalement des retraités, répondit Ashley. À l'époque où maman a lutté contre le cancer pour la première fois, ces gens venaient la visiter. Ils lui apportaient des cadeaux et l'encourageaient. Une personne venait le lundi, deux autres le mercredi, des trucs du genre.

— Je me souviens. Quand elle s'est mieux sentie, elle s'est jointe à eux pour aider une fois par semaine environ.

— C'est ça, confirma Ashley en changeant de pinceau. Chacun d'eux avait perdu un être cher aux mains du cancer.

— L'Espoir survit, c'était leur nom, non ?

— C'est ça, dit Ashley en claquant des doigts. Je n'arrivais pas à m'en souvenir.

Elle se pencha vers la toile et observa la prison qu'elle peignait.

— D'une manière ou d'une autre, devine qui fait partie du groupe ? demanda-t-elle.

Elle ne laissa pas à sa sœur le temps de répondre.

— Elaine Denning, poursuivit-elle.

— L'amie de maman ? Celle qui venait prendre le thé à l'occasion ?

— Oui, répondit Ashley en se pinçant les lèvres. Je n'ai jamais aimé cette femme.

— Pourquoi ? s'enquit Kari sans lever les yeux. Elle semblait pourtant sympathique.

— Elle est veuve, voilà tout, répondit Ashley d'une voix forte qu'elle tentait de baisser, depuis dix ans déjà.

— Et alors ?

— Alors, j'ai toujours cru qu'elle était trop avenante envers papa, si tu vois ce que je veux dire…

Kari posa de nouveau son pinceau sur la boîte de peinture et s'assit sur ses genoux.

— Tu crois que papa est intéressé par cette femme ?

— Je lui ai posé la question, dit Ashley, la mine coupable. Il m'a répondu dans la négative. Il m'a confirmé qu'il ne fréquentait personne. Il n'a pas semblé apprécier mon intervention.

— Ashley, répliqua Kari d'un ton de réprimande. Tu n'aurais jamais dû lui demander ça. Évidemment qu'il ne fréquente pas de femmes. Il n'y a jamais eu personne d'autre que maman pour lui.

Ashley trempa son pinceau dans une peinture plus foncée pour peindre les barreaux de la prison.

— Je sais, admit-elle. La scène était des plus étranges.

Elle fit une courte pause.

— Crois-tu que papa se remariera un jour ? demanda-t-elle en poursuivant la peinture des barreaux.

Kari saisit de nouveau son pinceau et reprit le travail.

— Papa ? Jamais en cent ans. Ce que lui et maman partageaient était beaucoup trop précieux.

Les deux femmes peignirent en silence quelques minutes. Ashley s'apprêtait à parler à Kari de la chaise de leur mère dans le placard, mais elle en fut incapable ; c'était beaucoup trop triste. Ses yeux s'emplirent de larmes. Elle dut cligner des yeux deux ou trois fois pour bien voir la toile. Enfin, elle s'assit sur les talons et renifla.

— Elle me manque tellement.

Kari prit Ashley dans ses bras et pencha la tête vers elle.

— Moi aussi. C'est permis de s'ennuyer, Ash.

Ryan et Landon se levèrent et se dirigèrent vers Kari et Ashley. Ils avaient tous deux le regard malicieux.

— C'est officiel, affirma Landon en plaçant son pied contre celui d'Ashley.

— Quoi donc ? demanda Ashley en reniflant et en s'essuyant les yeux. Qu'est-ce qui est officiel ?

Un sourire se dessina au coin de ses lèvres. Il était impossible de demeurer triste très longtemps avec Ryan et Landon dans les parages. Ryan bomba le torse en souriant.

— Jusqu'à maintenant, les hommes ont couvert plus de surface que les femmes ! s'exclama-t-il.

Il mit son bras autour des épaules de Landon.

— Et je crois que notre partie est plus claire, ajouta-t-il.

— Meilleure, le corrigea Landon.

— En effet, meilleure ! dit Ryan en faisant la révérence devant Kari.

— Vraiment ? s'étonna Kari en retournant à son travail et en lançant aux hommes un regard sceptique.

— Vraiment, sans l'ombre d'un doute, dirent les deux compères à l'unisson en se regardant et en analysant leur travail.

Landon leva les pouces.

— Regardons ça de plus près, dit Ashley en lançant un clin d'œil à Kari.

Elle se mit sur ses pieds et observa les sections de la toile de fond. Puis, elle leva les bras au ciel et regarda de nouveau en direction de Kari.

— Les hommes ont raison, avoua-t-elle. Ils sont meilleurs et plus rapides.

— Wow ! que faire alors ? demanda Kari en fronçant les sourcils pour prendre part au jeu.

Ashley posa son pinceau et s'essuya les mains.

— Peut-être devrions-nous aller manger une glace et laisser les hommes terminer le travail, proposa-t-elle. À quoi bon tenter de leur faire concurrence ?

— Effectivement, approuva Kari en se levant et en posant son pinceau.

Les deux femmes quittaient la scène quand Ashley regarda par-dessus son épaule. Elle vit Ryan faire un clin d'œil à Landon, qui lui décocha un coup de poing dans l'estomac en murmurant « Beau travail ».

Ryan se racla la gorge et avança rapidement de quelques pas.

— Mesdames... avons-nous affirmé être meilleurs et plus rapides ? demanda-t-il avec un rire forcé en promenant son regard de Landon à Ashley et Kari. Ce que nous voulions plutôt dire, c'est que nous ne vous arrivons pas à la cheville, pas même lorsque nous sommes à notre meilleur.

— C'est ce que vous vouliez dire ? demanda Kari en portant la main à ses lèvres.

— Oui, pas même à notre meilleur, interrompit Landon.

Kari et Ashley, bras dessus, bras dessous, éclatèrent de rire. Puis, elles firent demi-tour et retournèrent à leur poste.

— Ne vous inquiétez pas, dit Ashley en levant les bras au ciel. Vous êtes probablement plus rapides et meilleurs que nous.

Elle se tourna en direction de Kari.

— Toutefois, notre conversation éclipse toute concurrence, expliqua-t-elle en souriant.

Une sonnerie se fit entendre du sac à main d'Ashley à quelques mètres de là. La jeune femme se précipita dans cette direction, saisit son téléphone cellulaire et répondit.

— Allo ?

— Ash, c'est Luke. Comment vas-tu ?

Son frère avait parlé d'une façon désinvolte et chaleureuse, comme s'il avait été tout près.

— Luke ! s'exclama Ashley. Quelle bonne surprise !

Elle regarda autour d'elle. Les autres étaient immobiles et profitaient de l'instant pour s'étirer avant de retourner au travail.

— Ça va bien. Je suis au théâtre avec Landon, Kari et Ryan à peindre la toile de fond.

— Ça semble amusant, répondit Luke en rigolant.. Avec toi, Ash, on ne sait jamais à quoi s'attendre...

Les trois autres saluèrent et murmurèrent bonjour.

— Peux-tu entendre les autres, Luke ? Ils te saluent tous. Comment vas-tu ?

— Ça va. Tommy jacasse sans cesse et Reagan se porte bien, répondit-il.

Il fit une courte pause.

— Reagan voulait que je t'appelle pour t'apprendre la nouvelle, poursuivit-il.

— Quelle nouvelle ?

Ashley sentit sa mâchoire se serrer ; elle retint son souffle. Est-ce que...

— Nous allons adopter ! claironna Luke si fort que Landon, Kari et Ryan s'approchèrent avec curiosité. La mère biologique devrait accoucher au mois de février.

Ashley cria et dansa en rond. Puis, elle agita le téléphone en direction des autres.

— Davantage de petits Baxter !

Tout à coup, elle parut songeuse.

— Vous venez toujours fêter Noël avec nous, non ?

Luke éclata de rire.

— Je savais que tu me demanderais ça, dit-il en reprenant son souffle. Bien sûr, l'accouchement n'est prévu que six semaines plus tard. Nous devrions donc être de la partie.

— Hourra ! s'exclama Ashley en sautillant sur place. Luke, je suis si heureuse pour vous. Dis à Reagan que nous sommes enchantés. Nous aimerions être là pour vous serrer dans nos bras.

La conversation dura encore quelques minutes. Quand Ashley raccrocha, elle fit part aux autres des détails. L'atmosphère était à la fête, la conversation passa des enfants à la croisière d'Ashley et Landon prévue au mois de juillet.

Les quatre peintres ne terminèrent la toile de fond que peu après 21 h. Ils s'entendirent tous pour dire que c'était une œuvre d'art. Ashley était impatiente de montrer la toile à Katy Hart.

Ce même soir, alors que Landon se brossait les dents, Ashley pénétra dans la chambre de Cole et s'assit au pied du lit. C'est alors que sa conversation avec Kari lui revint en mémoire, celle au sujet de son père et du placard et du fait qu'ils s'ennuyaient tous de leur mère.

Elle passa ses doigts dans les cheveux blonds de Cole. La vie passe si vite. Il n'y avait pas longtemps, c'était elle qui était enceinte du petit Cole. Encore tout récemment, Luke et elle n'étaient que des enfants. Ils étaient plus près l'un de l'autre que n'importe quels autres Baxter. Elle soupira.

Et voilà que son jeune frère allait être père à nouveau.

Les larmes lui montèrent aux yeux et roulèrent sur ses joues. La soirée avait été agréable. Ashley se dit qu'elle n'avait aucune raison de pleurer. Elle se pencha et frotta sa joue humide contre celle de Cole. Le gamin était déjà si grand, raisonnant et agissant comme un enfant d'âge scolaire. Il n'était plus le bambin qu'il avait été toutes ces années.

Il bougea et changea sa tête de position afin de mettre son autre joue contre l'oreiller.

— Grand-maman t'aimait tellement, murmura Ashley. J'espère qu'elle peut te voir du paradis, voir quel extraordinaire garçon tu deviens.

Cole soupira et l'ombre d'un sourire se dessina sur ses lèvres. Ashley ferma les yeux.

— Jésus, fais en sorte qu'il ne l'oublie jamais, s'il te plaît, supplia-t-elle.

Un bruit se fit entendre derrière elle et elle ouvrit les yeux. Landon se tenait dans l'embrasure de la porte, la lumière éblouissant le corridor derrière lui. Ashley pouvait lire de la compassion dans le regard de son mari, même dans la pénombre.

— Ça va ? lui demanda Landon.

— Oui, répondit-elle en désignant l'espace à ses côtés sur le lit.

Landon s'assit près d'elle. Il lui mit le bras autour des épaules et lui caressa l'arrière de la tête.

— Qu'est-ce qui se passe, chérie ?

— Je ne sais pas, répondit-elle en gémissant. Je réfléchissais. Avec Luke et Reagan qui adoptent, la vie suit son cours.

Elle caressa les cheveux de Cole.

— Cole grandit si rapidement. Je songe à tout ça, simplement.

Landon l'embrassa sur la joue.

— Je vous ai entendues, toi et Kari, parler de votre mère plus tôt.

— Ouais, j'imagine qu'il y a aussi un peu de ça, avoua la jeune femme en se calant le visage près du sien.

Il y eut une nouvelle vague de larmes.

— Je voudrais que maman voie Cole grandir, Ryan percer ses premières dents, et Hayley reconnaître les gens… et le nouveau petit bébé de Luke, avoua Ashley, la voix brisée.

— Ah, chérie ! dit Landon en la serrant très fort.

— Nous avons encore besoin d'elle ! s'exclama-t-elle en sanglotant. Pourquoi Dieu l'a-t-Il rappelée à Lui ?

— Je n'en sais rien, lui murmura Landon en lui essuyant les larmes de sa main libre. Nous n'aurons jamais la réponse à cette question.

Ils demeurèrent ainsi un moment. Puis, Ashley se tourna vers son mari.

— Que ferais-je sans toi ?

Elle était déjà plus calme et ne pleurait presque plus. Son regard chercha celui de Landon.

— Je t'ai presque laissé partir, avoua-t-elle. Je t'aurais perdu à tout jamais.

— Non, ce n'est pas vrai ! s'exclama Landon en lui caressant le visage de ses jointures pour essuyer les dernières larmes.

Tranquillement, il déplaça son pouce et traça le pourtour des lèvres de sa bien-aimée.

— Dieu aurait trouvé un moyen pour me faire rester, dit-il, un désir familier dans le regard. Du moins, jusqu'à ce que tu comprennes à quel point tu m'aimais.

Plutôt que de lui répliquer, Ashley pressa ses lèvres contre les siennes et, tandis que l'intensité du baiser croissait, les deux tourtereaux furent emportés par une vague de passion.

Landon recula, à bout de souffle, les yeux remplis de désir.

— Tu sais ce qui me rend heureux ?

— Quoi ? demanda Ashley.

Elle l'embrassa de nouveau… d'abord la lèvre supérieure, puis la lèvre inférieure, puis le menton. Cole dormait profondément, mais elle se faisait tout de même discrète.

— Je suis heureux que nous ayons attendu d'avoir été mariés, avoua Landon en portant les lèvres au cou de sa femme.

Il fixa Ashley dans les yeux.

— Voilà pourquoi t'aimer est plus agréable de jour en jour, je crois, poursuivit-il.

— Je suis aussi heureuse que nous ayons attendu.

Ashley esquissa un sourire. Bien que la tristesse soit toujours présente, elle était reléguée à sa place.

— Tu sais quoi ? demanda la jeune femme.

— Quoi ? s'enquit Landon en lui embrassant l'autre côté du cou.

Ashley renversa sa tête en arrière, transportée. Sa voix était gutturale, presque inaudible.

— Nous n'avons plus besoin d'attendre, maintenant, Monsieur Blake, répondit-elle.

Landon l'embrassa de nouveau passionnément.

— En effet, fit-il simplement.

Sur ce, il se leva, prit Ashley par la main et la guida dans le corridor vers leur chambre à coucher, où ils passèrent la nuit à célébrer l'amour, la vie et le mariage… le mariage tel que Dieu le concevait.

CHAPITRE VINGT ET UN

LE GROUPE DU TCE SEMBLAIT DÉSORDONNÉ et hors de contrôle ce jeudi et Katy eut l'impression d'être absente de Bloomington depuis un mois. Dans le programme du TCE, chaque session comprenait des cours d'interprétation, de chant et de danse qui étaient tous dispensés à l'église communautaire de Bloomington, tout comme les répétitions. Les enfants devaient être inscrits à des cours avant de pouvoir se présenter à une audition pour une pièce. Généralement, c'était le moment où tous les groupes travaillaient les différents aspects du spectacle de fin de session, ce dernier consistant en une compilation des performances d'une durée de dix minutes de la part de chaque groupe.

Cette fois-ci toutefois, trois des dix groupes n'avaient aucune idée de ce qu'ils allaient présenter à l'occasion du spectacle. De plus, dans le groupe d'interprétation débutant, quatre enfants avaient abandonné en se plaignant que ce n'était pas suffisamment intéressant.

À 18 h, au moment où les cours se terminaient, Katy eut l'horrible pressentiment que tout s'effondrait. Alors qu'elle finissait sa leçon, Rhonda vint la rejoindre en se prenant la tête à deux mains.

— Des comités de parents me demandent des pommes en bois, des tabliers et des cannes à pêche, Katy, expliqua Rhonda.

Elle baissa les bras.

— Je crois que nous avons au moins une semaine de retard sur l'horaire des répétitions, ajouta-t-elle.

— Je ne comprends pas, dit Katy en s'appuyant sur le bureau, le regard éteint. Je n'ai pas vraiment manqué quelque chose, n'est-ce pas ? Je veux dire que j'étais ici lors de toutes les répétitions et de tous les cours, et pourtant le chaos règne.

Elle leva les yeux.

— Je le sens, ajouta-t-elle.

À ce moment, Jenny passa dans le corridor. Elle était accompagnée par une autre mère. Elle ne s'arrêta pas pour jeter un regard dans la pièce. Voilà peut-être le problème. Katy se dit que si elle réglait la situation avec les Flanigan, tout irait mieux. Elle leva un doigt vers Rhonda.

— Peux-tu faire une annonce ? Rapidement ? Avant que tout le monde ne s'en aille ?

Rhonda se mit la main sur la hanche.

— J'imagine que oui, mais dépêche-toi parce que les parents sont déjà ici pour ramener leurs enfants, expliqua-t-elle en jetant en regard par-dessus son épaule.

— D'accord. Avertis tout le monde que la répétition de demain commencera une heure plus tôt. De cette manière, nous pourrons rattraper un peu du temps perdu.

— Bonne idée ! s'exclama Rhonda.

Son visage s'éclaira, puis elle se retourna et courut hors de la pièce.

— Eh, tout le monde, cria-t-elle. Attendez. J'ai quelque chose à…

Sa voix s'atténuait au fur et à mesure qu'elle s'éloignait.

Katy laissa ses effets personnels dans la classe et se précipita hors de la pièce dans la direction où Jenny Flanigan s'était éloignée. Elle eut de la chance puisque Jenny n'était qu'à quelques classes plus loin dans le corridor, toujours en conversation avec l'autre mère.

Elle les rejoignit et les serra toutes les deux dans ses bras. La seconde mère salua Jenny et Katy, et s'éloigna ensuite vers la sortie en les laissant seules toutes les deux.

— Katy ! s'exclama Jenny.

Elle n'était pas distante et elle semblait contente de voir Katy.

— Eh, tu es de retour.

— Je suis venue directement de l'aéroport.

— Alors, comment était-ce ?

Toute la distance que Katy avait perçue dans les yeux de Jenny n'y était plus. Elle y lisait plutôt de l'excitation.

— Beaucoup de recherche ? demanda Jenny.

Katy ne pouvait plus mentir, pas une nouvelle fois, pas maintenant qu'elle avait presque décidé d'accepter le rôle.

— Jenny... commença-t-elle en sentant son sourire s'effacer. Pouvons-nous parler, toi, Jim et moi, lorsque je serai de retour à la maison.

— Est-ce que tout va bien ? demanda Jenny, l'inquiétude se lisant sur son visage.

— Tout ira bien, dit Katy en se mordant les lèvres, du moins je le crois. J'ai seulement besoin de vous parler, d'accord ?

— Bien entendu. Nous pourrions faire ça dans une demi-heure, proposa Jenny en jetant un coup d'œil à sa montre.

— Merci, Jenny, fit Katy d'une voix soulagée.

Bailey et Connor firent leur apparition et les suivirent en marchant rapidement et en riant. Au bout du corridor, Tim Reed surgit brusquement derrière eux.

— Eh, Bailey.

La jeune fille se retourna, toute douce comme si elle cherchait à séduire le garçon.

— Oui, Tom Sawyer ?

— Que dirais-tu de te joindre à moi, à Huck et à Joe Harper sur l'île demain ?

À cet instant, Tim aperçut Katy. Cette dernière fronça les sourcils et agita un doigt en direction du garçon.

— C'est moi qui te rejoindrai sur l'île si tu ne connais pas tes répliques d'ici demain, dit-elle en résistant à son envie de sourire. Compris ?

Tim se redressa, son sourire idiot remplacé par de grands yeux écarquillés et inquiets.

— Oui, Katy. Compris.

Bailey étouffa un ricanement et fit un signe d'au revoir à Tim avant qu'il ne se retourne et disparaisse. Katy n'avait pas vu Tim avec Ashley Zarelli une seule fois de la journée et elle fut tentée d'interroger Bailey à ce sujet. Elle voulait le faire uniquement pour le plaisir, car elle aimait se tenir au courant des coups de cœur et des amitiés qui naissaient au sein du TCE.

Pourtant, elle ne prononça pas une parole. Elle avait trop à faire avant de quitter l'église. Elle salua donc les autres et retourna à sa classe pour récupérer ses effets personnels. Chaque minute qui passait la rapprochait de sa conversation avec Jenny et Jim.

Quand elle arriva à la maison, avec dix minutes de retard, et qu'elle retrouva les Flanigan dans leur salle de séjour, elle était à bout de souffle et avait les cheveux humides. Elle se précipita dans la salle de séjour et s'assit face à eux. Elle se savait pas si son cœur battait à tout rompre parce qu'elle avait couru pour arriver là ou en raison de tout ce qu'elle avait à leur dire.

— Bonjour. Je suis désolée d'être en retard.

Son regard alla de Jenny à Jim. Ces derniers étaient calmes, leurs visages avenants et ouverts. Katy se demanda si elle avait eu tort à leur sujet depuis le début. Avait-elle imaginé la tension ? Elle inspira en tentant de retrouver son souffle.

— Merci de m'accorder ce temps, dit-elle en souriant.

— J'ai fait monter les enfants pour qu'ils fassent leurs devoirs, expliqua Jenny en se croisant les jambes et en se blottissant contre Jim. Que se passe-t-il ?

Katy ferma les yeux quelques instants. Par quoi devait-elle commencer ? Elle sut la réponse dès qu'elle se posa la question.

— Tout d'abord… je dois vous dire la vérité à propos de Los Angeles, dit-elle en clignant les yeux et en regardant Jenny.

— La vérité ? demanda Jim en se penchant.

Il se posa les mains sur les genoux.

— Tu allais faire de la recherche, n'est-ce pas ? continua-t-il.

— Non.

Katy respirait maintenant à un rythme normal. Elle se glissa sur le bord de son siège, espérant que Jim et Jenny comprendraient.

— Voyez-vous… Il y a quelques semaines, j'ai reçu l'appel d'un régisseur de distribution de Los Angeles.

— Je m'en souviens, dit Jenny, curieuse, en fronçant les sourcils. Tu croyais que c'était à propos de Sarah Jo Stryker.

— Exactement, répondit Katy en riant nerveusement. J'avais tort. Il s'est avéré qu'il voulait que je vienne à Los Angeles pour une audition, une audition pour une comédie romantique.

Jim s'adossa. L'expression sur son visage signifiait clairement qu'il était sous le choc en apprenant cette nouvelle.

— Pourquoi ne pas nous l'avoir dit plus tôt ?

— Je croyais que ça ne mènerait à rien, répondit Katy en levant les paumes et en hochant la tête.

Elle se tourna vers Jenny.

— De plus, je pensais que vous étiez furieux contre moi, avoua-t-elle. Je ne savais pas trop comment aller au-delà de ça.

— Ç'a été difficile pendant quelque temps, dit Jenny en faisant un petit signe de tête.

— Tu étais vraiment furieuse ? ne put s'empêcher de demander Katy.

Elle baissa les yeux. Si elle avait pu disparaître dans les plis du sofa, elle l'aurait fait.

— Furieuse pour quelle raison ? demanda Jim, l'air perdu.

— À propos de Bailey qui n'a pas obtenu le rôle de Becky Thatcher dans la pièce, répondit Jenny en se tournant vers lui. Bailey a passé une audition, mais c'est Sarah Jo qui a eu le rôle.

Jenny parlait d'une voix calme et compréhensive. Si son ton de voix signifiait quelque chose, toute la frustration ressentie face à la situation n'y était plus.

— Tu étais furieuse à cause de ça ? s'enquit Jim, l'air étonné.

Jim était un homme imposant, un ancien joueur de football professionnel qui aidait maintenant Ryan Taylor à entraîner l'équipe à l'école secondaire. Assis là, toutefois, il ressemblait à un enfant lors de sa première journée à l'école : il avait l'air perdu et confus.

— Pas vraiment, répondit Jenny en croisant les bras. Au début, j'ai lutté contre mes émotions.

Elle fixa Katy dans les yeux.

— Pour être honnête, je me devais de te l'avouer, poursuivit-elle.

Elle fit une pause.

— Je suis désolée, continua-t-elle. J'ai eu tort. Je t'ai dit de ne pas accorder de passe-droit et tu m'as écoutée. C'était de ma faute si j'étais frustrée. Sarah Jo accomplit un travail extraordinaire.

— Honnêtement, je dois dire que je ne suis pas d'accord, rétorqua Katy en esquissant un sourire du coin des lèvres. Bailey aurait été meilleure. Sarah Jo est si anxieuse à propos des innombrables conseils de sa mère qu'elle n'arrive pas à se détendre et à s'amuser. Il faut qu'elle y parvienne pour qu'on voie ce qu'elle apporte au personnage.

Jim leva les mains dans les airs.

— Je suis dans le brouillard, dit-il en jetant son regard sur Katy après avoir regardé sa femme. Je veux en savoir plus sur cette histoire de film.

— D'accord, mais je dois tout d'abord dire que...

Katy se pencha sur ses genoux.

— ... la tension ne venait pas que de toi, Jenny, poursuivit-elle. Je savais que tu étais déçue, mais je suis restée à l'écart.

Elle se releva.

— C'est idiot, je le sais, enchaîna-t-elle, et j'en suis désolée. Je voulais seulement clarifier la situation.

Jenny se leva et franchit la distance qui la séparait de Katy.

— Nous t'aimons, Katy Hart ! s'exclama-t-elle. Nous considérons que tu fais partie de la famille. J'ai peut-être été déçue, mais c'est loin d'être suffisant pour que tu restes à l'écart comme tu l'as fait.

Elle se pencha et serra Katy dans ses bras.

— Ne faisons plus jamais cela, d'accord ?

— D'accord.

Katy sentit les larmes lui monter aux yeux. Elle aurait dû parler à Jenny et Jim deux semaines plus tôt.

De l'autre côté de la pièce, Jim avait l'air amusé. Il leva sa main.

— J'attends patiemment ici.

Jenny et Katy éclatèrent de rire, puis Jenny retourna s'asseoir près de son mari.

Katy prit une grande respiration.

— D'accord... fit-elle simplement.

Elle était si excitée que les mots se bousculaient dans sa tête.

— Je me suis dit qu'une audition pour un film ne me ferait pas de mal, expliqua-t-elle. C'était mon rêve il y a quelques années et, je ne vous en ai sans doute jamais parlé, j'ai même déjà joué dans une émission pilote d'une série télévisée à l'époque.

— Ça va, dit Jim avant de siffler. Je n'en peux plus d'attendre d'autres informations que nous ne connaissons pas à propos de notre mystérieuse petite invitée.

Il se gratta la tête et regarda en l'air sans rien fixer en particulier.

— Peut-être s'entraîne-t-elle pour devenir astronaute, continua-t-il, ou participe-t-elle au programme de protection des témoins du gouvernement ? Je parie que c'est ça.

Katy émit un rire embarrassé et se couvrit le visage.

— Je sais… fit-elle. Je sais. Ne soyez pas fâchés.

Elle regarda à travers ses doigts et redéposa ensuite ses mains sur ses genoux.

— D'accord, enchaîna-t-elle. Peu importe, j'arrive donc là-bas et le film est important. Il s'agit d'un grand film mettant en vedette Dayne Matthews.

— Pardon ? souffla Jenny.

— Oh là là ! s'exclama Jim en roulant malicieusement des yeux. Je passe maintenant ma soirée avec deux groupies.

Cette fois, Jenny et Katy s'esclaffèrent littéralement. Jenny se pencha plus près.

— D'accord, alors, je meurs d'envie de connaître la suite. Qu'est-il arrivé ? Je parie que ça s'est bien passé, n'est-ce pas ?

— Ça s'est très bien passé.

Katy eut envie de danser. La première réaction de Jenny était un signe supplémentaire qu'elle suivait le programme que Dieu avait tracé pour elle. Ça devait l'être.

— Dayne m'a demandé de revenir et c'est la raison de ce deuxième voyage. J'ai tourné une scène avec lui.

— Attends ! s'exclama Jenny en levant les mains. Tu veux dire que ce n'est pas un petit rôle ? C'est un rôle parlant ?

Katy serra les poings et les frappa à quelques reprises. Elle avait de la difficulté à demeurer assise.

— C'est le rôle principal, Jenny, expliqua-t-elle. Il s'agit du personnage féminin qui donnera la réplique à Dayne Matthews.

— Non !

— Oui ! s'exclama Katy en tapant du pied. Je suis donc retournée, j'ai joué la scène mardi et…

Elle émit un cri perçant.

— …ils m'ont offert le rôle, enchaîna-t-elle.

Un bruit se fit entendre près de l'escalier et Jim regarda dans cette direction.

— Les enfants ? Qui est là ?

— Je suis désolée, papa, répondit Bailey. Je voudrais un verre d'eau, est-ce possible ? Je sais que vous avez une discussion.

— Bien sûre, ma chérie. Dépêche-toi.

Bailey descendit l'escalier. Ses yeux écarquillés laissaient entendre qu'elle avait entendu la conversation. Katy se dit qu'elle devrait lui parler plus tard et lui expliquer qu'elle ne partirait pas pour toujours, qu'elle serait absente seulement quelques mois.

Pendant tout le temps où Bailey se versait un verre d'eau, Jenny lança une série de regards excités vers Katy. À un moment, elle saisit le genou de Jim et remua silencieusement les lèvres : « Dayne Matthews ! »

Jim se contenta de glousser en hochant la tête.

Quand Bailey fut de retour à l'étage, Jenny émit un petit cri.

— Je n'arrive pas à y croire, Katy. Alors, as-tu accepté ?

— J'ai le contrat, annonça Katy. C'est ce dont je voulais vous parler. Je n'ai jamais rien fait d'aussi important et je n'ai pas d'agent. J'ai besoin que quelqu'un révise le fameux papier.

Elle se rendit alors compte qu'elle avait gardé sa respiration et elle expira. Tout allait tellement mieux maintenant qu'elle avait avoué la vérité. En fait, l'idée d'accepter l'offre lui semblait meilleure que jamais.

Pour la première fois, l'excitation de Jenny sembla diminuer.

— Tu n'auras pas besoin de déménager là-bas, n'est-ce pas ?

— Non, bien sûr que non, répondit Katy en s'adossant et en détendant ses poings. Le tournage durera environ deux mois. Je devrai manquer le spectacle de l'hiver, mais je serai ensuite de retour.

— Alors, que dit le contrat ? demanda Jim.

Il connaissait les documents de ce genre, pas ceux de l'industrie du spectacle mais ceux du monde du sport professionnel.

Katy prit le contrat dans son sac et le lui tendit.

— Le montant qu'ils vont me donner est extraordinaire.

Jim parcourut rapidement le document et acquiesça.

— C'est pas mal ! s'exclama-t-il.

Il fit une courte pause.

— C'est un peu plus que ce que tu gagnes en tant que directrice du TCE, taquina-t-il Katy.

— Un petit peu.

Jenny jeta un regard par-dessus l'épaule de son mari et ses yeux s'écarquillèrent lorsqu'elle parvint au milieu de la première page.

— Katy, c'est extraordinaire. Peux-tu croire que ça t'arrive ?

— Pas vraiment.

Katy était sur le point d'éclater tant elle était heureuse. Maintenant qu'elle avait parlé aux Flanigan, toute l'expérience lui paraissait plus tangible. Toutefois, c'était encore plus que ce qu'elle pouvait apprécier. L'important, c'était que les Flanigan étaient heureux pour elle. Maintenant, elle n'arrivait pas à imaginer une seule raison qui l'empêcherait d'accepter.

— As-tu vu le scénario ? demanda Jim en la regardant par-dessus le contrat.

— Oui, répondit-elle en hochant la tête d'un air plus sérieux. Je l'ai dans ma chambre. Je l'ai lu au complet. Il n'y a rien d'offensant, rien qui pourrait m'embarrasser.

— Il n'y a pas de scène d'amour ou de vocabulaire inapproprié ? interrogea Jim en se pinçant les lèvres.

— Il n'y a rien à reprocher, expliqua Katy. Toutefois, il y a une scène où nous nous embrassons sur le porche.

Elle sentit ses joues s'empourprer.

— C'est la scène que nous avons présentée lors de la deuxième audition, ajouta-t-elle.

Jenny lui sourit, mais Jim regarda de nouveau le contrat et examina la deuxième page.

— Seulement des baisers ?

— Oui, seulement des baisers.

Katy appréciait l'attitude de Jim et était heureuse de connaître son opinion. Il agissait avec elle comme l'aurait fait son père s'il avait été là. Elle avait prévu appeler ses parents avant le week-end et elle savait que son père ne manquerait pas d'avoir la même attitude.

— Je m'en suis assurée, poursuivit-elle.

— Alors, ça me semble bien, annonça Jim en déposant le contrat sur ses genoux. J'ai entendu parler de quelque chose que tu pourrais peut-être vérifier. C'est une clause qui interdit les scènes de lit. Tu peux la faire inclure. De cette manière, le réalisateur ne pourra pas ajouter une scène d'amour plus explicite une fois que le tournage sera commencé.

— C'est une excellente idée ! s'exclama Katy.

Elle avait déjà entendu parler de ce genre de clause. Toutefois, elle n'avait jamais eu besoin d'y avoir recours. Elle ne pouvait s'imaginer signer son nom sur un contrat en pensant que le scénario était final, puis, une fois en plein milieu du tournage, se voir ordonner de faire quelque chose qui compromettrait sa foi ou sa réputation.

Ils discutèrent un peu à propos du scénario et des villes où le film pourrait être tourné. Katy dit à Jim et Jenny qu'elle avait recommandé Bloomington et ils furent tous deux d'accord que la ville serait parfaite.

— Tout un événement ! s'exclama Jenny en serrant brièvement le bras de Jim. Un film de Dayne Matthews tourné ici à Bloomington et mettant en vedette notre Katy Hart !

Finalement, l'excitation tomba et Katy remercia ses amis. Elle regarda Jim et Jenny à tour de rôle.

— J'ai besoin de votre soutien, avoua-t-elle. Ça veut dire beaucoup pour moi.

Quand elle alla finalement se coucher, il faisait trop chaud pour dormir. Elle ouvrit la fenêtre et enleva toutes les couvertures à l'exception du drap. Puis elle demeura étendue, les yeux grands ouverts. Tous les rêves qu'elle avait caressés à propos du métier d'actrice étaient sur le point de se réaliser. C'était comme un roman, sauf que c'était la réalité et ça lui arrivait à elle.

Katy s'adressa mentalement à Dieu : « Tu as indiqué clairement jusqu'à maintenant que c'était Ta volonté et je suis très reconnaissante. »

« Ma fille… attends-Moi donc », entendit-elle dans sa tête.

Elle fit une grimace dans le noir. Attendre Dieu ? Pourquoi ce verset revenait-il toujours ? À moins que Dieu ne tente de lui dire de ne pas trop s'enthousiasmer. Il restait encore près de quatre mois avant que le tournage ne s'amorce. Peut-être était-ce la signification de la demande d'attente.

Peut-être encore n'était-ce que son imagination qui s'emballait. Elle ferma les yeux. « Merci, mon Dieu. Merci de m'avoir incitée à tout raconter aux Flanigan. Je suis si heureuse qu'ils soient emballés pour moi. Ça rend l'aventure plus réelle. Je suis impatiente que Dayne appelle pour que je lui dise que… »

C'est alors que ça se produisit. Alors que la jeune femme était en plein milieu de sa conversation avec Dieu, le visage de Tad Thompson s'imposa à elle. L'image était si claire et nette que, pendant une fraction de seconde, elle en eut le souffle coupé.

Après qu'elle eut perdu Tad, ses rêves de devenir actrice s'étaient envolés. C'est du moins ce qu'elle croyait jusqu'à ces dernières semaines.

Que serait-il arrivé si Tad n'était pas mort, s'il avait trouvé une manière de sortir de la spirale de la fête perpétuelle ? Seraient-ils encore ensemble, jouant dans des films, gagnant en popularité ? Aurait-elle eu une aussi grande chance de percer que lui ?

Des années avaient passé depuis la dernière fois où elle avait réfléchi longuement à Tad, depuis qu'elle s'était laissée aller à se remémorer de nouveau ce qui s'était passé. Toutefois, ce soir, avec la chaude brise d'été qui soufflait dans l'air de la nuit et le sommeil qui fuyait, elle s'accorda cette permission.

L'amitié qu'elle entretenait avec Tad à l'école secondaire s'était poursuivie à l'université. Le garçon était drôle, il avait confiance en lui et il avait les mêmes rêves qu'elle. Ils fréquentèrent la même université. Leurs buts de percer dans le métier étaient si semblables qu'ils s'étaient dit qu'il serait plus amusant de les poursuivre ensemble.

Dès le début, Tad avait été agressif dans sa recherche de premiers rôles. Il n'avait pas la beauté des vedettes, mais il était mignon, excentrique, et tout ce qu'il disait faisait rire Katy. La jeune fille ne se préoccupait pas outre mesure des rôles qu'elle obtenait. Elle était heureuse de jouer un personnage principal ou secondaire… tant qu'elle était sur scène ou devant la caméra et que Tad était à proximité pour la faire rire.

Ce fut lors de la première audition de l'automne pendant leur première année d'université que Katy entendit Tad chanter pour la première fois. Elle avait été si remuée en entendant la voix du garçon qu'elle trembla intérieurement. Elle tomba amoureuse de Tad cet après-midi-là et ne changea jamais d'avis, sans toutefois savoir comment aborder le sujet. De plus, elle n'était pas certaine que Tad partageait les sentiments qu'elle entretenait envers lui.

Elle se rappela quand les choses avaient changé entre eux. C'était lors de la dernière représentation de leur première production universitaire : *La Mélodie du bonheur*. Ils avaient accompagné les gens de la distribution, qui s'étaient rendus dans un petit resto pour fêter le succès de leur série de représentations. Après la soirée, Katy avait été incapable de faire démarrer sa voiture. Tad était resté avec elle tandis que tout le monde partait et, comme il faisait froid, ils s'étaient assis à l'intérieur de la voiture en attendant la dépanneuse.

À cette époque, les automobiles avaient une banquette à l'avant. Les deux amis étaient restés côte à côte en riant et en rejouant certaines scènes de la pièce. Katy avait tenu le rôle de la fille aînée de la famille von Trapp et Tad l'avait taquinée parce qu'elle avait peut-être un peu trop apprécié la chanson *Seize ans, presque dix-sept ans.*

— Allez, admets-le, avait dit Tad en lui enfonçant les doigts dans les côtes, en la chatouillant même quand elle lui repoussait la main. Tu trouvais que le gars était mignon.

Puis Tad s'était lancé dans la chanson tout en se glissant sur le banc et en chantant d'une voix qui avait laissé Katy bouche bée. Il la taquinait mais, quand elle se joignit à lui pour chanter, l'atmosphère changea entre eux. À la fin de la chanson, leurs visages étaient à quelques centimètres l'un de l'autre.

— Katy, pourquoi ne m'as-tu jamais regardé comme tu regardais le gars dans la scène ?

Katy avait eu la gorge serrée par l'émotion. Elle respirait rapidement, d'une façon presque imperceptible.

— Parce que... parce que j'ai peur, avait-elle avoué.

Tad l'avait fixée dans les yeux en soupirant. Elle avait senti le souffle chaud du garçon contre son visage.

— Tu as peur de quoi ? avait-il demandé.

— Peur que tu ne me regardes pas comme...

— Comme quoi ? demanda Tad en s'approchant davantage.

— Comme tu me regardes en ce moment, avait répondu Katy tandis qu'elle sentait son cœur se gonfler.

Tad l'avait embrassée à cet instant ; il l'avait embrassée jusqu'à l'arrivée de la dépanneuse quinze minutes plus tard. Après cela, il n'y avait plus eu moyen de revenir en arrière. Elle avait souvent pensé que, si Tad et elle s'éprenaient l'un de l'autre, ils ne se laisseraient jamais... parce que leur amitié était plus forte que tout ce qu'ils avaient connu.

Évidemment, dès leur deuxième année à l'université, ils ne parlaient plus seulement de terminer leur cours et d'obtenir des rôles dans des films ; ils discutaient aussi mariage. Le meilleur moment, selon eux, serait l'été suivant leur graduation. Toutefois, ils commencèrent à passer des auditions pendant leur deuxième année et, ce printemps-là, Tad reçut l'offre incroyable à laquelle la plupart des acteurs doivent se contenter de rêver.

C'était un rôle de soutien face à un homme qui, en plus d'être un acteur très connu, était plutôt dingue. Le tournage aurait lieu outre-mer, sur une île.

Katy fut inquiète dès qu'elle apprit la nouvelle.

— Reste toi-même, avait-elle prévenu Tad. Rappelle-toi qui tu es.

— Rien ne pourra me changer, lui avait répondu le garçon en se moquant d'elle. Je sais qui je suis, Katy. Tu t'inquiètes pour rien.

Cependant, au fil des six semaines à l'extérieur avec l'équipe de tournage, il lui avait téléphoné de moins en moins souvent. Lors d'un appel, Katy avait été persuadée d'avoir entendu des rires de filles. Quand elle avait questionné Tad, il l'avait accusée d'être jalouse. Les tensions furent de plus en plus fréquentes entre eux et, tous les soirs, Katy priait pour que son amoureux fasse attention à lui.

Quand Tad revint à la maison, il avait deux semaines de tournage à Los Angeles et, à ce moment, il avait raté une session entière d'université. Également à cette période, Katy avait obtenu le rôle pour son émission pilote, un film pour la télévision qui serait tourné quelques semaines plus tard dans le centre-ville de Chicago et les environs. Tad était enchanté pour elle et il lui avait dit qu'il fêterait avec elle le soir où l'émission serait achevée.

Quelque chose dans son ton fit qu'elle se sentit froide et abandonnée. Tad vit le tournage de son film s'achever six jours plus tard et, ce soir-là, la vedette principale lui avait demandé de participer à un autre film.

— Ils m'adorent, Katy ! s'était-il exclamé. N'est-ce pas génial ?

La jeune femme avait fait tout son possible pour sourire et l'encourager, mais elle n'était pas heureuse. Quelque chose clochait avec lui. Quand elle l'appelait, il parlait très vite et il avait la gorge plutôt sèche. La rumeur qui circulait affirmait que l'acteur avec qui il était ami avait déjà été arrêté pour possession de cocaïne.

Katy avait finalement interrogé directement le garçon.

— Dis-moi, Tad. Est-ce que tu consommes ce truc ? Je veux dire que tout le monde que tu côtoies ces temps-ci semblent beaucoup sortir, et toi ?

C'était la première fois où Tad s'était fâché contre elle. Il l'avait accusée d'être une trouble-fête, une rabat-joie, quelqu'un qui ne pouvait se réjouir pour lui alors qu'il obtenait du succès. Elle avait nié et s'était mise à pleurer. Ce n'est qu'à ce moment qu'il s'était calmé et avait adopté un ton raisonnable.

Elle se rappelait encore la dernière phrase qu'il lui avait dite.

— Katy, je suis désolé, s'était-il excusé. Je sais que la situation semble étrange en ce moment, mais ça ne sera pas toujours ainsi. Lorsque je serai de retour à la maison, les choses rentreront dans la normale. Je te le promets.

— C'est difficile d'être aussi loin l'un de l'autre, avait-elle murmuré d'une voix étouffée. Je t'aime Tad. Je m'ennuie.

— Je t'aime aussi.

Ils raccrochèrent et ce fut la dernière fois où elle lui parla. Il sortit le soir suivant avec l'équipe de tournage de son deuxième film. Pendant la soirée, il consomma une grande quantité de cocaïne. Vers 22 h, il retournait à sa table lorsqu'il s'évanouit.

Plusieurs personnes qui l'accompagnaient avaient tenté en vain des manœuvres de réanimation cardiorespiratoires. Il avait été déclaré mort d'un arrêt cardiaque à l'hôpital. Le milieu de la drogue avait fait de lui une autre victime.

Katy avait pleuré, fait son deuil et tenté de donner un sens à la mort de Tad. Ce qui la troublait le plus, c'était que le garçon ne lui avait pas dit la vérité. S'il avait été honnête, elle aurait pu aller le rejoindre pour lui trouver l'aide dont il avait besoin. Elle avait parlé à un autre acteur du film, et le gars lui avait dit que Tad était toujours le boute-en-train de la soirée, qu'il avait commencé en refusant poliment la drogue qu'on lui offrait pour finir par en consommer plus que quiconque.

Quand le choc d'avoir perdu Tad commença à s'atténuer, Katy fit ce qu'elle avait toujours fait : passer des auditions. Lors de la troisième, elle remarqua deux régisseurs de distribution qui murmuraient dans le fond de la salle d'enregistrement. Elle interrogea la vedette féminine à ce sujet.

— C'est un achat de drogue, répondit celle-ci en riant. C'est très fréquent.

Ce fut la fin pour Katy. Elle regarda de nouveau les deux hommes, puis elle marcha vers celui qui l'avait invitée à l'audition.

— Enlevez mon nom de la liste, lui ordonna-t-elle en désignant la planchette à pince. Je ne suis plus intéressée.

Elle sortit avant qu'il n'ait la chance de dire quoi que ce soit. Quelques mois plus tard, elle décrocha un emploi au Théâtre chrétien pour enfants de son quartier pour ensuite déménager à Bloomington et ne plus jamais faire d'auditions... jusqu'à l'appel de Mitch Henry.

Les souvenirs demeurèrent dans son esprit quelques minutes supplémentaires avant de s'évanouir dans l'air de la nuit. Elle n'aimait pas penser que Tad était mort dans une boîte de nuit de Los Angeles. Elle préférait croire qu'il était décédé peu après lui avoir dit au revoir et avoir pris l'avion vers l'île.

Finalement, c'était l'industrie du spectacle qui l'avait tué.

C'était du moins ce que Katy se disait. C'était sa façon de faire la paix avec ce qui était arrivé à son amoureux.

Or, maintenant... maintenant qu'elle avait devant elle une chance encore plus grande que celle qui l'avait entraînée dans le monde du spectacle, elle se rendait enfin compte à quel point elle avait eu tort. L'industrie du cinéma n'avait pas tué Tad, pas plus qu'Hollywood, la gloire ou quoi que ce soit du genre.

Le garçon avait perdu la vie en raison de ses propres choix.

Il avait choisi de prendre de la drogue, de laisser tomber tout ce qui avait été bon, vrai et honnête pour devenir quelqu'un de complètement différent de celui qu'il avait été.

Tout cela était un choix.

Katy se sentit envahie par une grande paix intérieure et tiraillée entre la tristesse et la liberté que lui procurait cette compréhension des événements. Elle se dit qu'elle n'avait pas à refuser un rôle dans un film simplement en raison des choix qu'avait faits Tad et de ce qui était arrivé à ce dernier.

C'était simple, en fait. La vie effrénée d'Hollywood, de New York ou d'ailleurs était un choix. Katy se dit qu'il lui était impossible de tomber dans ce panneau. C'est pour cette raison qu'elle serait en sécurité à tourner avec Dayne Matthews, peu importe le nombre de films dans lesquels elle jouerait. C'est aussi pour cette raison qu'elle allait appeler Dayne assez rapidement pour lui dire qu'elle ferait ce qu'il voulait tant : signer le contrat.

CHAPITRE VINGT-DEUX

DAYNE RÊVAIT d'une soirée toute à lui.

Il avait passé la majeure partie de la semaine avec Mitch Henry au studio à revoir la distribution de *Tu peux toujours rêver* et à discuter de quelques scènes clés. Ils avaient rencontré le réalisateur, qui partageait leur vision de la musique, des angles de caméra et des émotions que Dayne devait faire transparaître afin que le film soit couronné de succès.

L'analyse du scénario était la partie du cinéma que Dayne aimait le moins. L'acteur préférait mémoriser le texte et passer à l'action. La plupart du temps, sa compréhension des personnages était bonne et il n'avait pas besoin de directives. Toutefois, ce film était important et il avait signé une entente à long terme avec le studio. Son agent lui avait laissé savoir qu'il devait rencontrer le réalisateur aussi régulièrement que celui-ci le désirait.

Lorsqu'il participait à des conversations, à des débats et à des réunions d'information, il avait constamment son cellulaire sur lui, mais Katy n'avait toujours pas appelé. Dès que son téléphone sonnait, il vérifiait, espérant que le nom de la jeune femme soit affiché, sachant que ça se produirait. Dayne n'était pas inquiet ; Katy appellerait.

Mitch, lui, était pratiquement hors de lui.

— Qu'attend-elle ? ne cessait-il de demander.

Il était à décomposer une scène quand il s'arrêta soudainement pour poser une question plus précise.

— Je veux dire, pour l'amour, qu'attend-elle, Matthews ? Nous lui avons fait une offre généreuse.

Le régisseur hocha la tête.

— Sais-tu ce qui la retient ? poursuivit-il.

— Oui, répondit Dayne d'un ton pieux. Elle prie pour sa décision.

— C'est génial ! s'exclama Mitch en levant les bras au ciel. Je te le redis, Katy va refuser. Je le sens… surtout si la prière entre en jeu.

Dayne éclata de rire. Il en connaissait suffisamment sur la prière. Ses parents étaient missionnaires après tout. La prière ne signifiait pas que l'on devait se retirer du monde.

— Évidemment qu'elle acceptera, dit l'acteur, le sourire aux lèvres, en donnant une tape dans le dos du régisseur de distribution. Elle acceptera.

— Comment peux-tu en être si sûr ? demanda Mitch, le visage ravagé par l'inquiétude. Il y a beaucoup d'argent en jeu, Matthews. Nous avons besoin d'une actrice principale.

— Calme-toi, lui conseilla Dayne en souriant pour alléger l'atmosphère. J'ai vu l'étincelle dans ses yeux ce jour-là dans ma caravane. Elle veut ce rôle, Mitch. Si elle doit prier, c'est d'accord. Quand sa conversation avec Dieu sera terminée, elle appellera. Quand elle le fera, je te garantis qu'elle acceptera.

— J'aimerais bien que tu me confirmes le tout par écrit.

— Je le ferai.

Après coup, Mitch avait abordé le sujet de nouveau à quelques occasions. C'était maintenant vendredi soir et Dayne était épuisé. Plus jeune, il aurait téléphoné à quelques amis pour faire une virée en ville. Après une telle semaine, il était agréable de comparer les histoires. Qui avait obtenu quel rôle ? Quel studio se débrouillait mieux que les autres ?

Ce soir, cependant, Dayne ne se préoccupait pas le moins du monde de ce que faisaient ses collègues.

Il rentra à la maison après s'être arrêté à sa pharmacie préférée pour acheter les plus récents magazines à potins. Avant, il n'achetait ces torchons qu'occasionnellement ; dernièrement, il se les procurait toutes les semaines. Il ne pouvait se résoudre à admettre son intérêt et à s'abonner. Il achetait donc les revues lorsqu'il sortait.

Tant que la pharmacie n'était pas achalandée, ça allait.

Le même vieil homme qui était presque toujours là était fidèle au poste. Il reconnaissait maintenant Dayne, mais pas parce que ce dernier était une vedette, plutôt parce qu'il était un important client.

— Les Dodgers ont été décevants la semaine dernière, fit remarquer l'homme en enregistrant les achats de Dayne. Vous êtes un fan, n'est-ce pas ? C'est ce que vous aviez dit, non ?

Un *fan* ? Dayne fut étonné de l'emploi de ce terme et de se sentir d'une certaine façon comme les gens normaux. Les fans étaient habituellement à l'opposé de son univers. Dans ce contexte, toutefois, il était effectivement un fan, un vrai. Il sourit au commis.

— Oui, en effet, vous avez raison, avoua-t-il. Les Dodgers ont fait piètre figure la semaine dernière.

Il paya ses magazines et quelques paquets de gomme à mâcher, et remercia le vieil homme.

— Ils vont sûrement se reprendre bientôt, ajouta-t-il.

Encore une fois, les photographes prirent des clichés de lui alors qu'il quittait le commerce, mais le vieil homme ne s'en rendit pas compte. C'est avec le sourire aux lèvres que Dayne parcourut le reste de la route le menant à la maison. Ses pairs aimaient se plaindre de ne plus pouvoir sortir, de ne plus avoir de vie normale sans être interrompus par des chasseurs d'autographes ou des paparazzis. Dayne, lui, ne trouvait pas à se plaindre. Au moins, il avait cette pharmacie.

Ce soir, il allait préparer un sauté. Il avait donné à sa gouvernante une liste de provisions. Quand il rentra chez lui, il trouva les aliments où ils devaient être. Il fit d'abord sauter les oignons et l'ail, puis ajouta des tranches de pousses de bambou, des champignons shiitakes, des pois mange-tout, des châtaignes d'eau et du brocoli.

Il alluma le gril de la terrasse et y plaça quatre poitrines de poulet frais assaisonnées. Le brouillard flottait de nouveau le long de la côte. Bien qu'il ne fût pas encore 19 h, le ciel était sombre.

Dayne alluma la radio à la station country et se détendit tandis que la musique envahissait la maison. Voilà le rôle qui lui plaisait : être à la maison, préparer le dîner, simuler pendant un moment qu'il pouvait être un sauveteur en pause ou un entraîneur du centre sportif… quelqu'un d'ordinaire, de normal, qui ne vivait pas une existence folle comme celle d'un acteur.

Il retournait les poitrines de poulet quand le téléphone sonna. Ce ne pouvait être Katy Hart. Il lui avait donné son numéro de cellulaire, pas son numéro personnel. Il alla à la cuisine, attrapa le combiné sans fil et appuya sur le bouton « Marche ».

— Allo ? fit-il.

Son ton était plus léger qu'il ne l'avait été depuis le départ de Katy.

— Monsieur Matthews ?

L'homme à l'autre bout du fil était tout ce qu'il y a de plus professionnel.

— Oui ?

— Ici le sergent Halley du service de police. Nous vous avons déjà téléphoné à quelques reprises.

Dayne leva les yeux au ciel et s'appuya au comptoir séparant la salle à dîner de la cuisine. Il prit une profonde respiration et ferma les yeux.

— Comment puis-je vous aider ?

— Nous avons reçu une autre de ces lettres, celles dont nous vous avons déjà parlé. Celle-ci est signée par une certaine Anna Madden.

Le sergent fit une pause.

— C'est la première fois qu'il y a un nom, ajouta-t-il. Anna Madden, ça vous dit quelque chose ?

— Pas du tout, c'est probablement une admiratrice obsédée, répondit Dayne en saisissant un plateau pour sortir dehors, le téléphone toujours contre l'oreille.

— Probablement, acquiesça le sergent d'une voix sans conviction. Le problème, c'est que les menaces vont de mal en pis à chaque nouvelle lettre. Celle-ci est la pire.

Dayne ne voulait pas en savoir davantage, mais son hésitation indiqua au sergent de poursuivre.

— La femme affirme être votre épouse, expliqua le sergent, et en avoir assez d'attendre que vous rentriez au bercail à ses côtés.

— C'est le comble ! murmura Dayne en déposant les poitrines de poulet sur le plateau.

— Oui, bon. Ensuite, elle affirme que si une autre femme se trouve sur son chemin, elle n'aura d'autre choix que de la tuer.

Pendant une fraction de seconde, Dayne considéra la menace comme bien réelle. Une montée d'adrénaline lui déferla dans les veines et lui noua l'estomac. Il déglutit en rentrant poser le plateau de poulet sur le comptoir de la cuisine.

— Alors, Anna Madden croit être ma femme et elle veut supprimer toute concurrence, résuma-t-il.

Il se força à émettre un rire confiant.

— Je vous remercie de votre appel, poursuivit-il, mais je ne suis pas inquiet. Beaucoup d'admirateurs n'ont pas tout leur esprit.

— Nous avons un renseignement supplémentaire, fit remarquer le sergent.

Un bruit de froissement de papiers se fit entendre dans l'appareil.

— Nous avons reçu hier un rapport du Studio DreamFilms, enchaîna le sergent. Apparemment, des gens du studio ont observé une femme au volant d'une Honda Civic jaune qui surveillait les lieux depuis un bon moment. Ils croyaient qu'il s'agissait simplement d'un paparazzi mais, dernièrement, ils ont changé d'idée et croient plutôt qu'il s'agirait d'une sorte de harcèlement.

Une Honda Civic jaune ? Dayne ferma les yeux. Où avait-il déjà entendu ça ? Il pianota sur le comptoir, puis il se souvint. Il ouvrit les yeux.

— Kelly Parker a remarqué une Honda Civic jaune devant chez elle il y a peu de temps, avoua-t-il.

Le sergent hésita.

— Est-ce que vous la fréquentez ?

Dayne avait l'habitude de se faire poser cette question par des journalistes et des admirateurs. Il restait généralement évasif. Cette fois, c'était du sérieux.

— Par intermittence, répondit-il. Nous avons passé du temps chez elle dernièrement.

— C'est inquiétant.

L'acteur voyait maintenant les morceaux du casse-tête s'emboîter. Si la cinglée menaçait de blesser toutes les femmes qui se trouveraient sur sa route, Kelly Parker représentait peut-être la concurrence.

— Alors... fit-il simplement.

Dayne détestait ce genre de chose. L'appel téléphonique gâchait sa soirée, la transformant en une scène de film d'horreur.

— Vous croyez que c'est sérieux ? poursuivit-il.

— Oui, nous le pensons.

Le sergent avait parlé d'un ton sérieux depuis le début de la conversation. Maintenant, sa voix laissait transparaître la gravité des choses.

— Le langage, la fréquence des lettres, cette Honda Civic jaune…
nous ne voulons prendre aucun risque, expliqua-t-il.

Il fit une courte pause.

— Mme Parker aurait-elle d'autres renseignements, une descrip-
tion peut-être ? demanda-t-il.

Dayne soupira et se passa la main dans les cheveux.

— C'était une femme et elle… commença-t-il.

Tout à coup, il pouvait entendre Kelly lui faire part des détails. Il
sentit son estomac se serrer.

— Kelly croyait que la femme avait un couteau, poursuivit-il.

— Nous devrons communiquer avec Mme Parker et prendre une
déposition afin d'inscrire ces renseignements au dossier.

Dayne entendit encore un froissement de papiers.

— Il semble que cette femme soit une réelle menace, Monsieur
Matthews, ajouta le sergent.

— Génial ! s'exclama Dayne sur un ton colérique.

Il éteignit le feu sous le sauté. Il lui était inutile de garder les aliments au chaud, car il avait perdu l'appétit.

— Que dois-je faire maintenant ? s'enquit-il. Rester ici à attendre
que cette folle se pointe ?

— Bien, nous aurons une équipe de surveillance chez vous et au
studio, expliqua le sergent. Nous aurons également une voiture bana-
lisée pour suivre vos déplacements entre les deux endroits.

Dayne fit les cent pas entre le réfrigérateur et la cuisinière.

— Combien de temps cela durera-t-il ? demanda-t-il.

— Au moins quelques semaines, le temps que nous mettions la
main au collet de cette femme. Si elle délire, ce qui semble être le cas,
elle n'aura pas peur de se faire prendre. Elle croira qu'elle est en droit
de vous suivre… et de blesser quiconque voudrait l'en empêcher.

— Est-ce tout ?

Dayne avait maintenant l'estomac noué.

— Oui, répondit le sergent d'un ton inquiet. Faites attention aux
Honda Civic jaunes.

CHAPITRE VINGT-TROIS

D<small>AYNE S'EFFORÇA</small> d'oublier l'avertissement.

Le sergent avait bien fait de l'appeler pour lui dire de se méfier. Un peu plus de sécurité ne pouvait nuire. Toutefois, il était plutôt rare qu'un admirateur passe à l'acte. L'acteur réfléchit à la situation. Il y avait bien cette jeune femme d'une comédie de situation qui avait été tuée par un harceleur en ouvrant sa porte ; c'était difficile à oublier. Il y avait aussi quelques grandes vedettes qui avaient eu maille à partir avec des admirateurs obsédés. Autrement, la police devait recevoir constamment des lettres de cinglés, ce qui ne signifiait pas que des gens passeraient par sa fenêtre, qu'ils traqueraient ses amis ou qu'ils tenteraient de le tuer.

Il sentit les muscles de sa nuque se détendre. Il prit l'une des poitrines de poulet, la coupa en petits dés qu'il déposa dans la poêle avec les légumes sautés. Puis, il ralluma le feu et couvrit la poêle. Deux minutes plus tard, la nourriture était assez chaude pour être transférée sur une assiette.

Dayne attrapa les magazines qu'il avait achetés plus tôt, ainsi que son repas, passa à la salle à dîner et s'assit à la petite table tout près de la porte-fenêtre. Le soleil se couchait et un autre nuage de brume s'avançait. La brume était fréquente à cette époque de l'année, particulièrement sur la côte. Au moins, elle se dissipait durant la journée.

Les magazines étaient encore dans leur sac. L'acteur en sortit un et fixa la page couverture. Dans le coin inférieur, il vit quelque chose qui lui avait d'abord échappé : un petit cliché de Kelly Parker et lui, le visage pressé l'un contre l'autre. La légende titrait « De nouveau ensemble ? »

Dayne gémit. Il tourna la page et scruta l'index pour aller directement au bon endroit. L'article, qui tenait sur deux pages, était entrecoupé de plusieurs photos. La première les montrait alors qu'ils discutaient dans sa voiture, la deuxième alors qu'ils étaient en train de s'embrasser, la troisième alors qu'ils se dirigeaient dans la pénombre vers la maison de l'actrice, la quatrième alors qu'il se sauvait au petit matin par la porte arrière.

L'article allait comme suit : « Dayne Matthews, l'éternel tombeur, passe la nuit avec l'aguichante actrice Kelly Parker. Une source affirme que la situation est brûlante, mais monsieur Matthews nie qu'ils soient de nouveau ensemble. »

— Les gens ne se lassent-ils donc jamais ? murmura-t-il.

Et si Katy Hart avait vu l'article ? Elle n'aurait plus aucun respect pour lui. Peut-être même que cela influencerait sa décision. Il y réfléchit un moment. Probablement pas. Katy n'était pas du genre à lire ce genre de ragots. Il tapota le coin de la table du doigt. Et Kelly ? Elle en avait déjà assez des paparazzis. Si elle avait des sentiments pour lui, ce qu'il croyait, l'article jetterait de toute évidence de l'huile sur le feu.

Dayne lança le magazine sur la table et se concentra sur son repas. Cette soirée devait être tranquille, un dîner dans l'intimité de sa propre maison. Voilà qu'il était frustré et tendu, prévenu au sujet d'une cinglée en Honda jaune et voyant des photos de lui dans un magazine.

Si les clichés l'avaient montré à tout autre moment de la journée, il n'en aurait pas été préoccupé, qu'il s'agisse d'une photo de lui sortant d'un café, d'une autre alors qu'il marchait sur la plage ou qu'il quittait le studio. Par contre, des photos de lui quittant la résidence de Kelly Parker au petit matin ? Il avait le sang qui bouillait dans les veines.

Curieusement, il se mit à penser à ses parents adoptifs, décédés il y a dix-huit ans. Ils avaient bien soutenu son intérêt pour le théâtre, convaincus qu'il pourrait utiliser son talent pour célébrer Dieu.

Dayne se permit un petit rire sarcastique.

L'idée ne lui avait même jamais effleuré l'esprit. Dieu avait obtenu assez des pièces maîtresses de sa vie : le temps, l'attention et la vie de ses parents. La dernière chose à laquelle Dayne aurait songé aurait été de Lui consacrer son talent d'acteur.

Cependant, l'idée de ses parents découvrant des clichés de lui dans une situation compromettante le dérangeait. Il prit rapidement quatre bouchées de sauté. Peu importe ses parents. Tout le dérangeait ce soir, depuis l'appel du sergent. Il regarda fixement son assiette. Les légumes étaient mous et le poulet était rendu froid. Même son dîner ne l'intéressait pas.

Il repoussa son assiette et son regard se perdit par la fenêtre. Le brouillard était plus épais et effleurait le pourtour de la terrasse.

Une fois, peu après sa visite à Bloomington en Indiana, il avait consulté un spécialiste du drainage, et un spiritiste dans la pièce d'à côté lui avait offert une séance gratuite de visualisation, une façon de se libérer l'esprit et de trouver la paix intérieure. Le drainage était différent. Pour une centaine de dollars, le patient s'installait sur le ventre sur une table et le thérapeute lui plaçait un verre chaud sur le dos de manière à créer une succion. Plus le spécialiste pressait sur le verre, plus les tissus musculaires étaient aspirés.

Le but de l'exercice était de nettoyer le système, semblait-il.

Cependant, l'acteur avait été marqué par cette phrase qu'avait prononcée le spiritiste : « Si vous cherchez la paix intérieure, vous devrez trouver quelque chose d'holistique et de focalisé, à l'instar de la kabbale. »

Il avait entendu parler de la kabbale à quelques reprises.

Quelques-uns de ses amis de l'industrie y croyaient fermement. Une actrice plus âgée lui avait déjà expliqué que la kabbale était préférable à la chrétienté puisqu'elle vous permettait d'être votre propre dieu, de trouver un centre à l'intérieur de vous où la spiritualité et la bonté pourraient se développer, libérées de la culpabilité et du légalisme habituellement associés à la religion.

Cela semblait intéressant.

Du moins, Dayne se dit que ce pourrait l'être s'il faisait fi de son enfance. Une douzaine d'années dans un pensionnat chrétien pour enfants de missionnaires l'empêchaient de considérer la religion en la séparant de Jésus-Christ. Peu importe, peut-être la kabbale avait-elle tout de même un je-ne-sais-quoi. L'acteur se dit que les choses seraient sûrement plus simples s'il pouvait simplement se libérer de la culpabilité. Peut-être le spiritiste avait-il raison. Le fait de se recentrer, de découvrir sa vraie nature, lui permettrait peut-être de trouver la paix intérieure… particulièrement par une journée comme celle-ci.

Il quitta la table et jeta ce qui restait de son repas. La visualisation serait trop longue, se dit-il. Il rinça son couvert, s'essuya les mains et tira son téléphone cellulaire de sa poche. Il n'y avait pas eu d'appel de la part de Katy. « Allez, ma chère, laisse-moi savoir ce que tu as l'intention de faire », pensa l'acteur.

Pendant quelques secondes, il fixa le téléphone en espérant que l'appareil sonne. Puis une idée lui vint à l'esprit. Peut-être trouverait-il la paix nécessaire en regardant le film pilote dans lequel Katy tenait la vedette. Ça irait peut-être. Il n'avait jamais regardé le film en entier. Katy dégagerait peut-être quelque chose qui lui donnerait l'impression que tout allait bien dans l'univers.

S'il était croyant, il prierait Dieu de dire à Katy d'accepter le rôle. Cependant, la prière ne changerait pas l'idée d'une femme à des milliers de kilomètres de distance. Entre-temps, Dayne se dit qu'il pouvait toujours visionner le film pilote.

Il éteignit la musique country, trouva la vidéocassette et s'installa dans la salle familiale. Il désirait la vue sur la mer, malgré le brouillard. Il ne voulait pas passer son vendredi soir seul dans sa salle de visionnement… pas avec cette fanatique qui rôdait. Il cliqua sur la commande à distance et le foyer s'embrasa. C'était l'un des plaisirs de l'été sur la plage de Malibu : les soirées étaient encore assez fraîches pour allumer un feu.

La vidéocassette devait être rembobinée. Après quelques minutes, elle était prête à être visionnée. L'acteur s'installa dans le fauteuil le plus confortable et appuya sur la télécommande. Dès que le générique et la musique commencèrent, il sentit qu'il se détendait. Katy n'appellerait peut-être pas, mais il passerait la soirée avec elle.

Quinze minutes plus tard, durant une scène mettant Katy en vedette, on sonna à la porte. Le temps d'un éclair, Dayne hésita. Était-ce cette cinglée ? Il songea à prendre son vaporisateur de poivre de Cayenne, mais s'arrêta.

Cette folle n'oserait pas se présenter à sa porte et appuyer sur la sonnette, pas si elle le traquait depuis tout ce temps.

Il arrêta le film et se rendit à la porte d'entrée. En l'ouvrant, il découvrit Kelly Parker, un sourire timide au coin des lèvres.

— Bonjour.

— Bonjour, fit simplement Dayne en tentant de camoufler sa frustration.

Il n'avait pas envie de passer la soirée avec Kelly... pas ce soir et pas seuls chez lui. Il s'appuya au chambranle de la porte.

— Qu'est-ce qui t'amène ? demanda-t-il.

— J'étais seule et je croyais bien te trouver ici, lui répondit Kelly en lui donnant une petite tape sur l'épaule. Tu me laisses entrer ?

— Oh, dit-il en esquissant un sourire forcé avant d'ouvrir la porte toute grande. Je suis désolé.

Kelly entra et referma la porte derrière elle. Avant que l'acteur ne puisse dire quoi que ce soit, elle lui encercla la taille de ses mains, se pencha vers lui et l'embrassa. Toutefois, il ne ressentit rien. C'était ainsi qu'il se sentait lors des baisers à l'écran. Il agissait comme un professionnel habile au jeu, mais pas du tout intéressé sur le plan personnel.

— Dayne ? l'interpella Kelly en se redressant, le souffle court et les yeux interrogatifs. Tu n'as pas envie de m'embrasser ?

L'acteur mit son pouce dans la boucle de sa ceinture.

— Bien sûr, mentit-il.

Il détestait agir ainsi, mais que pouvait-il faire d'autre ? Il sentait bien que l'honnêteté n'était pas de mise en ce moment.

— Quel bon vent t'amène ?

Kelly leva le menton, confiante malgré tout. Sa voix était empreinte de désir.

— Je n'arrête pas de penser à toi, Dayne... de penser à l'autre nuit.

— Ah bon ? se contenta de dire l'acteur.

Il détailla la jeune femme du regard. Elle était splendide, évidemment. Quel était donc le problème ? Pourquoi n'arrêtait-il pas de la comparer à ...

— Voilà, je voudrais savoir si j'ai obtenu le rôle, lui expliqua-t-elle.

Elle le serra de nouveau contre elle, la tête suffisamment renversée pour voir la réaction de l'acteur.

— Il est à moi, n'est-ce pas ?

Dayne éclata de rire.

— Tu m'étonneras toujours, Kelly Parker ! s'exclama-t-il. Tandis que je me fais du mauvais sang pour toi, tu rebondis, plus culottée et plus sûre de toi que jamais.

— Alors... l'ai-je décroché ? le supplia-t-elle.

Elle pouffa de rire et l'embrassa de nouveau. Cependant, elle n'avait pas le regard comme d'habitude. Elle avait les pupilles peut-être un peu trop dilatées. Elle parlait rapidement et d'une façon indistincte, comme si elle avait besoin d'un verre d'eau.

— Dis-moi, Dayne. Je meurs d'envie de le savoir.

Elle avait quelque chose qui clochait, mais quoi ? Dayne résista à l'envie de la repousser. Plutôt, il se passa la langue sur la lèvre supérieure et étudia l'expression de la jeune femme.

— Nous n'avons pas encore arrêté notre décision, annonça-t-il. Tu as fait du bon boulot, Kelly. Nous attendons de voir ce qui se passera.

— Vous attendez ? demanda Kelly en fronçant les sourcils. C'est aussi mon univers, tu sais, Dayne. Vous voulez dire que vous avez offert le rôle à la nouvelle, non ?

Dayne recula d'un pas pour s'appuyer au mur de l'entrée.

— Bon, d'accord, acquiesça-t-il en levant les bras, nous le lui avons offert. Mitch l'a adorée. Nous ignorons si elle acceptera. Si elle refuse, tu seras la prochaine sur la liste.

Kelly avait l'air très déçue, mais elle semblait plus détendue, plus naturelle.

— C'est Mitch ou toi qui l'a adorée ?

— Voyons, Kelly, ne le prends pas personnel. Tu sais comment ça fonctionne dans le milieu. Quand c'est ton tour, tu en profites. Quand ce ne l'est pas, tu ne dois pas prendre les choses trop au sérieux. L'actrice que nous avons choisie convient bien au rôle.

Kelly esquissa un sourire.

— Tu me taquines, n'est-ce pas, Dayne ? C'est bien ça ? Tu me dis ça seulement pour que je saute de joie en apprenant que j'ai obtenu le rôle, non ?

— Si je te confirmais ça, je mentirais, avoua l'acteur en faisant un clin d'œil. Je suis désolé, Kelly. Ce n'était pas de ta faute.

À ces mots, l'actrice perdit son sourire.

— Bon, c'est bien dommage, se désola-t-elle. Et mon audition, dis-moi ?

Dayne lui posa l'index sur les lèvres. Les montagnes russes émotionnelles étaient de retour. Kelly n'avait pas été constante plus d'une minute d'affilée depuis son arrivée.

— Shhhh, se contenta de faire l'acteur.

Cette fois-ci, il se pencha pour l'embrasser, davantage pour changer de sujet qu'autre chose. En se dégageant, il lui décocha un grand sourire, essayant de la faire se détendre.

— La nouvelle refusera peut-être.

— Merci, dit simplement Kelly en levant les yeux au ciel.

La douleur qu'elle avait ressentie il y a quelques instants semblait maintenant disparue.

— Tiens-moi au courant, d'accord ? poursuivit-elle.

— D'accord, fit simplement Dayne.

Kelly passa devant lui, posa son sac à main sur une tablette dans l'entrée et se dirigea vers la salle familiale. Dayne la suivit. Pendant un moment, elle fixa intensément l'image arrêtée à l'écran — un gros plan de Katy toujours sur « Pause » depuis quelques minutes. Elle fronça les sourcils et son visage se fit interrogatif.

— Qui est cette fille ?

Dayne se plaça entre Kelly et le téléviseur.

— Katy… Katy Hart, répondit-il.

Il attrapa la commande à distance pour éteindre l'appareil.

— C'est la nouvelle, continua-t-il en pointant l'écran. C'est un film pilote qu'elle a tourné il y a quelques années, mais qui n'est jamais allé plus loin que ça.

— Alors pourquoi as-tu éteint ? demanda Kelly en s'assoyant sur le fauteuil et en l'invitant à prendre place à ses côtés. Assois-toi et regardons-le.

Dayne voulait refuser, désirant avoir la soirée toute à lui avec Katy, et suggérer à Kelly de partir. Par contre, Kelly était son amie. Alors, il prit place à ses côtés et alluma le téléviseur. Après qu'il eut cliqué sur quelques boutons, le film reprit son cours.

— Voilà, tu es contente ?

— Tout dépend si elle est bonne ou non.

Kelly croisa les bras et sourit à son interlocuteur. Puis, elle se concentra sur l'écran.

Ils regardèrent le film en silence. Avec l'image de Katy en couleur devant ses yeux, Dayne oublia qu'il avait de la compagnie. Qu'avait donc cette directrice de théâtre pour enfants de Bloomington pour l'intéresser autant ? Il l'étudia et se permit d'imaginer combien il serait nouveau et extraordinaire de tourner un film avec elle. Elle serait si différente de toutes les starlettes d'Hollywood qu'il connaissait, celles qui acceptaient de prendre un café avec vous pour finir dans votre lit quelques heures plus tard.

Il se dit que Katy était authentique et que c'était sans doute la raison.

Il pensait encore à elle, fasciné par les mouvements de la jeune femme, sa voix et son émotivité à l'écran, lorsque Kelly, à ses côtés, éteignit le téléviseur.

— Eh ! qu'est-ce que tu fais ? lui demanda-t-il en lui prenant la télécommande des mains.

— Dayne Matthews, je ne peux le croire ! s'exclama-t-elle.

Elle n'avait pas l'air fâchée, mais plutôt étonnée. C'était comme si elle avait compris ce qui se passait. Elle en fut bouche bée quelques instants.

— Tu es amoureux d'elle !

— Pardon ?

Dayne glissa vers le coin opposé du fauteuil, établissant une distance entre eux. Il se tourna de manière à faire face à Kelly.

— De quoi parles-tu ?

Elle montra le téléviseur du doigt.

— De ça... quel que soit son nom ! s'exclama-t-elle. De cette Katy...

Elle éclata de rire, davantage sous le choc qu'autre chose.

— Je t'ai observé durant la dernière scène et je pourrais reconnaître ce regard n'importe où, dit-elle en se levant et en regardant l'acteur de haut. Tu es amoureux d'elle, n'est-ce pas ?

— Kelly, c'est ridicule ! s'écria Dayne en se levant et en se mettant les mains dans les poches. Je ne la connais même pas.

Il désigna l'écran d'un signe de tête.

— Je regardais ça uniquement pour en savoir plus sur les talents de cette fille.

— D'accord, dit Kelly simplement.

Elle passa devant Dayne et traversa la salle à dîner, puis la cuisine.

— Je ne resterai pas, Dayne, poursuivit-elle. J'ai la nette impression d'être de trop.

L'acteur la suivit tranquillement. Tandis qu'elle se versait un verre d'eau, il se demanda encore si elle était sous l'effet de quelque chose, la cocaïne peut-être ou un quelconque médicament affectant l'humeur. Il se calma, cherchant en lui la patience qui lui manquait.

— Je croyais que nous étions amis, Kelly. N'étais-ce pas ce que nous avions convenu ? Ça ne fonctionnerait pas entre nous, n'est-ce pas ? C'est bien ça, non ?

Kelly fit volte-face.

— Ce n'était pas comme ça l'autre nuit chez moi, fit-elle remarquer.

Elle parlait d'une voix faible, blessée. Elle se posa la main sur la poitrine.

— J'ai senti quelque chose, Dayne, avoua-t-elle. Ça ne voulait rien dire pour toi ?

— Oui, admit-il.

Il s'avança vers Kelly, lui enleva le verre d'eau des mains, le posa sur le comptoir et lui prit la main.

— Ça signifie que j'ai de l'affection pour toi, Kelly, lui dit-il avant de lui lâcher la main. Je ne peux t'offrir plus que ça.

Les épaules un peu plus détendues, elle l'attira vers elle, glissant ses bras autour de lui et lui faisant une accolade différente de la première.

— Je suis désolée, dit-elle en lui jetant un coup d'œil furtif. J'ai proba-blement l'air d'une maniaque en train de délirer.

Il lui caressa le dos. Voilà qui était mieux. C'était la Kelly Parker qu'il connaissait et qu'il appréciait, pas celle qui exigeait de lui ce qu'il ne pouvait lui offrir. La jeune femme ne pouvait pas être sous l'effet de la drogue. Elle ne tomberait jamais si bas, pas même au pire moment de sa vie.

— Ah ! s'exclama Dayne en se rappelant l'appel du policier. Parlant de maniaque en train de délirer…

Il parlait d'une voix basse et posée. Il ne voulait pas inquiéter la jeune femme.

— Tu te souviens de la Honda Civic jaune et de la dame au couteau ? lui demanda-t-il.

Kelly haussa les épaules et se recula suffisamment pour le regarder dans les yeux.

— Bien sûr.

— Bien, dit Dayne en se pinçant les lèvres, la police a téléphoné aujourd'hui. Tu te souviens de cette harceleuse qui envoie des lettres folles à mon sujet ?

— Oui, répondit Kelly, les yeux grands ouverts et la mâchoire béante.

— La police croit qu'elle conduit une Honda Civic jaune.

— Génial.

La jeune femme leva les bras au-dessus de sa tête et les laissa retomber. Puis, elle attrapa son verre et en versa le contenu dans l'évier.

— Où gardes-tu ton vin ? demanda-t-elle.

Dayne lui reprit le verre des mains et le posa de nouveau sur le comptoir.

— Écoute, Kelly, pas de vin. Je veux me coucher tôt ce soir. Je voulais simplement te prévenir au sujet de la dame à la Honda. Si tu vois encore cette voiture, signale tout de suite le 911.

Pendant quelques secondes, Kelly resta là en silence, sous le choc. La peur et la colère se relayaient sur son visage. Puis elle remarqua les magazines que l'acteur avait posés sur la table de la salle à dîner.

— Je croyais que tu avais dit qu'il valait mieux ne pas lire de tels ragots, lui fit-elle remarquer.

Elle passa devant lui, se rendit à la table et prit la revue sur le dessus de la pile.

— J'ai dit que *tu* ne devrais pas les lire, lui précisa Dayne en s'approchant par-derrière et en tentant de lui prendre le magazine des mains.

Elle le tint toutefois à distance.

— C'est correct, Dayne, le rassura-t-elle. Je peux accuser le coup.

C'est alors qu'elle vit la photo d'eux sur la couverture.

— Génial ! s'exclama-t-elle.

Elle feuilleta le magazine pour découvrir la section qui affichait deux pleines pages montrant des photos d'eux.

Elle murmura quelque chose pour elle-même puis passa à une autre histoire quelques pages plus loin. Celle-ci parlait des six vedettes qui sentaient le moins bon à Hollywood. Elle se classait au cinquième rang.

— Pardon ? s'écria-t-elle en émettant un son qui tenait davantage des pleurs que du rire : « Dans ce sondage, Kelly Parker est désavantagée par son penchant pour la nourriture italienne. Notre conseil : l'ail, ça suffit ! »

Dayne ignorait si elle allait s'effondrer ou exploser de colère. Puis, dans un élan d'émotion, elle déchira la page du magazine, comme il l'avait fait avec un magazine chez Ruby's, sauf qu'elle pleurait en même temps.

— Kelly, viens ici, lui dit-il en lui tendant les bras. Je t'ai dit de ne pas lire ces ordures. Il n'y a rien de vrai là-dedans.

— C'est faux, n'est-ce pas ? demanda-t-elle. Nous ne nous fréquentons pas de nouveau !

Dans un tourbillon, elle froissa la page en une boule de papier.

— Parce que… tu ne… veux pas de moi, poursuivit-elle.

Elle essuya ses larmes, pénétra en trombe dans la cuisine et fourra la boule de papier dans les ordures sous l'évier.

Quand elle fit volte-face pour regarder Dayne, elle avait les yeux remplis de désespoir.

— Je déteste ça, Dayne.

Kelly avait les bras tremblants, mais la colère s'était dissipée. Elle se croisa les bras et baissa les yeux.

— Je déteste tout ça, enchaîna-t-elle.

— Kelly, tu ne peux pas dire ça. Tout rentrera dans l'ordre.

— Oublie ça, fit-elle en tirant les clés de sa poche et en se dirigeant vers l'acteur. Les journalistes croient que nous nous fréquentons. Quelle farce !

Elle étouffa un rire sarcastique, plus près du sanglot qu'autre chose. Puis, elle passa devant Dayne.

— Si seulement ils savaient, ajouta-t-elle.

Avant de partir, elle se retourna une dernière fois pour faire face à son ami.

— Je perds un grand rôle aux mains d'une inconnue, l'homme qui me plaît ne m'aime pas, le public connaît tout de ma vie privée… Et si ce n'était pas suffisant, j'empeste l'ail, moi qui n'ai pas mangé italien depuis des années parce que cette nourriture est trop riche en glucides.

Le visage tordu par la douleur, elle leva un bras en l'air.

— Allez comprendre ! s'exclama-t-elle en esquissant un sourire forcé. Au moins, les admirateurs s'amusent... surtout la cinglée à la Honda jaune.

Elle se mordit les lèvres.

— Pardonne-moi, enchaîna-t-elle en un murmure, de ne pas croire que tout rentrera dans l'ordre.

Elle traversa de nouveau la salle familiale et prit son sac à main près de l'entrée. Lorsqu'elle tourna la poignée de la porte, son sac glissa sur le sol, laissant échapper toutes sortes de cartes profession-nelles, des stylos, de la menue monnaie et autre chose... quelque chose qui expliquait le comportement étrange de Kelly Parker ce soir-là.

Un flacon de pilules non identifié.

CHAPITRE VINGT-QUATRE

LES ENFANTS QUI FAISAIENT PARTIE de la distribution de *Tom Sawyer* travaillaient sur la scène de la classe. Katy sentait que tout commençait doucement à s'assembler. Le but de cette partie de la pièce était de montrer l'intérêt grandissant de Tom envers Becky et le fait que la bande du garçon n'était pas constituée d'élèves brillants.

Ils essayaient de présenter la scène avec des accessoires, même si ceux-ci ne seraient tous disponibles que pendant la semaine précédant le soir d'ouverture, tandis qu'ils se déplaceraient dans le théâtre de Bloomington. Toutefois, les accessoires étaient nécessaires pour cette scène. Ils comprenaient entre autres une pomme que les amis chahuteurs de Tom lançaient d'un côté et de l'autre de l'allée dès que le professeur avait le dos tourné.

Au cœur de ce branle-bas, Tom devait se glisser d'un côté de l'allée à l'autre pour s'asseoir à côté de Becky. Tim Reed connaissait ses répliques et Sarah Jo avait réussi à s'approprier les siennes en démontrant les mêmes habiletés remarquables pour entrer dans son personnage que Katy avait observées lors de la deuxième audition.

Soulagée, Katy était assise à l'avant de l'église. Au moins, cet aspect se déroulait bien. La jeune femme se leva et fit un mouvement circulaire de la main.

— D'accord, reprenons depuis le début.

La moitié des enfants s'assirent dans la fausse classe, tandis que les autres disparaissaient par une porte dans le corridor.

L'adolescente qui tenait le rôle de l'enseignante prit place devant la classe et commença à parler d'une voix pleurnicharde et nasillarde.

— Maintenant, les amis, annonça-t-elle, le cours d'aujourd'hui sera consacré aux mathématiques.

Elle se tourna vers le tableau noir.

Quand elle le fit, Tom et sa bande se faufilèrent dans la classe et s'assirent rapidement à leur place.

Le visage cramoisi, l'enseignante pivota vers eux.

— Tom Sawyer ! s'exclama-t-elle. Encore en retard ! Je le dis, tu auras besoin d'une fessée avant la fin de la journée.

Elle se retourna vers le tableau.

Cette fois, Tom lança une pomme en direction de Becky pour attirer l'attention de la jeune fille. Selon ce qui avait été prévu dans la scène, la pomme devait tomber délicatement dans les mains de Sarah Jo. Toutefois, cette dernière discutait à voix basse avec la fillette assise à côté d'elle. Elles parlaient de quelque chose à propos de l'endroit où elles devaient être assises, semble-t-il. La pomme vola au-dessus de l'allée et frappa directement Sarah Joe à la tête.

— Ouille ! s'exclama la jeune fille en se frottant la tempe.

La pomme roula de l'autre côté de la classe et plus de la moitié du groupe se mit à ricaner.

— Bon… se contenta de dire Katy.

Elle aurait voulu rire, mais elle garda son sérieux. Elle se leva et regarda directement les enfants, qui souriaient d'un air narquois.

— Si ça se produit pendant le spectacle, allons-nous rester assis là en riant ? demanda-t-elle, le visage impassible pour que les enfants comprennent le sérieux de la situation.

Une des fillettes assises dans la première rangée leva la main.

— Peut-être pourrions-nous courir après la pomme si elle s'échappe de la sorte… Puis nous pourrions la remettre à Sarah Jo.

— Bien… fit Katy.

La matinée s'étira, mais ils parvinrent à assembler trois scènes, suffisamment pour respecter l'horaire. Le groupe chanta deux des chansons avant que Katy ne soit satisfaite. Elle jetait de très fréquents coups d'œil à l'horloge. Puis, elle finit par prendre sa décision. Elle appellerait Dayne à la fin de la répétition pour lui apprendre la nouvelle.

Elle acceptait le rôle.

Alice Stryker l'amena à l'écart après la pause.

— Sarah Jo doit être mise davantage à l'avant, ne croyez-vous pas ? lui demanda-t-elle en fronçant les sourcils. Tout le monde sait qu'elle possède la plus belle voix. Si vous voulez que votre spectacle soit un succès, les gens doivent l'entendre chanter.

Katy ne fit que la dévisager, déconcertée ; comment la mère d'une si gentille petite fille pouvait-elle être aussi horrible ? Elle s'éclaircit la voix.

— Je m'occuperai moi-même de la mise en scène, merci. Si j'ai besoin de votre aide, je vous le ferai savoir.

Alice Stryker défroissa les plis de sa blouse et hocha la tête.

— Je vais travailler avec Sarah Jo à la maison, expliqua-t-elle. Si elle projette davantage, peut-être l'entendrons-nous mieux. Je me suis assise dans le fond de la pièce et j'ai remarqué elle ne chantait tout simplement pas assez fort.

Elle fit une courte pause.

— Si vous ne la faites pas avancer, je vais faire en sorte qu'elle chante plus fort, ajouta-t-elle en lançant un regard furieux à Katy.

La jeune femme n'avait jamais envisagé d'interdire la présence des parents pendant les répétitions, mais Alice Stryker la poussait à bout. Elle ignora le dernier commentaire de la femme et se prépara pour la seconde partie de la répétition.

Krissie Schick, la coordinatrice des programmes, croisa Katy quelques minutes avant la fin.

— Nous avons vendu tous les billets pour les cinq premières représentations, annonça-t-elle en souriant. C'est génial, Katy. Je ne sais pas ce que nous ferions sans toi. Toute la communauté parle du TCE.

Katy sentit son cœur se serrer. Jusqu'à quel point Krissie serait-elle vexée lorsqu'elle apprendrait que Katy participerait à un important film, qu'elle manquerait le prochain spectacle et que son avenir avec le TCE était incertain ?

— Merci, Krissie, dit Katy en hésitant. Ça fait du bien d'entendre des choses comme ça.

Krissie, une mère de quatre enfants, était une personne magnifique, gentille et chaleureuse. Chaque fois que Katy avait été découragée à propos d'un spectacle ou d'une performance, elle s'était tournée vers Krissie. Cette femme avait le don de lire en Katy et de lui remonter le moral.

Cette fois ne ferait pas exception. Elle examina Katy.

— Est-ce que tout va bien ? lui demanda-t-elle. Tu sembles un peu distante.

Katy se pencha pour la serrer dans ses bras.

— Tu es tellement bienveillante, Krissie. Tu es toujours sensible à ce que je ressens.

Elle fit une courte pause.

— Je vais bien, ajouta-t-elle en reculant et en souriant. J'ai seulement beaucoup de choses en tête.

— D'accord, fit Krissie d'un air incertain. Je suis là si tu as besoin de moi, rappelle-toi de ça. Je suis toujours là.

Katy sentit sa conscience envahie par la culpabilité. Son si merveilleux séjour à Bloomington, elle le devait à Krissie, qui avait tout fait pour lui faciliter la vie. Elle se devait de lui annoncer sa décision très rapidement. Autrement, elle donnerait l'impression d'avoir voulu lui cacher la vérité, ce qui n'était pas le cas.

Quand la répétition fut terminée et que Katy eut répondu à cinquante-deux questions à propos des costumes et de l'horaire des répétitions en plus d'avoir fait trente-huit suggestions sur la manière d'améliorer une réplique ou une scène, elle regarda Al et Nancy Helmes ainsi que Rhonda et prit une grande respiration.

— Alors, où en sommes-nous rendus ?

— Tout avance merveilleusement bien, Katy, répondit Nancy en souriant. Tu fais encore une fois de la magie.

— Je suis surpris, franchement, dit Al en faisant un clin d'œil en direction de Katy. J'avoue que, cette fois-ci, j'étais un peu inquiet.

— Dieu est de notre côté, ne l'oublie pas, Katy, fit remarquer Rhonda en pointant vers le ciel. Bien sûr que tout finit par s'assembler.

— Dieu et Katy ! s'exclama Al.

Il mit son bras sous celui de sa femme et ils se dirigèrent vers la porte.

— Nous partons chercher sa demi-tasse de café. On se revoit la semaine prochaine.

Rhonda attendit que le couple soit hors de vue, puis se tourna vers Katy.

— Tu vas accepter, n'est-ce pas ?

Katy ne put mentir à son amie. Elle pouvait sentir la manière dont ses yeux dansaient, et ce, avant même qu'elle n'eut prononcé un mot.

— Le rôle ? demanda-t-elle.

— Tu l'acceptes, n'est-ce pas ?

— Oui, répondit Katy en se croisant les bras et en poussant un cri aigu. J'appelle Dayne à l'instant.

— Je n'arrive pas à le croire, Katy, dit Rhonda en serrant rapidement son amie dans ses bras alors que ses yeux laissaient transparaître autant d'incertitude que de joie. Je suis heureuse pour toi. Toutefois, n'oublie pas de revenir à la maison après.

— Je ne l'oublierai pas, promit Katy.

Elle serra la main de Rhonda, saisit son sac, puis elles franchirent ensemble la porte.

Ce n'est qu'une fois seule dans sa Nissan qu'elle prit sa décision. Elle n'appellerait pas Dayne, du moins pas tout de suite. Elle ferait les arrangements de voyage avec le studio, puis elle l'appellerait lundi dès qu'elle serait à Los Angeles. De cette manière, ils pourraient parler du contrat en personne.

Katy sentit son cœur s'emballer tandis qu'elle faisait démarrer sa voiture pour se diriger vers la sortie de l'aire de stationnement de l'église. Elle avait déjà parlé aux Flanigan et avait obtenu leur bénédiction. Maintenant, il ne lui restait qu'à organiser son voyage en avion et à boucler ses valises. L'idée même d'aller à Los Angeles signer un contrat pour tourner un film était suffisante pour lui faire perdre le souffle.

Elle était impatiente de monter à bord de l'avion.

***

Dayne en avait marre de rester assis à la maison à attendre le coup de fil de Katy.

Ce soir-là, il avait appelé Marc David, son ami acteur, celui qui avait intenté une action contre l'un des plus gros magazines à potins pour une histoire à propos de son père. Une sortie en ville serait une bonne façon de rattraper le temps perdu. Les deux hommes s'entendirent pour aller au Café Starleen, un complexe huppé de trois étages du faubourg d'Hollywood. Cet endroit, prisé par l'élite d'Hollywood, était doté, comme les autres établissements réservés à la crème des artistes, d'une entrée privée pour les vedettes. Le troisième étage était entièrement réservé aux membres du club.

Dayne et Marc connaissaient le garde de sécurité à la porte de l'ascenseur et ils attendaient pour monter à bord lorsqu'une femme saisit Dayne par le bras.

— Dayne Matthews ! Je ne peux pas le croire... Dayne Matthews !

La femme hurla le nom de Dayne et tous ceux qui étaient installés à l'étage inférieur du club jetèrent un coup d'œil en direction de l'ascenseur et aperçurent les deux acteurs.

— Eh ! s'exclama Dayne.

Il se dégagea le bras, puis se rappela l'avertissement du sergent à propos de l'admiratrice possiblement dangereuse. Si c'était elle ? Elle était peut-être armée. Il jeta un coup d'œil à la femme et vit qu'elle avait la main dans sa poche.

Elle fit un brusque mouvement vers lui de nouveau et, cette fois, il la repoussa, lui fit perdre l'équilibre et elle tomba sur le côté. La femme cria et le désigna du doigt.

— Je vais appeler mon avocat ! Vous ne pouvez pas me bousculer de la sorte !

La foule s'agita et lança des regards furieux à Dayne et à Marc. Toutefois, avant que la situation ne soit hors de contrôle, Marc donna un coup de coude à Dayne ; l'ascenseur arrivait. Ils se glissèrent à l'intérieur et prirent place contre le mur du fond.

— C'était dément, dit Dayne dont la respiration était difficile et rapide. Je pensais que cette femme avait un couteau.

— Un couteau ? demanda Marc avec un regard interrogateur qui fut ensuite remplacé par un regard entendu. Tu pensais qu'il s'agissait de la harceleuse citée dans les articles que j'ai lus ?

— Ouais, admit Dayne.

Il se passa les doigts dans les cheveux. Il tentait encore de reprendre sa respiration.

— La police m'a averti d'être prudent avec les cinglées, expliqua-t-il, et, quand cette femme m'a saisi le bras...

Il fit une courte pause.

— Je ne peux pas croire que je l'ai poussée, ajouta-t-il en hochant la tête.

— Tu as agi comme il le fallait, le rassura Marc en roulant les yeux. Si elle appelle son avocat, avertis-moi. Je serai ton témoin.

Les portes s'ouvrirent sur le troisième étage, où l'atmosphère était complètement différente. La lumière était moins sombre et personne ne se rua sur les deux acteurs tandis qu'ils se dirigeaient vers une table du fond. Trois vedettes masculines de la ville étaient assises à une table à proximité et tous inclinèrent la tête ou firent un signe de la main en direction de Dayne et de Marc.

L'un d'eux se leva et saisit la main de Dayne, puis celle de Marc.

— Quoi de neuf, les gars ? Vous avez l'air un peu perdus.

— Les indigènes en bas sont insatiables, expliqua Dayne en se passant la main sur le front.

— Je vous le dit, les gars, prenez l'ascenseur arrière, conseilla un des deux autres acteurs. Personne ne le connaît.

Le type avait raison. Dayne avait oublié cette entrée, mais il s'en souviendrait après ce soir. Il n'entrerait plus jamais en passant par les portes principales. Il laissa échapper un petit rire

— C'est une bonne idée ! s'exclama-t-il.

Le troisième homme assis à la table était un vétéran d'Hollywood d'une conduite exemplaire même après deux décennies à avoir tenu la vedette de films. Il buvait ce qui semblait être du thé glacé.

— Alors, Dayne le Terrible, pas de femme ce soir ?

— Pas ce soir, répondit Dayne en hochant la tête. Je me suis assagi dernièrement.

— C'est un bon point en ta faveur, fit le type en souriant.

Ils discutèrent encore quelques minutes, puis Dayne et Marc prirent place à leur table. Ils commandèrent un verre et Marc informa Dayne des développements de sa poursuite contre le magazine.

— La cause semble assez solide, fit-il remarquer.

Il prit une grande respiration.

— J'aimerais que la poursuite force le magazine à fermer boutique, ajouta-t-il en s'accoudant sur la table.

Dayne s'adossa et leva un sourcil.

— Ne compte pas trop là-dessus, prévint-il son ami en croisant les bras. Les propriétaires de ces torchons sont plus riches qu'on le croit. C'est leur sport national de colporter des ragots sur les vedettes de cinéma. Ces gens-là prévoient sans doute perdre une ou deux poursuites de temps à autre et ils en tiennent compte dans leur budget.

La serveuse arriva avec les consommations. Elle était professionnelle et payée pour ne pas avoir l'air impressionnée par les visages reconnaissables du troisième étage.

La conversation dévia vers les projets sur lesquels les acteurs travaillaient. Marc tournait la suite d'une superproduction, mais s'inquiétait que celle-ci ne soit pas aussi bonne que la première.

— Il faut être si prudent, dit-il en laissant aller un soupir. Prenez part à un mauvais film et les fans vous en garderont rancune pendant une année.

— Je sais, approuva Dayne en grimaçant. Ça m'est arrivé il y a quelques années. Ça pourrait se reproduire si je ne réussis pas à avoir la fille que je convoite pour *Tu peux toujours rêver*.

— Une nouvelle ?

— Ouais, une inconnue.

Dayne baissa les yeux. Il ne voulait pas trop en dévoiler, surtout parce qu'il n'était pas sûr de ses sentiments envers Katy.

— Je te laisserai savoir si elle accepte, poursuivit-il.

Ils conversèrent un peu plus longtemps à propos de *Tu peux toujours rêver* et des scènes sur lesquelles Dayne avait travaillé avec Mitch Henry au cours de la semaine.

Puis Marc tira un dépliant publicitaire de la poche intérieure de son veston sport.

— Eh, Dayne… As-tu déjà entendu parler de la kabbale ?

La kabbale ? Encore une fois.

— Beaucoup de gens en parlent, fit remarquer Dayne en prenant une gorgée de sa consommation. Je ne comprends pas vraiment de quoi il en retourne,

— Je vais essayer ça, annonça Marc. Il y a un centre pas très loin d'ici.

La musique était plus forte qu'avant et il dut hausser le ton pour être entendu.

— Dieu est en toi, Il fait partie de toi, poursuivit-il. Si tu atteins un niveau suffisant de conscience, tu peux devenir ton propre dieu.

Il haussa les épaules.

— Ce genre de chose, continua-t-il en haussant les épaules, c'est mieux que toute autre religion que je connais.

— Ouais, c'est quelque chose que je devrais envisager, admit Dayne.

Il aurait voulu être en paix face à cette éventualité, mais son âme était remuée par une vieille culpabilité. Il devait composer avec les restes d'une enfance passée dans la doctrine chrétienne.

— Alors, parle-moi de la nouvelle fille, demanda Marc.

Il baissa la tête et lança un drôle de regard à Dayne, comme s'il pensait que son ami en savait plus sur la nouvelle fille que sur les capacités d'interprétation qu'elle avait à offrir.

— Je ne la connais pas, n'est-ce pas ? enchaîna-t-il.

— Personne ne la connaît, répondit Dayne.

Il sentit une chaleur l'envahir en pensant à Katy. Si seulement cette fille appelait. L'acteur était sur le point de dévoiler que la jeune femme vivait à Bloomington et qu'elle ne voulait rien savoir de la vie effrénée d'Hollywood. Toutefois, son téléphone se mit à sonner.

— C'est peut-être elle, dit-il en saisissant l'appareil et en souriant.

Il se glissa dans un corridor plus calme et ouvrit son cellulaire sans regarder l'écran d'identification de l'appelant.

— Allo ?

— Dayne…

La voix était haletante et à bout de souffle comme si la personne qui appelait respirait avec difficulté.

— Aide-moi… Dayne, aide-moi.

— Qui est-ce ?

Dayne pensa immédiatement à l'admiratrice cinglée. Cette folle avait-elle pu mettre la main sur son numéro de cellulaire ?

— C'est Kelly, fit l'actrice d'une voix lente et éteinte.

— Kelly ?

Dayne fit les cent pas d'un bout du corridor à l'autre, l'estomac serré. Est-ce que la harceleuse avait trouvé Kelly ?

— Kelly, parle-moi.

— Je suis… malade, aide-moi… Dayne, la jeune femme supplia-t-elle après avoir pris deux respirations pénibles.

L'acteur se sentit soulagé. L'appel ne concernait pas la harceleuse. Kelly devait avoir une grippe ou quelque chose du genre.

— Qu'est-ce qui ne va pas, ma chérie ? Ta voix est horrible.

— Des pilules… trop de pilules.

Dayne eut l'impression que son cœur s'arrêtait de battre.

— As-tu essayé de… Kelly, tu n'as pas fait ça volontairement, n'est-ce pas ?

— Aide-moi… il ne… pas beaucoup de temps !

Brusquement, Dayne passa en mode action. Ce n'était pas un appel de courtoisie. Il s'agissait d'une urgence.

— Kelly, attends. J'appelle pour obtenir de l'aide, chérie. Reste éveillée. Ne t'endors pas, d'accord ?

— D'accord.

L'acteur entendit un déclic.

— Kelly ? s'écria-t-il.

Il vérifia le téléphone cellulaire, mais l'appel était terminé. Il composa le 911 et continua à marcher de long en large dans le corridor.

— Neuf un un, quelle est votre urgence ?

— Une de mes amies a pris une bouteille de pilules. Elle a besoin d'aide.

— D'accord, Monsieur. Veuillez tout d'abord nous donner votre nom.

Deux minutes passèrent alors que l'opérateur demandait toutes les informations : le nom de l'appelant, celui de la personne dans le besoin, son adresse. Dayne eut l'impression que ces deux minutes avait duré une éternité.

Quand l'appel fut terminé, il se dépêcha de rejoindre Marc.

— Viens avec moi. Kelly Parker est en difficulté.

Il prit une courte respiration.

— Je crois qu'elle a fait une overdose, ajouta-t-il en faisant un signe de tête en direction de la porte.

Marc se leva d'un bond et, cinq minutes plus tard, en dépit des fans qui entouraient les deux acteurs, ces derniers étaient dans la voiture et en route vers la maison de Kelly. Au moins deux photographes les suivaient et, cette fois, Dayne était hors de lui.

Marc se tourna vers lui.

— Es-tu sûr ? demanda-t-il, l'air tendu. Kelly Parker serait victime d'une overdose ? Pourquoi ferait-elle une chose pareille ?

— Parce que... commença Dayne.

Il tapa sur son rétroviseur et regarda la berline qui les suivait. Il grinça des dents.

– ... parce que les photographes la rendent folle, poursuivit-il.

Quand ils arrivèrent à la résidence de Kelly, l'ambulance y était déjà. Toutes les lumières étaient allumées. Les photographes ne manqueraient pas de noter chaque détail. Toutefois, Dayne ne pouvait rien y changer pour le moment. Il devait savoir comment Kelly se portait. Lui et Marc coururent de la voiture jusqu'à la porte d'entrée.

Kelly reposait sur une civière et un sac à perfusion était attaché à son bras.

— Je suis Dayne Matthews. C'est moi qui ai appelé.

L'acteur s'approcha de quelques pas. Kelly avait la peau d'un gris inquiétant. Son corps semblait sans vie.

— Est-ce que… Va-t-elle s'en sortir ?

— Son pouls est lent mais stable, expliqua l'un des deux ambulanciers.

L'autre regarda Dayne par-dessus son épaule.

— Nous allons l'emmener, expliqua-t-il, mais je crois que nous sommes arrivés juste à temps.

Dayne se sentit soulagé. Les ambulanciers allaient transporter son amie hors de la maison lorsqu'il réalisa ce qui était sur le point de se produire. Les photographes allaient saisir ce moment pour leur magazine à potins et le monde entier saurait que Kelly Parker avait tenté de se suicider.

— Eh, dit-il en levant une main en direction de l'ambulancier en chef. Pouvez-vous attendre une minute pour que je me débarrasse des paparazzis ?

— Dépêchez-vous, répondit l'ambulancier après avoir lancé un bref regard en direction de Kelly.

— Allez, viens.

Dayne saisit Marc par le coude et l'entraîna par la porte d'entrée. Ils coururent, Dayne en avant, et se précipitèrent dans sa voiture.

— Ils ne sont que deux, fit remarquer Dayne. Nous pouvons nous débarrasser d'eux.

— Comment ? s'enquit Marc.

— Improvisons une dispute, répondit Dayne, dont l'esprit fonctionnait à plein régime.

Il fit une courte pause.

— Regarde, ils sont tous deux là-bas, ajouta-t-il en montrant le bout de la rue, planqués dans ces voitures. Es-tu volontaire ?

— Absolument ! s'exclama Marc.

Il regarda Dayne et attendit le signal.

Quand Dayne ne fut qu'à quelques mètres des photographes, il freina brutalement, sortit en trombe de la voiture et se précipita devant celle-ci.

— Sors et fais quelque chose, cria-t-il à Marc en déployant ses meilleurs talents d'acteur.

Marc bondit hors du VUS et poussa Dayne si fort que le pauvre trébucha d'un mètre vers l'arrière. Du coin de l'œil, Dayne vit que les photographes dirigeaient leurs appareils directement sur eux. Le plan fonctionnait.

Les deux hommes crièrent pendant près d'une minute pendant que les voyous de paparazzis prenaient des photos. Enfin, Dayne repoussa Marc dans le VUS, fit semblant de donner un coup de pied dans la portière et courut pour s'asseoir du côté du conducteur. Quand il accéléra dans la rue, les deux photographes se trouvaient directement derrière eux.

Après une course d'une dizaine de minutes, Dayne arrêta le véhicule. Marc et lui en descendirent. Au moment où les paparazzis prenaient des photos, sans doute persuadés d'assister à la deuxième partie d'un furieux combat, Dayne et Marc marchèrent vers l'arrière du VUS, s'appuyèrent sur le pare-chocs, éclatèrent de rire et se serrèrent la main.

— Bon travail, dit Dayne. Kelly est à mi-chemin de l'hôpital en ce moment.

— Mission accomplie, répondit Marc en souriant de manière à garder son rôle.

Les photographes prirent quelques minutes à se rendre compte qu'ils avaient été roulés, puis se dirigèrent vers la maison de Kelly.

Dès qu'ils furent hors de vue, Dayne fit un signe de tête en direction du VUS.

— Allons à l'hôpital, proposa-t-il.

Il avait la tête qui tournait alors qu'il conduisait. Qu'est-ce qui venait de se passer ? Kelly Parker traversait la ville dans une ambulance parce que sa vie, la vie qu'elle menait en tant que vedette d'Hollywood, ne valait pas la peine d'être vécue. Il avait été obligé de simuler une dispute avec l'un de ses meilleurs amis uniquement pour que Kelly puisse être transportée discrètement sur une civière hors de sa propre maison.

Les acteurs célèbres menaient une vie insensée. Et quelque part à Bloomington dans l'Indiana, Katy Hart tentait de décider si elle accepterait le rôle qui la propulserait dans le monde du spectacle. Tout en conduisant vers l'hôpital, Dayne pensait à ce qu'il allait dire à Kelly pour lui donner de nouveau espoir. Il n'arrivait pas à chasser de son esprit qu'il avait fait de son mieux pour persuader Katy d'accepter le rôle.

Pourtant, s'il tenait à cette jeune femme, ça avait peut-être été la pire chose à faire. Il se mit à penser que tout ce qui inquiétait Katy à propos de la vie de gloire et de fortune n'était pas si exagéré comme il l'avait affirmé.

C'était la stricte vérité.

***

Fini les avertissements. Chloé était prête à agir.

Elle n'avait pas mangé depuis trois jours. Elle avait pris seulement à l'occasion une tasse de café ou un yogourt fouetté ou deux de la boutique de crème glacée du Marché Malibu. Autrement, elle avait à peine quitté sa voiture. Elle était évidemment en compagnie d'Anna. Cependant, elle gardait sa sœur sous contrôle, en lui rappelant que c'était elle qui menait, elle et elle seule.

Elle avait toujours le couteau avec elle, le couteau et un appareil photo, au cas où quelqu'un poserait des questions. Elle s'était même servie de l'appareil une fois ou deux. Elle se dit que les clichés qu'elle avait pris pourraient se retrouver dans son album de famille un jour. C'était toutefois le couteau qui l'angoissait et qui occupait ses pensées ces jours-ci. Elle s'était retenue suffisamment longtemps. Elle était enfin prête à se servir du poignard.

— Tu es folle, lui avait dit sa sœur la veille, alors qu'elles étaient installées discrètement sur la montagne pour surveiller la maison de Dayne.

— Tu vas te faire prendre et nous allons payer toutes les deux, avait poursuivi Anna.

— Je ne me ferai pas prendre, s'était écriée Chloé. Laisse-moi tranquille.

C'était un fait, il devait y avoir quelque chose qui retenait Dayne loin d'elle. En ce moment, il aurait déjà dû sortir, la retrouver, se présenter et s'excuser d'avoir négligé ses vœux de mariage.

Pour l'éternité, n'est-ce pas ? N'était-ce pas ce qu'il lui avait promis.

Chloé avait dit à Anna qu'elle gardait Dayne dans la boîte à gants, mais ce n'était qu'une demi-vérité. La boîte à gants n'était pas une vraie ; c'était un coin secret de son esprit, un endroit où personne d'autre qu'elle, même sa sœur, ne pouvait entrer. Et c'était le lieu où Dayne vivait depuis leur mariage. Il était toutefois temps qu'il revienne à la maison avec elle.

Si elle devait le ramener de force, elle le ferait. Elle était prête.

Quelque chose semblait retenir son mari et elle était presque sûre qu'il s'agissait d'une autre femme. C'était le genre de Dayne, une habitude qu'elle devrait lui faire perdre. Il avait toujours d'autres femmes dans sa vie. Il ne pouvait pas lui mentir parce qu'elle lisait les magazines. Lorsqu'il avait une aventure, elle l'apprenait. En fait, elle était la première à être au courant parce qu'elle savait où il était chaque jour... chaque heure du jour.

Elle s'amusa à penser qu'elle en savait davantage que ce que les magazines sur les vedettes ne pouvaient écrire.

On était maintenant lundi et elle était de nouveau garée près du studio. Elle ne se souciait pas que les policiers viennent lui poser des questions. Elle pourrait toujours brandir le couteau devant eux, n'est-ce pas ?

— Non, tu ne peux pas brandir un couteau devant un agent, idiote, siffla Anna à Chloé en apparaissant sur le siège du passager. Ils vont sortir un pistolet et te tuer.

Chloé réfléchit à ce qu'Anna venait de dire.

— J'aimerais mieux mourir que de vivre sans Dayne, expliqua-t-elle. C'est mon mari. Nous avons le droit d'être ensemble.

— Tu es cinglée ! s'exclama Anna.

— Tais-toi ou je vais me servir de mon couteau contre toi, la menaça Chloé en lui jetant un coup d'œil.

Anna se calma, comme elle le faisait toujours dans des moments comme ceux-là.

Chloé se tourna et fixa l'entrée qui menait au studio. Si Dayne voulait s'amuser avec d'autres femmes, c'était son affaire. Par contre, c'était son travail à elle de se débarrasser des poulettes d'Hollywood qui osaient coucher avec son mari.

Elle en était donc arrivée à ce constat : la prochaine femme qu'elle apercevrait avec Dayne ne serait pas mieux que morte. Elle suivrait Dayne à toute heure du jour jusqu'à ce qu'elle voie quelle pimbêche essayait de lui voler son mari. Puis, elle trouverait le moyen de s'emparer de la femme et elle la tuerait... une fois pour toutes. Ce serait un gâchis avec le couteau, mais elle n'avait pas d'autre choix. Elle la tuerait et enterrerait le corps. Elle l'avait déjà fait.

Puis Dayne serait libre de prendre sa place près d'elle et, très bientôt, ils pourraient commencer à planifier le voyage qu'ils avaient trop longtemps repoussé.

Leur lune de miel.

CHAPITRE VINGT-CINQ

KATY PLAÇA L'APPEL lundi à 17 h, deux heures après son arrivée à Los Angeles. C'était son troisième voyage en moins d'un mois et, cette fois-ci, elle n'avait pas prévenu Dayne de sa venue. Elle connaissait le numéro du téléphone cellulaire de l'acteur et le composa dès qu'elle fut installée à l'hôtel.

Dayne répondit dès la première sonnerie.

— Katy ? s'écria-t-il.

Il avait la voix si pleine d'espoir qu'elle faillit éclater de rire.

— Bonjour, dit-elle d'une voix souriante. Devine où je suis ?

— À Hannibal au Missouri ?

Cette fois-ci, Katy partit à rire.

— Non, je suis en vacances de cet endroit, expliqua-t-elle.

Elle fit une courte pause.

— J'ai appelé le service de voyages du studio, expliqua-t-elle, et j'ai réservé un vol. Je suis à Los Angeles.

— Vraiment ! s'exclama Dayne en redoublant d'espoir. Alors… tu as pris ta décision ?

— Oui, lui répondit-elle sans le faire languir davantage. J'accepte le rôle. J'ai apporté le contrat avec moi.

Dayne poussa un cri, puis se rattrapa aussitôt.

— Tu ne le regretteras pas. Nous aurons beaucoup de plaisir à tourner ce film.

— Voilà ce que j'ai pensé, dit Katy en fixant le boulevard achalandé à parti de la fenêtre de sa chambre d'hôtel. As-tu dîné ?

— Pas encore, je suis toujours au studio.

Dayne hésita, mais son enthousiasme était de plus en plus débordant.

— Et si tu venais me chercher et qu'on allait à Paradise Cove ? proposa-t-il. C'est une plage privée où bien des films ont été tournés.

Katy sentit un frisson lui parcourir le bras, du cou au coude. Était-ce ainsi que les choses allaient se passer ? Avec Dayne jour après jour, partageant des repas et des conversations ? développant une amitié ? La jeune femme tenta de mettre de l'ordre dans ses idées, mais ses pensées virevoltaient comme des feuilles au vent.

— Ça semble génial ! s'exclama-t-elle. Et pour dîner ?

— Je demanderai des boîtes repas à la cantine.

Trente minutes plus tard, Katy était au studio. Elle y entra par la porte arrière et trouva Dayne dans le bureau au bout du corridor. Tout sourire, il se leva et lui tendit la main. Elle la serra et la poignée de main qui s'ensuivit les fit tous deux sourire.

— L'auto est à l'extérieur, annonça-t-elle.

Il conduisit, mais garda les vitres levées.

— Voilà qui est génial, s'écria-t-il en esquissant un sourire. Ces voitures de location tiennent les paparazzis à distance. Cette existence est presque normale.

Katy cessa de sourire.

— Est-ce si grave ? demanda-t-elle. La gloire, l'attention ?

— Ça dépend du point de vue, répondit l'acteur en ajustant ses lunettes de soleil et en haussant les épaules. Au jour le jour, ce n'est pas si mal. On s'y fait.

— Ils ne vous suivent pas vraiment partout, n'est-ce pas ? s'enquit la jeune femme.

Elle fut surprise d'être si à l'aise sur l'autoroute Pacific Coast avec Dayne derrière le volant.

— Les paparazzis, je veux dire, précisa-t-elle.

Dayne fronça un seul sourcil.

— Ouais, partout. Certaines de leurs puissantes lentilles peuvent voir jusque dans les pièces les plus sombres de ta maison. Il faut être constamment sur ses gardes.

À cette idée, Katy vit s'assombrir son humeur auparavant si ensoleillée.

— Cependant, ce n'est que pour les vedettes de ta trempe, les grandes *stars*, non ? demanda-t-elle.

— Pas vraiment, répondit simplement l'acteur.

Il baissa la vitre et s'accota le coude sur le cadre de la portière.

— Si tu as un nom ou un visage reconnaissable, ils te suivront, dit-il en souriant... tu sais, au cas où ils te surprendraient en train de te gratter ou avec les cheveux mal coiffés.

La jeune femme sentit son rythme cardiaque s'accélérer. Elle se gronda intérieurement. Qu'est-ce qui l'inquiétait ? Dieu l'avait guidée dans cette voie, non ? De toute façon, les paparazzis ne s'intéresseraient pas à elle.

— J'imagine qu'il est préférable de rester en marge des magazines à potins, conclut-elle.

— En effet, acquiesça Dayne.

Il se reposa sur l'appuie-tête, le soleil lui caressant le visage. Il lança un bref regard à Katy.

— Tu ne les lis pas, n'est-ce pas ?

— Rarement.

Katy s'esclaffa et fixa l'océan Pacifique sur la gauche. Le soleil répandait des millions de diamants à la surface de l'eau.

— J'imagine que je ne croirais rien de leurs mensonges de toute façon, poursuivit-elle.

— Bien dit.

Ils atteignirent une crête de l'autoroute vallonnée et Dayne ralentit la voiture. L'océan était hors de vue à cet endroit et un quartier sélect bordé d'arbres s'étendait entre la route et la plage. Un panneau indiquait Paradise Cove.

— Nous y sommes, annonça l'acteur.

Il bifurqua. Il entra un code dans la boîte de protection et la barrière se leva. Il descendit une allée asphaltée étroite qui donnait accès à une aire de stationnement et à une plage de la taille d'un terrain de football, entourée de rochers naturels qui s'étiraient dans l'océan de chaque côté.

— C'est très beau ! s'exclama Katy avant de désigner un quai sur la gauche. Je reconnais l'endroit.

Dayne coupa le moteur et s'adossa.

— On le voit dans d'innombrables films et émissions de télévision, précisa-t-il en regardant son interlocutrice. Il est aisé d'y faire venir une équipe de tournage et d'éviter presque complètement le public, mis à part les paparazzis, cependant. Eux, ils utilisent des kayaks et font de la randonnée à partir de l'autoroute grâce à une ouverture pratiquée dans la clôture. Ils sont prêts à n'importe quoi pour obtenir leurs clichés.

Encore une fois, Katy fut dérangée par l'idée de ce continuel manque de vie privée, mais elle changea de sujet. Elle se dit qu'il n'était pas la peine de s'inquiéter des tourments de demain. De plus, un seul film ne ferait pas d'elle une cible recherchée. Si elle n'en voulait pas davantage, elle pourrait retourner au théâtre pour enfants. Elle balaya la petite plage du regard et vit qu'il n'y avait personne. Dayne avait raison : heureusement qu'ils avaient à leur disposition une voiture de location. Au moins, ce soir, il n'aurait pas à se préoccuper des photographes.

— La voie est libre ? demanda Dayne en prenant les deux boîtes repas sur le siège arrière.

— On dirait bien, répondit Katy en s'esclaffant. Tu as réussi à me rendre paranoïaque.

— Voilà justement ce qu'il faut éviter, devenir paranoïaque. Il faut laisser aller les choses, ne pas s'en préoccuper. Parfois, je décoche un sourire aux paparazzis… ce qui met fin à leur plaisir de chasseur.

Ils se dirigèrent vers la plage et Dayne s'arrêta à une table de pique-nique sur un petit lopin de verdure.

— Ça te va ?

Katy inspira profondément et se tourna le visage vers le soleil.

— C'est parfait ! s'exclama-t-elle. Un coucher de soleil sur une plage privée… que demander de plus ?

Elle s'assit en face de l'acteur et, pendant un moment, songea à remercier Dieu à voix haute pour ce repas. Cependant, elle ne voulait pas mettre Dayne dans l'embarras. Elle opta plutôt pour une courte prière silencieuse et ouvrit sa boîte repas au même instant que son compagnon.

— Des sandwichs à la dinde, des croustilles et un fruit… rien d'extra-ordinaire, lui fit remarquer Dayne en lui souriant de l'autre côté de la table. Bon, Mademoiselle Katy Hart, parlez-moi donc de votre décision. Qu'est-ce qui vous a convaincue ?

— Dieu, répondit Katy en soutenant le regard de l'acteur. Je n'aurais pas pu revenir si je n'avais pas senti Sa bénédiction.

Même si Dayne portait toujours ses lunettes solaires, elle put voir qu'il l'examinait.

— Sérieusement ? lui demanda-t-il.

— Tout à fait, répondit-elle en tentant de voir au-delà des apparences. N'as-tu jamais connu une telle foi ?

— Pas vraiment, avoua l'acteur.

Il prit une bouchée de son sandwich et fixa l'océan quelques instants. Puis, il se tourna de nouveau vers Katy.

— Mes parents étaient missionnaires, avoua-t-il.

Katy dut se tenir au banc de la table pour ne pas tomber à la renverse en apprenant la nouvelle. Les parents de Dayne Matthews étaient missionnaires ?

— Sont-ils à l'étranger ? demanda la jeune femme.

— Non, répondit l'acteur en inspirant à fond et en se redressant. Ils sont décédés dans un accident d'avion au-dessus de la jungle indonésienne alors que j'étais âgé de dix-huit ans.

Il sentit les muscles de sa mâchoire se crisper et il demeura silencieux un moment.

— Je n'étais qu'un enfant, poursuivit-il.

La tristesse plana dans l'air.

— Où étais-tu quand l'appareil s'est écrasé ?

— Je terminais mon secondaire.

Dayne fit une courte pause.

— J'ai grandi dans un pensionnat pour enfants de missionnaires, expliqua-t-il d'un ton sarcastique. Dans ma vie, Dieu a toujours eu le gros bout du bâton, toujours.

Du fond de son âme, Katy comprit enfin. Elle se dit que ce n'était pas étonnant que Dayne ne parle que peu de la foi. Elle désirait le questionner davantage, lui demander comment il se sentait d'avoir grandi loin de ses parents et comment il se débrouillait sans famille, mais ça ne semblait pas être le moment opportun. De plus, les explications qu'il avait données étaient aussi évidentes que le ton de sa voix. C'était terrible pour lui.

— Ça va, dit-il en souriant et en ouvrant son sac de croustilles. C'était il y a longtemps, ça va maintenant.

— Tant mieux.

Katy hésita, puis elle prit une bouchée de sandwich. Elle devait trouver d'autres sujets de conversation à aborder.

— Merci de m'avoir conduite ici, c'est superbe, ajouta-t-elle.

— Je voulais te regarder dans les yeux et entendre la nouvelle de ta bouche, lui répliqua Dayne.

Il releva ses lunettes solaires et la regarda d'un air interrogateur.

— Tu vas vraiment accepter ?

— Oui.

Les sentiments exaltants étaient de retour. Quels que soient les reproches que Dayne faisait à Dieu, elle pourrait lui en parler une autre fois. Ils passeraient près de deux mois ensemble durant le tournage. Elle n'aurait qu'à prier d'avoir l'occasion de revenir sur le sujet. Peut-être Dayne trouverait-il ainsi son chemin vers la foi que ses parents lui avaient inculquée.

Ils finirent leurs sandwichs en parlant de la plage et des films qui y avaient été tournés.

Quand ils eurent terminé leur repas, Katy repoussa sa boîte et examina son interlocuteur.

— Puis-je te poser une question personnelle ? lui demanda-t-elle.

— Bien sûr, vas-y, répondit-il en pliant sa boîte pour la glisser dans celle de Katy.

— Je ne lis peut-être pas les magazines à potins, mais tout le monde connaît ta réputation, Dayne. Est-ce que tu fréquentes présentement quelqu'un ?

— Non, l'acteur s'empressa-t-il de répondre d'un ton rempli d'assurance. J'en ai marre des relations sans lendemain d'Hollywood.

Il appuya ses avant-bras sur la table et pencha la tête.

— Je préfère rester seul. Et toi ? Je te l'ai déjà demandé, mais le grand amour t'attend-il à Bloomington ?

Katy songea à Heath et sourit.

— Non, rien de sérieux.

— Ça facilitera le tournage.

Dayne avait prononcé ces mots d'une voix calme, à peine audible en raison de la brise océane.

— Les gens qui ne sont pas du milieu comprennent difficilement le nombre d'heures que nous y investissons, poursuivit-il.

Il se leva et tendit la main par-dessus la table pour prendre celle de Katy.

— Viens marcher avec moi, proposa-t-il, et parle-moi encore de toi.

Katy se leva et lui donna la main. Ils jetèrent leurs ordures dans une poubelle située à proximité et marchèrent tranquillement dans le sable. À mi-chemin vers la ligne de rivage, ils s'arrêtèrent pour regarder longuement l'océan. La jeune femme sentit un frisson lui parcourir les bras. Elle ignorait si c'était en raison de la fraîcheur de la température ou de la proximité de l'acteur.

Elle était presque certaine que Dayne la tenait par la main uniquement pour lui démontrer son amitié. Pourtant, elle devait se mordre les lèvres pour se rappeler qu'elle était bien ici, sur une plage, à marcher main dans la main avec un célèbre acteur d'Hollywood.

Dayne lui parlait du film, de la direction que Mitch Henry voulait donner à telle ou telle scène. Cependant, elle n'arrivait pas à se concentrer, car elle ne pouvait arrêter de songer à la déclaration qu'il avait faite un peu plus tôt : le fait qu'elle soit célibataire faciliterait le tournage. C'était idiot d'y penser, mais elle avait le sentiment étrange que le discours de Dayne était à double sens, que le célibat faciliterait non seulement les heures de travail… mais aussi ce qui semblait se dessiner entre eux.

CHAPITRE VINGT-SIX

DAYNE N'AVAIT JAMAIS vécu de telles émotions auparavant. Avec la main de Katy blottie dans la sienne, il se sentait comme le gardien d'un précieux trésor, quelque chose de rare et délicat qui pouvait disparaître d'un moment à l'autre, un cadeau qui pouvait lui être enlevé aussi rapidement qu'il lui avait été donné.

Il était presque 20 h et le soleil commençait à se coucher. Ils discutèrent de la célébrité de Dayne, de la façon dont le tout s'était précipité.

— Je n'ai jamais prévu être une vedette, admit l'acteur.

Il guida Katy vers l'océan et l'invita à s'asseoir près de lui sur le sable.

— J'imagine que personne ne le prévoit, conclut la jeune femme en ramenant ses genoux contre sa poitrine. Quand as-tu su que tu avais atteint un point de non-retour ?

Dayne regarda fixement le ciel sombre.

— J'avais environ vingt-huit ans, peut-être vingt-neuf, répondit-il. J'étais affairé à enchaîner film sur film et les rôles devenaient de plus en plus importants. Je suis allé dîner avec un des plus grands acteurs de l'industrie, un homme plus âgé.

Il fit une courte pause.

— Ce soir-là, j'ai dû signer deux douzaines d'autographes, enchaîna-t-il, tandis que, lui, il n'avait été reconnu que trois ou quatre fois. Après le repas, il m'a regardé et m'a dit « Dayne, mon cher, ça y est » et rien n'a plus été pareil depuis.

Katy lui parla de son passé, de son rêve de jouer dans des films et de sa relation avec Tad Thompson.

— C'est le seul homme que j'ai jamais aimé.

— Que lui est-il arrivé ?

La dernière fois qu'ils avaient discuté ensemble, à l'université Pepperdine, Dayne avait deviné juste : le fait que Katy quitte le milieu avait un lien avec Tad.

— Était-il du milieu ? s'enquit-il.

Katy hésita. Puis, elle lui parla du temps où Tad et elle fréquentaient l'université et des débuts du garçon au cinéma.

— Maintenant que tu en parles, je me souviens de lui, avoua Dayne. Je crois l'avoir croisé dans une fête ou une autre.

Katy ne parut pas surprise.

— Alors, tu sais qu'il est mort ?

Dayne cligna des yeux, tentant de se souvenir, puis les détails lui revinrent.

— Une overdose, si je me souviens bien ?

La jeune femme opina du chef. Le soleil était désormais couché et la pénombre baignait la plage.

— La vie de débauche dont tu parlais précédemment… poursuivit Dayne.

— En effet, admit Katy en s'appuyant le menton sur les genoux. Le pauvre Tad s'y était enlisé si profondément qu'il n'arrivait plus à s'en sortir.

— Je suis désolé.

Toutes les pièces du casse-tête s'emboîtaient enfin. Katy s'était éloignée du milieu cinématographique pour une raison évidente : elle avait associé la perte de son petit ami avec ce qu'elle croyait être le mode de vie hollywoodien.

— Ce garçon avait de mauvaises fréquentations, voilà tout, ajouta Dayne en serrant doucement la main de Katy. Nous ne sommes pas tous de cet acabit.

— Je sais, admit la jeune femme, les yeux remplis de tristesse, mais un faible sourire aux lèvres. C'était il y a longtemps.

Le vent de l'océan était maintenant plus frais. Dayne se leva et aida Katy à se mettre debout.

— Il serait temps que je te ramène à l'hôtel, annonça-t-il.

Il aurait aimé l'inviter chez lui, prendre place à ses côtés dans la salle familiale chaleureuse et regarder un film — peut-être même l'émission pilote –, mais elle n'accepterait pas puisqu'ils se connaissaient à peine.

— C'était agréable ! s'exclama-t-elle.

Alors qu'ils marchaient, elle ne quittait pas Dayne du regard. La lune était à peine plus qu'un éclat ; l'aire de stationnement et les habitations au loin baignaient dans l'obscurité. Pourtant, Dayne pouvait discerner l'éclat dans les yeux de la jeune femme.

— Je viendrai au studio demain et nous pourrons analyser le contrat avec Mitch.

— Bonne idée ! s'exclama Katy.

Dayne ralentit la cadence et, alors qu'ils s'approchaient de l'aire gazonnée près de la table de pique-nique, il lui fit face. Tout à coup, avec le bruit régulier des vagues et le murmure de la brise, il ne put résister. Il s'approcha d'elle, se pencha et l'embrassa. Il ne s'agissait pas d'un baiser passionné du genre de ceux qu'il échangeait avec Kelly Parker ou quelques-unes de ses récentes fréquentations. C'était plutôt un baiser empreint à la fois d'incertitude et d'intérêt.

Au début, Katy lui rendit son baiser, ses lèvres couvrant les siennes tandis qu'ils s'approchaient l'un de l'autre. Toutefois, après quelques secondes, elle s'éloigna de lui, les yeux écarquillés, la respiration accélérée et saccadée. Elle lui lâcha la main et recula d'un pas.

— Je ne peux pas, lui avoua-t-elle simplement.

Il se rapprocha de nouveau, en colère contre lui-même.

— Katy, je suis désolé. Seulement… j'ai passé une si bonne soirée.

Katy esquissa un demi-sourire et regarda l'acteur dans les yeux.

— Moi aussi, lui avoua-t-elle. Toute de même, le baiser a une telle importance pour moi. Ce n'est pas quelque chose — tu sais — que je partage sur un coup de tête.

— Ce n'était pas un coup de tête, répliqua-t-il en la fixant du regard pour sonder son cœur. Je n'arrive pas à exprimer ce que je ressens pour toi, Katy.

Pendant un instant, la jeune femme demeura silencieuse mais elle avait l'air bouleversée.

— Je désire que nous soyons amis, expliqua-t-elle en se croisant les bras. Rien de plus, d'accord ?

— D'accord, répondit Dayne, les mains tendues, paumes vers le ciel. Je suis désolé. Nous réserverons le tout pour les répétitions. Ça te va ?

Katy tenta de demeurer sérieuse, mais sans succès. Elle se mit d'abord à rire discrètement mais, en quelques secondes, elle riait aux éclats à en perdre haleine. Quand elle se redressa, Dayne la regarda d'un air penaud.

— C'était idiot, n'est-ce pas ? demanda-t-il simplement.

Il lui sourit et lui prit de nouveau les mains.

— Non, ce n'était pas idiot du tout, répondit-elle.

Elle lui tint les mains et lui sonda l'âme comme peu de gens l'avaient fait avant elle.

— Merci de ta compréhension, poursuivit-elle. J'imagine que je suis encore un peu vieux…

Les mots de Katy furent étouffés par un déclic provenant des buissons au loin. Des appareils photo.

— Allons-y ! s'exclama Dayne.

Il fit quelques pas rapides en direction du bruit, en tenant toujours la main de Katy. Il regarda la jeune femme par-dessus l'épaule.

— Ouvre bien les yeux ! murmura-t-il.

Elle traversa le gazon sur la pointe des pieds derrière lui et prit place près d'un autre buisson.

— Sois prudent, lui recommanda-t-elle.

— Ça ira, fit-il en l'entraînant en direction du bruit.

Il lui lâcha la main et se précipita dans les buissons à toute vitesse en criant. À quelques mètres de là, on entendit un vacarme, puis le bruit très distinctif de gens qui s'enfuyaient comme s'ils craignaient pour leur vie.

Dayne émit un puissant grognement et fit quelques pas encore, puis il se retourna et éclata de rire.

— C'était génial.

— Peu importe de qui il s'agissait, ils ont dû croire que tu avais perdu la tête, fit remarquer Katy en étouffant un rire avec la main. Tu avais l'air hors de toi.

— Au moins, je leur ai fait peur ! s'exclama Dayne en s'approchant d'elle.

Il cessa de rire pour sourire à demi.

— La mauvaise nouvelle, poursuivit-il, c'est que j'ignore combien ils ont pris de clichés avant qu'on ne les entende.

— En d'autres mots, conclut Katy en grimaçant, je ferai peut-être la une des magazines ?

— En effet, répondit l'acteur en laissant tomber les bras et en souriant. « Dayne Matthews rencontre son amoureuse secrète à la plage »… ou quelque chose du genre.

— Du moins, ils ne connaissent pas mon…

Dans un grand fracas, une femme blonde surgit des buissons derrière Katy et l'attrapa par les bras. Katy émit un cri perçant mais, avant même que Dayne n'ait pu faire quoi que ce soit pour lui venir en aide, elle sentit la lame d'un long couteau sur sa gorge.

— Ne bouge pas ou je te tue, siffla la femme.

Katy tremblait de tout son corps et, tandis qu'elle tentait de se contrôler, la femme regarda Dayne.

— N'est-il pas temps d'arrêter toute cette folie, Dayne ?

L'acteur avait le cœur qui battait la chamade. Comment tout cela s'était-il produit ? D'où sortait cette femme ?

— Eh, fit Dayne d'une voix en apparence calme en s'approchant, quelle folie ?

— Recule ! ordonna la femme.

Elle avait l'air d'une sorcière avec ses longs cheveux blonds et ses yeux méchants et frénétiques, sans vie.

— Ne t'approche pas, poursuivit-elle.

— Ça ne fonctionnera pas, tu es folle.

C'était encore la femme qui parlait, mais le sifflement avait disparu. La voix était maintenant perçante.

— Nous nous ferons toutes les deux pincer.

La voix se fit de nouveau sifflante.

— Non. Tais-toi. Je t'ai dit de te taire, sinon je vais te tuer.

Dayne fit un autre pas en direction de l'agresseure. Il devait s'en approcher suffisamment pour être en mesure de lui attraper le bras ou de lui faire lâcher le couteau.

Katy respirait rapidement, trop rapidement. Les yeux écarquillés, elle secouait la tête.

— Recule, Dayne. Cette femme est sérieuse. Je peux… je peux sentir le couteau contre ma gorge.

La voix sifflante se fit de nouveau entendre.

— Coquine ! Tu sentiras bien plus la lame dans quelques minutes.

Puis, la femme se calma, tout en maintenant le couteau contre la gorge de Katy.

— Je dois d'abord parler à Dayne, ajouta-t-elle. Puis, il pourra regarder tandis que je me débarrasserai de toi.

Dayne s'approcha.

— Tu parlais d'arrêter mes folies… dit-il.

Il n'avait jamais été aussi effrayé de toute sa vie. Ce devait être la harceleuse, cette femme qui faisait parvenir tous ces messages. Il regarda vers l'aire de stationnement. Évidemment, sur l'espace de stationnement adjacent à la voiture de location de Katy, il aperçut une Honda Civic jaune. Il déglutit.

— Parlons-en donc, poursuivit-il.

— Tu ne connais même pas mon nom, dit la femme d'une voix de nouveau forte et en colère.

— Évidemment qu'il ne le connaît pas, idiote, répondit la voix perçante. C'est parce qu'il n'est pas ton mari.

— Oui, il l'est, Anna !

La femme pressa la lame du couteau contre la gorge de Katy.

— C'est mon mari et il sait que je m'appelle Chloé, poursuivit-elle.

Dayne sauta sur l'occasion.

— Tu as raison, Chloé, admit-il, tout est de ma faute.

Il fit un pas de plus. Katy avait de plus en plus peur. Dayne s'en aperçut et lui fit un signe de tête à peine perceptible. La seule chance qu'elle avait de s'en sortir était qu'il s'approche suffisamment pour lui venir en aide.

— Je suis désolé pour tout.

À ces mots, Chloé sentit ses épaules se détendre légèrement.

— Tu vois, Anna, je te l'avais bien dit ! s'exclama-t-elle.

Elle se retourna vers Dayne.

— Anna passe son temps à me dire que je ne suis pas l'épouse de Dayne Matthews.

— Tu l'es, Chloé. Tout est de ma faute.

La femme rejeta en arrière ses cheveux en broussaille.

— Bon, alors, tu es prêt à rentrer à la maison avec moi ?

— Je le suis, répondit Dayne en faisant un nouveau pas, mais avant j'aimerais que tu libères mon amie, d'accord ?

Chloé devint ivre de rage et fit un bond vers l'arrière en entraînant Katy avec elle. Katy tenta de déglutir, de parler, mais la lame était trop pressée contre sa gorge.

— Ce n'est pas ton amie, s'écria la femme. C'est une briseuse de ménages, une poulette d'Hollywood. Et les coquines doivent être mises à mort, Dayne.

À ces mots, l'acteur sentit un frisson lui parcourir le corps. Cette voix était si méchante qu'elle semblait venir d'outre-tombe.

— Tu peux comprendre ça ? ajouta-t-elle.

Dayne tendit la main.

— Non ! s'écria la femme.

Puis, elle prit le couteau et entailla le bras de Katy sur une dizaine de centimètres.

Katy émit un cri, mais serra la mâchoire pour éviter de crier davantage. Le sang lui coulait le long du bras et s'égouttait sur le sol.

— Tu vois, Dayne, les jolies filles saignent aisément, fit remarquer la femme en pressant le couteau de nouveau contre la gorge de Katy. Pas moi... rien ne peut me faire saigner.

Dayne voulait attraper le couteau et le lui planter dans le cœur pour mettre à l'épreuve la théorie qu'il venait d'entendre. Il jeta un regard à Katy, question de la calmer un peu, puis il recula d'un pas et se concentra sur la femme.

— J'ai bien peur de ne pas pouvoir rentrer à la maison avec toi, Chloé, lui expliqua-t-il, pas si tu te sers de ce couteau.

Sa déclaration la prit au dépourvu. Elle baissa la lame d'une fraction de centimètre.

— Que veux-tu dire ? Nous devons planifier notre lune de miel.

— Pas avec ce couteau, Chloé. Je ne peux continuer à être ton mari si tu ne cesses pas de blesser mon amie.

— C'est une ruse, Chloé ! dit l'autre voix, celle qui était perçante. Dayne ne se préoccupe pas de toi. Il n'est pas ton mari !

— Il l'est ! s'exclama la voix sifflante. S'il doit rentrer à la maison avec moi, il me faut l'écouter.

Le regard enragé, elle fixa Dayne.

— Si je poignarde cette fille, elle disparaîtra à tout jamais. Elle ne sera plus sur notre chemin.

— De plus… ajouta Dayne d'un ton désespéré, déglutissant, sachant qu'un seul faux mouvement suffirait pour que Katy ait la gorge tranchée. Ce n'est pas la bonne, Chloé. C'est Kelly Parker que tu veux.

— Kelly Parker ? murmura à peine la voix sifflante. Oui ! Je la veux encore plus que cette… La femme jeta un regard de dégoût à Katy… petite salope, poursuivit-elle.

— Bon, d'accord, répondit Dayne sans perdre le fil.

Si cette cinglée lisait les magazines, ce qu'elle faisait de toute évidence puisqu'elle était obsédée par lui, elle était au courant des derniers clichés pris en compagnie de Kelly.

— J'ai une idée, poursuivit-il.

— C'est une ruse, Chloé. Nous y laisserons toutes deux notre peau, insista la voix perçante.

— Tais-toi ! ordonna la voix sifflante.

La femme regarda dans le vide par-dessus son épaule.

— Laisse-moi tranquille, poursuivit-elle. J'ai finalement trouvé mon mari et tu ne peux toujours pas être heureuse pour moi.

Elle rejeta la tête en arrière et fixa Dayne droit dans les yeux.

— Tu as raison, avoua-t-elle. Je veux beaucoup plus Kelly Parker.

Toutefois, elle gardait la lame du couteau appuyée sur la gorge de Katy.

— Peut-être devrais-je tuer celle-ci, continua-t-elle, puis aller trouver Kelly.

— Non, Chloé, ça ne fonctionnera pas, la prévint Dayne.

Il était prêt, à l'affût du moindre signe de faiblesse de la femme, de la plus petite occasion pour se jeter sur elle.

— Ce ne sont pas les règles, enchaîna-t-il.

— Les règles ? répéta la femme en clignant des yeux.

Elle ne pouvait maintenant s'empêcher de trembler.

— Quelles règles ?

— Tu sais bien, Chloé, répondit Dayne en faisant de son mieux pour paraître calme et détendu.

Il désigna Katy d'un signe de tête.

— Les règles au sujet des couteaux, expliqua-t-il. Tu ne peux les utiliser que sur une personne par jour. Tu ne veux certainement pas perdre ton occasion avec cette fille.

Chloé baissa le couteau de quelques centimètres. Sa bouche était ouverte, prête à émettre un son, mais Dayne n'attendit pas. De toutes ses forces, il donna un coup de pied sur la main de Chloé. Le couteau vola et Dayne se précipita. Il attrapa Chloé par le bras et l'éloigna de Katy. Puis, il la poussa sur le sol, face contre terre, et s'installa sur elle. Il regarda par-dessus son épaule.

— As-tu un téléphone cellulaire ? cria-t-il à Katy.

— Oui, répondit-elle, énervée, la voix étouffée par la peur.

— Compose le 911.

— Dayne, attention ! cria Katy en indiquant Chloé.

La femme s'était étirée en se tortillant sur le sol et avait attrapé le manche du couteau. Dayne lui donna un coup de poing fulgurant sur l'avant-bras et entendit un vilain fracas. Elle avait maintenant la main molle. Elle grognait, se tordait et se débattait de toutes ses forces pour se libérer.

Dayne lui prit le couteau et le lança en direction de la table de pique-nique.

— Cesse de bouger ou je t'étouffe ! lui ordonna-t-il en lui poussant le visage contre le gazon et en s'assoyant plus haut dans son dos. Compte-toi chanceuse. J'aurais pu te tuer et invoquer la légitime défense.

Derrière lui, il entendit Katy parler avec la téléphoniste d'urgence. Elle semblait hors d'haleine, sous le choc, et dut répéter deux fois ce qu'elle disait. Entre-temps, Chloé donnait des coups de pied, jurait et tentait de se dégager de l'emprise de Dayne.

— Anna, aide-moi ! Où es-tu ?

— Tout est de ta faute, répondit la voix perçante. C'est toi qui nous as mises dans ce pétrin.

Dayne sentit un frisson lui parcourir l'échine. Il se rendit compte que la femme possédait au moins deux personnalités contradictoires. Les deux voix étaient effrayantes. Sans aucun doute cette cinglée aurait-elle tué Katy, et peut-être même lui, si elle avait eu quelques minutes de plus pour y penser.

Katy avait terminé son appel.

— Dayne, sois prudent ! s'exclama-t-elle.

Elle était toujours hors d'haleine. Dayne aurait voulu abandonner la cinglée pour rassurer Katy, mais il ne le pouvait pas… pas tant qu'il avait besoin de toutes ses forces pour la maîtriser.

— Si tu traites ainsi ta femme… commença la voix sifflante.

Chloé parlait d'une façon saccadée en raison de la force qu'elle déployait pour se libérer et de son avant-bras assurément brisé.

– …si tu traites ainsi ta femme, poursuivit-elle, je devrai également te tuer, Dayne.

Dayne ne répondit rien. Il ne se préoccupait pas du babillage de cette cinglée. Tout ce qui l'intéressait, c'étaient les gémissements discrets derrière lui. « Comment va réagir Katy ? se demanda-t-il. De toutes les occasions que pouvait avoir cette odieuse femme de passer à l'acte, il a fallu que je sois avec Katy Hart. C'est épouvantable ! »

De son genou, il épinglait le bras de Chloé, celui qui n'était pas blessé. La femme jurait toujours quand les sirènes se firent entendre.

— La partie est presque terminée, Chloé, lui fit remarquer Dayne.

— Ne t'adresse pas ainsi à ma sœur ! lui ordonna la voix perçante, celle d'Anna. Je lui ai dit de ne pas te tuer, mais… tu devras dorénavant surveiller tes arrières, Matthews.

Dayne poussa de nouveau le visage de la femme contre le sol.

— Tais-toi ! ordonna-t-il.

Il détestait le fait qu'elle luttait toujours, ce qui effrayait probablement Katy davantage. Il ne voyait pas les yeux de cette dernière, mais pouvait ressentir la frayeur qui s'y lisait à des mètres de distance. Il souleva la poitrine en raison de l'adrénaline qui lui parcourait les veines. Il entendait maintenant les policiers courir vers eux en provenance de l'aire de stationnement.

Le premier arrivé dégaina son arme.

— Police ! dit-il alors que son regard croisa celui de Dayne. Plus un geste ! Monsieur Matthews, nous prenons maintenant la relève.

Dayne se releva et se précipita vers Katy. La jeune femme tremblait, le regard terrorisé. L'entaille sur son bras ne saignait plus, mais une bande de sang séché courait jusqu'à son poignet.

— Ça va ? s'enquit Dayne.

Ils étaient tous deux hors d'haleine. Malgré l'ombrage des arbres, Dayne crut remarquer que le visage de Katy avait perdu toute coloration.

— Je… Je ne… balbutia la jeune femme.

Elle tremblait toujours, presque convulsivement, trop effrayée pour prononcer un mot.

— Chut, fit Dayne en l'enserrant de son bras. Tout va bien. Les policiers contrôlent la situation.

Katy porta les mains à sa gorge. D'affreuses égratignures marquaient l'endroit où la femme avait pressé le couteau.

— Elle... elle allait me tuer, Katy parvint-elle à dire.

Dayne lui appuya la tête contre sa poitrine et lissa ses cheveux blonds.

— C'est terminé, Katy. Tout est terminé.

L'un des agents vint vers eux et se tourna vers Dayne.

— La femme a confessé le harcèlement et les lettres, dit-il en portant son attention sur son bloc-notes. Nous avons votre adresse. Deux agents iront vous voir plus tard ce soir pour prendre votre déposition. Nous aurons besoin de chacun de vous.

Il se tourna vers Katy et lui demanda si tout allait bien.

— Oui, répondit-elle en se tenant toujours la gorge.

— Bon, vous pouvez y aller, dit l'agent en jetant un regard dégoûté en direction de la femme menottée sur le sol.

Il se retourna vers Katy.

— Je suis désolé. J'imagine que c'est la rançon de la gloire.

Dayne opina. Il garda son bras autour des épaules de Katy et la guida vers l'aire de stationnement. En chemin, il tenta de la rassurer en lui promettant que la terreur était chose du passé.

En arrivant à la voiture, Katy leva les yeux vers lui.

— Allons-nous chez toi ? lui demanda-t-elle.

— Ouais, répondit-il simplement.

Il lui ouvrit la portière et attendit qu'elle prenne place à bord. Le bruit des vagues se faisait entendre de partout. Il était maintenant de mauvais augure, comme s'il battait au rythme d'une sanction imminente.

— Ça ira ? s'enquit Dayne.

— Il le faut, répondit Katy. C'est ce que l'agent nous a demandé.

— En effet, approuva l'acteur.

Il contourna la voiture puis y prit place.

— Katy, tout va bien maintenant.

Cependant, même l'agent de police avait laissé planer un doute. Qu'avait-il dit à la fin ? Que c'était la rançon de la gloire ? Voilà justement ce que Dayne ne voulait pas que Katy pense, mais c'était la vérité. Après ce soir, comment pouvait-il lui dire que les choses étaient différentes ?

Ils étaient à mi-chemin vers sa maison quand Katy se tourna vers lui.

— Cette femme écrivait des lettres à ton sujet ? demanda-t-elle.

Dayne jeta un regard en biais vers elle.

— Ouais, j'imagine, lui répondit-il. Les policiers m'ont averti de la situation il y a quelques jours.

— Nous n'aurions jamais dû aller là-bas ! s'exclama-t-elle d'un ton ni fâché ni accusatif mais franc. Pourquoi ne m'en as-tu pas parlé ?

Dayne expira à fond.

— Je n'y croyais pas, avoua-t-il. Il y a beaucoup de cinglés dans ce monde, Katy. Je ne pensais pas que c'était sérieux.

Ils furent relativement silencieux durant la fin du trajet. Toutefois, tandis qu'ils pénétraient dans le garage, il se tourna vers elle.

— Je suis désolé. Je n'ai jamais voulu mettre ta vie en danger.

Katy parut plus détendue, les joues plus colorées.

— Je sais, répliqua-t-elle d'une voix presque inaudible en raison du tremblement de ses lèvres. Les policiers vont se charger de cette femme.

— Tout à fait, rétorqua l'acteur en tendant la main pour lui caresser la joue. Cette cinglée ne représentera plus une menace.

D'une façon ou d'une autre, il n'était pas très convaincant. Kelly Parker était toujours à l'hôpital, sous évaluation psychologique ; les magazines étaient toujours impitoyables et ils le demeureraient. De plus, comme chaque mouvement de vedette était suivi à la trace par les magazines, il y aurait toujours la possibilité d'un autre fan cinglé comme la femme de ce soir.

Dayne ne pouvait qu'entrevoir le déroulement de la fin de la soirée, mais il avait l'impression que les choses étaient de mauvais augure. Quoi qu'il en soit, à partir de demain, il ne tenterait plus de convaincre Katy que tout était rentré dans l'ordre.

Il serait en quête d'une nouvelle actrice pour le rôle.

CHAPITRE VINGT-SEPT

Katy était encore secouée.

Elle remarqua à peine les meubles luxueux et les pièces spacieuses tandis que Dayne la tenait par la main pour entrer dans la maison. La plage était à l'arrière de la résidence, mais il faisait trop noir pour remarquer autre chose que le son des vagues mugissantes. Et en ce moment, ce bruit ne servait qu'à lui rappeler ce qui venait de se produire.

Dayne la guida vers la salle familiale où ils s'assirent côte à côte sur le fauteuil.

— Tu veux un café ? Ou autre chose ?

La jeune femme était hébétée, épuisée et vidée en raison de la lutte qu'ils venaient de mener pour leur vie.

— Ça va, dit-elle en regardant son interlocuteur dans les yeux.

— Je vais tout de même faire du café, décida Dayne en se levant pour se diriger vers la cuisine. Ça va peut-être te réconforter.

Katy en doutait, mais elle ne dit pas un mot. Tandis qu'il quittait la pièce, elle regarda fixement ses mains tremblantes. Quelle étrange vie était-ce ? Elle n'était en ville que depuis quelques heures et elle avait déjà été prise en photo en train d'embrasser Dayne Matthews sur une plage privée et avait été agressée par une admiratrice cinglée qui avait failli la tuer.

Elle ferma les yeux et l'image de la femme lui revint de nouveau à l'esprit : des cheveux blonds en bataille, une expression effrayante sur le visage. Elle repensa au couteau : une poignée terne noire et une épaisse lame en acier inoxydable sur laquelle la pleine lune se reflétait dans la nuit. Elle se rappellerait du couteau toute sa vie.

Son cou la faisait souffrir, même si la femme n'y avait pas fait couler de sang, ne la blessant qu'au bras. Elle se leva et suivit les bruits que Dayne faisait dans l'autre pièce.

Il remplissait la cafetière d'eau, mais devait l'avoir entendue approcher puisqu'il se retourna.

— Allo, dit-il.

— Allo, répondit-elle en souriant.

Ce n'était pas la faute de Dayne. L'acteur avait raison : ils étaient maintenant en sécurité.

— Où est la salle de bain ? demanda Katy.

Dayne lui indiqua la direction du bout du corridor et elle le remercia. Quand elle entra dans la pièce, elle alluma la lumière et se regarda dans le miroir. Son cou était pire qu'elle ne le croyait. La lame du couteau avait laissé trois grandes marques horizontales. Katy regarda de plus près. Les lacérations ne laisseraient pas de cicatrices, mais se verraient durant au moins une semaine.

La jeune femme s'appuya sur le bord du lavabo, ferma les yeux et pencha la tête. « Dieu… merci de m'avoir sauvée », pensa-t-elle. Elle avait la gorge épaisse, meurtrie. Le souvenir de la pression exercée par le couteau contre son cou rendait difficile le processus de déglutition. « Dieu, qu'est-ce que je fais ici ? s'inquiéta-t-elle. Tu m'as montré que c'était Ta volonté. » Elle avala, résistant à l'envie de laisser couler les larmes qui lui remplissaient les yeux. « Comment est-ce possible que ce soit ce que Tu as prévu pour moi ? » pensa-t-elle.

« Ma fille… écoute Ma voix… entendit-elle dans son cœur. Tu me connais ».

Elle ouvrit les yeux et regarda en l'air.

— Dieu, murmura-t-elle, est-ce Toi ?

Elle n'obtint pas de réponse, mais les mots silencieux résonnèrent dans son cœur : « Écoute ma voix… tu Me connais. » Qu'est-ce que ça voulait dire ? Dieu ne lui avait-Il pas montré clairement la voie à suivre un peu plus tôt ? Les Flanigan lui avaient donné leur bénédiction et Dayne lui avait dit que la mésaventure de Tad était une chose rare, que c'était une exception. N'était-ce pas le rêve qu'elle avait caressé toute son enfance ?

Elle cligna des yeux et se calma. Dayne l'attendait et ils devaient parler des détails du contrat demain... sauf que, maintenant, rien à ce sujet ne semblait aussi excitant que quelques jours ou même quelques heures auparavant. Elle quitta la salle de bain et remonta le corridor.

Pendant tout ce temps, elle avait le cœur qui battait la chamade. Dayne était à préparer une assiette de fromage et de fruits quand elle entra dans la cuisine.

— Bonsoir, lui dit-il en souriant. Va t'asseoir à la table dans la salle à manger. J'ai presque terminé. Nous pourrons ensuite discuter.

Elle fit comme il le lui avait indiqué, mais se demanda de quoi ils parleraient. Du fait que les harceleurs étaient rares ? Que la vie menée par un acteur d'Hollywood était assez normale, à l'exception de la présence des paparazzis, des harceleurs, des virées nocturnes et des chasseurs d'autographes ? Elle consulta sa montre. Il était tard et les policiers n'étaient toujours pas arrivés. Elle ne se coucherait pas avant minuit.

Devant elle se trouvait un magazine, un de ces tabloïdes vendus dans les présentoirs de caisse de sortie au supermarché, le genre qu'elle achetait, voire regardait, rarement. Toutefois, la curiosité l'emporta et elle s'approcha de la revue.

Sur la couverture se trouvait une photo de Dayne et de l'actrice Kelly Parker. Les deux s'embrassaient et le titre demandait s'ils étaient de retour ensemble. Katy fronça les sourcils et jeta un regard à la date. C'était l'édition courante. Dayne n'avait-il pas dit qu'il ne fréquentait personne en ce moment ? Elle ouvrit le magazine à la page de la couverture sur Dayne et Kelly. Si l'histoire que les photos racontaient était vraie, Dayne ne « fréquentait » peut-être pas Kelly, mais il couchait assurément avec elle.

Katy sentit son estomac se serrer. L'étrange sentiment dans sa poitrine, le serrement et les battements irréguliers de son cœur étaient pires qu'auparavant. Pourquoi Dayne lui avait-il menti ? Pensait-il qu'elle n'apprendrait pas ce qui se passait avec Kelly ? Et que lui devait-il de toute manière ? C'était apparemment dans l'ordre des choses chez des vedettes comme Dayne. L'acteur ne pensait sans doute qu'à passer la nuit avec quelqu'un.

Elle eut un frisson.

Les mots qu'elle avait entendus dans son cœur quelques minutes auparavant lui revinrent en mémoire : « Ma fille... écoute Ma voix... tu Me connais. » À la lumière de ce que Dieu voulait pour elle, tout ce qui concernait Dayne Matthews et son offre semblait minable et artificiel.

Elle tourna les pages, passant par-dessus d'anciennes histoires à propos de deux couples d'Hollywood mariés depuis longtemps et maintenant séparés, ainsi qu'une à propos d'une actrice qui avait dépensé des dizaines de milliers de dollars en injections de Botox et en brûlures chimiques pour que son visage reste jeune. « Dans ce métier, affirmait l'actrice citée dans l'article, tu es célèbre en fonction de la peau de ton visage. »

Katy sentit la nausée l'envahir. Que faisait-elle ici de toute manière ? Elle se sentait comme Dorothy dans le *Magicien d'Oz*. Si elle pouvait claquer les talons trois fois et revenir chez les Flanigan, elle le ferait.

— Ça va là-bas ? lui demanda Dayne de la cuisine. J'ai presque terminé.

Katy dut se faire violence pour articuler une réponse.

— Oui, je... je vais bien, réussit-elle à répondre.

Quelques pages plus loin, elle vit des photos d'acteurs prises dans des positions peu flatteuses — se mouchant le nez ou ajustant leurs vêtements. Et vers la fin se trouvaient une série de photos de Dayne dans un club, une consommation dans une main et une cigarette dans l'autre.

Surprise, Katy étudia la photo. Dayne n'avait-il pas dit qu'il évitait de sortir ? Que voulait-il insinuer par là ? Qu'il ne faisait la fête en ville que quelques soirs par semaine ? Katy avait l'impression de découvrir une nouvelle facette de l'acteur et cette vision n'était pas attirante.

C'était un nouveau Tad Thomson.

Brusquement, tout ce que Dieu lui avait dit devint significatif. Qu'avait-elle senti quand elle avait prié à propos du rôle ? Que Dieu lui enverrait un signal, n'est-ce pas ? Et maintenant, c'était de nouveau la même histoire. Dieu voulait qu'elle entende Sa voix, qu'elle Le reconnaisse. Et quelle meilleure façon d'y arriver que de savoir où Il n'était pas ?

Dayne surgit dans la pièce et s'arrêta brusquement, deux assiettes de nourriture dans les mains.

— Que lis-tu ?

Katy ferma le magazine et le repoussa. Elle se retourna et regarda l'acteur dans les yeux.

— Ramène-moi à mon hôtel, s'il te plaît, Dayne.

— Tu ne dois pas croire tout ce que tu lis. Je te l'ai dit.

Dayne déposa la nourriture sur la table et prit la chaise à côté de Katy. Il était sur le point de parler lorsqu'on frappa à la porte.

— Les policiers ? demanda la jeune femme en s'adossant.

Ils voulaient également obtenir sa déposition.

— Nous parlerons quand ils seront partis, dit simplement l'acteur.

Il ouvrit la porte et deux agents entrèrent. Il les dirigea vers la table et, pendant une heure, ils relatèrent les événements de la soirée. Plus les minutes passaient, plus Katy était convaincue de sa décision. Son séjour à Los Angeles était presque terminé. Elle retournerait à la maison à Bloomington, à sa place. Dieu avait été fidèle, comme toujours.

Elle aurait été aveugle de ne pas voir les événements de la soirée comme des signes.

Quand les agents eurent obtenu toutes les informations nécessaires, ils rassemblèrent leurs notes et promirent de rester en contact avec Dayne.

— Avec les menaces écrites dans les lettres et la tentative sur madame Hart, dit l'un d'eux, nous sommes assez convaincus que cette cinglée sera mise à l'écart pour un bon bout de temps.

Katy aurait voulu que cette information apaise l'anxiété qui lui étreignait l'âme, mais ce ne fut pas le cas.

Quand les policiers eurent quitté, Dayne se tourna vers elle.

— As-tu entendu ce qu'ils ont dit ? lui demanda-t-il. Elle est partie ; elle sera enfermée. Elle ne causera plus de problèmes.

Il s'assit à côté d'elle.

— Ne t'enfuis pas, Katy, ajouta-t-il en la regardant dans les yeux. S'il te plaît…

Les mots qu'il venait de prononcer n'étaient pas suffisants. Ils arrivaient trop tard. Katy jeta un coup d'œil en direction du magazine et souleva une épaule.

— Dayne… tu as essayé. Je ne veux pas de cette vie-là.

— Écoute-moi, Katy, dit l'acteur en passant les doigts dans les cheveux de la jeune femme et en cherchant désespérément ses mots. Ce qui est arrivé aujourd'hui ne se produira plus jamais. Des admirateurs obsédés qui surgissent des buissons avec un couteau…

Il tenta de rire, mais n'y arriva pas.

— Par contre, les photographes et les magazines seront toujours là, poursuivit-il. Cet aspect de l'industrie existera toujours. Toutefois, ce qui s'est produit ce soir n'arrivera pas dans un…

Sa voix s'éteignit et le silence érigea un mur entre eux.

Qu'essayait-il de faire ? De convaincre Katy que rester était la meilleure solution pour *elle* ? Ce serait mieux pour lui, pas pour elle. La jeune femme ferma les yeux un instant. « Dieu… fais en sorte qu'il voie ce qu'il fait, supplia-t-elle, s'il Te plaît. » Dayne devait la laisser aller plutôt que d'essayer de la convaincre de rester.

Une autre minute passa, puis l'acteur prit une grande respiration et hocha la tête.

— Je suis désolé, dit-il en prenant les mains de Katy dans les siennes. Tu n'es pas à ta place ici, n'est-ce pas ?

C'était la première phrase totalement honnête qu'il prononçait depuis le départ des policiers. La jeune femme hocha imperceptiblement la tête, les yeux pleins d'eau.

— Non, je n'y suis pas, répondit-elle.

Dayne lui caressa le dessus des mains avec ses pouces.

— Tu sais ce qui est triste ? lui demanda-t-il en la regardant dans les yeux.

— Quoi ?

— C'est pour cette raison que tu es parfaite pour le rôle.

Dayne étudia la jeune femme et laissa parler son cœur.

— Parfaite et parfaitement incapable de l'accepter en même temps, poursuivit-il.

Elle ressentit la perte autant que lui. Ils ne se lieraient pas d'amitié, ne tomberaient pas amoureux l'un de l'autre. Le canyon entre leurs mondes s'était avéré plus grand que n'importe quel pont qui aurait pu les réunir.

Dayne se dit que le temps était venu de laisser aller la jeune femme et, au bout d'une minute, il trouva la force de le faire.

— Je vais maintenant te ramener.

— Merci, Dayne, merci de ta compréhension, fit simplement Katy en se levant et en glissant son sac à main sur son épaule.

Dayne expira et ses épaules s'affaissèrent. Dayne Matthews, le prodige du grand écran, semblait — pour la première fois depuis le peu de temps que Katy le connaissait — complètement défait.

— Allons-y, dit-il.

Ses lèvres formèrent une ligne droite.

— Je suis désolé, poursuivit-il. Les choses ne devaient pas se passer de cette façon.

Katy ne voulait pas pleurer, du moins pas tout de suite. Elle sourit tristement.

— Je suis également désolée.

Sur le chemin du retour vers l'hôtel, ils parlèrent peu. Katy se rappela sa conversation avec Rhonda à propos de Dayne Matthews comme étant peut-être l'homme que Dieu avait prévu pour elle. L'idée était maintenant à la fois triste et risible. Dayne avait peut-être joué le rôle d'un gars authentique et bien élevé. Il l'avait convaincue non seulement qu'il était célibataire, mais également qu'il s'intéressait fort probablement à elle.

Elle frissonna à l'idée de ce qui aurait pu se produire si elle avait accepté le rôle : sa photo dans les magazines, les gens qui se seraient demandé s'ils formaient un couple, Kelly Parker qui aurait sûrement été vexée en raison de tout ça. Elle s'imaginait avec Dayne, ne sachant pas si l'acteur retournait avec l'une de ses anciennes amours quand il n'était pas avec elle.

Elle fixa la circulation intense sur l'autoroute Hollywood par la vitre sur le côté. « Dieu… Tu m'as de nouveau sauvée aujourd'hui, pensa-t-elle. Je suis si contente de T'avoir entendu. »

— À quoi penses-tu ? lui demanda Dayne.

Il lui lança un bref coup d'œil, mais garda les yeux sur la route. Sa voix était empreinte d'une compassion dont Katy ne doutait point.

— Je priais, lui répondit-elle.

— Ça ne me surprend pas, avoua-t-il en hésitant.

Katy eut pitié de lui, un acteur célèbre qui avait tout ce qu'il voulait, mais qui entretenait une rancune contre Dieu plus grande que sa maison de Malibu. Elle se mordit la lèvre et le regarda.

— La prière m'aide, expliqua-t-elle.

Elle prit une grande respiration.

— Tu priais quand tu étais plus jeune, n'est-ce pas ? demanda-t-elle d'une voix douce.

— Oui, répondit Dayne en lui lançant un regard désinvolte empreint de dédain. Qu'est-ce que ça a donné ? J'ai grandi sans ma famille et j'ai perdu mes parents dans un accident d'avion.

Il tenta de sourire, mais le coin de ses lèvres se souleva à peine.

— Ce n'était pas très encourageant, tu sais ? poursuivit-il.

Maintenant qu'elle allait revenir à la maison, elle pouvait voir Dayne d'un nouvel œil. Le jeune homme était perdu, plus perdu qu'elle ne l'avait d'abord pensé.

— Même si je ne joue pas le rôle, se hasarda-t-elle à dire, je souhaite qu'on puisse demeurer amis. Je crois… je crois que ce serait bien.

— Tu veux dire que tu pourrais peut-être m'aider ? s'enquit-il en gloussant, plus détendu.

— Non, pas de cette manière !

Pour la première fois depuis l'agression, Katy se sentit plus légère.

— Je veux dire que je pourrais peut-être devenir une confidente, quelqu'un à qui tu pourrais parler sans t'inquiéter de ce que la presse pourrait savoir.

— Je sais, admit-il, alors que l'expression de son visage s'adoucissait. Je te fais marcher.

Il se gara en face de l'hôtel. Pendant un long moment, il observa Katy, cherchant le regard de la jeune femme, puis il lui toucha la joue comme il l'avait fait un peu plus tôt.

— Tu es sûre que je ne peux pas te faire changer d'avis ? demanda-t-il.

Il fit une courte pause.

— Ce n'est qu'un film, ajouta-t-il.

Katy ne fut pas tentée par l'idée. Dieu lui avait donné la réponse dont elle avait besoin et, à Bloomington, une centaine d'enfants du TCE n'auraient pas à lui dire adieu. Dieu la voulait à Bloomington et elle y retournerait sans regret.

Dayne attendait sa réponse. Elle enleva la main de l'acteur posée sur sa joue et hocha la tête.

— Je ne peux pas, Dayne, avoua-t-elle. Je n'ai aucun doute.

— D'accord, fit-il en s'appuyant contre l'intérieur de sa portière et en la regardant. Encore une fois, je suis désolé.

Il se pressa les jointures contre les lèvres comme s'il avait voulu en dire beaucoup plus. Enfin, il laissa tomber sa main.

— Puis-je te dire quelque chose honnêtement ? demanda-t-il.

— Oui, répondit la jeune femme.

— Même si je n'aime pas ta décision… commença-t-il.

Il avait les yeux un peu plus brillants qu'auparavant.

— …j'ai l'impression que tu prends la bonne, poursuivit-il en haussant les épaules. Comme je te l'ai dit plus tôt, tu n'es pas à ta place ici.

Ils se dirent au revoir et Katy prit le chemin de sa chambre d'hôtel. Quand elle referma la porte derrière elle, elle s'appuya derrière et expira. Toute l'aventure — recevoir l'appel de Mitch Henry, passer une audition avec Dayne, penser qu'elle aurait pu arriver à Hollywood et prendre un rôle principal sans bouleverser sa vie — lui apparaissait comme un rêve.

C'était maintenant terminé et c'était tout ce qui comptait.

Katy repensa à la dernière déclaration de Dayne. L'acteur devait tenir à elle d'une certaine façon ; autrement, il ne lui aurait pas dit ce qu'il ressentait. Les paroles qu'il avait prononcées signifiaient qu'il aurait voulu qu'elle accepte le rôle, qu'il aurait voulu la convaincre que le fait de tenir la vedette d'un film ne changerait rien, mais en même temps qu'il était d'accord avec la décision qu'elle avait prise.

Bloomington était préférable pour elle ; tout le monde pouvait le voir.

Katy eut l'impression qu'un sentiment inconnu commençait à se répandre à l'intérieur de son être, de ses mains et de ses pieds, dans ses membres et jusque dans son cœur et son âme. Ce n'est qu'à cet instant qu'elle se rendit compte de ce que c'était. C'était la paix. À ce moment, elle tira son téléphone cellulaire de son sac à main et composa le numéro de Rhonda Sanders.

Celle-ci répondit presque immédiatement.

— Allo ?

— Rhonda… c'est moi, dit Katy en sentant un sourire lui envahir le visage. J'ai quelque chose à te raconter.

CHAPITRE VINGT-HUIT

CE SOIR-LÀ, C'ÉTAIT LA FÊTE chez les Baxter.

Le père d'Ashley avait convié les membres de la famille à un barbecue pour fêter la lune de miel tardive de sa fille et de Landon. Tout le monde était présent, à l'exception de Luke et de Reagan qui étaient à New York, ainsi que d'Erin et de Sam qui se trouvaient au Texas.

Ashley était à la cuisine avec Brooke et Kari. Les trois pelaient des fruits pour préparer la salade d'ambroisie.

— Alors… tu dois être si excitée ! s'exclama Brooke.

Elle coupait les bananes et avait remonté les manches de sa blouse bleu pâle.

— Toi et Landon le méritez, après tout ce que vous avez traversé.

Ashley vivait dans l'attente depuis une semaine.

— Je suis si impatiente ! s'exclama-t-elle en hochant la tête. Une croisière pendant une semaine, Landon et moi dans la mer des Caraïbes ?

Elle se mit à rire en relevant la tête.

— Je ne me possède plus tellement je suis excitée, ajouta-t-elle.

Kari jeta un tas de pelures de pommes dans la poubelle et regarda Brooke.

— Rassemblons les enfants à quelques reprises pendant que les tourtereaux seront partis, proposa-t-elle.

Elle saisit quelques pommes pour ensuite retourner vers sa place au comptoir.

— Cole est enchanté de jouer avec Jessie, poursuivit-elle, mais je sais qu'il aimerait aussi voir Hayley et Maddie.

— D'accord, fit Brooke. Nous pourrions aller au parc.

Ashley avait le cœur serré.

— Je vais m'ennuyer de mon petit garçon, avoua-t-elle.

— Tu n'auras jamais été séparée de lui aussi longtemps depuis sa naissance, n'est-ce pas ? demanda Kari en épluchant une autre pomme.

— Effectivement, répondit Ashley en déglutissant, mais, d'un autre côté, ce sera bon pour lui.

— En effet, convint Brooke en esquissant un sourire. On ne peut pas toujours être à côté des enfants.

Son commentaire flotta dans l'air pendant quelques instants. Brooke avait fait beaucoup de chemin depuis la quasi noyade de Hayley. Elle et Peter avaient consulté et ils comprenaient que les parents doivent protéger leurs enfants de leur mieux, mais que ceux-ci appartiennent tout d'abord à Dieu.

— Comment va Hayley ? demanda Kari en passant son bras autour des épaules de Brooke.

— Elle va très bien, répondit Brooke, les yeux brillants.

Elle passa une grosse poignée de raisins verts sous le robinet de la cuisine. Quand elle ferma l'eau, elle regarda d'abord Kari, puis Ashley.

— Elle a prononcé une phrase récemment, poursuivit-elle. Elle a dit « Maman, regarde Maddie ! »

Brooke hocha la tête d'un air émerveillé.

— Chaque fois qu'elle dit un mot ou qu'elle fait un pas, expliqua-t-elle, je me souviens de la vérité selon laquelle Dieu accomplit toujours des miracles parmi nous.

Ashley sentit ses yeux se remplir de larmes.

— Tout ce que j'ai à faire, c'est de regarder ma photo de mariage avec Landon.

— Il y a eu des moments où j'ai vraiment douté que vous puissiez un jour être ensemble, avoua Kari en saisissant une autre pomme pour la peler. Je suis si heureuse que maman ait eu la chance de te voir épouser Landon. Elle avait longtemps prié pour que ça se produise.

— Je sais, admit Ashley, la lèvre tremblante.

Elle hésita, laissant le temps filer doucement. Il y avait trop de moments heureux à venir pour être triste maintenant.

— Dieu a été bon de nous laisser en profiter, ajouta Ashley.

Landon entra dans la cuisine.

— On dirait que c'est une conversation sérieuse ! s'exclama-t-il.

Il arriva derrière Ashley, lui passa les bras autour de la taille et l'embrassa sur la nuque.

— Notre avion décolle dans douze heures ! s'écria-t-il.

— Quelqu'un a hâte, philosopha Kari en gloussant et en levant les sourcils vers Ashley et Landon.

— Tu veux rire ? demanda Landon en reculant d'un pas et en souriant aux trois femmes. Ça fait un an que j'ai hâte.

Le groupe éclata de rire et Ashley remarqua qu'à l'extérieur son père et Peter étaient en train de discuter. Elle adorait lorsque tout le monde était réuni. Les trois femmes étaient assises à table lorsque Cole surgit en courant. Il avait le visage bronzé en raison de la chaleur des derniers jours et ses cheveux avaient blondi.

— Grand-papa dit que le poulet va être prêt dans trois minutes, annonça-t-il.

— D'accord, dit Kari en lui ébouriffant les cheveux et en lui souriant. Dis à grand-papa que c'est d'accord.

Le dîner fut un succès dont Elizabeth aurait été fière. Ça faisait un an qu'elle était décédée, mais ses proches ressentaient sa perte comme si elle n'était partie que depuis quelques jours. Les moments comme celui-ci étaient particulièrement difficiles. Ashley se surprenait encore à regarder par-dessus son épaule, s'attendant à voir sa mère dans la cuisine en train de brasser une de ses célèbres salades ou un pot de limonade.

En l'absence d'Elizabeth, ils se réconfortaient mutuellement, glorifiant la vie de la même manière qu'elle l'aurait fait si elle avait été parmi eux.

Le dîner fut joyeux et animé.

Cole apprit à tout le monde qu'il apprenait à marcher sur les mains.

— Quand je serai grand — il avait une trace de sauce barbecue sur le menton —, je veux faire partie d'un cirque et marcher sur les mains toute la journée.

— Nous allons assurément acheter des billets pour ça, dit Ashley en faisant un signe de tête tout en dissimulant un petit sourire narquois.

— Eh, Cole, dit Peter en tenant sa fourchette d'une main et en regardant au bout de la table. Je croyais que tu voulais être pompier comme ton père.

— C'est ce que je veux, répondit Cole, qui mâcha une bouchée de poulet et sourit à Peter. Je vais combattre les incendies au cirque et, quand il n'y aura pas de feux, je marcherai sur les mains.

Ashley eut le cœur attendri. Elle aimait tellement Cole. Si Dieu le voulait, elle espérait qu'elle et Landon aient un enfant. Le plus tôt serait le mieux selon elle. Cole ferait un grand frère extraordinaire.

La conversation glissa au bébé de Kari et à Ryan. Ryan junior essayait déjà de se traîner.

— Il va lancer des passes de touché d'un jour à l'autre mainte-nant, dit Ryan en gloussant. C'est du moins l'impression qu'il me donne quand je le regarde.

— C'est incroyable, n'est-ce pas ? renchérit le chef de la famille, qui avait été silencieux tout au long du repas, mais qui était mainte-nant souriant. Il n'y a rien comme regarder ses enfants grandir, les voir devenir les personnes que Dieu a créées. Votre mère et moi...

Il fit une pause, la gorge trop serrée pour continuer.

— ...votre mère et moi avons adoré chaque minute passée à vous élever, poursuivit-il.

Ashley fut encore une fois réconfortée par la chaleur qu'ils par-tageaient ensemble. Elle ne tiendrait jamais pour acquis l'amour de la famille Baxter. Et elle ne serait jamais assez reconnaissante pour la place qu'elle avait dans celle-ci. Puis, elle se rappela l'album dont son père avait parlé, celui avec les copies des lettres de sa mère. Elle se mit les avant-bras sur la table.

— Eh, Papa, que va-t-il se passer avec les lettres de maman ? ne put-elle s'empêcher de demander. Feras-tu vraiment des copies de quelques-unes d'entre elles pour que nous puissions en avoir un jeu ?

Le père changea d'expression. Il se tint un peu plus droit sur sa chaise et cligna deux fois des yeux.

— Les lettres ?

Ashley eut soudainement l'impression d'avoir dit quelque chose qu'elle aurait dû taire. Toutefois, pourquoi devait-elle se sentir ainsi ? Qu'y avait-il à propos de ces lettres qui troublait tant son père ? Elle avait la même impression que lorsque ce dernier l'avait surprise dans la penderie cet après-midi là, comme si elle faisait quelque chose de mal, alors que tout ce qu'elle voulait, c'était lire quelques lettres écrites par sa mère au fil des années, des lettres qui s'ajouteraient aux souvenirs qu'elle avait d'elle.

— Des lettres ? demanda Brooke, son regard passant d'Ashley à son père.

— Oui, répondit Ashley en fixant les yeux sur sa sœur. Maman a une boîte de lettres dans sa penderie.

Elle se tourna vers son père.

— Tu as dit que tu ferais un album avec les meilleures pour que nous puissions les voir, n'est-ce pas ? lui rappela-t-elle.

— C'est vrai, admit-il.

Il toussa et sembla incapable de regarder une de ses filles dans les yeux.

— Je vais le faire bientôt, poursuivit-il. Je... je n'ai pas eu le temps.

— Il n'y a pas d'urgence, le rassura Ashley.

Elle détestait le pousser. Il semblait mal à l'aise. S'il réagissait de la sorte chaque fois qu'elle parlait des lettres, elle devrait peut-être attendre un an avant de poser de nouveau la question. Elle se leva et serra son père dans ses bras.

— Papa, je suis désolée.

Les autres observaient silencieusement la scène.

— Non, ma chérie.

Le père leva les yeux et couvrit la main de sa fille avec la sienne.

— C'est seulement que... expliqua-t-il, c'est-à-dire que passer à travers ces lettres sera difficile. Ça va peut-être prendre quelque temps.

Ashley l'embrassa sur la joue et le serra sur le côté.

— Prends ton temps, papa. Toutefois, quand tu le feras, rappelle-toi seulement que nous aimerions un album, d'accord ?

— Ce serait magnifique ! s'exclama Brooke en faisant un signe de tête.

Elle se tourna vers Kari.

— Je ne savais pas qu'il y avait une boîte de ce genre dans la penderie de maman, ajouta-t-elle.

— Moi non plus, admit Kari.

Ashley se rassit. Son père avait eu suffisamment d'émotions. Il était temps de changer de sujet. La jeune femme haussa les sourcils vers Landon.

— Tu n'as pas fini tes bagages, n'est-ce pas ? lui demanda-t-elle, le sourire aux lèvres.

— Pas encore, répondit-il en l'embrassant sur le bout du nez. Ça va tout de même aller.

Il fit un clin d'œil aux autres.

— J'aime me préparer à la hâte, ajouta-t-il.

— Voilà un vrai pompier, affirma Ryan en levant son verre.

Tout le monde éclata de rire et l'atmosphère pesante des derniers instants disparut. Un peu après 20 h, la fête s'acheva. Un par un, les membres de la famille dirent au revoir à Ashley et à Landon. Cole avait ses bagages avec lui et il rentrerait à la maison avec Kari, Ryan et leurs enfants ce soir-là.

Ashley et Landon voulaient dire au revoir à Cole en privé. Les autres attendirent donc dans l'entrée. Depuis le début, Cole avait été enchanté à l'idée de passer une semaine avec sa tante, son oncle et ses cousins. Toutefois, quand le moment vint de partir, ses yeux se remplirent de larmes. Il serra tout d'abord Landon, très fort autour du cou, suffisamment longtemps pour que Ashley soit convaincue qu'il pleurait.

— Eh, petit, ça va aller, lui murmura Landon. Tout va bien se passer. Tu auras tellement de plaisir avec tante Kari et oncle Ryan que tu ne t'ennuieras même pas de nous.

Cole se contenta de hocher la tête contre l'épaule de Landon.

— Une semaine… c'est long.

Landon regarda Ashley. Les yeux humides, il serra Cole très fort de nouveau.

— Ça va être long pour nous aussi, avoua-t-il au gamin. Toutefois, nous allons appeler, d'accord ?

Cole hocha deux fois le tête et recula.

— D'accord, acquiesça-t-il avant de se tourner vers Ashley, une nouvelle série de larmes prêtes à couler. Maman… tu es sûre de vouloir y aller ?

— Coley.

Ashley ouvrit les bras et son fils se précipita vers elle. La boule qui lui enserrait la gorge était trop grosse pour qu'elle puisse parler au début. Elle tint plutôt le petit corps contre le sien, se rappelant la réflexion qu'elle avait faite récemment. Six ans ! Cole n'était déjà plus un bébé. Pendant combien de temps aurait-il encore besoin d'elle de cette manière ? Combien de courtes années avant qu'il n'entre au primaire, puis au secondaire, puis à l'université ?

« Dieu, aide-moi à passer à travers ceci, s'il Te plaît », pria Ashley. Elle ferma les yeux et sentit l'Esprit saint faire détourner son attention des pensées de la graduation du petit alors que ce dernier serait au secondaire. Ce n'était pas le temps de penser à ça maintenant, alors qu'il restait encore la moitié de l'été avant son entrée en première année. Elle renifla en pensant « Merci, Dieu. Tu es ici. Je sens que Tu es ici. »

— C'est comme papa a dit, mon chéri, expliqua-t-elle.

Elle recula et chercha le regard de l'enfant, voulant que le petit comprenne, qu'il soit aussi brave qu'il l'avait été la veille.

— Tu auras tellement de plaisir que tu ne t'ennuieras même pas de nous, poursuivit-elle.

— Je sais, répondit Cole en se frottant les poings sur les joues.

Il prit une grande respiration.

— Tante Kari a dit que nous ferions du pain de viande un jour, ajouta-t-il.

À ces paroles, Ashley fut prise au dépourvu et éclata de rire. À ses côtés, Landon se mit aussi à rire. Toutefois, ni le père ni le fils ne savait ce qui avait provoqué la réaction d'Ashley.

— Pourquoi ris-tu, maman ? demande Cole en ricanant. Est-ce parce que c'est drôle de faire du pain de viande ?

— Non, répondit Ashley en serrant son fils contre elle et en partant de nouveau à rire. C'est que je me suis imaginé te voir préparer du pain de viande en te tenant sur les mains.

Cole pencha la tête en arrière et éclata de rire. Il se tenait les côtes tellement il riait.

— Tu es drôle, maman, je ne ferais pas du pain de viande en me tenant sur les mains, idiote, lança-t-il alors que son fou rire se transformait en petits rires.

— Oui, affirma Landon en frottant Ashley dans le bas du dos en faisant de petits mouvements circulaires.

Il regarda sa femme en souriant.

— Maman est très idiote, ajouta-t-il.

— D'accord, fit simplement Ashley.

Elle lança à Cole un regard encourageant, mais également sérieux.

— Tu dois partir, Coley. Alors, dis « au revoir ».

Ashley pensa à autre chose.

— Eh, attends ! Que devrions-nous te rapporter de notre voyage ? Une casquette de capitaine ou peut-être un t-shirt ?

Cole réfléchit quelques instants, puis ses yeux s'illuminèrent.

— Que diriez-vous d'un bébé ?

Ashley demeura bouche bée. Elle regarda Landon, dont le visage laissait paraître un sourire fendu jusqu'aux oreilles.

— As-tu quelque chose à voir avec ça ? lui demanda-t-elle.

Il hocha la tête, le visage faussement innocent. Puis, Ashley se tourna vers Cole.

— Mon chéri, nous ne pourrons pas rapporter un bébé à la maison lorsque nous reviendrons. Qu'est-ce qui a pu te faire croire ça ?

— C'est que papa dit que les bébés prennent beaucoup de temps et qu'ensuite ils viennent vivre avec toi, expliqua le gamin.

Il haussa les épaules.

— Et vous allez être partis pendant longtemps, continua-t-il. J'ai donc pensé que vous pourriez peut-être me rapporter un bébé à la maison.

Il réfléchit un instant.

— Un petit frère ce serait bien, enchaîna-t-il.

— Mon chéri, ça prend beaucoup plus d'une semaine pour qu'un bébé arrive, lui expliqua Ashley.

— Oh ! s'exclama Cole en esquissant un petit sourire.

Landon se pencha pour être à la hauteur du garçon.

— Hé, mon petit, nous allons garder cette idée en tête, le rassura-t-il.

À l'insu du gamin, il lança un sourire rusé à Ashley.

— D'accord, papa.

Cole semblait aller mieux. Il n'était pas enchanté à l'idée de voir partir ses parents, mais il avait l'air beaucoup plus heureux que quelques minutes auparavant.

— Au revoir. Amuse-toi avec maman.

— Sois sans crainte, répliqua Landon en se relevant.

Il se plaça à côté d'Ashley.

Cette fois, Cole se tourna vers sa mère et lui sauta dans les bras. Il était plus lourd maintenant, presque trop lourd. Dans un an, elle ne pourrait plus le prendre de cette manière. Elle se frotta le nez contre le sien.

— Amuse-toi bien avec tante Kari et oncle Ryan, d'accord ?

— D'accord, maman. Je t'aime.

— Je t'aime, moi aussi.

Ashley embrassa son fils, combattant la boule dans sa gorge. Puis elle le déposa par terre et le regarda courir dans l'autre pièce. Landon et elle le suivirent et il y eut une autre série d'au revoir avant que Kari, Ryan et les enfants partent.

Ashley et Landon furent les derniers à quitter. Le père d'Ashley les accompagna jusqu'à la porte.

— Ta mère serait très heureuse à l'idée que vous fassiez ce voyage, dit-il à sa fille en l'embrassant sur la joue. Elle n'a jamais voulu que sa maladie t'empêche d'avoir une lune de miel.

— J'aimerais pouvoir lui en parler, gémit Ashley en serrant son père dans ses bras.

— Je suis sûre qu'elle le sait, la rassura son père.

Il souriait, mais ses yeux étaient tristes. Il serra la main de Landon avant de le prendre dans ses bras.

— Nous aurons un autre barbecue à votre retour pour que vous ayez l'occasion de nous raconter votre voyage, promit-il.

— Merci, dit Landon en faisant un pas vers la porte. Et merci pour le dîner. C'était excellent, comme d'habitude.

Ils étaient à mi-chemin vers la maison, la voiture silencieuse sans le babillage constant de Cole, lorsque Ashley se tourna vers Landon.

— Alors, que devrions-vous vraiment rapporter à Cole ? Il aimerait uns casquette de capitaine, tu ne crois pas ?

— J'aimais bien sa première idée, répondit Landon en s'étirant pour prendre la main de sa femme. Un petit frère.

***

John Baxter observa Ashley et Landon s'éloigner et, pendant plusieurs minutes, il resta sur le pas de la porte, plongé dans le silence. C'était à ce moment de la journée qu'il prenait une marche avec

Elizabeth ou qu'ils allaient sur le porche avant. Ils partageaient une tasse de café et ressassaient la conversation du dîner.

Ensemble, ils passaient en revue les détails de la vie de leurs enfants, se réjouissant des points positifs et réfléchissant aux aspects qui avaient besoin de plus de prière. Ils riaient des réparties comiques de leurs petits-enfants et remarquaient que ceux-ci grandissaient vite. Elizabeth rappelait que la vie allait trop rapidement, et John était d'accord. La soirée se terminait, le soleil se couchait et ils avaient la nuit pour partager la compagnie l'un de l'autre.

Pourtant, ici, face au soleil couchant, il était seul, plus seul qu'il ne s'était senti depuis longtemps. Il se glissa sur le porche avant et s'assit dans sa berceuse à côté de celle de sa bien-aimée. Il donna une petite poussée avec ses talons et la chaise se mit en mouvement. C'étaient des années merveilleuses, n'est-ce pas ? Il en serait de même lorsqu'ils observeraient leurs enfants élever des familles et qu'ils passeraient des heures à rire et à parler sans fin.

Elizabeth avait eu raison à propos de quelque chose qu'elle avait dit pendant ses dernières heures, avant que le cancer ne lui enlève la vie. Elle avait affirmé qu'elle ne serait pas vraiment partie, que son mari la verrait à travers la détermination de Hayley, les peintures d'Ashley et le rire de Cole. C'était vrai ; il la voyait à travers tout ça.

Par contre, cette réalité n'atténuait pas la solitude d'un moment comme celui-ci, tandis que la maison résonnait encore des conversations et des rires, ou de ces nuits où le silence était assourdissant sans elle.

John se pencha vers l'arrière et regarda fixement le ciel qui s'ennuageait. Si Elizabeth avait été là, il lui aurait dit que les lettres étaient problématiques. Il ne voulait pas cacher toutes celles que contenait la boîte, mais il n'était pas prêt à les feuilleter une à une. Et même s'il dissimulait la lettre qu'elle avait écrite à leur premier-né et celle qu'il avait rédigée à la naissance de Luke, d'autres lettres dans la boîte dévoileraient sûrement leur secret.

Il laissa échapper un long soupir.

Lundi prochain, ça ferait un an qu'Elizabeth les avait quittés. John se surprenait à revivre de plus en plus fréquemment les semaines qui ont précédé le départ de sa femme, les montagnes russes émotionnelles qui avaient alors cours, complètement folles, alors que le meilleur et le pire se côtoyaient en un kaléidoscope d'ombres et de couleurs. Le mariage d'Ashley et Landon, la réunion de famille et la mort d'Elizabeth s'étaient succédé à quelques jours d'intervalle.

Plus il y pensait, plus il s'interrogeait à propos de la dernière prière qu'avait faite sa femme pour retrouver leur premier-né. Comme il était triste que Dieu ne lui ait pas accordé ce dernier souhait auquel elle tenait au point de s'être convaincue que le garçon était venu la voir dans les derniers moments. Elle disait que son premier fils était grand, qu'il s'agissait d'un acteur du nom de Dayne, qu'il était gentil et indulgent, et que son visage ressemblait à celui de Luke.

C'étaient des hallucinations, évidemment. Toutefois, le souvenir de la certitude démontrée par Elizabeth faisait en sorte que le pauvre homme s'interrogeait.

Était-ce bien ce qu'Elizabeth aurait voulu de lui ? Qu'il fasse tout en son pouvoir pour retrouver leur fils adulte, celui qu'ils n'avaient jamais connu, celui qu'elle n'avait tenu que quelques minutes avant d'en faire don ?

Il laissa cette pensée reposer quelques instants dans un coin agréable de son esprit. L'idée semblait bonne jusqu'à ce qu'il imagine ce qui s'ensuivrait. Que dirait-il aux autres enfants ? Et comment ceux-ci réagiraient-ils en apprenant la faiblesse morale de leurs parents ? Non, l'idée de retrouver leur premier-né était trop, c'était plus que le pauvre père ne pouvait imaginer, plus que ce qu'Elizabeth n'aurait voulu que sachent les autres enfants.

De temps à autre, depuis la mort de sa douce, il avait pensé parler de leur premier-né au pasteur Mark Atteberry à l'église pour lui demander conseil à savoir ce qu'il devrait faire et s'il y avait une autre option que de tenter de retrouver le jeune homme.

Toutefois, il s'était défilé avant même se saisir le téléphone. La venue de cet enfant semblait si loin dans le passé qu'elle lui semblait appartenir à une autre vie. Depuis le départ d'Elizabeth, retrouver cet enfant n'était plus aussi important pour lui que ça l'avait été l'année précédente. Peu importe où il était rendu, il avait sa vie à lui, sa propre famille maintenant. Il n'apprécierait sans doute pas d'être dérangé dans ses habitudes, pas plus que Kari, Brooke, Ashley, Erin et Luke ne l'apprécieraient.

Le ciel était maintenant sombre et John arrêta de se bercer. Le cœur gros, il se leva et se dirigea vers la porte d'entrée. Quand Elizabeth était vivante, il se sentait jeune, fringant et capable de vivre encore trente ans à ses côtés. Toutefois, ces jours-ci, il était au ralenti, fatigué, comme si son cœur avait cessé de battre en même temps que le sien.

Il observa le ciel quelques instants de plus, puis il entra dans la maison et éteignit les lumières. D'un pas lourd, il se hissa à l'étage jusqu'à sa chambre, leur chambre. Alors qu'il était sur le point de s'endormir dans le lit conjugal, il se remémora ses pensées de la fin de la journée. Il devrait trier les lettres sans trop attendre. Autrement, l'une des filles pourrait mettre la main dessus et, si une lettre de la boîte dont il ne connaissait pas l'existence comportait une référence à leur premier-né, que se passerait-il ?

John sentit son estomac se retourner à cette idée.

La dernière chose qu'il pouvait s'imaginer était que ses enfants chéris apprennent que lui et Elizabeth leur avaient menti. Il pensa que la vérité à propos de leur frère aîné ne devait jamais être découverte. Non, il ne pourrait jamais dévoiler le secret.

Il devrait s'occuper des lettres le lendemain... avant que qui que ce soit ne mette la main dessus.

Le sommeil vint lentement, comme ce fut le cas au cours de la dernière année. Quand John se sentit gagné par le sommeil, il eut de bonnes pensées. Il se trouva heureux d'avoir aimé la femme la plus extraordinaire de toutes : Elizabeth Baxter.

***

Ashley et Landon en étaient au troisième jour de leur croisière et Ashley n'aurait pu être plus heureuse. Elle et Landon se connaissaient depuis si longtemps, des années pendant lesquelles ils s'étaient battus à tour de rôle contre leurs sentiments. Toutefois, quand ils s'étaient enfin trouvés, quand il était devenu évident que Dieu leur donnerait toute une vie ensemble, ils Lui avaient fait une promesse, une promesse qu'ils s'étaient aussi faite à eux-mêmes.

Ils attendraient d'être mariés.

Depuis qu'ils avaient échangé leurs vœux, leur amour était plus fort que n'aurait pu imaginer Ashley dans ses rêves les plus fous. Leur lune de miel était une preuve supplémentaire : Ashley se dit que leur union avait bien commencé et que leur amour continuerait de grandir au fil des ans.

Ils se régalaient et dansaient tous les soirs, mais ils rentraient toujours tôt. Leur cabine avait un balcon privé. Parfois, ils se levaient au milieu de la nuit et s'assoyaient dehors dans leur peignoir en tissu éponge, admirant la lune argentée se reflétant dans la mer et la manière dont Dieu — depuis le début des temps — avait créé la magie de l'amour.

Ils faisaient la grasse matinée tous les matins et passaient leurs journées dans des fauteuils inclinables face à la mer. C'était une expérience magique et Ashley avait peine à croire que c'était déjà à moitié terminé.

Cet après-midi-là, elle se tourna vers Landon et lui pressa les doigts contre la poitrine.

— Tu n'es pas en train d'attraper un coup de soleil, n'est-ce pas ? lui demanda-t-elle.

— Pas moi, répondit-il en se tournant sur le côté pour mieux l'observer. Et toi ? As-tu besoin de plus d'écran solaire sur ton dos ?

— Ça va, fit Ashley en souriant.

Pendant quelques instants, elle observa son mari. Elle imprégna l'image de son homme dans sa mémoire pour pouvoir la mettre sur papier un de ces froids après-midi d'hiver. Elle laissa échapper un long soupir et plissa les yeux en raison du soleil.

— Tu sais ce que j'espère ?

— Quoi ? demanda Landon en entrelaçant ses doigts dans les siens. Que nous ramenions un petit frère pour Cole ?

Ashley lui adressa le plus merveilleux des sourires.

— D'accord, ça aussi, avoua-t-elle.

Elle fit une petite pause, puis sa voix prit un ton plus sérieux.

— J'espère que Dieu a prévu des fenêtres au ciel.

Landon réfléchit à cette idée pendant quelques instants. La brise de l'océan soufflait contre leurs visages, amenant juste assez d'air frais pour garder une chaleur confortable.

— J'aime cette idée ! s'exclama Landon en se tournant vers son épouse.

— Oui, moi aussi, avoua Ashley en amenant les doigts de son mari à ses lèvres pour les embrasser. Je ne suis plus aussi triste qu'avant grâce à cette pensée.

Elle leva les yeux vers le bleu profond au-dessus d'eux.

— Alors, ça veut dire que maman peut nous voir de là-haut dès qu'elle le désire, philosopha-t-elle, une sourire au coin des lèvres. N'est-ce pas une belle pensée ?

— En effet.

— Avec une fenêtre au ciel, elle peut fêter les bons moments avec nous et prier quand les choses sont plus difficiles.

— Mmm... réfléchit Landon en se mordant les lèvres. Ça ressemble au genre de chose que Dieu donnerait à Son peuple.

— Je le crois.

— Hé, tu es en train de brûler, Landon Blake ! s'exclama la jeune femme en pressant le revers de ses doigts contre les côtes de son mari.

— Toi aussi, Madame Blake, lui répliqua-t-il en l'admirant longuement.

— Allons nager, suggéra Ashley.

— Une autre bonne idée.

Landon avait les yeux brillants malgré la chaleur de l'après-midi.

— Toutefois, je préférais ton autre idée.

— Celle à propos des fenêtres au ciel ? demanda Ashley en fronçant joyeusement les sourcils.

— Non, celle-là était bonne, mais je songeais à la première.

— La première ?

— Oui, tu sais, Ash... celle de ramener un petit frère à la maison pour Cole.

CHAPITRE VINGT-NEUF

Il y avait déjà quatre semaines que Katy avait quitté la ville. Dayne avait peine à croire que sa vie ait pu changer si radicalement. Kelly Parker avait obtenu le rôle dans *Tu peux toujours rêver*, ce qui l'avait beaucoup encouragée et l'avait aidée à guérir de son overdose.

Il était, évidemment, l'autre élément de la guérison.

Kelly et lui se fréquentaient de nouveau. Elle avait emménagé chez lui quelques jours après avoir accepté le rôle parce qu'elle ne voulait pas être seule chez elle. Leur relation devait se limiter à l'amitié. Toutefois, après quelques semaines, l'inévitable s'était produit. Un soir, ils s'étaient retrouvés au lit ensemble et, depuis, elle était restée avec lui.

Ils assistaient maintenant à des réunions de préproduction presque chaque jour et Dayne était plus occupé qu'il ne l'avait été depuis plusieurs mois. Il n'avait donc que peu de temps pour se demander pourquoi il n'était pas plus heureux.

Il était 22 h et Kelly était au lit. L'été tirait à sa fin : Dayne le sentait dans l'air. Il se tint sur sa terrasse, s'appuyant sur le garde-corps et regardant fixement le reflet de la lune dans l'eau. Tout aurait dû être fantastique.

Il était sur le point de tourner une comédie romantique avec l'une des actrices les plus talentueuses d'Hollywood et, de surcroît, elle partageait sa vie. Kelly, pour sa part, était plus heureuse que jamais.

Toutefois, Dayne n'arrivait pas à comprendre un détail : pourquoi n'arrivait-il pas à chasser Katy Hart de son esprit ?

Évidemment, cela n'avait aucune importance. Il n'avait pas entendu parler d'elle depuis qu'elle était retournée à Bloomington. En ce moment, elle était sans doute en plein milieu des représentations de *Tom Sawyer*, célébrant les enfants et leurs aptitudes à s'élever dans sa mise en scène. Il regarda fixement la manière dont la lune jouait sur le ressac. En observant suffisamment longtemps, il s'apercevrait que les lumières miroitantes n'étaient pas une réflexion, mais plutôt les yeux brillants de Katy tandis qu'elle riait avec lui ce jour-là à l'université Pepperdine.

Bien entendu, il n'arriverait à rien en rêvant de cette manière.

Il se redressa et laissa la brise souffler au-delà de lui. Lui et Katy Hart venaient de deux univers différents, des mondes si éloignés l'un de l'autre qu'il n'y avait aucun passage entre les deux. La gloire était comme une île bizarre, un endroit isolé où les gens achetaient des montres à 80 000 $ et dépensaient des milliers de dollars par semaine dans des stations thermales huppées et dans des magasins à rayons, un endroit où les hommes soi-disant privilégiés changeaient d'épouse au rythme où les habitants du monde de Katy changeaient de coiffure.

La gloire lui avait tout confisqué et pourtant il restait là, réticent à l'idée de la quitter. S'il continuait le même genre de vie, il n'entretiendrait jamais de liens avec les Baxter ni même avec Katy. C'était là sa réalité.

Malgré tout, il gardait espoir.

Il aimait suffisamment Kelly. Ils avaient presque tout en commun, surtout qu'ils travaillaient maintenant ensemble. De plus, ils avaient des discussions sur la spiritualité et, même si elle n'était pas aussi intéressée que lui par le sujet, elle était d'accord pour examiner les possibilités qui s'offraient à eux. Cette semaine, elle lui avait promis qu'ils iraient ensemble à un centre de kabbale.

La vie n'était pas si mal.

Elle ne lui apportait tout simplement pas ce dont il avait espéré… au moment où il avait cru que Katy Hart pouvait être non seulement la vedette féminine de son film, mais également l'amour de sa vie.

Cette idée était évidemment ridicule.

Les insulaires ne pouvaient pas vraiment se mêler aux continentaux. Toutefois, ce soir, il était hanté par le visage de Katy et il eut une pensée qui le rendit triste, vieux et piégé. Il se demanda s'il finirait bientôt par oublier la jeune femme, s'il ferait assez de compromis pour vivre avec Kelly Parker une relation satisfaisante ou s'il passerait le reste de sa vie à rêver à une fille de Bloomington en Indiana, une fille qu'il aurait aimée si on le lui en avait donné l'occasion.

Une fille du nom de Katy Hart.

***

C'était la première de *Tom Sawyer* et Katy était impatiente de voir le rideau se lever. Malgré un début chaotique, la pièce avait fini par s'assembler, comme toutes les autres. Depuis la répétition en costume de la veille, le spectacle était si bon que la jeune femme en avait les larmes aux yeux, des larmes d'une vérité absolue.

Elle avait pris la bonne décision en revenant à Bloomington.

Au cours des semaines suivant son retour, les enfants avaient tissé des liens, comme membres de la distribution et comme amis. Sarah Jo était parfaite dans son rôle et, malgré les commentaires que sa mère lui faisait en dehors des répétitions, elle n'était plus ralentie par ceux-ci. Tim Reed et Ashley Zarelli jouaient parfaitement leurs rôles de Tom et de tante Polly. De plus, une amitié particulière semblait s'être nouée entre Tim et Bailey Flanigan.

Les gens du TCE formaient une famille à bien des égards. Katy les considéraient comme faisant partie des siens. Ils apportaient une richesse à sa vie qu'elle n'aurait pas obtenue par quelque rôle que ce soit... ni en tombant amoureuse de Dayne Matthews.

Son seul regret était de s'être si facilement laissé embrasser par l'acteur sur la plage ce soir-là. Le geste d'embrasser avait toujours eu davantage de signification pour elle. Toutefois, seule avec lui à Paradise Cove, répondre à son baiser lui avait semblé une réaction naturelle. Elle avait mis plusieurs secondes avant de se ressaisir et elle en avait honte.

Certains soirs, elle s'était sentie si mal qu'elle avait failli appeler Dayne pour clarifier la situation.

Toutefois, elle s'était dit qu'il l'aurait trouvée étrange. Il était habitué que la gent féminine se plie à ses moindres caprices. Il ne l'avait probablement vue que comme une autre femme sur la liste de celles qui l'attiraient.

À la fin, ce fut la raison qui prit le dessus. De toute manière, Dayne devait maintenant l'avoir oubliée. Kelly Parker avait obtenu le rôle ; Katy l'avait lu dans un magazine à potins. Après une éternité à ignorer ces torchons, elle en avait acheté un chaque semaine depuis son retour — en général pour examiner les histoires avec horreur et remercier Dieu de l'avoir aidée à refuser le rôle.

Ses photos avec Dayne avaient été publiées quelques semaines après son retour à la maison. Les images étaient sombres et floues, mais la manchette correspondait exactement à ce que Dayne avait imaginé : « Une femme mystérieuse embrasse Dayne Matthews sur la plage ! » Katy pensait que personne de son entourage n'avait vu l'article jusqu'à la répétition où Rhonda Sanders avait sorti le magazine de son sac à dos.

— Pourquoi ne pas me l'avoir dit ?

Lorsque Katy était revenue, Rhonda avait voulu connaître tous les détails de l'histoire, mais la jeune femme n'avait pas été très loquace.

— Je te l'ai dit, nous avons failli être tués, dit Katy en esquissant un demi-sourire. Il n'y a pas grand-chose à ajouter. Dieu voulait que je revienne et je suis maintenant de retour.

— Il n'est pas arrivé grand-chose, n'est-ce pas ? demanda Rhonda en levant un sourcil.

Katy n'essaya pas de nier. Elle hocha plutôt la tête quelques instants avant de regarder son amie dans les yeux.

— Ce n'était qu'un baiser, mais c'était mal.

Katy était maintenant dans le foyer des artistes à l'étage inférieur, essayant d'empêcher les enfants d'éclater tant ils étaient excités. Tim et sa bande d'amis de Tom Sawyer étaient couverts de poussière de scène, les cheveux brossés et ébouriffés pour avoir l'air négligé.

Alors que Katy vérifiait les détails de dernière minute, Sarah Jo vint la voir.

— Katy ?

— Sarah Jo, tu es magnifique, s'exclama la jeune femme en se retournant. Je ne me souviens pas d'avoir vu cette robe lors de la répétition d'hier.

— Je ne l'avais pas, répondit Sarah Jo en baissant les yeux, visiblement embarrassée. Ma mère me l'a achetée. Elle trouvait que la robe qu'elle m'avait faite avant était… euh, un peu trop ordinaire.

Katy grinça des dents : Alice Stryker n'allait pas gâcher la première. Elle lissa la blouse blanche et le foulard en soie qu'elle portait et sourit à Sarah Jo.

— Ma chérie, cette robe est parfaite. Tu remercieras ta mère.

— D'accord, Katy, merci, répondit Sarah Jo, le visage illuminé d'un sourire.

La salle s'était remplie ce soir-là et le spectacle fut extraordinaire. La seule erreur survint durant la séance de peinture de la clôture. Quand les acteurs agitaient leurs pinceaux sur la clôture, quelques filles de l'équipe d'arrière-scène devaient faire en sorte qu'une bande blanche apparaisse devant le public.

Lorsque les choses étaient faites selon les règles, l'effet était extraordinaire, donnant l'impression que la bande de Tom peignait vraiment la clôture. Toutefois, ce soir, les acteurs parlaient encore de peindre la clôture lorsqu'une section blanche était brusquement apparue au milieu d'une planche… pour y rester visible jusqu'à ce que Tim s'installe sur le dessus de la clôture et que, entre ses répliques, il chuchote aux filles de changer de nouveau la clôture.

Le public éclata de rire en raison de l'erreur et la distribution continua sans broncher. Katy n'en fut pas ennuyée. De telles choses faisaient partie du théâtre en direct qu'elle aimait tant. C'était imprévisible et, avec des enfants, ça l'était encore plus.

Quand la pièce fut terminée, les Flanigan vinrent retrouver Katy. Jenny lui offrit une rose et son plus beau sourire.

— C'était magnifique ! s'exclama-t-elle. Un autre travail extraordinaire. La distribution était parfaite. Tu es la meilleure.

Quand les Flanigan s'éloignèrent, Katy sentit une vague d'émotions l'envahir. Ce n'est qu'en plaçant Dieu au centre de sa vie qu'une mère pouvait voir sa fille obtenir un rôle moins important et reconnaître que, finalement, c'était pour le mieux.

Le hall du théâtre était plein à craquer. Les parents étaient tirés à quatre épingles comme Katy le leur avait demandé. Elle se fraya un chemin dans la foule, saluant au passage les parents et les étudiants. Elle parvint finalement à l'endroit où les acteurs autographiaient des programmes à des enfants éblouis.

Pendant un instant, elle observa la scène.

C'était comme ce devait être — de la simple admiration qui disparaîtrait dès le début de l'autre spectacle. Katy était sur le point de s'avancer davantage dans le hall lorsque Ashley Baxter Blake s'approcha d'elle. Ashley était encore bronzée et rayonnante depuis son retour de sa lune de miel en croisière.

— La pièce était extraordinaire ! s'exclama-t-elle en écarquillant les yeux tout en serrant les épaules de Katy. Je n'arrive pas à croire que tu puisses créer autant de magie avec ces enfants.

— Je reçois un peu d'aide ! expliqua Katy en pointant vers le haut.

— Je sais exactement ce que tu veux dire, fit Ashley en affichant un grand sourire. On devrait aller prendre un café un de ces jours.

— J'aimerais bien, répondit Katy en souriant.

— Je crois que nous avons beaucoup de choses à discuter.

Les conversations se poursuivirent et finalement, près du foyer des artistes, Rhonda Sanders vint retrouver Katy. Les deux se précipitèrent dans les bras l'une de l'autre pour se donner une accolade en guise de félicitation pour leur travail acharné.

— Nous avons réussi ! C'était magnifique, Katy. Parfait !

Elles passaient en revue les moments forts de la pièce lorsque Heath Hudson se joignit à elles. À ses côtés se trouvait un de ses amis nommé Doug Lake. Katy serra Heath dans ses bras et le remercia pour son aide avec la console de son. Pendant ce temps, Doug commença à parler avec Rhonda.

Après quelques minutes, Heath guida Katy plus près de Doug et de Rhonda.

— Eh, dit-il en faisant un signe de tête à son ami. Doug et moi, nous voudrions vous amener, toi et Rhonda, pour manger une crème glacée.

Il haussa les épaules.

— Si vous n'avez rien d'autre à faire, ajouta-t-il.

De ses sourcils, Rhonda fit discrètement signe à Katy, ce geste signifiant qu'elle désirait accepter l'invitation.

— Ça serait une bonne idée, répondit Katy en souriant à Heath.

L'escapade chez le glacier fut plus agréable que Katy ne l'avait espéré. Oui, de temps à autre, elle se questionnait à propos de Dayne Matthews. Toutefois, elle le faisait d'une étrange manière. Elle se demandait ce qu'il faisait et si Kelly jouait le rôle comme Dayne voulait qu'il soit interprété... ce genre de choses.

Dayne n'avait pas été honnête avec elle. La jeune femme avait parfois l'impression que cet épisode de sa vie ne s'était jamais produit. Toutefois, Heath Hudson... Heath Hudson était réel. Elle prendrait peut-être du temps à développer des sentiments pour quelqu'un comme Heath, mais, si ce soir était un signe, les choses pourraient changer entre eux.

Quand Katy posa la tête sur l'oreiller ce soir-là, elle se sentit heureuse. Les choses allaient bien dans sa vie, très bien. Dieu l'avait protégée plus d'une fois et elle était maintenant à sa place. Il restait encore douze représentations de *Tom Sawyer*, puis ils se prépareraient pour le spectacle de l'automne. La prochaine pièce serait *Annie* et ils commenceraient les auditions dans seulement trois semaines.

Katy sourit dans la pénombre de la nuit. Elle était impatiente de commencer les auditions.

UN MESSAGE DE KAREN KINGSBURY

Je frissonne de joie à l'idée d'être au début de cette nouvelle aventure, la série Premier-Né. En ce moment, vous saisissez la structure dynamique de Dayne Matthews, de Katy Hart et de la famille Baxter. Dayne Matthews et John Baxter dissimulent de fragiles secrets. Si ces derniers sont dévoilés, l'existence de tous ceux qui les entourent sera bouleversée à tout jamais. S'ils demeurent enfouis, une vie de chagrin s'ensuivra.

Tout d'abord, en ce qui concerne ce livre, le premier de la série, non seulement se veut-il une exploration du monde des célébrités, mais aussi jette-t-il un regard sur les gens en quête de gloire, sur le magnétisme de la richesse et du pouvoir au centre de cet univers où vivent la majorité des vedettes américaines.

Un jour ou l'autre, presque tout le monde a voulu devenir célèbre, que ce soit dans le domaine de la chanson, du cinéma, de la politique ou de l'astronomie. Toutefois, qu'est-ce qui accompagne la gloire ? Qu'est-ce que notre société moderne offre aux gens célèbres ? Le prix à payer est toujours élevé. Dayne Mattews en a fait l'expérience. Il a une famille à Bloomington, des gens qu'il pourrait aimer et avec qui il pourrait bâtir une vie, mais il craint d'entrer en contact avec eux parce qu'il est convaincu que son univers est incompatible avec le leur.

Combien d'entre vous vivent une situation de ce genre ? Peut-être ne dissimulez-vous pas un secret aux gens que vous aimez ou n'êtes-vous pas célèbre et traqué par les paparazzis, mais entretenez-vous une peur qui vous garde à l'écart de vos êtres les plus chers.

Peut-être cachez-vous dans votre cœur des sentiments profonds pouvant toucher l'amitié ou l'admiration, et craignez-vous de les exprimer. Si vous êtes à ce stade, laissez-moi vous encourager. Dites-vous que l'amour doit être clamé au grand jour s'il est véritable. Faites l'appel téléphonique qui s'impose, écrivez la lettre qui réconforterait, offrez le pardon où il est nécessaire.

L'urgence d'agir qui se fait sentir de nos jours est un des sujets que j'aime le plus aborder lorsque j'ai l'occasion de parler devant des foules à travers le pays. Nous ne devons pas attendre à demain lorsqu'il est question des gens que nous aimons, des gens que Dieu a placés dans nos vies. Si vous êtes un parent, déposez votre journal, assoyez-vous sur le sol avec vos enfants pendant qu'ils sont encore assez petits pour vouloir que vous soyez là.

Jouez, chantez et riez avec abandon puisque demain viendra bien assez vite.

Mon plus jeune fils m'a dit quelque chose récemment, quelque chose dont je vais me rappeler toute ma vie. La journée était magnifique : l'air vif du mois de décembre se faisait sentir sous un brillant ciel bleu pâle. Toutefois, le soleil se couche tôt l'hiver et Austin le sait bien. Il a levé la tête vers le ciel qui commençait à s'assombrir. « Maman, pourquoi le soleil est-il si pressé de disparaître ? » m'a-t-il demandé.

Le temps passe vite. Les occasions qui se présentent au cours d'une journée ne seront plus qu'un souvenir le lendemain.

Cela dit, je dois vous avouer que j'étais impatiente de ramener Katy Hart à Bloomington, loin du monde étrange et excentrique d'Hollywood et de la gloire. J'ai étudié les magazines à potins et j'ai été renversée de constater ce qui était écrit à propos des célébrités. Je me suis sentie blessée pour ces vedettes qui sont examinées à la loupe.

Comment un semblant de normalité peut-il exister dans ces conditions ?

Je suis impatiente de vous présenter la suite de l'histoire de Dayne, les prochains chapitres impliquant Katy Hart, les Flanigan et la famille Baxter. Il y a tant de mensonges à venir, tant de victoires et de moments difficiles à l'horizon, tant de choses à apprendre de quelque manière que ce soit pour ces personnages qui seront tiraillés et mis à l'épreuve.

Les livres de cette série, j'en suis convaincue, seront parmi les meilleurs ouvrages que j'aurai écrits puisque je peux sentir encore maintenant Dieu insuffler la vie dans les intrigues et les personnages et rédiger les histoires sur les pages de mon cœur.

Sur le plan personnel, je dois dire que mes enfants poussent comme du chardon ! Cet automne, Donald, mon mari, va prendre congé du travail pour enseigner à nos cinq garçons à la maison. Le but est d'utiliser les mêmes six heures que les jeunes passaient en classe pour leur faire apprendre les matières académiques, les sports et le développement personnel. C'est une chance unique et nous la saisissons. Kelsey continuera d'être liée à l'école secondaire pour le théâtre et la danse, tout comme Tyler.

Notre maison continue d'être un endroit où les jeunes se réunissent, un lieu sûr où ils peuvent s'instruire sur Dieu et constater comment l'amour peut être décliné de douzaines de manières. Nous sommes humblement reconnaissants à Dieu de continuer à nous utiliser de cette façon.

Comme toujours, j'adore recevoir de vos nouvelles. Vous pouvez m'écrire sur mon site Web, www.karenkingsbury.com, ou à mon adresse courriel, rtnbykk@aol.com. J'apprécie toutes vos prières, tous vos commentaires, et je vous élèverai vers le Tout-Puissant alors que je reviendrai vers mon ordinateur portatif, cherchant ce que Dieu m'amènera à vous apporter ensuite.

À bientôt. Dans Sa lumière et Son amour.

Karen Kingsbury

Quelques extraits tirés des autres ouvrages

de Karen Kingsbury disponibles chez

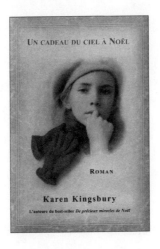

Un cadeau du ciel à Noël

La collection « Gants rouges »

Roman

Karen Kingsbury

Le présent qui avait changé leur vie à tous avait mené à cet événement : un mariage à Noël. Rien n'aurait été plus approprié.

Après tout, Gabrielle était un ange. Pas le genre avec une auréole, mais une personne dont on était porté à observer le dos d'un peu plus près. Pour voir s'il y avait des ailes.

Dans un banc, à l'arrière de l'église, Earl Badgett sentit ses yeux fatigués se mouiller. Un mariage à Noël convenait parfaitement à Gabrielle. Car si les anges se manifestaient, c'était surtout en décembre. Le temps de l'année où le présent de Gabrielle avait été si important pour lui.

Le présent de Gabrielle.

Il se rappelait mille souvenirs. Treize ans s'étaient-ils déjà écoulés ? Earl fixa son regard sur la silhouette de dentelle et de satin blancs devant lui. Gabrielle avait survécu. C'était le plus grand miracle. Il essuya ses joues humides. Elle avait réellement survécu. Mais ce n'était pas le seul miracle.

Earl observa Gabrielle qui souriait à son père. C'était le sourire étincelant et inoubliable d'une jeune femme sur le point de s'épanouir. Bras dessus, bras dessous, ils remontaient l'allée avec prestance. C'était un mariage simple. L'église était remplie de parents et d'amis venus partager ce tendre moment avec une fille qui le méritait plus que toute autre personne. Une fille dont l'amour et la simple présence illuminaient la pièce et qui faisait naître un sentiment de reconnaissance chez eux : ils avaient eu le privilège de connaître Gabrielle Mercer. Dieu l'avait prêtée un peu plus longtemps aux pauvres mortels qui faisaient partie de son entourage. Tous se sentaient choyés.

Gabrielle et son père étaient à mi-chemin dans l'allée. Gabrielle ralentit le pas, tourna la tête et aperçut Earl. Ses yeux avaient cet air insistant qui, comme toujours, lui alla droit au coeur. Ils échangèrent un bref sourire, un sourire lui signifiant qu'elle partageait son souvenir. Elle aussi se rappelait le miracle de ce fameux Noël.

Le sourire d'Earl s'élargit sur son visage ridé. *Tu as réussi, mon ange. Ton rêve s'est réalisé.* Son coeur palpitait de joie. Il avait peine à tenir en place. Tout son être voulait se lever pour l'acclamer. *Vas-y, Gabrielle !*

Comme d'anciens amis perdus depuis longtemps, les souvenirs rejaillirent en lui. Emplissant son esprit, inondant ses sens, faisant battre son coeur, ils le ramenèrent dans le passé. À ce moment inoubliable, treize ans auparavant, où le ciel avait orchestré un événement tout aussi miraculeux que Noël lui-même. Un événement qui avait changé leur vie. Un événement qui les avait sauvés. Le temps recula… jusqu'à l'hiver où Earl avait rencontré Gabrielle Mercer.

LE MIRACLE DE MAGGIE

LA COLLECTION « GANTS ROUGES »

Roman

KAREN KINGSBURY

La lettre était sa meilleure idée jusqu'à maintenant.

Jordan Wright avait déjà parlé de son souhait à Dieu, mais jusqu'à présent rien n'était arrivé. Mais une lettre… une lettre attirerait à coup sûr l'attention de Dieu. Pas les dessins colorés qu'il aimait envoyer à grand-papa en Californie. Une vraie lettre. Sur le papier de fantaisie de sa mère, rédigée sans aucune faute et de sa plus belle écriture, de façon que les « a » et les « e » soient bien droits sur la ligne, comme ils devaient l'être pour un élève de deuxième année.

Ainsi, Dieu la lirait certainement.

Grand-maman Terri écoutait son ennuyeuse émission d'adulte à la télévision. Des gens qui s'embrassaient, qui pleuraient et qui se disputaient. Tous les jours, sa grand-mère allait le chercher à l'école St. Andrews et le ramenait à leur appartement d'Upper East Side dans Manhattan. Elle lui donnait une collation, puis faisait passer la vidéocassette de son émission d'adulte. Jordan pouvait se préparer des laits frappés, colorer accidentellement les murs ou sauter sur son lit durant une heure quand grand-maman écoutait son émission. Tant qu'il ne faisait pas trop de bruit, elle ne remarquait rien.

« C'est mon moment de répit, Jordan », lui annonçait-elle en prenant un air autoritaire. « Va t'amuser. »

Quand l'émission était terminée, elle allait le retrouver et poussait un soupir. « Jordan, disait-elle, qu'est-ce que tu fabriques encore ? Pourquoi ne restes-tu pas tranquille à lire comme les autres enfants ? » Elle parlait lentement, d'un air las, et Jordan ignorait ce qu'il devait faire.

Jamais elle ne le réprimandait ni ne l'envoyait dans sa chambre, mais une chose était certaine : elle n'aimait pas le garder. La veille, Jordan l'avait entendue le dire à sa mère.

« Je ne peux pas m'occuper éternellement de ce garçon, Megan. Voilà deux ans que George est décédé. Tu as besoin d'une gardienne. » Puis, dans une sorte de soupir, elle avait poursuivi : « Le garçon m'épuise. »

Jordan avait capté cette conversation de sa chambre. Il était désolé car peut-être était-ce à cause de lui que sa grand-mère n'en pouvait plus. Puis, il avait entendu sa mère répondre : « Je n'arrive pas moi non plus à m'occuper de lui. Alors, nous sommes deux. »

Après, Jordan n'avait pu avaler son dîner.

Depuis ce jour, il savait que le moment était venu. Il devait faire tout son possible pour obtenir l'attention de Dieu parce que, si son souhait ne se réalisait pas bientôt, sa mère et sa grand-mère cesseraient peut-être de l'aimer.

Ce n'est pas qu'il voulait causer des problèmes, mais il avait parfois des idées farfelues. Par curiosité, il voulait savoir ce que goûtait un lait frappé préparé avec des glaçons. Mais était-il censé savoir que la machine à fouetter le lait avait un couvercle ? De plus, calquer en rouge le tigre du calendrier suspendu au mur n'était probablement pas une bonne idée car il arrive que les crayons dérapent.

Il but la dernière gorgée de son lait, tenant la tasse de manière que les dernières miettes de biscuit glissent jusqu'à sa bouche. Les biscuits étaient la meilleure collation de toutes. Il plaça la tasse sur le comptoir, descendit du tabouret, puis se rendit dans le bureau de sa mère sur la pointe des pieds. Il n'avait pas la permission d'y entrer, sauf quand sa mère y travaillait à ses dossiers juridiques et qu'il avait une question importante à lui poser. Toutefois, aujourd'hui elle aurait accepté car une lettre à Dieu était une affaire sérieuse.

C'était une grande pièce propre remplie de meubles en bois. Sa mère était une avocate qui enfermait les méchants en prison. Elle devait parfois travailler tard le soir et les dimanches. Jordan ouvrit un tiroir près de l'ordinateur de sa mère et prit deux feuilles de papier et deux enveloppes ; en cas d'erreur, il faudrait recommencer. Puis, il sortit doucement dans le corridor et se rendit à sa chambre. Il avait un pupitre et des crayons mais ne s'en servait jamais puisque les élèves de deuxième année à St. Andrews n'auraient des devoirs qu'après Noël.

La chanson de Sarah

La collection « Gants rouges »

Roman

Karen Kingsbury

Le rituel était sacré, le même chaque année, parfaitement calqué sur les douze jours précédant Noël.

Lorsque Sarah Lindeman tourna la tête vers la fenêtre salie de sa chambre dans la maison de retraite de Greer, elle sentit la petite musique se frayer un chemin jusqu'à ses cordes vocales fatiguées, comme à tous les treize décembre.

Le contenu de la boîte était étalé sur le couvre-lit usé : douze enveloppes aussi jaunies et défraîchies que tout ce qui meublait maintenant sa vie. Tout, sauf le souvenir de l'année où le ciel s'était ouvert pour déverser une pluie d'étoiles et de miracles sur la jeune femme désespérée qu'elle était. C'était en 1941.

Mis bout à bout, les événements qui avaient jalonné ce chapitre de sa vie ressemblaient à une odyssée dont elle se rappelait chaque larme, chaque sourire, chaque dialogue, chaque éclat de rire. Le moindre rebondissement était gravé dans les méandres d'une mémoire que même le temps n'avait pas réussi à altérer.

Sarah avait divisé son histoire en douze épisodes et fabriqué douze décorations de papier portant chacune une inscription significative et, au fil des ans, le rituel s'était peu à peu installé. Douze décorations, une pour chaque jour précédant Noël. Une invitation, chaque année en décembre, à remonter le fil du temps jusqu'en 1941 afin de revoir un pan entier de sa vie.

Et il y avait bien sûr la chanson, un hymne à tout ce qu'ils avaient vécu et dont le souvenir la laissait nostalgique, maintenant qu'il était parti. Il y avait les notes, la mélodie et les refrains envoûtants tirés de l'histoire de leur vie. Elle la chanterait, comme à chaque année, d'abord en fredonnant, puis de plus en plus distinctement au fur et à mesure que décembre avancerait. Comme par le passé, les mots naîtraient du désespoir, du désespoir de voir un jour se profiler une seconde chance.

Tout, chaque mot, chaque note, était dédié à Sam.

S'appuyant de tout son poids sur le déambulateur en aluminium, Sarah fit demi-tour et se fraya un chemin jusqu'à son lit. Au loin, on entendait des voix, celles des préposés aux bénéficiaires qui s'adressaient aux personnes âgées comme on le faisait de nos jours : haut et fort, sur un ton condescendant. Quelqu'un se plaignait des cuisiniers et de leur pâle version de la lasagne qui avait été servie.

Recouvrant le tout, une musique crachée par les haut-parleurs : « Sainte Nuit ».

Sarah se laissa choir à côté des enveloppes. Son lit lui semblait de plus en plus bas et ses hanches la faisaient souffrir davantage chaque année. Son souffle était plus court. Elle n'en avait visiblement plus pour longtemps. La mort approchait.

Non pas qu'elle en soit troublée : la mort n'allait-elle pas les réunir, elle et Sam ?

S'était-il vraiment écoulé treize ans depuis son décès ? La dernière fois qu'elle avait célébré ce rituel de Noël avec l'homme qui y était intimement lié, c'était il y a treize ans. Ils avaient refait le chemin ensemble, traversant les années, les mois, les jours qui les séparaient de 1941, l'année qui avait marqué le début de leur histoire.

Ensemble, ils avaient chanté.

Elle avait maintenant quatre-vingt-six ans et s'il avait vécu, il en aurait quatre-vingt-onze. Au lieu de cela, le cancer l'avait emporté. En six mois à peine, la maladie avait eu raison de lui. En mai de cette année-là, ils avaient rendu visite à leurs enfants, à Los Angeles, pour célébrer la naissance d'une nouvelle arrière-petite-fille. Puis une sorte de léthargie s'était emparée de lui. Une analyse sanguine n'avait rien annoncé de bon et tout avait dégringolé : il n'aura pas eu le temps de célébrer sa dernière Thanksgiving.

L'ESPOIR D'HANNAH

LA COLLECTION « GANTS ROUGES »

Roman

KAREN KINGSBURY

Hannah Roberts était en retard pour le *lunch*. Encore. Son sac à dos déposé sur un chariot à bagages, elle le tirait en cavalant dans le corridor du pavillon de musique du collège Thomas-Jefferson, une école privée pour les enfants de l'élite politique de Washington, DC Hannah fréquentait l'institution depuis sa sixième année. Arrivée au secondaire, elle y circulait avec autant d'aisance que dans sa propre maison. Elle traversa les aires communes et les bureaux de l'administration aux murs de verre. Passé la fontaine en brique de l'entrée principale, une plaque de bronze proclamait : « *Bethesda, Maryland, vous souhaite la bienvenue au collège Thomas-Jefferson, où l'on forme les leaders de demain.* »

C'était un fait : bon nombre de politiciens, d'avocats et d'ambassadeurs sont passés par le collège Thomas-Jefferson, mais Hannah s'en moquait. Tout ce qu'elle voulait pour le moment, c'était se mettre quelque chose sous la dent. En se dépêchant, elle arriverait peut-être à temps.

Son sac à dos valsant à ses trousses, elle fit irruption dans la cafétéria. La salle grouillait de plusieurs centaines d'élèves en train de manger des *cheeseburgers* frites ou de siroter un soda, tout en échangeant les derniers potins. Rassemblés au centre de la pièce, la majorité des garçons regardaient un match de baseball projeté sur un écran de télévision à cristaux liquides de trois mètres de haut. Comme toujours, il y avait une file devant la machine distributrice installée dans le coin, et quelques traînards étaient postés près de chaque fenêtre de la cafétéria.

Il n'était pas trop tard.

Tout en courant se mettre en ligne devant le comptoir à salades, Hannah ajusta son chemisier blanc et sa jupe écossaise bleue. Si elle ne mangeait pas maintenant, elle ne trouverait pas le temps avant tard ce soir. Elle avait une répétition de meneuse de claque jusqu'à cinq heures, puis, jusqu'à sept, une réunion du comité de l'album annuel. Le temps que son chauffeur vienne la prendre, elle disposerait d'une minute à peine avant que son prof de danse ne se pointe à huit heures.

Tandis qu'elle attendait son tour devant le comptoir à salades, deux copines meneuses de claques étaient venues la rejoindre. « Hannah, quelle allure ! » Millie lui effleurait l'épaule du bout des doigts. « Où est-ce que t'as déniché ce chemisier ? Bloomingdale ? »

« Saks. » Hannah continuait à avancer tout en leur souriant par-dessus l'épaule. « Gardez-moi une place à votre table. »

« Te garder une place ? » fit Kathryn en mettant ses mains sur ses hanches. « Il reste neuf minutes. Tu n'y arriveras jamais. »

« Je sais. » Hannah était la prochaine dans la file. « Gardez-moi une place quand même. »

Les filles avaient l'air complètement dépitées. Elles détestaient quand Hannah s'attardait après la chorale et ratait l'heure du *lunch*. Ravalant leur frustration, elles s'en retournèrent à leur table.

C'est au pas de course et hors d'haleine qu'Hannah arriva à la table avec sa salade trois minutes plus tard. « OK. Quoi de neuf ? »

« Tu ne le croiras pas. » Millie se pencha par-dessus la table et, chuchotant à peine : « Brian, tu sais Brian, le gars de terminale dans mon cours d'algèbre, il est venu chez moi, l'autre jour. » Et elle s'esclaffa : « Hannah, il veut sortir avec moi ! »

« Vraiment ? » Hannah prit une grosse bouchée de salade. Ce qui ne l'empêcha pas de parler. « Je croyais que tu ne pouvais pas sortir avec un finissant. »

« En effet », fit Millie en souriant de toutes ses dents. « Mes parents croient qu'il est en neuvième. »

« Ça alors. » Hannah engouffra une autre bouchée. « S'ils s'en aperçoivent, ils vont te priver de sortie jusqu'à l'été. »

« Et alors ? » dit Millie en balayant l'air de ses mains. « Mon père sera absent jusque-là, de toute façon. Il ne le saura jamais. » Puis, haussant les épaules, elle ajouta : « D'autant que je ne suis jamais vraiment privée de sortie ; mes parents oublient tout le temps. »

DE PRÉCIEUX MIRACLES POUR LES AMIS

DE PRÉCIEUX MIRACLES

KAREN KINGSBURY

S'il me fut facile de rassembler des histoires de miracle mettant en scène des amis, c'est peut-être que l'amitié est un miracle en soi.

Les amis.

Deux âmes qui luttent pour survivre ici-bas, chacune aux prises avec des questions de croyances, d'argent et de famille ; deux âmes qui s'interrogent sur l'amour, la vie, la solitude, mais qui, curieusement, sont plus fortes ensemble que séparément.

L'amitié tisse des liens entre les cœurs et donne à chacun la force de croire que tout ira bien malgré tout. La Bible dit que deux valent mieux qu'un et que l'amitié rend plus fort, dans tous les sens du mot. On ne peut s'empêcher de penser que l'amitié est un cadeau du ciel, un miracle.

Lorsque j'ai commencé à fouiller mon sujet, j'ai été touchée de constater que Dieu passe souvent par nos amis pour nous protéger, nous encourager et raffermir notre foi. L'amitié, c'est le rire, la camaraderie, la compassion et l'empathie.

Il arrive même qu'elle nous amène en territoire divin — là où se produisent les miracles.

Si vous m'avez accompagnée dans mes ouvrages précédents sur les miracles, peut-être avez-vous une idée de ce que contiennent les pages suivantes. Les histoires, toutes inspirées d'un fait vécu, n'ont été romancées que pour les besoins du livre. Dans chaque cas, le miracle décrit s'est réellement produit.

Je vous invite à lire ce recueil en réfléchissant aux moments, dans votre propre vie, où un miracle s'est produit grâce à un ami. Et n'oubliez pas qu'aux heures les plus dures, quand la solitude est la plus éprouvante, Dieu est toujours votre ami.

Entrez avec moi dans l'univers des précieux miracles pour les amis ! Vous en sortirez plus fort et plus courageux.

DE PRÉCIEUX MIRACLES DE NOËL

DE PRÉCIEUX MIRACLES

KAREN KINGSBURY

J'aime Noël — et tout ce qui l'entoure.

Décembre arrive avec son cortège de réjouissances et toutes ses traditions : ses chants joyeux et ses lumières scintillantes, ses soldes, ses rubans rouges et verts, et tous les cadeaux soigneusement disposés sous l'arbre.

Noël est aussi la période propice pour dresser le bilan de notre présence sur terre. Chaque mois de décembre, nous pouvons jeter un regard en arrière, nous émerveiller des desseins de Dieu et réaliser combien nous sommes peu maîtres des événements qui ont marqué l'année qui vient de s'écouler. Avec un cœur ouvert, nous pouvons célébrer cette nuit de paix, cette sainte nuit, et toutes ces certitudes. Le Christ est né pour nous. Il est amour. Et les projets qu'il forme pour nous surpassent toujours ceux que nous concevons nous-mêmes.

Je le comprends mieux à chaque année qui passe.

La saison dernière, ma sœur et moi avons parcouru les centres commerciaux après l'Action de grâce, en compagnie d'une meute d'acheteurs à l'affût des meilleures aubaines, bien avant que le soleil sorte. J'ai été sidérée, comme je le suis à chaque année, de constater combien nous nous agitons pendant cette période. Traquant les soldes, cherchant désespérément le bon cadeau au bon prix, et souvent si affairés que nous remarquons à peine les paroles de « Sainte nuit » qui joue dans les magasins et nous rappelle que c'est une « nuit de paix ».

Malheureusement, nous avons ce sentiment d'urgence pour les mauvaises raisons. Nous devrions plutôt passer notre temps à rechercher les miracles qui se produisent ostensiblement autour de nous. Particulièrement pendant la période de Noël. Ces miracles nous rappellent que Dieu nous aime, et qu'au premier Noël, il nous a fait le plus merveilleux des présents. Son amour se manifeste jour après jour — souvent par des miracles.

C'est pour cela que j'ai rassemblé ces précieux miracles de Noël. Bien que les histoires soient véridiques, elles ont été romancées pour préserver l'anonymat des personnes impliquées.

Nous avons tous besoin d'un miracle. Par chance, de telles histoires abondent, si nous avons seulement des yeux pour les remarquer — pour les chercher. J'espère que les témoignages rassemblés ici donneront un sens supplémentaire au temps des fêtes pour vous et les vôtres. Peut-être qu'ils vous donneront envie de tendre la main à une personne dans le besoin. Ou qu'ils vous apporteront du réconfort après la perte d'un être cher.

Plus que jamais, je suis stupéfaite du contraste qui existe entre mes accaparants préparatifs de Noël et le peu d'attention que la fête reçut il y a deux mille ans. La nuit de cet événement, pas un seul aubergiste n'avait de chambre pour accueillir le Roi des rois. Ils ont manqué le plus grand des miracles !

Regardez autour de vous à Noël. Surveillez les miracles de cette saison.

Je prie pour que tous ceux qui préparent si bien cet événement ne manquent pas son sens véritable. Peu importe combien nos vies sont chargées, j'espère qu'il reste un peu de place dans nos cœurs pour celui dont la naissance a changé le monde à jamais. Celui qui accomplit encore des miracles de Noël parmi nous.

S'il y a un miracle — qu'il soit de Noël ou autre — que vous souhaitez partager avec moi, ou si vous voulez simplement me dire bonjour, vous pouvez m'adresser un courriel à rtnbykk@aol.com. J'ai hâte de vous lire.

DE PRÉCIEUX MIRACLES POUR LES FEMMES

DE PRÉCIEUX MIRACLES

KAREN KINGSBURY

Les femmes sont très occupées à courir toute la journée et à essayer de tout faire à la fois. Les rôles sont multiples. Mères, filles, amies, voisines, conseillères, femmes de ménage, chauffeurs, cuisinières, nounous et réalisatrices de rêves. Nous sommes souvent responsables du bien-être de chacun des membres de notre petit monde personnel.

Dans le tourbillon de la vie, nous prenons rarement le temps de savourer les miracles qui se produisent autour de nous, les preuves vivantes et si merveilleuses de l'amour de Dieu.

- Un bébé qui devait mourir survit.
- Un enfant sauvé de la noyade dans un étang, sans la moindre trace du sauveteur aux cheveux blonds.
- Une jeune femme paralysée remonte, un an plus tard, l'allée de l'église pour se marier avec son petit ami du collège.
- Un ange nous rappelle que même dans la mort, Dieu est présent.

Les miracles abondent. Il suffit de prendre le temps de s'y arrêter.

On dit que nous, les femmes, avons été créées avec un manuel sur les relations humaines inscrit dans le cœur. Mais, en réalité, nous ne sommes souvent que des machines épuisées par les soucis et les tracas lorsque nous ne prenons pas le temps d'écouter nos cœurs chanter. Le temps de nous asseoir en silence pour prendre conscience de la présence divine et des miracles qui se produisent tout près de nous.

Au cours des heures qui viennent, donnez-vous la permission de sourire et de pleurer. Laissez-vous aller à quelques frissons en vous rappelant la simplicité d'une autre époque où le réconfort de la foi était aussi sûr que de respirer et où les miracles étaient faciles à percevoir. Redevenez la petite fille que vous avez été. Celle qui savait savourer un magnifique coucher de soleil ou un ciel constellé d'étoiles.

Vous êtes vous-même un miracle pour quelqu'un d'autre. Le saviez-vous ? Vous êtes la preuve vivante de l'amour de Dieu, vous êtes précieuse pour vos proches. Vos relations avec les êtres chers n'en seront que meilleures si vous accordez un souffle nouveau à votre âme.

Et lorsque vous aurez terminé votre voyage, après avoir lu ce recueil de miracles vécus, quand votre cœur sera plus léger et que vous aurez compris l'amour inconditionnel de Dieu, prêtez le livre à quelqu'un d'autre. Quelqu'un dont l'âme ressemble à la vôtre.

Quelqu'un qui a besoin de croire de nouveau, comme vous.

Comme toujours, je prends énormément plaisir à vous lire. Racontez-moi vos anecdotes de miracles ou transmettez-moi vos commentaires en m'écrivant par courriel à rtnbykk@aol.com ou communiquez avec moi sur mon site web www.karenkingsbury.com.

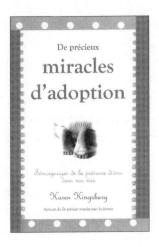

DE PRÉCIEUX MIRACLES D'ADOPTION

DE PRÉCIEUX MIRACLES
KAREN KINGSBURY

L'adoption est un miracle en soi.

Au fil des faits vécus dont j'ai entendu parler dans ma vie, ce qui m'a le plus frappée, c'est que chaque adoption est un miracle. Après tout, c'est Dieu qui fait en sorte qu'un orphelin qui a mal trouve un foyer pour l'accueillir à bras ouverts. Il s'agit d'une façon de fonder une famille qui permet à Dieu de réaliser ses desseins de manière très concrète.

Dans les Saintes Écritures, un verset du livre de James indique que « la religion pure et sans tache, devant Dieu notre Père, consiste à visiter les orphelins et les veuves dans leurs afflictions » (NVI 1, 27). Mais cela ne signifie pas que l'adoption convient à tout le monde. Le verset peut aussi vouloir dire de prier pour un enfant qui souffre ou de lui procurer du soutien financier par l'intermédiaire d'un organisme international. En effet, de nombreux groupes offrent la possibilité d'envoyer un dollar ou plus par jour pour aider à nourrir ou à éduquer un enfant.

Toutefois, il arrive que cette citation conduise effectivement les gens vers l'adoption.

Ce fut le cas pour notre famille. Comme plusieurs d'entre vous le savent déjà, nous avons adopté trois petits Haïtiens en 2001. À ce jour, je peux affirmer que tout va pour le mieux. Nous avons l'impression que Sean, Josh et Ej ont toujours vécu parmi nous. Ce sont de beaux garçons, talentueux, tendres envers nos enfants biologiques et dont la foi grandit tous les jours. Notre histoire figure au dernier chapitre ; vous saurez ainsi comment nos miracles se sont produits.

Je suis connue pour ma *Life-Changing Fiction*^MC, et c'est pourquoi je reçois des centaines de lettres chaque semaine. Des lecteurs m'y racontent souvent les miracles qu'ils ont vécus. Les histoires que vous allez lire en sont inspirées.

En préparant ce livre, j'ai cherché d'autres ouvrages qui s'y apparenteraient. Je m'attendais à en trouver plusieurs, mais j'ai été surprise. Il n'en existe aucun autre, au moment de mettre sous presse, qui raconte en détail des faits vécus d'adoption d'une façon susceptible de pousser des gens à se lancer avec enthousiasme dans l'aventure.

Voilà pourquoi je souhaite ardemment que ce recueil vous encourage. Si vous envisagez d'adopter un enfant, ce livre vous aidera à prendre une décision. Si vous connaissez un ami ou un parent qui y songe, il se peut que l'une des histoires racontées ici l'incite à passer à l'action.

Mais vous avez sans doute aussi parmi vos connaissances des parents adoptifs au moral chancelant. Car bien qu'adopter soit miraculeux, la tâche n'en est pas moins difficile. Il faut des ajustements, et cela suppose parfois l'amalgame de deux cultures, même si les parents ont adopté un nourrisson. Souvent, certains enfants ont des besoins spéciaux. Pour ces familles et pour tous ceux et celles qui ont eu affaire au processus d'adoption, cet ouvrage se veut inspirant.

Malgré les difficultés à traverser, malgré les hauts et les bas, parfois nombreux, le fait est que l'adoption est l'œuvre de Dieu. C'est une bénédiction, une vocation, un geste divin. À la lecture des pages qui suivent, laissez Dieu vous montrer le miracle de la vie et celui, tout particulier, qui consiste à adopter un enfant.

Sachez reconnaître Sa marque, car elle se trouve non seulement dans chaque histoire que vous allez lire, mais également dans chaque adoption passée ou future.

Dans Sa lumière,

Karen Kingsbury

P.S. : consultez mon site au www.karenkingsbury.com pour en apprendre davantage sur mon histoire d'adoption, la collection « Gants rouges » de recueils de nouvelles de Noël ou mes autres romans.

DES MILLIERS DE LENDEMAINS

Roman

KAREN KINGSBURY

Les cris effrayaient Carl Joseph, qui se cacha le visage dans les mains et tomba sur les genoux en se berçant d'avant en arrière et en gémissant :

— Maman…. Maman… Maman.

— Ça va aller, calme-toi, chéri, lui dit-elle lui pour le consoler en se dirigeant vers lui.

Elle lui tapotait le dos. Elle ne comprenait pas. Elle n'avait rien vu venir. Il la quittait, comme ça, sans avertissement ! Sous le choc, elle avait envie de vomir et avait du mal à se tenir debout. Elle regardait, comme dans un rêve, Cody courir derrière le taxi.

La voiture n'a même jamais ralenti, mais Cody continuait de courir derrière.

— Papa, papa, attends !

Cinq maisons plus loin, sept, puis dix.

— Ne pars pas, papa, je t'en prie !

Chacun de ces mots atteignait Mary en plein cœur. N'y tenant plus, elle cria :

— Cody, reviens ici tout de suite !

Cependant, il ne revenait pas, il courait encore. Il se rendit jusqu'au bout de la rue à une vitesse qu'il tenait de son père, et il y avait longtemps que le taxi avait disparu quand il s'arrêta enfin. Puis, il resta sur place pendant 10 minutes. Un petit garçon de huit ans aux cheveux bruns restait là, sur un coin de rue à regarder un taxi disparu qui ne reviendrait jamais.

Quelque part, au fond d'elle, Mary était presque soulagée que Mike soit parti.

Bien sûr, quelques heures plus tôt, elle était prête à tenter de sauver son mariage, mais elle croyait alors que les choses étaient plus simples. Elle pensait que le désarroi de son mari était dû à sa carrière de football qui avait périclité.

Mais avoir honte de Carl Joseph ?

Carl était son fils, une partie d'elle-même. En raison de son handicap, il ne serait jamais capable de la mesquinerie dont son père venait de faire preuve. Non, au contraire, Carl aurait toujours grand cœur, mais Mike ne verrait pas cela. Tout comme il n'avait rien vu du développement de Carl depuis le jour du diagnostic.

Là, debout sur la pelouse, en souhaitant que Cody fasse demi-tour et qu'il rentre à la maison, elle a senti qu'elle prenait une résolution même si elle n'avait pas encore vraiment réalisé que son mariage était brisé à jamais. À quoi bon aimer un homme incapable d'aimer son propre fils ? Si Mike ne voulait pas être un père pour Carl Joseph, elle aimerait cet enfant pour deux. Elle surmonterait les difficultés, même si elle ne devait plus jamais entendre parler de Mike Gunner.

Elle se concentra une fois de plus sur Cody, effondré, qui regardait au loin, là où il n'y avait plus trace du taxi qui avait emporté son père. Il pleurait sûrement. Elle pouvait presque voir ses joues baignées de larmes et son regard désespéré. Ressentait-il la même chose qu'elle ? L'abandon ? Un total désespoir ?

Une étrange pensée traversa son esprit et, soudain, la peur la submergea parce que cette pensée ne l'avait pas encore effleurée jusque-là. Oui, elle surmonterait l'épreuve et Carl Joseph ne souffrirait pas trop de l'absence de Mike, mais Cody, lui ? Il adorait son père, il le vénérait. Et si les épaules affaissées de son fils étaient un signe de son incapacité à absorber le choc comme Carl et elle-même ?

Et s'il n'allait plus jamais être le même ?

Pour obtenir une copie
de notre catalogue,
communiquez avec :

AdA

1385, boul. Lionel-Boulet
Varennes, Québec
J3X 1P7
Téléc : (450) 929-0220
info@ada-inc.com
www.ada-inc.com

Pour l'Europe, voici les coordonnées :
France : D.G. Diffusion   Tél. : 05.61.00.09.99
Belgique : D.G. Diffusion   Tél. : 05.61.00.09.99
Suisse : Transat   Tél. : 23.42.77.40

www.AdA-inc.com
info@AdA-inc.com